OEUVRES

DE

F.-B. HOFFMAN.

TOME II.

IMPRIMERIE DE LEFEBVRE,
rue de Lille, n. 11.

ŒUVRES

DE

F.-B. HOFFMAN.

THÉATRE.

TOME II.

A PARIS,

CHEZ LEFEBVRE, IMPRIMEUR-LIBRAIRE,

RUE DE LILLE, N° 11.

M. DCCC. XXXI.

LE BRIGAND,

DRAME EN TROIS ACTES ET EN PROSE,

MÊLÉ DE MUSIQUE;

REPRÉSENTÉ POUR LA PREMIÈRE FOIS

AU THÉATRE DE L'OPÉRA-COMIQUE,

LE 7 THERMIDOR AN III (25 JUILLET 1795).

PERSONNAGES.

VILLIAM.

JENNI, son épouse.

MELFONT, leur ami.

Le colonel KIRK.

BLUCK, son lieutenant.

NORTON, colonel en second.

Un VIEILLARD.

Un SOLDAT.

PEUPLE de la campagne.

La Scène se passe dans un village des montagnes d'Ecosse.

AVERTISSEMENT.

CET ouvrage, conçu et exécuté pendant la terreur, ne fut représenté qu'un an après la chute de Robespierre. Cependant, il y avait encore du courage à exposer sur la scène les crimes des proconsuls qui avaient promené la hache dans tous les départemens, et transformé la plupart des fleuves de la France en *baignoires républicaines.* Ces agens, si dévoués à l'hydre populaire, étaient encore très-redoutables, puisqu'ils essayèrent plus tard de ressaisir le pouvoir; ils auraient même triomphé de nouveau, si le canon du 13 vendémiaire ne les eût refoulés vers leurs cavernes, et renversé les échafauds qu'ils traînaient déjà à leur suite.

Bien que M. Hoffman ait placé l'action de son drame à l'époque de la mort de Charles Ier, et transporté le spectateur dans les montagnes de l'Écosse, on n'en reconnaît pas moins le véritable lieu de la scène; son brigand est le prototype des proconsuls du règne de la terreur, et l'un des plus fervens apôtres du dieu Marat. Qui pourrait méconnaître, après les couplets qui se terminent par ces vers :

Les vaincus reviennent encore,
Mais les morts ne reviennent plus;

Qui pourrait méconnaître, disons-nous, le premier auteur de ce sanglant et sinistre refrain? Tout le rôle de Kirk est plein de mots d'une effrayante concision, et dignes de figurer dans les annales du terrorisme de tous les pays.

1.

Le drame est bien conduit; l'intérêt commence dès l'exposition et s'augmente jusqu'au dénoûment. Le nœud formé dans le premier acte, produit dans le second une belle scène entre Kirk et Jenni, et une situation très-attendrissante entre la belle écossaise et son époux. Tout le troisième acte est coupé d'une manière très-dramatique; c'est avec beaucoup d'art que l'auteur a traité la partie la plus délicate de son sujet, celle où le brigand pénètre au milieu de la nuit chez la vertueuse Jenni, et veut en obtenir le prix qu'il a mis à sa fausse clémence. Lors des représentations de cet ouvrage, le public écoutait toute cette scène avec un silence aussi favorable pour l'auteur que le bruit des applaudissemens. Ce qui ajoutait à l'effet de la situation, c'était la beauté de madame Peicam, actrice chargée du rôle de Jenni, et l'énergique vérité que Chenard mettait dans le personnage de Kirk. A cette époque, l'acteur n'était pas embarrassé de choisir son modèle; il pouvait encore prendre la nature sur le fait.

La musique du *Brigand* est de M. Kreutzer, à qui l'Opéra-Comique doit les partitions de *Lodoïska* et de *Paul et Virginie*. Dans plusieurs morceaux, et particulièrement dans le final du second acte, la lyre du compositeur s'est élevée aux accords les plus pathétiques et les plus vrais.

Le Brigand ne pouvait rester au répertoire; mais le souvenir s'en étant conservé parmi les spectateurs qui furent témoins de son succès, nous avons admis ce drame lyrique dans les œuvres de son auteur, comme un tableau fidèle de l'un des épisodes de notre révolution.

LE BRIGAND.

ACTE PREMIER.

Montagne dans le fond, forêt sur les côtés, une maison rustique sur le devant.

SCÈNE PREMIÈRE.

VILLIAM, seul.

Le jour se lève. Quels nouveaux malheurs le soleil va-t-il éclairer? quels maux le sort nous prépare-t-il encore? à quelle fin sommes-nous réservés? Voilà pourtant ce qu'il faut se demander tous les jours. Le jour il faut craindre les approches de la nuit; la nuit il faut redouter le retour de l'aurore. L'aurore, dont la douce clarté vient consoler tout ce qui respire, n'est plus pour nous que le présage des malheurs, et le réveil de nos bourreaux. O tyrannie! que ton règne est long! que ton sceptre est pesant! que ton joug est honteux! Puissent ces sombres retraites nous dérober à l'œil féroce de nos persécuteurs! O ma femme! puisses-tu échapper à leurs regards! l'innocence et la vertu ne te garantiraient pas de leurs outrages. Ta vertu ne serait qu'un appât de plus à leur voracité! ô ma Jenni! c'est pour toi seule que je me condamne à vivre; sans toi j'aurais bientôt échappé à l'oppression.

AIR.

Vastes forêts, retraite sombre,
Prêtez-nous votre obscurité;
Protégez, couvrez de votre ombre
L'innocence et l'humanité.

Redoublez votre nuit profonde,
Trompez l'espoir de nos bourreaux;
Si le calme est banni du monde,
Qu'il règne au moins sous ces berceaux;

Ailleurs on adore le crime
Sous le nom de la liberté;
De ce dieu l'homme est la victime,
Son culte, la férocité;
Et le monde bientôt ne sera qu'un abîme
Qui servira de temple à la divinité.

Vastes forêts, etc.

SCÈNE II.

VILLIAM, JENNI.

JENNI.

Mon ami, avez-vous entendu cette nuit du bruit
dans la forêt?

VILLIAM.

Que veux-tu dire, ma chère?

JENNI.

Je ne sais si c'est l'effet d'une imagination frappée
par la terreur; mais il m'a semblé entendre un bruit
d'armes, des cris effrayans, et les gémissemens de
quelques malheureux.

VILLIAM.

Je les ai entendus comme toi, ma Jenni; mais je
te croyais plongée dans le sommeil....

JENNI.

Nos persécuteurs nous auraient-ils découverts?

VILLIAM.

Eh! quel asile peut échapper au crime? ah! Jenni;
l'honnête homme se laisse aveugler. Les méchans ont
des yeux de lynx.

JENNI.

Ah, dieux! s'ils allaient vous reconnaître! s'ils savaient que, caché sous cet habit, vous n'avez fui la
capitale que pour échapper à leur fureur, que de-
viendrais-je?

VILLIAM.

Il faut s'attendre à tout, ma chère; quand le crime
règne, il est plus sûr de se confier au hasard qu'à
l'humanité des hommes.

JENNI.

Permettez-moi de vous dire que vous ne dissimulez
point assez; votre fierté, votre courage, votre probité sévère, sont la marque à laquelle les méchans
vous connaîtront: vous le savez, la vertu est un titre
pour aller à l'échafaud.

VILLIAM.

Eh! que veux-tu que je fasse? faut-il que j'encense
l'affreuse idole? faut-il que je flatte nos bourreaux?
que je parle leur langage? que je serve leur fureur?
plutôt mourir. La misère, l'exil, les peines ne sont
rien; mais être obligé d'applaudir au crime, c'est un
tourment que l'enfer même n'a point inventé.

JENNI.

Contraignez-vous au moins; gardez le silence. Si
ces tigres pénètrent jusqu'à nous, n'allez pas les irriter. Conservez-vous pour moi, conservez votre épouse;

car si je vous perds, vous savez que je ne puis plus
vivre. Espérons, mon ami, espérons : il est si doux
d'espérer! Le règne des brigands passera; eux-mêmes
ils travaillent à leur ruine : l'excès des maux doit en
être le remède, et le ciel ne tardera pas à faire éclater
sa vengeance.

VILLIAM.

Le ciel! sa vengeance est bien lente!

JENNI.

Soyez prudent, je vous conjure; promettez-le-
moi.

VILLIAM.

Rassure-toi; je te promets de ne point m'exposer.

JENNI.

Laissez-moi faire; ne vous mêlez de rien. Je crains
votre caractère; je ferai plus pour vous que vous ne
feriez vous-même : la crainte de vous perdre me
rendra plus ingénieuse à tromper nos tyrans.

AIR.

Cher époux, veille sur tes jours;
Conserve-les pour ton amie :
Eh ! que ferais-je de la vie
Si je te perdais pour toujours?
Ton amour calme mes alarmes;   (bis.)
Si le mien a pour toi des charmes,
Rien n'est encor perdu pour nous.
Quand je console mon époux,
Quand je puis essuyer ses larmes,   } (bis.)
Mon sort est encore assez doux.

Conserve-toi pour ton amie;
Cher époux, veille sur tes jours :
Eh ! que ferais-je de la vie
Si je te perdais pour toujours?

ENSEMBLE.

O Dieu! soutiens notre courage;
De nos jours obscurcis ranime le flambeau;
Ou si de nos tyrans nous éprouvons la rage,
Fais que nous reposions dans le même tombeau.

SCÈNE III.

VILLIAM, JENNI, MELFONT.

MELFONT.

Mes amis, plus que jamais nous avons besoin de notre prudence; nous sommes exposés au plus grand danger.

JENNI.

Que dites-vous, Melfont?

MELFONT.

Les troupes du protecteur inondent ce canton; la terreur les précède, l'horreur et le crime les accompagnent; le désespoir, la misère, la mort, sont les traces qu'ils laissent de leur passage.

JENNI.

O mon ami! suivez les conseils de votre épouse.

VILLIAM.

Oui.

MELFONT.

Ils ont à leur tête un homme féroce, digne ministre du tyran qui l'envoie; rien ne peut le fléchir. Tout ce qui lui déplaît cesse d'exister : notre malheureux pays ne sera bientôt plus qu'un désert couvert de ruines et peuplé de cadavres.

VILLIAM.

Sais-tu le nom de ce barbare?

MELFONT.

On le nomme le colonel Kirk.

VILLIAM.

Kirk! ah! tout est perdu!

JENNI.

Vous connaît-il?

VILLIAM.

Non; mais son affreuse réputation ne m'est que trop connue : malheur à la terre tant qu'elle nourrira un pareil monstre !

MELFONT.

On lui a dit que des ennemis de l'État s'étaient réfugiés dans ces montagnes : il n'est aucun moyen qu'il n'emploie pour les découvrir; et quand il croit en avoir reconnu un seul, tout ce qui environne ce malheureux lui paraît coupable ou complice. Parens, amis, connaissances, tout est enveloppé dans la proscription; les vieillards, les femmes, les enfans même ne sont pas épargnés. Déjà plusieurs villages ont été la proie des flammes. Quand les brigands ont tout pillé, ils égorgent pour étouffer les plaintes des victimes : les flammes des bûchers, les précipices des montagnes, les eaux de nos fleuves servent de tombeaux à l'innocence et à la vertu : ils dédaignent de dresser des échafauds; cette mort est trop lente au gré de leur fureur.

VILLIAM.

Et toutes ces victimes sont des ennemis de l'État?

Des femmes, des enfans, ennemis de l'État! et c'est au nom de la liberté que le crime nous réduit à cet horrible esclavage! O liberté! jusqu'à quand les hommes se laisseront-ils tromper, avilir, égorger en ton nom?

JENNI.

Modérez-vous, Villiam; est-ce là ce que vous m'avez promis? Eh quoi! quand le danger approche, quand la mort nous menace, voulez-vous irriter nos ennemis? si vous m'aimez, ne me condamnez pas à mourir. Ces méchans ne feront peut-être que passer ici. Souffrez en silence, répondez sans amertume, obéissez même s'il le faut........ nos maux auront un terme, je l'espère; j'en suis sûre.

MELFONT.

Cette nuit j'ai vu passer une troupe d'hommes armés; ils conduisaient des malheureux qui, sans doute, n'existent plus maintenant. Le farouche Kirk n'est pas loin d'ici. Mon ami, suivez les conseils de votre épouse; la fierté vous perdrait sans la sauver, et vous perdriez avec vous tous ceux qui vous aiment, c'est-à-dire tout ce qui vous environne.

VILLIAM.

Ne craignez rien; l'habitude de l'esclavage donne de la souplesse au caractère : il y a long-temps que je souffre, je puis souffrir encore.

JENNI.

J'entends du bruit, Melfont; ce sont des soldats. Rentrons, Villiam, rentrons; nous ne serons que trop tôt exposés à leurs regards.

MELFONT.

C'est Kirk lui-même.

JENNI.

Ah! rentrons.

SCÈNE IV.

KIRK, BLUCK, NORTON, Soldats.

CHŒUR.

Victoire, victoire, victoire !
Les brigands tombent sous nos coups ;
Tout tremble, tout fuit devant nous.
Jour de triomphe, jour de gloire,
Répandons partout la terreur,
La mort, le carnage, l'horreur !
Victoire, victoire, victoire !
Vive, vive le protecteur !

KIRK.

Mes amis, je suis content de vous ; cette dernière expédition s'est faite avec autant de célérité que de prudence. Combien étaient-ils ?

BLUCK.

Ils n'étaient que soixante.

KIRK.

Cela sera long ; mais avec de la patience, nous viendrons à bout de les exterminer tous. Quels hommes étaient-ce ?

NORTON.

Il y avait beaucoup de femmes et d'enfans.

KIRK.

C'est bien, mes amis ; c'est en écrasant les œufs des serpens qu'on les empêche de multiplier. Soldats, vous avez besoin de repos. Allez dans ce village ; je ne doute pas que vous n'y soyez bien reçus ; la frayeur donne de la politesse ; si l'on vous offre, prenez ; si l'on vous refuse.... prenez.

CHŒUR.

Victoire, etc.   (*Ils sortent.*)

SCÈNE V.

KIRK, BLUCK, NORTON.

KIRK.

Je suis fatigué : quel travail ! c'est un enfer.

BLUCK.

Du train dont vous y allez, le calme sera bientôt rétabli dans ce pays.

NORTON.

Parbleu ! je le crois bien, quand tout le monde sera mort.

KIRK.

Que dites-vous ? est-ce que vous voudriez censurer ma conduite ?

NORTON.

Seigneur, je n'en ai pas le droit.

KIRK.

J'aime à croire que vous avez voulu faire une plaisanterie. Mais il serait inutile de recommencer. Allez dans ce village ; choisissez-moi un logement : mais avant tout, cherchez s'il y a un emplacement pour servir de prison. Je prévois que nous en aurons besoin.

NORTON.

Les habitans de ces montagnes sont fort paisibles.

KIRK.

Ah ! si je voulais vous en croire, tout le monde serait innocent. Allez, et faites votre devoir. (*Norton sort.*)

SCÈNE VI.

KIRK, BLUCK.

KIRK.

Je me défie de cet homme-là.

BLUCK.

Seigneur, je m'en défie aussi.

KIRK.

Je ne lui donnerai pas le temps de m'inquiéter.

BLUCK.

Cela sera prudent.

KIRK.

Je le sonderai ; et il faudra qu'il soit bien fin s'il m'échappe. Mais voyons, il faut nous rafraîchir ; nous ferons mauvaise chère, mais à la première ville nous nous dédommagerons. Frappe à cette porte.

(*Bluck frappe à la porte de Villiam.*)

SCÈNE VII.

LES PRÉCÉDENS, MELFONT.

MELFONT.

Que voulez-vous?

KIRK.

Est-ce toi qui loge dans cette maison?

MELFONT.

Non, seigneur; c'est un nommé Villiam et son épouse.

KIRK.

Quel est ce Villiam?

MELFONT.

C'est un parfait honnête homme.

KIRK.

Oui, parbleu! je serai curieux de voir un honnête homme. Fais-le venir. (*Melfont rentre.*)

BLUCK.

Voilà ce qu'ils disent tous: *un honnête homme.*

KIRK.

C'est comme s'ils nous disaient, il ne pense pas comme vous; mais il n'en vaut pas moins pour cela: nous allons voir.

SCÈNE VIII.

LES PRÉCÉDENS, VILLIAM, JENNI, MELFONT.

KIRK.

Villiam, on dit que vous êtes un honnête homme,

tant mieux; j'aime ces gens-là : pouvez-vous nous donner à rafraîchir?

JENNI.

Oui, seigneur; commandez, et nous vous servirons avec empressement.

KIRK, les regarde avec attention.

Vous êtes donc dans l'aisance ici?

JENNI.

Non, seigneur; mais tout ce que nous avons est à votre service.

KIRK.

Etes-vous de ce canton?

JENNI.

Non, seigneur; je m'y suis fixée avec mon mari.

KIRK.

Et votre mari est-il de ce pays?

VILLIAM.

Non.

JENNI, avec empressement.

Il l'habite depuis long-temps.

KIRK.

En effet, vous ne paraissez pas née pour vivre dans un lieu si sauvage : votre nom, s'il vous plaît?

JENNI.

Jenni.....

KIRK.

Vous m'étonnez, madame; il y a long-temps que je n'ai vu une personne aussi aimable; et.....

JENNI.

Seigneur, je vais chercher ce que vous demandez. Mon mari, venez avec moi; vous m'aiderez; et vous aussi, Melfont; il ne faut pas faire attendre ces messieurs-là.

(*Ils sortent.*)

SCÈNE IX.

KIRK, BLUCK.

KIRK, après avoir rêvé.

Cette femme est belle!

BLUCK.

Seigneur, avez-vous remarqué son mari?

KIRK.

Non.

BLUCK.

Sa figure m'est suspecte; il ne vous a dit qu'un mot, et ce mot était un non très-sèchement prononcé.

KIRK.

Cette femme est belle!

BLUCK.

Oui, ma foi; si j'étais à votre place, je la ferais conduire au quartier-général.

KIRK.

Tu n'y entends rien; ne faisons point d'éclat, cela peut nuire.

BLUCK.

Et que pouvez-vous craindre? Votre puissance est

sans borne; et dans la balance des choses, une femme de plus ou de moins ne pèse pas un scrupule.

KIRK.

Tu n'y entends rien, te dis-je; il faut que nous fassions tout ce qu'il nous plaît; mais il faut aussi que le peuple le trouve juste. Avec un mot on légitime tout; mais ce mot est nécessaire.

BLUCK.

Eh! que craignez-vous du peuple?

KIRK.

Je crains tout.

BLUCK.

Vous m'étonnez. Dans la dernière ville, il nous portait en triomphe. Avez-vous vu la foule immense qui se pressait autour de nous? quelle affluence!

KIRK.

Si l'on nous menait pendre, il y en aurait bien davantage.

BLUCK.

Vous m'effrayez!

KIRK.

C'en est assez. Cette femme ne me sort pas de la pensée. Est-ce que je serais amoureux? cela serait singulier.

SCÈNE X.

Les précédens, VILLIAM, JENNI, MELFONT.

JENNI.

Seigneur, voilà un repas frugal, mais donné de bon cœur.

KIRK.

Ajoutez-y présenté avec toutes les grâces possibles.

VILLIAM, à part.

Le monstre!

(*Quand ils se mettent à table, Jenni se place toujours devant Villiam, afin que Kirk ne le voie pas.*)

KIRK.

Asseyons-nous; Bluck près de moi. Madame, faites-moi la grâce de vous placer à ma droite.

JENNI.

Avec plaisir, seigneur.

KIRK.

Comment du vin! du vin dans ce pays! mais c'est du luxe cela, Villiam.

JENNI.

Ce sont quelques bouteilles que nous conservions en cas de maladie.

BLUCK.

Ils font bien de s'en servir aujourd'hui; je les crois malades.

KIRK.

Tais-toi.

MELFONT.

Seigneur, croyez-vous rester long-temps dans ce canton?

KIRK.

Vous voudriez déjà me voir parti, n'est-ce pas?

JENNI.

Ah! seigneur, vous nous faites injure.

2.

KIRK.

Rassurez-vous; nous vous quitterons quand nous aurons fait justice de ceux que nous cherchons.

BLUCK, regardant Villiam.

Ce sera bientôt fait; on les connaît à la figure.

KIRK.

Je vous ai déjà dit de vous taire; buvez.

JENNI.

J'espère que dans ce village vous n'aurez pas le chagrin de trouver des coupables.

KIRK.

Ce n'est point un chagrin, ma belle dame.

JENNI.

Mais, seigneur, je ne puis croire que l'on punisse jamais avec plaisir.

KIRK.

Nous punissons avec plaisir tous ceux qui sont nos ennemis, et qui conspirent contre la liberté.

KIRK.

Tous les habitans de ce canton aiment la liberté.... et... ils la désirent.

KIRK, avec étonnement.

Ils la désirent!

JENNI, vivement.

Mon mari veut dire qu'ils attendent avec impatience le moment où votre courage aura rétabli le calme et la sécurité.

KIRK.

J'espère que vous n'êtes pas de ces gens que nous cherchons.

JENNI.

Ah! seigneur, gardez-vous de le penser.

KIRK.

Ma foi, je vous plaindrais; car nous ne leur faisons pas de grâce.

VILLIAM.

Nous n'avons rien à nous reprocher; nous ne demandons pas de grâce, et nous ne craignons pas la justice.

KIRK.

Vous êtes fier, Villiam; j'aime ce caractère, il ne se trouve pas communément.

VILLIAM.

C'est bien tant pis.

JENNI.

Mon mari vous rend justice; il sent qu'avec vous il ne doit employer que la franchise.

KIRK.

Etes-vous aussi franche que lui, madame?

JENNI.

Seigneur, vous ne buvez pas.

KIRK.

Doucement, doucement; je n'ai pas besoin de boire pour vous trouver fort aimable.

VILLIAM, bas.

Que je souffre!

MELFONT, bas.

Je tremble.

KIRK.

Pour égayer ce repas qui commence à devenir sérieux, je veux vous chanter la chanson de nos soldats;
elle vous donnera une idée de notre façon de penser.

Point de pitié, point de clémence !
Quand nous trouvons des factieux,
Envoyons-les en diligence
Aux enfers revoir leurs aïeux.
Bien sot est celui qui s'honore
D'épargner ceux qu'il a vaincus !
Les vaincus reviennent encore,
Mais les morts ne reviennent plus.

Allons, répétez en chorus, ou je croirais que ma
chanson vous déplaît. (*Jenni veut faire chanter Villiam
qui se tait.*)

TOUS, *excepté Villiam.*

Les vaincus, etc.

KIRK.

Pour effacer jusqu'à la trace
Des rebelles et des brigands,
Il faut exterminer leur race
Dans leurs femmes et leurs enfans;
Des cris de ces jeunes vipères
Que nos cœurs ne soient point émus !
Ces enfans vengeraient leurs pères,
Mais les morts ne se vengent plus.

Ces enfans, etc.

KIRK.

Si, quand ils nous font résistance,
Le soldat pille leurs maisons;
Si la flamme de leur vengeance
Dévore jusqu'à leurs moissons,

Pour mettre fin à leur détresse,
Nous leur accordons le trépas :
Vivans, ils se plaindraient sans cesse,
Mais les morts ne se plaignent pas.

Vivans, etc.

VILLIAM, à part.

Ah dieu! quelle horreur!

KIRK

Vous ne répétez pas cela de bon cœur, ce me
semble?

JENNI, tremblante.

Excusez-nous, seigneur; nous n'avons pas encore
entendu chanter de ces chansons-là.

KIRK.

Villiam, je voudrais bien vous parler un moment
sans témoin.

VILLIAM.

A moi?

KIRK.

A vous; madame voudra bien me le permettre.

JENNI, à part.

Nous sommes perdus.

KIRK.

Je vous prie de nous laisser ensemble.

JENNI.

Seigneur......

KIRK, sèchement.

Je vous en prie.

Jenni et Melfont enlèvent la table. Jenni, après avoir
fait quelques pas, revient pour parler à Villiam; Kirk
l'arrête.

KIRK, *fortement.*

Je vous ai prié de me laisser avec lui.

JENNI.

Ah! dieu!

(*Elle sort avec frayeur; Melfont la suit.*)

(*Kirk parle bas à Bluck qui sort.*)

VILLIAM, à part.

Il faut s'attendre à tout; point de faiblesse.

SCÈNE XI.

KIRK, VILLIAM; *ils se regardent quelque temps sans parler.*

KIRK.

Vous ne vous observez point assez, Villiam.

VILLIAM.

Que voulez-vous dire?

KIRK.

Votre fierté vous empêche de dissimuler.....

VILLIAM.

Je n'ai rien à dissimuler.

KIRK.

Croyez-vous que je ne vous connaisse pas? votre caractère perce, l'indignation éclate dans vos regards, votre courage vous trahit.

VILLIAM.

Je ne vous entends point.

KIRK.

Si j'avais fait mon devoir, vous seriez déjà dans les

fers : mais rassurez-vous; je vous estime, et vous n'avez rien à craindre de moi. Qu'il vous suffise de savoir que je ne suis point votre dupe. Votre déguisement, la chaumière que vous habitez, cet habit simple et grossier, tout cela ne m'en impose point. Mais puis-je vous ouvrir mon cœur?

VILLIAM.

Je ne mérite point vos confidences.

KIRK.

Vous vous défiez de moi, et je ne m'en étonne point; vous ne pouvez en effet me connaître. Ce que je suis obligé de faire, les horreurs qui se commettent en mon nom, mon langage, ma conduite, tout cela est bien propre à inspirer plus d'effroi que de confiance; mais parlons sans feinte. Que risquez-vous à me découvrir votre façon de penser? rien, si je suis tel que je vous ai paru; vous en avez déjà assez dit pour que j'aie le droit de vous punir; et si je pense comme vous, vous ne devez pas craindre de m'en dire davantage.

VILLIAM.

Moi, penser comme vous!

KIRK.

Oui, nous pensons de même, et je vais vous le prouver. Vous détestez la tyrannie qui désole notre patrie; je la déteste autant que vous; vous ne voyez en moi que le ministre de notre tyran, et je suis son plus cruel ennemi. N'apercevez-vous pas que je suis observé? avez-vous vu ce tigre qui était assis près de moi? je ne puis rien faire, rien dire, qu'il n'en rende compte. Quel parti puis-je prendre? Désobéir? je me perdrais sans rien sauver. Quitter mon poste? on vous en enverrait un plus cruel que moi, et qui n'aurait pas les mêmes desseins. Apprenez donc que l'instant approche où je pourrai me faire connaître. Partout j'ai sondé l'opinion, partout on déteste le protecteur. Eh! croyez-vous que j'aie voulu abattre un tyran, pour couronner un tyran plus barbare? non; je veux le règne de la justice : mais pour l'établir, il faut que je sois sûr de mes forces : puis-je compter sur vous et sur vos amis?

VILLIAM.

Je n'entends rien aux démêlés politiques.

KIRK.

Quelle obstination! mais sentez donc que si je voulais vous perdre, je n'aurais pas besoin de vous tromper; votre vie est dans mes mains : maître de vos jours, pourquoi dissimulerais-je? Que dis-je! le farouche Bluck vous a déjà menacé, vous l'avez entendu : il me demandera votre tête, celle de Jenni.... je ne puis vous sauver qu'autant que je puis compter sur vous. Le moment approche, vous dis-je. J'ai des amis dans tous les cantons; l'explosion doit se faire partout en même temps. J'ai besoin de vous ici : on vous aime, on vous respecte; c'est un homme comme vous qu'il me faut. Parlez, parlez.

VILLIAM.

S'il ne vous faut qu'un homme qui déteste la tyrannie, vous l'avez trouvé. Que vous feigniez ou non, je ne crains pas de vous le dire.

KIRK.

Vous haïssez la tyrannie sous quelque forme qu'elle se présente ; le Protecteur, par exemple.

VILLIAM.

Tous les scélérats, vous dis-je, et les plus féroces sont ceux que j'abhorre le plus.

KIRK.

Vous me servirez donc ?

VILLIAM.

Rien pour vous, mais tout pour le bonheur de ma patrie.

KIRK.

C'est ce que je demande. Prenez donc ce signe de ralliement : c'est à cette marque que nous connaissons tous les amis de la bonne cause..... Voyez-moi, ce signe ne me quitte point. (*Il se déboutonne et montre le signe sur son cœur.*)

VILLIAM, ouvrant aussi son habit.

Eh ! croyez-vous que je ne l'aie pas aussi sur le cœur ?

KIRK.

Vous l'avez ! (*il appelle.*) Bluck, soldats !

VILLIAM.

Qu'entends-je ?

SCÈNE XII.

LES PRÉCÉDENS, BLUCK, SOLDATS.

KIRK.

Saisissez ce scélérat ; voyez ce signe qu'il porte sur

son cœur : je lui ai arraché son secret; vous lui arra-
cherez la vie.

VILLIAM.

Monstre ! tu ne m'étonnes pas.

FINAL.

KIRK.

Tu sentiras tout le poids de ma haine;
Sur l'échafaud tu finiras ton sort.
Qu'on le saisisse, qu'on l'entraîne,
Et qu'on le conduise à la mort.

CHŒUR.

Qu'on l'enchaîne,
Qu'on l'entraîne
A la mort, à la mort.

VILLIAM.

Scélérat ! ta fureur est vaine;
Comme je t'ai bravé, je braverai la mort.
Et fier de mériter ta haine,
Je meurs glorieux de mon sort.

KIRK ÉT BLUCK, *ensemble*.

Qu'on le saisisse, qu'on l'entraîne,
Et qu'on le conduise à la mort !

VILLIAM.

Monstre ! j'ai mérité ta haine;
Je suis glorieux de mon sort.

CHŒUR.

De ton forfait subis la peine,
La prison, l'échafaud, la mort.

SCÈNE XIII.

LES PRÉCÉDENS, JENNI.

JENNI.

Mon époux !... des soldats !... arrêtez ! ah, barbare !

VILLIAM.

Adieu, ma chère, adieu!

KIRK.

Soldats, qu'on les sépare.

JENNI.

Où le conduisez-vous?

BLUCK.

A la mort qui l'attend.

JENNI, *à genoux.*

Soyez touché de mes alarmes;
Mon cher époux est innocent;
J'arrose vos pieds de mes larmes.

VILLIAM.

Que vois-je! mon épouse au pied de ce brigand!

KIRK ET BLUCK, *ensemble.*

Qu'on le saisisse, qu'on l'entraîne,
Et qu'on le conduise à la mort.

VILLIAM.

Monstre! j'ai mérité ta haine,
Je suis glorieux de mon sort.

JENNI.

Je veux le suivre, qu'on m'entraîne
Avec lui; donnez-moi la mort.

CHŒUR.

De ton forfait subis la peine,
La prison, l'échafaud, la mort.

(*Ils entraînent Villiam et repoussent Jenni, qui s'attache à son époux, et le suit hors du théâtre malgré eux.*)

FIN DU PREMIER ACTE.

ACTE SECOND.

Grande salle, où il n'y a que les quatre murs. Porte dans le fond;
deux sentinelles en dehors.

SCÈNE PREMIÈRE.

KIRK, seul.

Elle viendra sans doute demander la grâce de son
mari... ce n'est qu'à cette condition qu'elle l'obtiendra.
Quel homme que ce Villiam ! il serait dangereux d'é-
pargner un ennemi de ce caractère. Mais pour la
femme, que ne ferait-on pas? quelle est belle ! je ne
me croyais pas homme à me laisser surprendre si su-
bitement. Kirk amoureux ! cela est trop extraordinaire. Ah ! j'espère que je ne le serai pas long-temps;
mais si elle me rejette; elle en est capable; si elle me
rejette, malheur à elle, malheur à lui ! ils périront
ensemble. J'ai la force pour moi; je serais bien sot de
ne pas profiter de l'empire qu'on m'abandonne : tant
pis pour les lâches qui le souffrent; puisqu'ils me
laissent régner, ils méritent de m'avoir pour maître.

AIR.

Je vais la voir à mes genoux;
J'entendrai sa voix suppliante.
Je verrai la beauté tremblante
Me redemander un époux.
Pour le soustraire à ma vengeance,
Que ne va-t-elle pas tenter?
Ce qu'elle aime est en ma puissance :
Pourrait-elle me résister?
Mais si mon espérance est vaine,
Si je ne puis rien obtenir,

Tout mon amour se change en haine,
Et tous deux je les fais mourir.
Que m'importe qu'on me maudisse !
Ma volonté, voilà ma loi;
Quand je parle, qu'on obéisse !
Quand je parais, que tout fléchisse,
Et que tout tremble devant moi.

SCÈNE II.

KIRK, NORTON.

NORTON.

Seigneur, les habitans des campagnes voisines ont envoyé une députation vers vous. Ce sont de respectables vieillards; ils demandent à être introduits.

KIRK.

De respectables vieillards, ce n'est pas ce que j'attendais; mais qu'ils entrent (*Norton sort.*) Viendraient-ils me parler pour Villiam? ce n'est pas à eux que je l'accorderai. N'importe! écoutons-les. Les hommes de ce pays ont l'humeur hautaine; ils s'échapperont dans leurs discours, et leur fierté me donnera des armes contre eux.

SCÈNE III.

KIRK, VIEILLARDS.

KIRK.

Si vous venez me parler pour Villiam, épargnez-vous cette peine; je n'écoute rien, et votre pitié pour ce rebelle pourrait vous entraîner dans sa perte.

LE PREMIER VIEILLARD.

Seigneur, notre dessein n'est pas de vous deman-

der sa grâce. Nous espérons qu'il sera jugé avec jus=
tice... et s'il est innocent...

KIRK.

S'il est innocent?

LE VIEILLARD.

S'il est coupable, nous obéirons à la loi. Mais c'est
une autre grâce que nous attendons de votre bonté.

KIRK.

Quelle est-elle?

LE VIEILLARD.

Vous savez que nos troupeaux font toute notre
richesse; ils n'ont pour se désaltérer que l'eau du
fleuve qui baigne cette contrée.

KIRK.

Eh bien?

LE VIEILLARD.

Nous vous supplions de ne plus faire jeter tant de
cadavres dans la rivière, nos troupeaux refusent d'y
boire, et les animaux les plus grossiers se laissent
périr de soif plutôt que de s'y abreuver.

KIRK, à part.

Je ne puis dissimuler; ils me font frémir.

LE VIEILLARD.

Seigneur, ayez pitié de nous, et que votre haine
pour les coupables ne fasse pas périr les innocens.

KIRK.

Attendez-moi, je vais donner des ordres; je vous
répondrai dans un moment. (*Il sort.*)

SCÈNE IV.

LES VIEILLARDS.

CHŒUR.

PREMIER VIEILLARD.

Il a frémi.

DEUXIÈME VIEILLARD.

C'est de colère.

TROISIÈME VIEILLARD.

N'espérons pas de le fléchir.

TOUS TROIS.

O tyrannie ! ô comble de misère !
Sans nous venger, il faudra donc périr !

CHŒUR A GENOUX.

Dieu de bonté, dieu de clémence,
Tu vois l'excès de nos malheurs,
Laisseras-tu toujours opprimer l'innocence ;
Souffres-tu que le crime insulte à nos douleurs ?
Dieu de bonté, etc.

Dès qu'ils entendent Kirk, ils se taisent, et se lèvent
sans achever le chœur.

SCÈNE V.

LES PRÉCÉDENS, KIRK, BLUCK.

KIRK.

Retournez dans vos foyers ; j'ai donné des ordres,
nous serons tous satisfaits.

LE VIEILLARD.

Nous pouvons donc espérer ?

KIRK.

Allez, vous dis-je; vous saurez mes volontés.

SCÈNE VI.

KIRK, BLUCK.

KIRK.

Pars sur-le-champ; ferme toutes les issues; arrête tous ceux qui ont osé s'attrouper; qu'ils soient conduits dans cette prison, et que demain avant l'aurore....

BLUCK.

Je vous entends. Si nous ne prenions ces mesures, nous aurions bientôt une révolte générale. (*Il sort.*)

KIRK.

Fais entrer Norton; je veux lui parler. Ah ah! *les animaux les plus grossiers refusent de s'y abreuver :* quelles expressions! ils me paieront cher l'horreur qu'elles m'ont causée. Voici Norton, je veux sonder son âme.

SCÈNE VII.

KIRK, NORTON.

KIRK.

Norton, j'ai besoin de vos conseils; je suis inquiet; les habitans de ce pays sont disposés à la révolte : quels moyens croyez-vous que je doive employer pour l'éviter?

NORTON.

Mes conseils ont toujours paru vous déplaire; je ne dois plus m'exposer à vous en donner.

KIRK.

Si je n'en avais pas besoin, je ne vous appellerais pas. Répondez : quel parti dois-je prendre pour appaiser le peuple?

NORTON.

Justice, clémence, humanité.

KIRK.

Je sais que ce sont là vos principes; vous êtes modéré, Norton. Mais ne craignez-vous rien de leur vengeance? est-il temps d'employer la douceur?

NORTON.

Il est toujours temps d'être humain.

KIRK.

Vous croyez donc qu'ils oublieront les maux qu'ils ont soufferts?

NORTON.

Ils oublieront tout, si vous devenez juste; on pardonne beaucoup aux circonstances. La rigueur peut être excusée un moment quand la crise est violente; mais les barbaries exercées de sang-froid, les crimes inutiles, les atrocités réfléchies, voilà ce qui ulcère le cœur, ce qui amène tôt ou tard la chute ou la mort des persécuteurs.

KIRK.

Et pensez-vous qu'on cesserait de me haïr, si je me relâchais de ma sévérité?

NORTON,

Ils béniront la justice, quelque tardive qu'elle soit.

KIRK.

Et si je continue sur le même plan?

NORTON.

Je crains pour vous.

3.

KIRK.

Vous avez donc des raisons pour craindre? vous
connaissez donc leur façon de penser?

NORTON.

Ils se taisent devant vous; ils paraissent soumis,
abattus; mais, n'en doutez pas, ils murmurent et
haïssent.

KIRK.

Ils murmurent, vous le savez, et vous ne les punis-
sez pas?

NORTON.

Seigneur, écoutez-moi; il est temps encore. Vous
vous perdez, et c'est vous qui voulez vous perdre.

AIR.

Soyez juste, soyez sensible;
Rendez la paix à ce canton,
Et ce peuple heureux et paisible,
Oublira ses malheurs, bénira votre nom.
Qu'il est cruel d'être inflexible!
Qu'il est doux d'accorder un généreux pardon!
La rigueur est toujours pénible;
Il en coûte moins d'être bon.
Soyez juste, soyez sensible,
Et ce peuple heureux et paisible
Oublira ses malheurs, bénira votre nom.
Mais dans votre fureur, si rien ne vous arrête,
Et s'il vous faut toujours du sang,
Tremblez, tremblez pour votre tête.
Je vois déjà sur vous se grossir la tempête,
Et la foudre des cieux atteint le plus puissant.
Soyez juste, etc.

KIRK.

Allez, je réfléchirai à ce que vous venez de me dire.

SCÈNE VIII.

LES PRÉCÉDENS, BLUCK.

BLUCK.

Tous les mutins sont arrêtés; quelques-uns seulement ont réussi à prendre la fuite.

KIRK.

Tant pis.

BLUCK.

Mais on amène le prisonnier de ce matin.

KIRK.

Qu'il paraisse. (*Bluck sort.*) Norton, je vais l'interroger, et vous verrez que je ne suis que juste. (*A part.*) Villiam est indigné; il s'emportera, et Norton même sera forcé de le trouver coupable.

SCÈNE IX.

LES PRÉCÉDENS, VILLIAM, BLUCK, SOLDATS.

KIRK.

Approchez, et répondez sans crainte ni dissimulation.

VILLIAM.

Je ne crains ni toi ni tes bourreaux, et je te méprise trop pour recourir à la feinte.

KIRK.

Vous l'entendez, Norton. Villiam, est-il vrai que ayez conspiré contre la liberté?

VILLIAM.

Si j'avais voulu être esclave, on ne m'accuserait pas de conspirer contre la liberté.

KIRK.

Villiam, soyez aussi calme que moi; vous allez pa=
raître devant vos juges, et vos emportemens vous y
serviraient mal.

VILLIAM.

Si mes juges sont des hommes, la fierté d'un opprimé ne les empêchera pas d'être justes. Si mes juges
te ressemblent, je n'ai rien à leur répondre; l'accusation et la mort ne sont qu'une même chose pour
vous.

KIRK.

Vous haïssez le Protecteur?

VILLIAM.

Oui.

KIRK.

Vous avez traité de tyrannie son autorité légitime?

VILLIAM.

Si j'ai toujours haï le despotisme, juge combien je
déteste les bourreaux qui parlent de liberté.

KIRK.

Vous faites donc des vœux pour notre ruine?

VILLIAM.

Chaque jour j'appelle la vengeance du Ciel sur la
tête de nos persécuteurs : puisse ma mort être le signal de leur chute et de ton supplice !

KIRK.

Norton, jugez vous-même:

NORTON.

Seigneur, il faut que cet homme ait l'esprit égaré,
ou que ses malheurs l'aient cruellement aigri contre
nous.

KIRK.

Vous l'excuserez peut-être ?

VILLIAM.

Je te salue, homme humain; je ne croyais pas te trouver ici.

KIRK, avec colère.

Il vous remercie, Norton.

VILLIAM.

Je ne demande point qu'on plaide ma cause devant toi; mon innocence la plaidera bientôt au pied du trône de l'Eternel : épargne-moi la vue de ton affreux tribunal; ses jugemens sont plus horribles que ses supplices. Pour toi, s'il te reste, je ne dis pas de la pitié, mais un souvenir d'humanité, laisse-moi revoir une épouse que ma mort va condamner au désespoir, et qui n'a de tort que d'avoir paru à tes yeux.

KIRK.

Tu la verras. Sors d'ici; je t'abandonne à tes juges.

SCÈNE X.

LES PRÉCÉDENS, UN SOLDAT.

LE SOLDAT à Kirk.

La femme de ce rebelle demande à vous parler.

VILLIAM.

Ma Jenni dans ces lieux!

KIRK.

Je lui ferai savoir quand je pourrai l'entendre. (*Le soldat sort*)... Soldats, ramenez ce malheureux; il sera jugé militairement avec les factieux de ce canton. (*Les soldats emmènent Villiam*). Vous, Norton, suivez-les.

Je vous charge de l'expédition de demain; et malgré vos maximes, je ne vous crois pas capable de désobéir.

(*Norton salue et sort.*)

SCÈNE XI.

KIRK, BLUCK.

BLUCK.

Vous osez le charger de cette commission?

KIRK.

C'est pour le perdre.

BLUCK.

Pour le perdre! eh! seigneur, ordonnez-moi de me saisir de sa personne.

KIRK.

Je t'ai déjà dit mille fois que tu n'y entends rien; Norton est aimé des troupes: nos soldats ne se mêlent pas de politique; ils ne songent qu'à combattre et à vaincre. Sans examiner les motifs de ma conduite, ils pensent que j'ai des ordres pour agir ainsi, et que je fais tout pour le bien commun: veux-tu que j'aille faire une imprudence, les brusquer, leur dessiller les yeux? Ils aiment Norton, te dis-je; et s'ils avaient à choisir entre lui et moi, je ne doute pas qu'ils ne m'abandonnassent.

BLUCK.

Rien n'échappe à votre prévoyance; mais comment ferez-vous pour le perdre?

KIRK.

Je le charge de l'exécution de demain; il a montré de la pitié pour ces malheureux; de deux choses l'une,

ou il désobéira, ou il voudra sauver quelques victimes.
Dans l'un et l'autre cas, il aura manqué à son devoir;
il sera complice de la conspiration, il sera rebèlle,
factieux, tout ce qu'on voudra enfin, et je pourrai le
perdre avec tranquillité.

BLUCK.

Seigneur, je ne suis qu'un écolier.

KIRK.

Tu te formeras près de moi; j'ai reculé les limites
du crime. Vas dire à Jenni qu'elle peut entrer.

BLUCK, souriant.

Le mari pourra bien l'échapper.

KIRK.

Cela n'est pas sûr; vas où je te dis. (*Bluck sort.*)

SCÈNE XII.

KIRK, seul.

Voici l'instant.... Je ne sais, mais je ne suis pas
tranquille. Est-ce que je tremblerais devant une
femme? Moi! Kirk! ce fantôme qu'on nomme vertu
forcerait-il à le respecter ceux même qui n'y croient
point? Rassurons-nous, la voici! O amour, que tu
dois être étonné d'être entré dans mon cœur!

SCÈNE XIII.

KIRK, JENNI, BLUCK.

BLUCK.

La voilà. (*Il sort et ferme la porte.*)

KIRK.

Approchez, belle Jenni; ne me redoutez pas.

Jenni fait un mouvement d'effroi quand elle entend fermer la porte.

JENNI.

Seigneur, comme l'espérance ne nous abandonne qu'à la mort, je n'ai point renoncé à celle de vous fléchir. Au nom de ce que vous avez de plus cher au monde, rendez-moi mon époux; jetez un œil de pitié sur mon affreux désespoir. Je n'ai plus de parens; le Ciel m'a refusé d'être mère; je n'ai qu'un époux pour toute consolation dans mes peines. Il est tout pour moi, lui seul me fait chérir la vie, et vous l'envoyez à la mort! et vous me laissez vivre! que deviendrai-je sans lui? vous voulez donc aussi me faire mourir de désespoir et de douleur! Grâce pour lui, seigneur, grâce pour mon époux, ou la mort à tous deux.

KIRK.

Belle Jenni, il me serait doux de manquer à mon devoir pour vous rendre heureuse; mais n'accusez que votre époux du malheur qui le menace : s'il n'eût insulté que moi, je lui pardonnerais sans peine; mais devant mes officiers, mes soldats, devant ses juges, il a tenu mille propos séditieux, dont le moindre mérite la mort.

JENNI.

Ah! seigneur, vous pouvez tout; un mot de vous peut me rendre mon époux, un mot de vous peut porter la joie dans ce cœur que la douleur déchire.

KIRK.

Jenni, rassurez-vous.

JENNI, avec joie.

Vous vous attendrissez: ah! mon Dieu, je te rends grâce!

KIRK.

Vous pouvez sauver votre époux.

JENNI.

Je le puis, seigneur, je le puis! parlez, parlez! mon bien, mon sang, ma vie, je donne tout pour mon mari!

KIRK.

Je puis l'accorder à vos larmes; mais écoutez-moi.

JENNI.

Ah! je vous écoute; l'espoir a réchauffé mon cœur.

KIRK, mystérieusement.

Du moment où je vous ai vu, vos traits ont fait sur moi une impression inexprimable... Je vous aime, Jenni.....

JENNI, reculant d'effroi.

Vous m'aimez! ah! dieu! la mort, la mort!

KIRK.

Vous frémissez! le temps presse : voulez-vous m'entendre?

JENNI.

Je n'écoute plus rien; la mort, seigneur, la mort; c'est le seul bienfait que j'attends de vous.

KIRK.

Votre époux va périr.

JENNI, pleurant.

Mon époux! malheureuse! dans quel affreux abîme...

KIRK.

Le glaive est sur sa tête. Ecoutez-moi : renoncez à votre époux; qu'il s'exile de ces lieux, que Jenni me reste; à ce prix il vivra.

JENNI, avec horreur.

A ce prix !

KIRK.

Je vous aime, vous dis-je; et vous seule avez porté
l'amour dans ce cœur fait pour haïr. Vous m'avez entendu; que Jenni me reste, sinon.... plus d'époux.

JENNI.

Et c'est à ce prix que tu me rends ce que j'aime !
fais donc préparer un cercueil pour nous deux. Fuis,
monstre; tu me fais horreur !

KIRK.

Jenni, Jenni; je puis d'un seul mot....

JENNI.

Tu peux m'égorger; mais alors je n'aurai plus devant les yeux un brigand tel que toi, et c'est tout ce
que je désire.

KIRK.

Soldats....

JENNI.

Arrête, malheureux! Mais, barbare, l'enfer est
donc dans ton cœur? les tigres auraient pitié de moi!

KIRK.

Il est temps encore; votre époux respire, c'est vous
qui allez prononcer son arrêt.

JENNI.

Rends-le-moi, rends-le-moi, ou j'expire à tes yeux.

KIRK.

Sa grâce est dans ma main; parlez, vous savez à
quel prix....

JENNI.

Fuis, te dis-je, fuis; ne souille plus l'air que je
respire.

KIRK.

Adieu.

JENNI.

Attends, je te supplie encore; tu me vois à tes pieds, je te demande la mort, je la désire, je la veux; mais avant d'expirer, que je revoie encore l'objet de mon amour!

KIRK

Vous le verrez.

JENNI.

Je le verrai! vas, que je le voie et que je meure, je te pardonne tout.

KIRK.

Ce n'est point à lui que j'accorde cette faveur, c'est à vous. Puisse le désir de conserver un être si cher, vous rendre plus docile à mes vœux! c'est à vous que Villiam devra la vie ou le supplice. (*Il sort.*)

SCÈNE XIV.

JENNI, seule.

Je vais le voir..... et c'est pour la dernière fois! demain, aujourd'hui peut-être, les monstres vont s'abreuver de son sang. La malheureuse Jenni va rester seule sur la terre. Dieu! on ne meurt donc pas de douleur et d'effroi! On vient!... je tremble!... c'est lui!...

SCÈNE XV.

JENNI, VILLIAM.

VILLIAM.

Ma Jenni!

JENNI.

Cher époux!

VILLIAM.

Viens dàns mes bras, reçois les adieux dé celui qui t'adore et qui ne regrette la vie que pour toi.

JENNI.

C'est donc pour la dernière fois que je te presse sur mon sein?

VILLIAM, levant les mains au ciel.

Jenni, nous nous reverrons un jour. Nous nous reverrons, ma-chère; sans cet espoir, qui console l'innocence, l'homme maudirait sans cesse la main du créateur.

JENNI.

Rien n'a pu le fléchir : ah! cher époux, si tu savais... je n'ose m'exprimer, l'horreur glace ma langue, et ma honte m'accable. Si tu savais à quel prix l'infâme m'accorde l'espoir de te conserver.

VILLIAM.

N'achève pas, Jenni; n'empoisonne pas mes derniers momens. Eh quoi! tu as pu supplier mes bourreaux! tu as pu t'abaisser, t'avilir à ce point; la vertu a flatté le crime. Màlheur à toi, si tu balances un moment entre la honte et l'honneur! ah! n'ajoute pas à mon supplice; c'est bien assez pour moi de te laisser malheureuse.

FINAL.

RÉCITATIF.

JENNI.

Cher époux!

VILLIAM.

Plus d'espoir; il faut cesser de vivre.

JENNI.

Ne me refuse pas la douceur de te suivre.

VILLIAM.

De me suivre, grand dieu!

JENNI.

Tu connais mon amour;
Ne me condamne pas à conserver le jour.

VILLIAM.

O ciel!

JENNI.

Oui, cher époux, en te restant fidelle,
En faisant mon bonheur de vivre sous ta loi,
En jurant aux tyrans une haine éternelle,
J'ai mérité l'honneur de mourir avec toi.

VILLIAM.

O touchante victime!

JENNI.

Oui, nous mourrons ensemble,
Et nos amis diront : que leur sort est heureux!
L'amour les unissait, le tombeau les rassemble,
Et la main des brigands ne peut plus rien sur eux.

DUO.

VILLIAM.	JENNI.
O trouble! ô peine extrême!	O toi! mon bien suprême,
Conserve ce que j'aime,	Non, la mort, la mort même
Reste pour me pleurer.	Ne peut nous séparer.

ENSEMBLE.

De l'épouse que j'aime	Non, la mort, la mort même
Il faut me séparer.	Ne peut nous séparer.

VILLIAM.

Avant que de fermer les yeux à la lumière,
Pour la dernière fois donne-moi cette main.

JENNI.

Je veux à mon heure dernière
Te presser encor sur mon sein.

VILLIAM.

Tourne sur moi ta mourante paupière.

JENNI.

Fermons au même instant les yeux à la lumière.

VILLIAM.

Confondons nos derniers soupirs.

JENNI, *avec joie.*

Sur le bord de la tombe il est donc des plaisirs !

ENSEMBLE.

O toi! mon bien suprême, etc.

VILLIAM.

Le trépas sera donc le prix de ta tendresse?

JENNI.

Cesse de m'effrayer.

VILLIAM.

Oui, mourons sans faiblesse.
Nos bourreaux jouiraient s'ils nous voyaient pleurer.

ENSEMBLE.

O tyran! tombe de ton trône ;
La foudre est prête à te frapper,
En vain tu prétends échapper,
A la haine qui t'environne :
La foudre est prête à te frapper.

VILLIAM.

Qu'une Euménide effrayante,
Menaçante,
Te livre aux remords dévorans !

JENNI.

De nos fleuves puisse l'onde
Vagabonde,
Rouler tes membres palpitans !

ENSEMBLE.

Que l'enfer, pour ton supplice,
Applaudisse,
A tes tourmens,
Et que ta tête sanglante
Épouvante
Tous les brigands.

SCÈNE XVI.

LES PRÉCÉDENS, KIRK, SOLDATS.

JENNI, *voyant les soldats.*

Les voici, tes bourreaux! (*Elle tombe évanouie.*)

KIRK, *à William.*

Sortez.

VILLIAM.

Adieu, ma chère!

KIRK.

Sortez.

VILLIAM.

Elle ne m'entend plus.
Adieu : puisse le ciel consoler ta misère,
Et récompenser tes vertus!

(*Les soldats l'emmènent.*)

JENNI *le cherche des yeux.*

Mon époux, mon époux! rendez-le-moi, barbares!
Avec lui je veux expirer :
A nos derniers momens, monstre! tu nous sépares;
Il périt.... et mon cœur ne peut se déchirer.

KIRK.

L'arrêt est prononcé; demain avant l'aurore
Vous l'aurez perdu pour toujours!

Jenni, si vous l'aimez encore,
Méritez son pardon et conservez ses jours.

SCÈNE XVII.

LES PRÉCÉDENS , FEMMES ET ENFANS.

Chœur de femmes qui présentent leurs enfans à Kirk.

Ah! laissez-vous toucher par nos voix gémissantes ;
Seigneur, voyez à vos genoux
Des enfans malheureux et des mères tremblantes :
Rendez le père au fils, et l'épouse à l'époux.

KIRK.

Ils mourront, rien ne peut appaiser mon courroux.

(*Il sort.*)

SCÈNE XVIII.

JENNI, CHŒUR DE FEMMES.

JENNI.

Quoi ! monstre, tu règnes encore !
Et tout ce peuple qui t'abhorre
Te laisse vivre un seul instant !
Tremble ! ton supplice s'apprête ;
Tremble ! la foudre est sur ta tête ;
Tu vas tomber, l'enfer t'attend.

TOUTES LES FEMMES.

Que tout s'arme, que tout combatte,
Du peuple que la haine éclate !
Attaquons ces monstres affreux.
Que tout s'arme, que tout combatte ;
Délivrons nos époux ou mourons avec eux.

(*Elles sortent en tumulte.*)

FIN DU SECOND ACTE.

ACTE III.

Chambre rustique.

SCÈNE PREMIÈRE.

JENNI, seule.

Plus d'espoir! le crime triomphe; le généreux effort
des opprimés n'a servi qu'à grossir le nombre des victimes. Et que peuvent des femmes, des enfans timides
contre la scélératesse armée de la puissance? C'en est
fait, il faut renoncer à l'espoir de sauver ce que
j'aime; il faut renoncer au bonheur, à la vie, à tout.
Le sommeil et la débauche assoupissent nos bourreaux : le sommeil! il en est donc pour eux! Mais
bientôt ils vont s'éveiller, et la nature sera en deuil.
Bientôt la vertu, l'innocence, Villiam, enfin, mon
cher Villiam, sera livré à leur fureur!

AIR.

Il va périr; tout ce que j'aime
Va m'être enlevé sans retour.
O supplice! ô douleur extrême!
Vœux impuissans! funeste jour!　　(*bis.*)
Il va périr; celui que j'aime
Va m'être enlevé sans retour.

Tyran cruel, viens m'égorger moi-même;
Mais épargne du moins l'objet de mon amour.

O nuit! ne hâte pas ta course;
Chaque instant écoulé redouble mon effroi;
Dieu clément, ta justice est ma seule ressource :
Puissent mes cris pénétrer jusqu'à toi;
Protége mon époux; rends-le moi, rends-le moi.

Il va périr, etc.

4.

SCÈNE II.

JENNI, UN SOLDAT.

JENNI.

Que vois-je? je tremble! que voulez-vous?

Le soldat donne une lettre.

Lisez.

JENNI.

Une lettre! serait-ce?.....

LE SOLDAT.

Elle n'est pas signée; mais vous connaîtrez aisément quel est l'homme qui peut vous écrire ainsi.

(*Il sort et laisse la porte ouverte.*)

JENNI.

Je frémis; j'espère : le tigre aurait-il senti quelque
remords? (*Elle lit*) : « A deux heures de la nuit, je
» passerai devant votre porte; si elle est ouverte,
» votre mari a sa grâce; si elle est fermée, il est mort.»

Dieux! mes cheveux se hérissent, mon sang se
glace, mes yeux se troublent!..... Si c'étaient les approches de la mort, que je serais heureuse! A deux
heures cette porte..... elle est ouverte; il va paraître :
courons..... fermons..... Malheureuse! ton époux va
périr..... Ah! mon dieu, secourez-moi, conseillez-
moi, je le fléchirai, peut-être. Est-il un monstre sur
la terre qui, une fois dans la vie, n'éprouve pas un
mouvement d'humanité? Si je pouvais en concevoir
l'espérance! eh! que puis-je encore espérer? Les
tigres ont-ils quelque chose d'humain? je m'expose-
rais : quelle horreur! et mon époux, que dirait-il? Il
mourrait dans le désespoir, et n'emporterait dans la

tombe que le juste mépris que j'aurais mérité. Malheur à toi, m'a-t-il dit, si tu balances un instant entre l'honneur et la honte! je t'obéis, Villiam, je t'obéis, et je mourrai digne de toi.   (*Elle ferme la porte.*)

Puisses-tu ne plus te rouvrir, porte fatale! puisse cet asile me servir de tombeau! (*On frappe à la porte.*) Je frissonne! c'est lui sans doute. (*On frappe encore.*) Ces coups sont l'arrêt de notre mort; mais ils ne changeront rien à ma résolution. (*Melfont derrière la porte.*) Jenni, Jenni!

JENNI.

Quelle voix! c'est celle d'un ami!

MELFONT.

Jenni, ouvrez vîte; c'est moi, c'est Melfont.

JENNI ouvre.

Melfont, venez à mon secours.

SCÈNE III.

JENNI, MELFONT.

MELFONT.

Jenni, faites un moment trève à vos douleurs : répondez-moi; vous reste-t-il quelques moyens de suspendre, de retarder la fatale exécution ?

JENNI.

Ah, dieu! que demandez-vous? j'ai tout employé; je n'ai trouvé que des cœurs de fer.

MELFONT.

Ne vous rebutez pas, Jenni, ne vous rebutez pas; que la nuit ne vous effraie point : allez vous jeter aux pieds de vos bourreaux; faites tout au monde pour retarder le supplice; si vous pouvez le faire différer d'un jour, de quelques heures, votre mari est sauvé.

JENNI.

Que dites-vous? je puis espérer!....

MELFONT.

Une grande révolution se prépare; nos malheurs touchent à leur terme : demain l'humanité sera vengée, et le jour éclairera le supplice de nos persécuteurs.

JENNI.

Malheureuse que je suis! alors mon mari aura cessé de vivre.

MELFONT.

C'est pourquoi il faut vous hâter; votre douleur, votre vertu, vos charmes mêmes peuvent vous prêter bien de l'éloquence; faites tout, vous dis-je, pour retarder le supplice : qu'il serait affreux de périr au moment où l'on va sortir de l'oppression!

JENNI.

Mais sur quoi fondez-vous votre espoir?

MELFONT.

Le temps est cher, Jenni; je ne puis tout vous expliquer, mais demain l'explosion sera terrible; le peuple et les soldats ne feront qu'un, et l'infâme Kirk recevra le châtiment dû à ses forfaits. Il sera trahi, comme il a trahi les lois et la nature; mais si l'exécution ne se diffère pas, tout est perdu! faites différer, faites retarder; un moment est d'un grand prix dans ces circonstances! je vous le répète encore, priez, pressez, humiliez-vous, s'il le faut, devant l'affreuse idole; mais ne négligez rien pour reculer le malheur qui nous menace. Adieu, je vous laisse; nos amis m'attendent : songez à Villiam ; nous songerons à vous tous, et nous mourrons pour vous s'il le faut. (*Il sort et ferme la porte.*)

SCÈNE IV.

JENNI, seule.

Dieu! qu'ai-je entendu? *je puis le sauver !* Si je puis obtenir un retard, *il est sauvé !* Que faire? mon dieu, que faire? dans quelle horrible perplexité!..... il va venir!... Si cette porte est fermée, Villiam n'est plus : si je l'ouvre, à quel affreux danger!..... Ah! malheureuse, malheureuse! est-il au monde un être plus à plaindre que moi? puis-je encore espérer de fléchir mon tyran? que lui dire? que faire? Melfont ignore à quel prix..... Mais quelle heure est-il? Ciel! le moment approche. *Si l'on diffère,* m'a dit Melfont, *votre mari est sauvé.* Je puis lui rendre la vie, et j'hésite! il vivra, nous serons heureux, et c'est à Jenni qu'il devra son bonheur! C'en est fait..... je m'expose à tout...... à tout pour le sauver. Allons, du courage ; mais que puis-je craindre? mes larmes, ma douleur pourront peut-être obtenir ce retard... pourquoi négliger de tenter tout ce qui est possible? s'il le faut même, une promesse vague... Une promesse! quelle horreur! Non, non; ne combattons le crime qu'avec les armes de la vertu... Mais enfin, que faire? je crois déjà voir Villiam à l'échafaud... le fer de l'assassin va frapper mon époux, et je puis le sauver! nature, tu l'emportes. Je veux tout tenter, je veux..... je ne sais ce que je veux. O Villiam! t'obéirai-je? te perdrai-je en t'obéissant? (*Deux heures sonnent.*) Ah! dieu..... non, je ne puis renoncer à toi je veux te sauver...

Mon dieu, pardonne-moi, et soutiens mon courage.
(*Elle ouvre la porte.*) Mes genoux fléchissent... l'effroi
me serre le cœur... une sueur froide... ah, ciel! suis-je
donc déjà coupable? J'entends, j'entends déjà les
reproches de mon époux : le mépris, l'horreur sont
peints sur sa figure..... il me rejette..... il me renonce
pour son épouse.... Infâme, me dit-il... ah! fermons,
fermons cette porte et mourons avec lui. (*Elle va pour
fermer la porte ; Kirk paraît ; Jenni recule d'épouvante.*)

SCÈNE V.

JENNI, KIRK.

KIRK.

Je vous effraie, madame; vous voyez avec horreur
celui qui vous apporte l'espérance et la vie!

JENNI.

Quoi! seigneur, serait-il vrai? seriez-vous sensible
à mon malheur?

KIRK.

Je ne suis sensible qu'à vos charmes. Si je n'ob-
tiens Jenni, périsse tout ce qui m'environne! amour
et fureur ne sont qu'une même chose, si mon espoir
est trompé.

JENNI.

Ah!

KIRK.

Femme obstinée, choisis, choisis ce que je t'offre,
la grâce ou la mort. Un mot va tout changer; parle,
ton époux est libre; qu'il s'éloigne, qu'il emporte des
richesses, que Jenni me récompense..... Un mot de
vous, un mot, et j'arrête le glaive prêt à le frapper.

Répondez oui ou non. Répondez, le temps fuit...,.. le moment approche; bientôt il ne sera plus temps.

JENNI, avec force.

Non!

KIRK.

Et vous osez le prononcer ce non? vous osez!..... me connaissez-vous bien? espérez-vous me fléchir sans m'obéir?

JENNI.

Oui, j'espère encore vous fléchir. Sans cet espoir qui me soutient, vous n'auriez plus revu la malheureuse Jenni. Eh bien! puisque vous ne me parlez qu'au nom de ce funeste amour que je vous inspire; s'il est vrai que vous m'aimiez, accordez-moi seulement une consolation faible, et qui dépend de vous: différez, je vous en conjure, retardez de quelques momens la fatale exécution; que je voie encore un jour, quelques heures, celui que je vais quitter pour jamais!....

KIRK.

Retarder! différer! voulez-vous que j'attende qu'on ourdisse quelque trame, qu'il éclate un soulèvement, qu'on m'arrache mes victimes? Ne l'a-t-on pas déjà tenté? Non, point de retard; j'ai même avancé l'heure du supplice, et nous n'attendrons pas l'aurore pour nous venger.

JENNI.

Ah! tout est fini... plus d'espoir : mourons!

KIRK.

L'amour, Jenni, l'amour! à ce prix, tout est réparé; hâtez-vous, prononcez : un oui va rendre le bonheur à tout ce qui vous environne.

JENNI.

Pour la dernière fois, je tombe à tes genoux. Tigre, sois donc sensible à l'état déplorable où tu m'as réduite, et n'exige point d'amour d'un cœur que la douleur déchire.

KIRK.

Qu'elle est belle! parlez, parlez; mais je n'écoute rien de ce qui trompe mon attente.

JENNI.

Différez, je vous en conjure.

KIRK.

Non.

JENNI.

Un jour, une heure, un moment, par pitié.

KIRK.

Non.

JENNI.

Il faut donc que j'expire à vos pieds!

KIRK, avec fureur.

Acceptez, vous dis-je; je vous le dis pour la dernière fois.

JENNI, se relève.

Va, monstre, je ne me pardonnerai jamais la honte dont je viens de me couvrir en m'humiliant devant toi. Va, bourreau, bois le sang de tes victimes, rassasie tes yeux de cet horrible spectacle · je t'abhorre, je t'exècre.... voilà les derniers mots qui sortiront de ma bouche.

(*Elle s'assied avec le calme du désespoir, et garde un morne silence pendant toute la scène qui suit.*)

KIRK, ayant l'air.

Jenni, Jenni!....

AIR.

Cet air est une espèce de duo dans lequel l'orchestre répond et parle pour Jenni.

Haine, fureur, vengeance,
Je m'abandonne à vous.
Si Jenni n'est en ma puissance,
Je veux les exterminer tous.
Répondez, rompez le silence,
Redoutez mon affreux courroux;
Un mot suspendra ma vengeance,
Un mot vous rendra votre époux.
Répondez.... funeste silence!
    Haine, fureur, vengeance,
    Je m'abandonne à vous.

Elle se tait; femme cruelle!
C'est toi qui lui donnes la mort,
Parle.... eh bien donc! sois-lui fidelle.
Partage son malheureux sort.
Soldats.... mais non; je vous supplie,
Jenni, je tombe à vos genoux.
L'amour a calmé ma furie,
L'amour vous rendra votre époux.
Répondez.... funeste silence!
    Haine, fureur, vengeance,
    Je m'abandonne à vous;
    Il est en ma puissance,
    Qu'il tombe sous mes coups.

KIRK, après l'air.

Eh bien! puisque je ne puis rien obtenir, venez donc le voir expirer. Voyez les flambeaux qui éclairent cette place; voyez les apprêts du supplice.... Il n'est plus temps, la mort va servir ma colère.

CHŒUR DERRIÈRE LE THÉATRE.

Le ciel nous livre les victimes,
Exterminons tous ces brigands;

Poursuivons, punissons les crimes;
Rendons-leur tourmens pour tourmens.

KIRK.

Entends-tu cet hymne de mort? les horreurs qu'il présage sont le salaire de ta fierté.

SCÈNE VI.

JENNI, KIRK, NORTON, Soldats.

KIRK.

Eh bien! tout est-il prêt pour le supplice?

NORTON.

Oui, seigneur, et l'on n'attend plus que vous.

KIRK.

Marchons, délivrons-nous de ces misérables.

(Les soldats se rangent près de Kirk.)

NORTON.

Seigneur, daignerez-vous m'entendre?

KIRK.

Que voulez-vous?

NORTON.

Les hommes que vous voulez faire périr ne sont pas ceux dont il soit plus pressant de se défaire.

KIRK.

Auriez-vous pitié de ces scélérats?

NORTON.

Jamais de pitié pour eux, seigneur; mais il est dans le canton un scélérat qui doit nous inquiéter davantage. Il n'est point arrêté encore; et sa mort serait bien plus importante à notre tranquillité.

KIRK.

Qui donc?

NORTON, avec force.

Toi!

(*A ce mot les soldats se jettent sur Kirk et le désarment.*)

KIRK.

Qu'entends-je?

NORTON.

Oui, toi, monstre!

JENNI.

Que vois-je?

La joie de Jenni et son étonnement, la fureur de Kirk, les soldats qui le saisissent, l'attitude de Norton, tout cela doit faire un tableau sur lequel on reste un moment.

KIRK.

Ah! je suis trahi.

NORTON.

Va, monstre, la révolution est faite, et ton supplice va nous venger. Entrez, mes amis, accourez, le tigre est dans les fers.

SCÈNE VII.

LES PRÉCÉDENS, **VILLIAM**, **MELFONT**, PEUPLE.

TOUS.

Justice!

VILLIAM.

Ma Jenni!

JENNI.

Mon époux! (*Ils se tiennent embrassés.*)

NORTON.

Tu te tais, monstre; la terreur est retombée dans ton âme. Contemple la joie de ce peuple, et que notre bonheur soit ton premier supplice. Soldats, qu'on l'entraîne, qu'il soit puni, mais jugé, et qu'il sente enfin le poids de cette justice qu'il a toujours outragée.

TOUS.

Justice !

KIRK.

O mort !

NORTON.

Sors d'ici, et ne souille plus l'asile de la vertu.

(Les soldats l'entraînent.)

SCÈNE VIII ET DERNIÈRE.

LES MÊMES, excepté KIRK.

JENNI, hors d'elle-même.

Cher Villiam! l'amour... la joie... et vous... (Elle embrasse Norton.) Un ravissement... un trouble, tout cela pèse sur mon cœur... je ne puis parler!...

VILLIAM.

Viens, viens dans mes bras.... ah! je sens que la vie m'est chère !

NORTON.

Jouissez-en, mes amis, jouissez du calme et du bonheur que le Ciel doit à vos vertus. Allons célébrer cette journée glorieuse; un nouveau jour vient éclairer l'horizon; la justice, si long-temps exilée, descend enfin sur nous. Allons en rendre grâce au Ciel, et lui offrir le juste tribut de notre reconnaissance.

CHŒUR.

Sainte justice, écoute nos accens;
Que le crime frémisse à ta voix redoutable,
Règne à jamais sur nous, et sois en tous les temps
L'appui de l'innocence et l'effroi du coupable.

FIN DU TROISIÈME ET DERNIER ACTE.

LE JOCKEI,

COMÉDIE EN UN ACTE ET EN PROSE,

MÊLÉE D'ARIETTES,

REPRÉSENTÉE SUR LE THÉATRE DE L'OPÉRA-COMIQUE,
LE 16 NIVOSE AN IV (6 janvier 1796).

PERSONNAGES.

ALEXANDRINE.

LINVAL, Amant d'Alexandrine.

DAMON, Oncle de Linval.

ISABELLE, promise à Linval.

LA FLEUR, Valet de Linval.

La scène est chez Damon.

AVERTISSEMENT.

Ce sujet était difficile à traiter. Une jeune personne abandonnant la maison paternelle pour suivre l'amant qui n'est pas encore son époux, était une héroïne d'un dangereux exemple, bien que peu de temps avant cette époque on eût décrété des récompenses civiques pour toute demoiselle qui donnerait de petits citoyens à la nation. Au reste, l'auteur ne s'était pas dissimulé l'écueil de son sujet; mais, à cet égard, il avait une poétique arrêtée. « Lorsque vous croirez une situation hasardée, disait-il aux jeunes auteurs qui le consultaient sur leurs ouvrages, présentez-la sans hésitation dès les premières scènes; si vous avez l'air de douter, vous êtes perdus. » A cette occasion, il citait pour exemple sa comédie du *Jockei*. La coupable fugitive commence la pièce par ces mots : « Que de chagrins nous cause une première faute! j'ai quitté mes parens pour suivre celui que j'aime, etc.; » cette hardiesse, ajoutait M. Hoffman, imposa tellement au public, qu'il écouta sans murmurer le reste de la confidence et applaudit les couplets : *Lorsque vous verrez un amant*, etc.

La suite prouva que M. Hoffman ne s'était pas trompé. Son Jockei obtint un très-grand nombre de représentations, et, pendant plusieurs années, cet ouvrage fut joué une ou deux fois par semaine. Il est vrai que les talens réunis de Dozainville, de Carline et de madame Saint-Aubin ajoutaient au comique de la situation et à la piquante originalité du dialogue.

La musique de Solié contribua également à rendre
ce succès populaire.

Il y a dans cet opéra une scène charmante dans
laquelle Isabelle et Linval s'avouent réciproquement
qu'ils n'ont point d'amour l'un pour l'autre. Cette situation a été *imitée* depuis par beaucoup d'auteurs,
qui ne sauraient donner la même excuse que Molière,
car ces messieurs ne prennent pas leur bien où ils le
trouvent, mais ils s'emparent sans scrupule des idées
d'autrui.

LE JOCKEI,

COMÉDIE EN UN ACTE.

SCÈNE PREMIÈRE.

ALEXANDRINE, seule.

Que de maux, que de chagrins nous cause une première faute ! J'ai quitté mes parens pour suivre celui que j'aime : cachée comme une coupable, dans une maison étrangère, il faut que j'évite tous les regards, dans la crainte d'être reconnue. Je ne vois pas même assez souvent celui pour qui j'ai fait tant de sacrifices. Ah ! jeunes filles, jeunes filles !....

COUPLETS.

Lorsque vous verrez un amant
Vous regarder d'un air bien tendre,
Si vous ne fuyez promptement,
Le séducteur va vous surprendre :
Aux accens de sa douce voix
Craignez que votre cœur réponde.
Qui fléchit la première fois,
Tombe tout–à–fait la seconde.

Fuyez sur–tout l'occasion,
Sans trop compter sur la sagesse.
Hélas ! trop de présomption
Prouve souvent trop de faiblesse.
Quand Linval m'offrit son amour,
Je fis la fière, l'indiscrète ;
Je parlai trop le premier jour,
Le lendemain je fus muette.

5.

Mais à quoi bon se tourmenter,
Pour résister à la tendresse ?
L'Amour sait toujours nous dompter,
Et trop heureux le cœur qu'il blesse !
Les accens de sa douce voix
Triompheront de la plus fière ;
Ah ! s'il faut aimer une fois,
Autant vaut aimer la première.

SCÈNE II.

ALEXANDRINE, LA FLEUR.

LA FLEUR, portant un paquet.

Mademoiselle, voilà ce que vous avez commandé.

ALEXANDRINE.

Porte-le dans ma chambre, et surtout, gardes-toi
d'en rien dire à Linval. (*La Fleur sort.*) Plus j'y réfléchis, plus je m'applaudis de la ruse que j'ai imaginée, pour ne plus quitter mon amant et pour éviter
tous les soupçons. Mais le voici.

SCÈNE III.

ALEXANDRINE, LINVAL.

LINVAL.

Ma chère Alexandrine, nous sommes exposés au
plus grand danger. Vous me voyez dans la plus vive
inquiétude.

ALEXANDRINE.

Qu'avez-vous, Linval? quel danger peut me me-
nacer encore? ne m'aimez-vous plus?

LINVAL.

Ah! je t'aime plus que jamais, et cependant il faut
nous séparer.

ALEXANDRINE.

Nous séparer? et c'est vous qui le dites! vous accourez pour me le dire?

LINVAL.

Écoutez-moi, de grâce! ne me condamnez pas sans m'entendre.

ALEXANDRINE.

Si je vous écoute, vous aurez raison.

LINVAL.

Mon oncle doit bientôt arriver ici.

ALEXANDRINE.

Votre oncle?

LINVAL.

Hélas! oui. J'ai cru qu'il resterait plus long-temps à la campagne, voilà pourquoi j'ai osé vous loger ici: mais j'apprends qu'il va revenir, et s'il vous trouvait dans sa maison, nous serions perdus.

ALEXANDRINE.

Vous n'avez pas toujours été si prudent et si timide.

LINVAL.

Ah! vous ne savez pas ce qui le ramène.

ALEXANDRINE.

Parlez.

LINVAL.

Il veut me marier, et il conduit avec lui l'épouse qu'il me destine.

ALEXANDRINE.

Vous marier! Ah! je reste. Je m'attache à vous, je ne vous quitte plus. Vous marier! j'espère que ce ne sera qu'après ma mort.

LINVAL.

Chère amie, calme-toi. Tu sais bien que je ne puis

t'abandonner; mais au moins conjurons l'orage. Je t'ai
déjà dit cent fois que je n'ai point de fortune; tout ce
que je possède, je le tiens de mon oncle. Il m'aime
comme un fils, il me destine tout son bien; mais en
échange, il veut que je lui obéisse, il veut que j'accepte pour épouse la fille d'un de ses amis. En le
brusquant, je perds tout, et je te rends malheureuse,
laisse-moi le temps de lui faire changer de résolution; éloigne-toi de cette maison qui est la sienne,
et où tu ne pourrais te cacher à ses yeux. Notre sé-
paration ne sera pas longue, et Linval mourra plutôt
que d'être infidèle.

ALEXANDRINE.

Je reste.

LINVAL.

Vous restez? Et que deviendrons-nous si mon
oncle vous voit ici?

ALEXANDRINE.

Fiez-vous à moi, j'ai un moyen de parer à tout.

LINVAL.

Quel moyen?

ALEXANDRINE.

Une ruse que j'avais imaginée pour autre chose,
mais qui me servira admirablement aujourd'hui.

LINVAL.

Mais mon oncle.....

ALEXANDRINE.

Votre oncle me verra.

LINVAL.

Que dira-t-il?

ALEXANDRINE.

Il me dira que je suis fort aimable.

LINVAL.

Ma chère Alexandrine, vous ne connaissez pas
mon oncle, quand il a une chose en tête.....

ALEXANDRINE.

Laissez-moi faire, vous dis-je, je resterai près de
vous.

LINVAL,

Et cette femme qui va venir ici?

ALEXANDRINE.

Cette femme me verra.

LINVAL.

Mais, y pensez-vous?

ALEXANDRINE.

J'ai pensé à tout, je vous le répète, j'ai un moyen
sûr de pouvoir rester près de vous sans effaroucher
personne.

DUO.

LINVAL.

A ce projet, à ce mystère,
Je jure que je n'entends rien.

ALEXANDRINE.

Mon cher Linval, laissez-moi faire,
Comptez sur moi, tout ira bien.

LINVAL.

Mais vraiment c'est une folie.

ALEXANDRINE.

Non, ce n'est point une folie.
Si Linval me garde sa foi,
S'il aime toujours son amie,
Il n'est point de danger pour moi.

LINVAL.

Cette femme.... que dira-t-elle?

ALEXANDRINE.

Elle me verra sans courroux.

LINVAL.

Mon oncle?....

ALEXANDRINE.

Approuvera mon zèle
Et mon attachement pour vous.

ENSEMBLE.

LINVAL.	ALEXANDRINE.
A ce projet, à ce mystère ,	Mon cher Linval , laissez-moi faire ,
Je jure que je n'entends rien.	Comptez sur moi , tout ira bien.

LINVAL.

Mais de grâce daignez m'entendre :
Il n'est plus temps de plaisanter.
Mon oncle ici va vous surprendre.

ALEXANDRINE.

A lui je vais me présenter.

LINVAL.

Mais vraiment, c'est une folie ;
Vous me faites trembler pour vous.

ALEXANDRINE.

Soyez fidèle à votre amie ,
Il n'est point de danger pour nous.

LINVAL.

Fuyez, fuyez, je vous conjure ,
Éloignez-vous pour un moment !

ALEXANDRINE.

Je reste ici, tout me rassure.,
Si je suis près de mon amant.

LA FLEUR entre.

Monsieur votre oncle arrive avec cette dame, ils
descendent de voiture. (*Ils sort.*)

ENSEMBLE.

LINVAL.	ALEXANDRINE.
Fuyez, fuyez, je vous conjure,	Ne craignez rien, tout me rassure.
Vous me faites trembler pour vous.	Le tendre amour veille sur nous.

(*Elle sort.*)

LINVAL.

Ciel! elle entre dans sa chambre.... Si mon oncle....
Ah! quelle imprudence! Comment faire? on va la
voir, je suis perdu. Si nous fermions la porte... Ciel!
les voici.

SCÈNE IV.

LINVAL, DAMON, ISABELLE.

DAMON.

Monsieur mon neveu, il paraît que vous n'êtes pas
très-empressé de venir au-devant de nous.

LINVAL salue Isabelle avec embarras.

Mon oncle, excusez-moi... c'est que j'ai été surpris
dans un moment...

DAMON.

Surpris agréablement sans doute; car je vous présente une aimable personne qui vous appartiendra
bientôt de très-près. Allons, mon neveu, faites les
honneurs... Eh bien! qu'avez-vous donc tous les deux?
Vous êtes tout interdits. Est-ce que la sympathie agi-
rait déjà? Vous vous taisez, Isabelle?

ISABELLE.

Mon silence n'a rien que de très-naturel.

DAMON.

Une femme qui se tait, vous appelez cela naturel?
et toi, tu es là comme une statue!

LINVAL.

Mon oncle.... l'étonnement.... la surprise.... l'émotion.....

DAMON.

La surprise! l'émotion! quel verbiage! Comment diable! un homme à qui on amène une femme jeune et gentille.....

LINVAL.

C'est précisément ce que je voulais dire, mon oncle.

DAMON.

Allons, laissons tout cela, vous vous parlerez tantôt plus à votre aise; cherchons maintenant où nous logerons Isabelle avant la noce : cette chambre lui conviendrait; voyons.

LINVAL, vivement.

Mon oncle, cette chambre est embarrassée..... je l'ai occupée pendant quelques jours. Celle-là conviendrait beaucoup mieux à mademoiselle.

DAMON.

Oui, tu as raison, elle est plus gaie, elle donne sur le jardin; vous entendez bien, Isabelle, voilà votre chambre. (*Isabelle n'écoute pas et paraît rêveuse.*) Toi, Linval, viens avec moi, j'ai des arrangemens à prendre ici..... laissons cette belle enfant se remettre de sa surprise, elle est muette, interdite; la timidité, la pudeur.... les femmes, un rien les suffoque.... mais laissez faire, dans quelques jours on ne l'accusera pas de faire languir la conversation.

(*Il sort avec Linval.*)

SCÈNE V.

ISABELLE, seule et assise.

Quelle est ma destinée! Malheureuse condition des femmes! on m'arrache à ma famille, on me sépare de l'homme qui seul pouvait faire mon bonheur, pour me conduire dans une maison étrangère, et me marier sans mon aveu!   (*Elle se lève.*)

AIR.

O toi que j'abandonne
A tes tristes regrets,
Trop cher amant! pardonne
Les maux que je te fais!
Quand on va me contraindre
A te désespérer,
Je suis bien plus à plaindre,
Et je n'ose pleurer.

Toute espérance m'est ravie,
Moment fatal! jour de douleur!
Celui qui dut charmer ma vie,
Celui qui possédait mon cœur,
Il faut que je le sacrifie,
Et que je signe son malheur!
    O toi, etc.

Non, non jamais, non, de mon âme,
Ses traits ne pourront s'effacer;
A l'objet d'une douce flamme
Mon cœur ne saurait renoncer;
L'autorité, ni la colère,
Ne peuvent rompre un nœud si beau:
Un seul mortel a su me plaire;
Il me plaira jusqu'au tombeau.

Ils vont rentrer; ah! cachons mes larmes, et reti-

rons-nous. Je ne sais plus quelle est la chambre qu'on me destine.... je crois que c'est celle-ci... voyons....
(*Elle veut ouvrir la porte de la chambre d'Alexandrine.*)

SCÈNE VI.

ISABELLE, ALEXANDRINE.

ALEXANDRINE, en dedans.

Sont-ils partis?

ISABELLE.

Quelle voix! quelqu'un dans cette chambre!

ALEXANDRINE, en dedans.

Est-ce toi, La Fleur?

ISABELLE.

C'est la voix d'une femme.

ALEXANDRINE sort, habillée en jockei.

Réponds donc.... Ah! pardon, madame, je croyais parler à La Fleur.

ISABELLE, émue.

(*A part.*) Je me suis trompée. (*Haut.*) Je croyais entrer dans ma chambre.

ALEXANDRINE.

Qu'avez-vous? vous êtes émue.....

ISABELLE s'assied.

Vous m'avez effrayée.

ALEXANDRINE.

Pardon! c'est bien innocemment.

ISABELLE.

Je le crois.

ALEXANDRINE.

Êtes-vous incommodée? avez-vous besoin de quelque chose?

ISABELLE.

Faites-moi le plaisir de me donner un verré d'eau.

ALEXANDRINE.

J'y cours. (*Elle sort.*)

ISABELLE.

Je suis tout émue...... Une maison où je ne connais personne..... Des domestiques qui vous traitent en étrangère..... tout cela ajoute à mon ennui. Ah! mon père! où m'avez-vous envoyée?

ALEXANDRINE, avec un verre d'eau.

Mademoiselle, le voilà.

ISABELLE.

Je vous remercie. (*Alexandrine reprend le verre d'eau et le tient toujours sur l'assiette.*)

ALEXANDRINE.

C'est vous, madame, qui épousez mon maître?

ISABELLE.

Oui.

ALEXANDRINE.

Sera-ce bientôt?

ISABELLE.

Mais je ne sais.

ALEXANDRINE.

Excusez ma curiosité.

ISABELLE.

Il n'y a pas de mal; vous êtes à Linval?

ALEXANDRINE.

Ah! oui, je suis à lui... et pour la vie; mais le voici qui revient.

SCÈNE VII.

LES PRÉCÉDENS, LINVAL, puis DAMON.

LINVAL, en entrant.

Ciel! que vois-je?

ALEXANDRINE, bas à Linval.

Paix! point de surprise.

DAMON, venant après.

Isabelle est-elle incommodée?

ISABELLE.

Ah! ce n'est plus rien.

ALEXANDRINE.

C'est un verre d'eau que mademoiselle m'a demandé.

DAMON.

Ah! ah! mon neveu, tu es donc à la mode, tu as un jockei?

LINVAL.

Oui, mon oncle, c'est un.....

ALEXANDRINE.

C'est un jeune homme qui s'est attaché à monsieur, et qui le servira bien fidèlement.

DAMON.

C'est répondre à merveille. Mais, diable! il est gentil, ton jockei.

LINVAL.

C'est le meilleur enfant du monde.

ALEXANDRINE.

Oui, et l'on voulait le renvoyer.

DAMON.

Et pourquoi cela?

LINVAL.

Je craignais que mon oncle ne désapprouvât.....

DAMON.

Moi, point du tout, je veux que tu le gardes.

ALEXANDRINE, à Linval.

Vous entendez, monsieur?

DAMON, au jockei.

Ne crains rien, mon enfant, tu resteras; mais je n'en reviens pas, il est gentil à croquer, une petite mine fine.....

ALEXANDRINE.

La mine est souvent trompeuse.

DAMON.

Mais pas trop, ce me semble; tu resteras, mon ami, voilà mademoiselle qui épouse ton maître, et tu la serviras.....

ALEXANDRINE.

Avec beaucoup de zèle, assurément.

DAMON, à Linval.

Comment s'appelle-t-il?

LINVAL.

Mon oncle, il s'appelle.....

ALEXANDRINE.

Alexandre.

DAMON.

Alexandre! c'est un beau nom pour un jockei.

ALEXANDRINE.

Ah! ce n'est pas Alexandre-le-Grand.

DAMON.

De l'érudition! Mais c'est une trouvaille que tu as faite là, mon neveu.

LINVAL.

Si elle vous plaît, je m'en félicite.

DAMON.

Comment! mais elle me plaît fort. Eh bien! Isabelle, cela va-t-il mieux?

ISABELLE.

Cela est tout-à-fait passé.

DAMON.

- Le mariage raccommodera tout cela. Comme le petit jockei va être content!..... C'est une belle chose qu'une noce.

ALEXANDRINE.

Oui, monsieur. Cela sera superbe.

DAMON, à Isabelle.

Allons, retirez-vous dans votre appartement. Reposez-vous; j'ai deux mots à dire à mon neveu. (*Bas à Isabelle en la reconduisant.*) Il m'a dit qu'il vous trouve charmante, que vous lui plaisez extrêmement.

ISABELLE.

Ah!   (*Elle rentre.*)

LINVAL, bas à Alexandrine.

Quelle imprudence!

ALEXANDRINE, de même.

Taisez-vous, du courage!

DAMON.

Et toi, monsieur Alexandre, tu voudras bien nous laisser aussi.

ALEXANDRINE.

J'obéis.   (*Elle sort.*)

SCÈNE VIII.

DAMON, LINVAL.

DAMON.

Sais-tu ce que me disait Isabelle, en sortant?

LINVAL.

Non.

DAMON.

Elle m'a dit qu'elle te trouvait bien, mais très-bien, infiniment bien.

LINVAL.

Mon oncle......

DAMON.

(*à part.*) Bon! il le croit. (*haut.*) Ça, mon neveu, parlons un peu d'affaires.

LINVAL.

Daignez m'écouter un moment. Etes-vous bien sûr qu'Isabelle ait de l'inclination pour ce mariage?

DAMON.

Très-sûr.

LINVAL.

Et moi, mon oncle, croyez-vous que cet hymen puisse faire mon bonheur?

DAMON.

Ah! nous y voilà. Tu as quelqu'amourette? Oh! je le savais; mais qu'à cela ne tienne, tu n'en feras pas moins ce que je désire.

LINVAL.

Mais si je n'avais aucun penchant pour le parti que vous me proposéz?

DAMON.

C'est-à-dire, si vous aviez quelque penchant pour

un autre parti, voilà ce que vous voulez dire. Eh bien, écoutez-moi à votre tour. Isabelle est la fille d'un ami à qui j'ai les plus grandes obligations; il n'est pas riche, et je veux m'acquitter envers lui en mariant sa fille; vous n'avez rien, je vous donne tout mon bien si vous épousez Isabelle, et rien si vous la refusez : voilà mes conditions; parlez.

LINVAL.

Je crois que l'amour devrait entrer pour quelque chose dans le mariage.

DAMON.

Quand il y entre, c'est cela de plus; quand il n'y entre pas, il vient après, s'il peut; c'est ce qui ne me regarde pas; mais le mariage ne s'en fait pas moins, quand d'ailleurs il est convenable.

LINVAL.

Quelle union que celle de deux époux qui ne s'aiment pas!

DAMON.

Quelle union! quelle union! Ne dirait-on pas, à vous entendre, que tous les époux s'aiment comme des tourtereaux!

LINVAL.

Il n'y aurait pas de mal que cela fût ainsi.

DAMON.

Oh oui, c'est un beau rêve : croyez-moi, mon neveu, je connais un peu les hommes, et même les femmes, quoique cela soit plus difficile; voici mon raisonnement : ou une femme aime en se mariant, ou elle n'aimera qu'après. Si elle n'aime qu'après, ce sera son mari, ou c'en sera un autre, c'est ce que le plus fin ne peut deviner; mais c'est au mari à se rendre aimable, ou à se consoler s'il ne réussit pas. Si au contraire une femme aime en se mariant, il y a mille contre un à parier que cet amour finira, car tout finit dans le monde, et dans le mariage surtout; ainsi vous voyez que toutes choses sont égales de part et d'autre, et que tout est pour le mieux. Au surplus, je vous le répète, tout mon bien et la main d'Isabelle; sans Isabelle, rien.

LINVAL.

Quoi! vous pourriez me forcer?....

DAMON.

Je ne force pas, je donne le choix.

LINVAL.

Et si je refuse Isabelle?

DAMON.

Alors nous nous brouillerons, vous n'aurez rien de moi, et vous serez gueux toute votre vie.

LINVAL.

Je voudrais bien vous satisfaire; mais le cœur....

DAMON.

Le cœur! Il est donc pris, le cœur? Eh bien, monsieur, portez à votre maîtresse un cœur qui soupire, beaucoup de penchant à la dépense et rien à dépenser. Cela fera ce qu'on appelle un mariage d'inclination, et nous verrons combien de temps ce cœur soupirera.

LINVAL.

Vous me désespérez.

DAMON.

Oui dà? Eh bien voilà qui est fini, allez, monsieur, partez, bon voyage.

LINVAL.

Mon oncle, ayez pitié de moi!

6.

-DAMON.

Parbleu! vous êtes plaisant; je vous offre une femme aimable et de la fortune, et vous me dites, d'un ton lamentable : ayez pitié de moi!

LINVAL.

Mon oncle, je ne pourrai jamais m'y résoudre.

DAMON.

Vous ne pourrez jamais?

AIR.

Vous avez beau faire et beau dire,
Il faudra souscrire à mes vœux.
Je suis humain et généreux,
Je fais tout ce que l'on désire,
Mais quand on fait ce que je veux.
Cinquante mille écus de rente
Sans hypothèque et sans procès,
Avec cela femme charmante,
Et mon amitié pour jamais;
Acceptez-vous?

LINVAL.

Mon oncle....

DAMON.

Paix!

Vous avez beau faire et beau dire,
Il faudra souscrire à mes vœux.
Je suis humain et généreux,
Je fais tout ce que l'on désire,
Mais quand on fait ce que je veux.
Mais si vous faites résistance,
Si vous n'entendez pas raison,
Entre nous plus de connaissance,
Vous sortirez de ma maison;
Acceptez-vous? — à ce silence,
Je vois que l'on entend raison.

Vous vous taisez ; c'est assez dire
Que vous souscrirez à mes vœux.
Je suis humain etc., etc.   (*Il sort.*)

SCÈNE IX.

LINVAL, seul.

Eh bien, ne voilà-t-il pas que j'ai accepté, sans rien dire ; et que deviendra ma chère Alexandrine ? l'abandonner, ô ciel ! mais que faire ? Comment résister ? Mon oncle va me presser, je n'aurai pas le courage de désobéir, je suis perdu.

ROMANCE.

Il faut quitter ce que j'adore !
Adieu plaisir ! adieu bonheur !
Aujourd'hui, je vous goûte encore,
Demain, vous fuirez de mon cœur.
Séparons-nous, trop douce amie,
Reçois mes adieux en ce jour ;
Mais conservons, toute la vie,
Le souvenir de notre amour.

Ne me montre pas tes alarmes ;
N'ajoute pas à mon malheur,
Ne m'affaiblis pas par tes larmes,
J'ai bien assez de ma douleur.
S'il faut que notre cœur oublie
La peine qu'il sent en ce jour ;
Qu'il garde au moins, toute la vie,
Le souvenir de notre amour.

Un jour, sur un lointain rivage,
Sans espérance et sans repos,
Je n'aurai plus que ton image
Pour me consoler de mes maux ;

Alors, loin de ma douce amie,
Je répéterai chaque jour :
Je lui garde, toute la vie,
Ce cœur que lui donna l'amour.

SCÈNE X.

LINVAL, ALEXANDRINE.

ALEXANDRINE.

Sortez, voici votre oncle. Il veut me parler en secret, je crois qu'il a des soupçons.

LINVAL.

Sur votre déguisement?

ALEXANDRINE.

Il m'a dit de l'attendre, il a l'air sérieux....

LINVAL.

Vous connaîtrait-il?

ALEXANDRINE.

Sortez, je l'entends.   (*Linval sort.*)

SCÈNE XI.

ALEXANDRINE DAMON.

DAMON.

Ah! tu es seul? tant mieux, nous causerons plus à
notre aise; il faut que tu m'aides à éclaircir un doute.

ALEXANDRINE.

Un doute, monsieur?

DAMON.

Oui, j'ai un certain soupçon que je veux vérifier.
Ecoute, mon ami : tu aimes ton maître?

ALEXANDRINE.

Ah! oui, monsieur.

DAMON.

Tu veux son bonheur?

ALEXANDRINE.

Ah! oui, monsieur.

DAMON.

Tu désires qu'il soit bien marié?

ALEXANDRINE.

Ah! oui, monsieur.

DAMON.

Et tu sens qu'il doit m'obéir quand je lui propose un parti avantageux... Tu ne réponds pas! ce silence confirme mes soupçons.

ALEXANDRINE.

Des soupçons?

DAMON.

Petit jockei! petit jockei! vous en savez plus qu'on n'a voulu m'en apprendre.

ALEXANDRINE.

Moi, monsieur! je ne sais rien du tout.

DAMON.

Soit, brisons là-dessus; mais, plaisanterie à part, tu peux me rendre service.

ALEXANDRINE.

Parlez, monsieur, je suis à vos ordres.

DAMON.

Si tu me sers, ma générosité passera ton espérance; écoute: mon neveu a une amourette, tu le sais peut-être mieux que moi; mais je vais te le dire, comme si tu l'ignorais. Linval a voyagé: dans une ville de province, il s'est amouraché de quelque grisette à qui il a fait tourner la cervelle; cette jeune folle a eu la sottise de croire à la passion de mon neveu; bref, elle a quitté ses parens, et elle l'a suivi à Paris; cette démarche prouve assez que c'est un fort mauvais sujet.

ALEXANDRINE.

Ou qu'elle aime bien votre neveu.

DAMON.

Petit jockei!... mais reprenons le fil de notre histoire; mon neveu a logé cette fille dans quelque
quartier de Paris; car tu sens bien qu'il n'a pas osé
la faire venir chez moi.

ALEXANDRINE.

Oh! cela serait trop fort.

DAMON.

Oui, il ne manquerait plus que cela; sans doute il
va souvent la voir, et je m'imagine que le petit jockei
est quelquefois de la partie.

ALEXANDRINE.

Monsieur, je ne sors pas d'ici.

DAMON.

Bien vrai, tu ne sors pas?

ALEXANDRINE.

Où serais-je mieux qu'ici?

DAMON.

Eh bien! s'il ne t'y a pas mené, il t'y mènera sûrement, et c'est alors que tu pourras me servir.

ALEXANDRINE.

Comment, monsieur?

DAMON.

Quand tu sauras où elle demeure... tu m'en avertiras, et alors je ferai prendre cette fille...

ALEXANDRINE.

Et qu'en ferez-vous?

DAMON.

Je la ferai reconduire à ses parens, si elle n'a d'autre

tort que d'aimer mon neveu; mais si c'est évidem-
ment un mauvais sujet, je la ferai renfermer.

ALEXANDRINE, après un silence.

Et vous ferez bien.

DAMON.

Crois-tu?

ALEXANDRINE.

Sans doute.

DAMON.

Tu me serviras donc?

ALEXANDRINE.

De tout mon cœur.

DAMON.

En ce cas compte sur ma reconnaissance; tu sens
bien qu'il ne faut pas faire manquer à mon neveu un
établissement comme celui que je lui propose.

ALEXANDRINE.

Est-ce que mon maître refuse la prétendue?

DAMON.

Je voudrais bien voir qu'il la refusât! mais il faut
couper le mal à sa racine.

ALEXANDRINE.

Mon maître accepte donc?

DAMON.

Oui, tout est fini, il accepte; à demain la noce;
c'est pour cela que je veux écarter tout ce qui peut
le déranger.

ALEXANDRINE.

Ah!... il accepte!...

DAMON.

Cela t'étonne?

ALEXANDRINE.

Oh! non, monsieur, il fait très-bien.

DAMON.

Toi, tu tiendras ta parole?

ALEXANDRINE.

Je vous le promets.

DAMON.

Tu m'avertiras?

ALEXANDRINE.

Sur-le-champ, dès qu'il sera avec elle.

DAMON.

Et nous ferons enfermer la demoiselle?

ALEXANDRINE.

Entre quatre murailles.

DAMON.

Cela sera plaisant.

ALEXANDRINE.

Très-plaisant. (*Damon sort en riant.*)

SCÈNE XII.

ALEXANDRINE, seule.

Il accepte... Que deviendrai-je!.. Il m'abandonne... Oh! cela n'est pas possible... lui, Linval! si cela était vrai, qui pourrait se fier aux hommes!... Ah! l'on s'y fierait encore.... Nous autres pauvres femmes, nous sommes faites pour être trompées.

SCÈNE XIII.

ALEXANDRINE, LINVAL.

LINVAL.

Eh bien, ma chère, vos craintes étaient-elles fondées? Mon oncle se doute-t-il de votre déguisement?

ALEXANDRINE, froidement.

Non, Linval, il ne se doute de rien.... mais c'est une autre crainte qui me tourmente bien davantage.

LINVAL.

Eh! laquelle?

ALEXANDRINE.

Pouvez-vous le demander? méchant! il est donc vrai que tu m'abandonnes!

LINVAL.

Que dites-vous?

ALEXANDRINE.

Vous acceptez, vous vous mariez, vous me délaissez, moi qui ai tout sacrifié pour vous. Vous allez bientôt me chasser comme une malheureuse qui n'aura plus à choisir que la mort ou la honte.

LINVAL.

Chère amie, n'en croyez rien, Linval vous aime plus que jamais.

ALEXANDRINE.

Mais vous acceptez.

LINVAL.

Il fallait bien calmer mon oncle, un refus l'aurait irrité davantage, et nous aurait rendus plus malheureux.

ALEXANDRINE.

Il fallait calmer votre oncle? et moi, comment calmerai-je la douleur de mon père que j'ai quitté pour vous?

LINVAL.

Il me reste encore de l'espoir, j'aurai peut-être le bonheur de déplaire à Isabelle.

ALEXANDRINE.

Oh! non, vous lui plairez : ceux qui ne savent pas aimer sont les plus adroits à séduire.

LINVAL.

Moi, je ne sais pas aimer?

ALEXANDRINE.

Ah! vous aimez bien, à votre aise....... j'aimerais
mieux être détestée que d'être aimée comme cela.

LINVAL.

Rends-moi plus de justice. Va! les chagrins et les
inquiétudes n'ont rien diminué de mon amour.

ALEXANDRINE.

ROMANCE.

Non, votre cœur n'est plus le même ;
Nos jours de bonheur sont perdus ;
Lorsque l'amour n'est plus extrême,
On est bien près de n'aimer plus ;
Perdre l'amant que l'on adore,
Sans doute, c'est un grand tourment ;
Mais un tourment plus grand encore,
C'est d'en être aimé faiblement.

Linval, rappelle à ta pensée
Ces premiers jours de notre ardeur ;
Une main, d'une main pressée,
Suffisait à notre bonheur :
Cent fois nous disions : « Je t'adore! »
Cent fois, ces mots nous semblaient doux,
Et ces mots, répétés encore,
Étaient toujours nouveaux pour nous.

Mais en vain, ta bouche me jure
Que tu m'aimes toujours autant ;
Elle n'a rien qui me rassure ;
Ta voix n'a plus le même accent.
Non, Linval, tu n'es plus le même ;
Mais quels biens nous avons perdus !
Souffrance vaut mieux quand on aime,
Que plaisir quand on n'aime plus.

LINVAL.

Calme-toi, chère amie, je te le jure, Linval n'aimera jamais que toi. Moi t'abandonner! peux-tu m'en croire capable? Mais parle, que faut-il que je fasse?

ALEXANDRINE.

Ce qu'il faut faire? Quitter votre oncle pour moi, comme j'ai quitté mes parens pour vous.

LINVAL.

Eh bien, oui, je vous le promets : mais laissez-moi tenter tout ce qui est possible : attendons encore...

ALEXANDRINE.

J'entends votre oncle....

LINVAL.

Fuyez, fuyez, il vous verrait pleurer.

ALEXANDRINE.

Je me recommande à vous.   (*Elle sort.*)

LINVAL.

Ne crains rien, je suis tout à toi.

SCÈNE XIV.

LINVAL, DAMON, ISABELLE.

DAMON.

Allons donc Isabelle, approchez : dites quelque chose à ce jeune homme qui brûle d'impatience de vous voir. Que diable! il faut un peu se parler avant la noce. Vous vous aimez, vous vous convenez; mais encore faut-il faire connaissance : approchez donc, vous avez l'air de gens qu'on marie malgré eux; vous vous aimez, dis-je, et je vais vous laisser seuls pour vous le dire tout à votre aise : pendant ce temps-là, je vais tout disposer pour votre bonheur; allons, monsieur, faites le galant...je vous le répète encore une fois, vous vous aimez et vous vous convenez. (*à part.*) Je le leur dirai tant, qu'ils finiront par le croire. (*Il sort.*)

SCÈNE XV.

ISABELLE LINVAL.

LINVAL.

Mademoiselle, la conduite de mon oncle doit vous paraître bien extraordinaire; il vous conduit ici sans votre aveu, sans doute, et veut vous marier à un homme qui peut-être vous déplaît.

ISABELLE.

Monsieur, vous n'êtes point fait pour déplaire.

LINVAL, à part.

O ciel! elle m'aime, c'est fait de moi.

ISABELLE.

J'aurais à plus juste titre la même chose à vous dire. Monsieur votre oncle n'a pas sans doute consulté votre goût.

LINVAL.

Mademoiselle, vous devez être du goût de tout le monde.

ISABELLE, à part.

O ciel! il m'aime, je suis perdue.

LINVAL.

Si pourtant un mortel plus heureux avait eu le secret de toucher votre cœur, c'est à celui-là, je crois, qu'il faudrait vous marier.

ISABELLE.

Si cependant votre cœur avait déjà fait choix d'une personne plus aimable.

LINVAL.

Plus aimable!.... cela n'est pas possible.

ISABELLE.

(*à part.*) Que je suis malheureuse! (*haut.*) S'il ne fallait qu'une personne aimable pour faire notre bonheur, je ne pourrais me plaindre du sort que monsieur votre oncle me destine.

LINVAL, à part.

C'en est fait, je ne l'échapperai pas.

ISABELLE.

Mais, malgré tous les avantages que des parens peuvent trouver dans l'union de leurs enfans, je pense que l'inclination devrait être consultée, et en cela, monsieur votre oncle......

LINVAL.

Sur cet article-là, mademoiselle, si nous voulons être francs, nous n'aurons pas à nous plaindre de mon oncle.

ISABELLE, avec embarras.

Eh bien, monsieur, sur quoi dois-je vous répondre?

LINVAL.

Comment désirez-vous que je m'explique?

ISABELLE.

Vous pourriez éclaircir un doute.

LINVAL.

Vous pourriez me tirer d'un embarras......

ISABELLE.

Si vous vouliez vous expliquer......

LINVAL.

Si nous voulions faire un aveu bien sincère......

ISABELLE.

Un aveu, monsieur?

DUO.

ISABELLE.

Une fille honnête et timide,
Sur ce point ne peut commencer :
Bien souvent son cœur se décide,
Sans qu'elle ose le prononcer.

LINVAL.

Quoiqu'on veuille se faire entendre,
Il arrive plus d'une fois,
Qu'un jeune homme sensible et tendre
N'ose point expliquer son choix.

(*à part.*) Elle se tait....

ISABELLE, *à part.*

Que veut-il dire ?

LINVAL, *à part.*

Le cœur me bat.

ISABELLE, *à part.*

Son cœur soupire.

LINVAL.

Eh bien, mademoiselle ?

ISABELLE.

Eh bien ?

LINVAL.

M'entendez-vous ?

ISABELLE.

Je n'entends rien.

ENSEMBLE.

O trouble ! ô peine extrême !
Je me flattais en vain :

C'est moi, c'est moi qu'elle/qu'il aime ;

Mon malheur est certain.

LINVAL.

Si nous parlions avec franchise ?

ISABELLE.

Que voulez-vous que je vous dise ?

LINVAL.

Daignez avouer, entre nous....

ISABELLE.

Parlez clairement.

LINVAL.

Aimez-vous ?

ISABELLE.

J'aime, je ne puis m'en défendre.
Et vous ?

LINVAL.

J'aime d'amour bien tendre,
Et vous ?....

ISABELLE.

L'amour a tous mes vœux.

LINVAL.

Eh bien ! nous aimons tous les deux.

ENSEMBLE.

O trouble ! etc.

LINVAL.

Enfin, achevez de m'instruire ;
Quel est l'objet de votre amour ?

ISABELLE.

Pourrais-je connaître, à mon tour,
L'objet que votre cœur désire ?

LINVAL, *déterminé.*

En vous voyant, sans doute on doit être charmé ;
Mais avant de vous voir, Linval avait aimé.

ISABELLE, *vivement.*

Vous aimiez ? ô moment prospère !
Eh bien, j'en fais aussi l'aveu le plus sincère :

Avant qu'on me parlât de cet engagement,
Mon cœur était lié par un autre serment.

LINVAL.

Vous aimiez?

ISABELLE.

Vous aimiez?

TOUS DEUX.

O fortuné moment!

ALEXANDRINE, *qui paraît dans le fond.*

O le perfide amant!

ENSEMBLE.

ISALELLE ET LINVAL.	ALEXANDRINE *à part.*
Félicité suprême!	O trouble! ô peine extrême!
Je m'effrayais en vain :	Je me flattais en vain ;
qu'il	Il m'abandonne, il l'aime,
Ce n'est pas moi aime,	Mon malheur est certain.
qu'elle	
Mon bonheur est certain.	

ISABELLE, vivement.

Cet aveu me rend la vie. Je craignais.... Je trem-
blais.... Je ne puis m'exprimer ; je vais trouver votre
oncle et lui tout découvrir.   (*Elle sort.*)

SCÈNE XVI.

LINVAL, puis ALEXANDRINE.

LINVAL.

Quel bonheur! que je suis soulagé! jamais on ne fit
un plus aimable aveu.

ALEXANDRINE.

Oui, réjouissez-vous, félicitez-vous, ingrat!

LINVAL.

Que dites-vous, ma chère? je suis le plus heureux
des hommes.

ALEXANDRINE.

Et moi, la plus malheureuse des femmes.

LINVAL.

Vous êtes dans l'erreur, j'ai une bonne nouvelle à vous apprendre.

ALEXANDRINE.

Une bonne nouvelle?

LINVAL.

Oui, Isabelle ne m'aime pas, elle a un autre engagement.

ALEXANDRINE.

Linval, vous me trompez.

LINVAL.

Moi, vous tromper?

ALEXANDRINE.

Croyez-vous que je ne l'aie pas vu? j'écoutais, s'il faut tout vous dire, et j'en ai été bien punie, car j'en ai plus appris que je ne voulais.

LINVAL.

Vous êtes dans l'erreur, vous dis-je.

ALEXANDRINE.

Dans l'erreur? N'ai-je pas vu votre joie, votre ravissement?

LINVAL.

Eh! sûrement, c'est parce qu'on ne m'aime pas.

ALEXANDRINE.

Oui, ajoutez-y la raillerie.

LINVAL.

Chère amie, cesse de te désespérer, je te jure que tout s'est passé comme je te le dis, et s'il faut t'en assurer davantage, vois ton amant à tes pieds, et crois à ses sermens.

SCÈNE XVII ET DERNIÈRE.

LES PRÉCÉDENS, DAMON, ISABELLE.

DAMON, en entrant.

Eh bien! voilà du nouveau, le maître à genoux devant le jockei!

ALEXANDRINE.

Nous sommes découverts!

LINVAL.

Oui, mon oncle, il est temps de vous dévoiler un mystère que je n'aurais jamais dû vous cacher; vous voyez dans ce jockei la personne que j'aime et que j'aimerai toute ma vie. L'amour lui a fait quitter sa famille pour moi : la crainte d'exciter votre colère lui a fait prendre ce déguisement.

DAMON.

Eh bien, j'apprends-là de belles choses.

LINVAL.

Punissez-moi, privez-moi de vos bontés, je le mérite, si c'est le mériter que d'avoir un cœur sensible et reconnaissant; je ne demande pas votre bien, mais votre amitié, et la permission de m'unir à celle que j'aime.

DAMON.

Isabelle, que dites-vous de cela?

ISABELLE.

Puissiez-vous être aussi disposé que moi à faire leur bonheur!

DAMON.

Vous êtes indulgente; et vous, monsieur le jockei, vous vous taisez?

ALEXANDRINE.

Après ma faute, tout ce que je pourrais vous dire ne vous persuaderait pas : ma honte me condamne au silence.

DAMON.

Mais vraiment, je ne m'étonne plus si le petit jockei avait tant d'esprit ; mais nous verrons, nous verrons.

ISABELLE.

Soyez touché de leur sort.

LINVAL.

Mon oncle !

ALEXANDRINE.

Et moi, monsieur, s'il m'est permis d'implorer votre clémence.

DAMON.

Quelle est votre famille?

ALEXANDRINE.

Je demande seulement que vous vous en informiez.

LINVAL.

Elle est honnête et peu fortunée, et ce n'est qu'un excès d'amour qui ait pu pousser Alexandrine à cette démarche.

DAMON.

Ah! c'est Alexandrine.

ISABELLE.

Allons, monsieur, vous êtes si bon !

LINVAL.

Nous vous aimerons tant !

ALEXANDRINE.

Je vous devrai la vie et l'honneur.

LINVAL.

Vous vous attendrissez.....

DAMON.

Parbleu! vous êtes trois contre un, comment y tenir? mais comment m'acquitter envers le père d'Isabelle?

LINVAL.

Donnez à Isabelle une dot sur le bien que vous me destinez; donnez-le lui tout, si vous voulez, et qu'il me reste Alexandrine et votre amitié.

DAMON.

Ce procédé me raccommode avec toi.

TOUS TROIS.

Ah! le bon oncle!

DAMON.

Allons, Isabelle, je vais donc vous ramener chez votre père, et vous y prendrez l'époux qui vous convient : c'est pourtant la première fois qu'on me fait faire ce que je ne voulais pas.

LINVAL.

Vous ne vous en repentirez point.

VAUDEVILLE.

ALEXANDRINE.

Pour ne pas quitter son amant,
Il n'est rien que fille ne tente;
Pour servir un doux sentiment,
Il n'est ruse qu'elle n'invente.
Plus d'une autre, sans doute, a pris
Ce déguisement si commode :
Ainsi ne soyez pas surpris
Si les jockeis sont à la mode.

DAMON.

A mes mœurs je n'ai rien changé,
Et je suis un peu du vieux style ;
Jusqu'à présent j'ai négligé
D'un jockei l'usage inutile ;
Je veux pourtant faire un essai
De cette agréable méthode :
Qu'on me donne un pareil jockei,
Et je vais me mettre à la mode.

LINVAL, *au parterre.*

L'amour, dans nos amusemens,
A presque toujours l'avantage ;
Ses ruses, ses déguisemens,
Voilà nos ressources d'usage :
L'auteur vient de faire un essai
De ce moyen simple et commode ;
Messieurs, tâchez que son Jockei
Reste quelque temps à la mode.

FIN.

LE SECRET,

COMÉDIE EN UN ACTE ET EN PROSE,

MÊLÉE DE MUSIQUE,

REPRÉSENTÉE SUR LE THÉATRE DE L'OPÉRA-COMIQUE,
LE 1er FLORÉAL AN IV (20 avril 1796).

PERSONNAGES.

DUPUIS.

CÉCILE, femme de Dupuis.

VALÈRE, ami de Dupuis.

ANGÉLIQUE, amante de Valère.

THOMAS, valet de Dupuis.

UN PORTE-FAIX.

La scène se passe dans la maison et dans la chambre de Dupuis. Dans le fond de cette chambre, se trouve une petite retraite cachée, dans laquelle on entre par un pan de boiserie à coulisse.

AVERTISSEMENT.

Un amant qui se cache, une femme jalouse et un valet poltron, n'étaient pas des élémens très neufs à la scène ; mais l'adresse avec laquelle l'auteur sut combiner la marche de son intrigue et la force comique qu'il parvint à tirer des divers incidens, procurèrent à son ouvrage le succès le plus vif et le plus soutenu. Toutefois, il faut bien le dire, ce succès ne fut pas exempt d'orage le premier jour ; le public fit la guerre aux mots, et ce qui mérite d'être remarqué, c'est que les traits improuvés sont précisément ceux qui ont maintenu, depuis, la pièce au répertoire et lui ont valu un nombre prodigieux de représentations tant à Paris que dans les départemens. Cette susceptibilité des spectateurs est un des caractères distinctifs de l'époque. Sortant à peine de la licence révolutionnaire, les Parisiens s'étaient jetés dans un excès contraire ; les incroyables avaient succédé aux jacobins ; les mots les plus énergiques de la langue venaient d'être mis à l'index, et l'alphabet avait subi sa réforme comme le calendrier : la lettre R surtout ne pouvait plus passer par la bouche d'un élégant : « Z'ai » monté un ceval supèbe, disait l'un d'eux, z'ai écasé » une femme gosse ; elle a fait une guimace de cien ; » puis z'ai été au bois de Bou-ogne où ze me suis » amusé comme un... oi. » On sent que de pareils spectateurs ne pouvaient applaudir à un dialogue franchement comique, eux qui plaçaient Demoustier bien au-dessus de Molière. Néanmoins, dès la seconde représentation l'ouvrage réussit complètement.

Solié n'était pas seulement chanteur habile et comédien intelligent, il était encore compositeur plein de grâce et de mélodie; sa partition du *Secret* est une des plus agréables du répertoire de l'Opéra-Comique. Certes, il n'y a dans sa musique ni science d'accompagnement, ni luxe de notes; mais ses chants simples et gracieux ont fait le tour de la France et ont même pénétré jusque chez l'étranger. En 1807, je me trouvais à Varsovie, lorsque passant près d'un établissement public, j'entendis l'orchestre exécuter l'air : *Femmes, voulez-vous éprouver.* Cet air charmant reporta toutes mes pensées vers la France et produisit en moi un sentiment difficile à décrire ; je doute beaucoup qu'un thème musical plus savamment travaillé, m'eût causé le même plaisir.

Martin dut une partie de sa renommée lyrique à la romance : *Je te perds, fugitive espérance,* et madame Dugazon obtenait toujours une triple salve d'applaudissemens dans les couplets : *Qu'on soit jaloux dans sa jeunesse, etc.* Dozainville était d'un comique parfait dans le personnage de Thomas, espèce de niais de Sologne, qui met tout son esprit à bien faire la bête.

Depuis que l'Opéra-Comique national a cessé d'exister et que ses débris ont servi à construire une propriété particulière, le *Secret* a disparu du répertoire, comme la plupart des pièces de Grétry, de Méhul, de Dalayrac, de Nicolo et de beaucoup d'autres compositeurs. Ne pouvant plus voir représenter le *Secret*, nous sommes persuadés qu'on aura quelque plaisir à lire cette jolie comédie.

LE SECRET.

SCÈNE PREMIÈRE.

VALÈRE, seul, sort de sa retraite, avec crainte et précaution.

DUPUIS ne revient pas. Lui seul peut me donner des nouvelles; lui seul a le secret de ma retraite. Qu'il est affreux d'être réduit à se cacher!

AIR.

Quel effroi! grands dieux! quelle gêne!
Tout me tourmente en ce séjour;
J'espère, je crains tour-à-tour;
Mais l'espoir ne me luit qu'à peine,
Et la crainte, en mon cœur, redouble chaque jour.

O trouble affreux qui me dévore!
Hélas! quand je devrais chercher
Ce que je perds, ce que j'adore,
Je suis réduit à me cacher!

O tourment! ô douleur extrême!
Tout me trouble dans ce séjour;
J'espère, je crains tour-à-tour;
Mais je tremble pour ce que j'aime.
O tourment! ô douleur extrême!
Faut-il perdre tout ce que j'aime!
Ah! l'effroi, dans mon cœur, redouble chaque jour!

J'entends du bruit.... On vient.... Fuyons!

(*Il rentre et ferme la coulisse.*)

SCÈNE II.

CÉCILE, seule.

J'ai cru entendre quelqu'un.... ce n'est rien. Je suis seule; oh! oui, bien seule. Mon mari ne revient pas! Tous les jours il me quitte; et quand il rentre, c'est pour s'enfermer dans cette chambre, où je ne puis plus pénétrer! Où est-il allé? ah! sans doute chez des personnes que les maris ne nomment point. Il faut avouer qu'ils ont un beau privilége! Mais les pauvres femmes! il ne leur est pas même permis de se plaindre!

COUPLETS.

Qu'on soit jaloux dans sa jeunesse,
Ce mal sied bien à deux amans :
Tout est plaisir dans leur ivresse,
Leurs chagrins même sont charmans.
Mais, hélas! quand on est épouse,
Et depuis long-temps, dieu merci!
Qu'il est cruel d'être jalouse,
Et de l'être pour un mari!

Pour lui, l'hymen est une chaîne :
Jadis, hélas! c'était un jeu;
Il ne me dit plus qu'avec peine
Un mot qui lui coûtait si peu!
Sans médire, plus d'une épouse
S'en vengerait bien, dieu merci!
Mais je suis fidelle et jalouse;
C'est trop d'honneur pour un mari.

Il ne vient pas! où peut-il être?
Il ne sent pas tout mon ennui.
Il cherche une femme, peut-être,
Quand la sienne l'attend chez lui.

Ah ! mon dieu ! quand on est jalouse ,
Et qu'on aime bien , dieu merci !
Qu'il est cruel , pour une épouse ,
D'attendre toujours un mari !

SCÈNE III.

CÉCILE, THOMAS.

THOMAS.

Madame, me voilà revenu.

CÉCILE.

Où est ton maître ?

THOMAS.

Je n'en sais rien, madame.

CÉCILE.

Tu l'as suivi ?

THOMAS.

Oui, dans la rue.

CÉCILE.

Où est-il entré?

THOMAS.

Dans une maison.

CÉCILE.

Dans quelle maison ?

THOMAS.

Je n'en sais rien, madame.

CÉCILE.

Vous me trompez.

THOMAS.

Non, madame.

CÉCILE.

Y a-t-il des femmes dans cette maison?

THOMAS.

Il y en a partout, madame.

CÉCILE.

C'est donc chez une femme que ton maître est allé?

THOMAS.

Cela se peut bien, madame.

CÉCILE.

Tu le sais donc? tu me trompes, tu fais comme ton maître, tu le sers à me tromper!

THOMAS.

Je n'ai pas parlé de cela; madame.

CÉCILE.

Imbécille!

THOMAS.

Cela se peut bien, madame.

CÉCILE.

Monsieur Thomas! vous m'avez l'air d'un niais rusé.

THOMAS.

Madame me flatte.

CÉCILE.

Je vous crois assez d'esprit pour savoir faire la bête.

THOMAS.

Cela se peut bien, madame; il y a tant de bêtes qui font de l'esprit.

CÉCILE.

C'est cela, c'est cela; mais voyons: pourquoi pendant trois jours cette chambre a-t-elle été fermée?

THOMAS.

Je n'en sais rien, madame.

CÉCILE.

On y travaillait, on y a fait quelque opération mystérieuse.

THOMAS.

Je l'ai cru comme vous; mais en y rentrant, j'ai trouvé tout à sa place.

CÉCILE.

Vous n'avez rien su?

THOMAS.

Monsieur ne me dit rien.

CÉCILE.

Ni à moi : c'est ce qui me désole; il me traite comme un de ses domestiques.

THOMAS.

Et moi comme une femme; car il ne me fait pas la plus petite confidence.

CÉCILE.

Le sot ! Mais est-il entré quelqu'un ici?

THOMAS.

Oui, madame; hier, un homme est entré avec Monsieur; mais il n'est point sorti.

CÉCILE.

Il est entré, et il n'est point sorti !

THOMAS.

J'en suis sûr, j'étais à la porte.

CÉCILE.

Quel conte ! Mais était-ce bien un homme?

THOMAS.

Ah ! je n'ai pas examiné la chose.

CÉCILE, vivement.

C'était une femme déguisée.

THOMAS.

Cela se peut bien, madame.

CÉCILE.

Mais qu'est-elle devenue?

THOMAS.

Tenez, madame, je crois que ce n'était ni un homme, ni une femme.

CÉCILE.

Qu'est-ce donc?

THOMAS.

Ma foi! je crois que c'était le diable; car je ne comprends plus rien à tout ce qui se fait ici.

DUO.

CÉCILE.

Tout cela me confond.

THOMAS.

Tout cela me tracasse.

CÉCILE.

Tu ne te trompes point?

THOMAS.

J'étais à cette place.

CÉCILE.

Tu l'as vu?

THOMAS.

Je l'ai vu.

CÉCILE.

C'était?....

THOMAS.

C'était ici.

CÉCILE.

Mais qu'est-il devenu?

THOMAS.

C'est ce qui m'embarrasse.

CÉCILE.

Il est entré quelqu'un.

THOMAS.

Mais il n'est point sorti.

CÉCILE.

Tu l'as vu !

THOMAS.

Je l'ai vu.

CÉCILE.

Quelqu'un était ici?

THOMAS.

Oui, le diable est entré ; mais il n'est pas sorti.
C'était lui, soyez-en sûre,
Moi, je l'ai toujours pensé :
Car il faut qu'il ait passé
Par le trou de la serrure.

ENSEMBLE.

CÉCILE.	THOMAS.
Ah! c'est trop m'outrager !	Il n'est pas de danger;
L'ingrat trahit ma flamme ;	Laissons faire la dame ;
Je suis jalouse et femme,	Dans ce cas, une femme
Je saurai me venger !	Sait toujours se venger.

CÉCILE.

Mon cher Thomas ! je t'en conjure,
Conte-moi tout, et sans détour.
Ton maître a-t-il quelqu'autre amour?

THOMAS.

Mais je l'ignore.

CÉCILE.

J'en suis sûre.
(*Elle lui donne de l'argent.*)
Conte-moi tout, ne cache rien.

8.

THOMAS, *prenant l'argent.*

Votre douleur touche mon âme.

CÉCILE.

Eh bien! mon cher Thomas....

THOMAS.

Eh bien!

Apprenez qu'il aime une femme.

CÉCILE.

Quelle femme?

THOMAS.

Je n'en sais rien.

CÉCILE, *avec colère.*

Tu me mets à la torture;
Parle, ou je t'y forcerai.

THOMAS.

Je l'ignore, je l'assure;
Mais bientôt je le saurai;
Car toujours j'écouterai
Par le trou de la serrure.

ENSEMBLE.

CÉCILE.   THOMAS.

Oh! c'est trop m'outrager,! etc.   Il n'est pas de danger, etc.

THOMAS.

Tenez, madame, voici quelqu'un qui peut vous
instruire mieux que moi.

SCÈNE IV.

CÉCILE, DUPUIS, THOMAS.

CÉCILE.

Ah! vous voilà enfin de retour!

DUPUIS.

Oui, ma chère, et bien fatigué.

CÉCILE.

Ce n'est pas ma faute.

DUPUIS.

Aussi, je ne t'en accuse pas.

CÉCILE.

C'est fort heureux! Et peut-on savoir d'où vous venez?

DUPUIS.

Cela ne vous intéresserait point.

CÉCILE.

C'est donc à dire que je ne saurai jamais rien de ce mystère qui règne ici depuis quelques jours?

DUPUIS.

Vous le saurez quand il en sera temps.

CÉCILE.

Vous avez un secret pour votre épouse!

DUPUIS.

Si c'était le mien, je vous le confierais : c'est celui d'un autre, il ne m'appartient pas.

CÉCILE.

Je le sais, le secret!

DUPUIS.

Vous le savez?

CÉCILE.

Vous ne m'aimez plus; la chaîne de l'hymen vous pèse sur le cœur : vous en aimez une autre, vous me trompez sans cesse... voilà le secret, monsieur, qu'il m'est aisé de deviner, malgré toutes vos ruses et votre dissimulation.

DUPUIS.

Vous êtes jalouse?

CÉCILE.

Oui, je le suis, puisqu'il faut vous le dire.

DUPUIS.

Je ne me croyais pas tant de mérite.

CÉCILE.

Oui, raillez-moi, ingrat! cela vous sied à merveille! Ah, mon dieu! que les femmes sont folles! elles devraient bien... Je me tais, j'en dirais trop.

DUPUIS.

Oh! quelques-unes font bien ce que vous avez voulu dire.

THOMAS, à part.

Bon! cela s'échauffe.

CÉCILE.

Vous ne m'aimez donc plus?

DUPUIS.

Ma chère femme! ayez donc un peu de confiance en moi! Vous saurez tout, vous dis-je; cela ne tardera pas, et vous m'approuverez vous-même. Pour ce moment, ayez la complaisance de me laisser seul ici; j'irai vous retrouver dans votre appartement. J'ai deux mots à écrire, et je ne puis différer.

CÉCILE.

Vous voulez écrire! Allons, monsieur, je vous laisse... Ecrivez. Viens, toi! monsieur veut être seul.

DUPUIS.

C'est ce que j'allais lui dire.

CÉCILE, en s'en allant.

Oh! que le mariage est une belle chose! (*Elle sort.*)

THOMAS.

Oui, quand on en est revenu.

DUPUIS, se croyant seul.

Fermons la porte, et délivrons notre prisonnier.
(*Voyant Thomas.*) Que fais-tu là?

THOMAS.

J'attendais vos ordres.

DUPUIS.

Va les attendre dans l'autre chambre, et malheur
à toi si tu approches de cette porte!

THOMAS, à part, en sortant.

Il y a du mic-mac, c'est sûr.

SCÈNE V.

DUPUIS, seul. (*Il ferme la porte à la clé.*)

Maintenant, nous sommes en sûreté; il faut instruire Valère des dangers qu'il court, et le forcer à
la prudence. (*Il ouvre la coulisse du fond et appelle
Valère.*) Venez, c'est moi, c'est votre ami.

SCÈNE VI.

DUPUIS, VALÈRE.

VALÈRE.

Ah, mon ami! quelles nouvelles m'apportez-vous?

DUPUIS.

Elles ne sont pas satisfaisantes. On parle, dans
toute la ville, de votre duel, et du malheur que vous
avez eu de tuer votre rival.

VALÈRE.

Le ciel m'est témoin qu'il m'a forcé à lui arracher
la vie.

DUPUIS.

Je le sais; mais ses parens vous cherchent avec
activité, et veulent vous poursuivre avec chaleur.
Restez donc ici, et attendez des circonstances moins
dangereuses pour oser vous découvrir. La retraite
que je vous ai ménagée, la porte mystérieuse qui y
conduit, le secret de l'ouvrir dont je suis seul dépo-
sitaire, tout cela vous met à l'abri des recherches.
Mais, vous-même, vous devez user de la plus grande
circonspection. Observez donc le plus profond silence, et ne vous hasardez à venir dans cette chambre,
que quand je vous y appellerai moi-même.

VALÈRE.

Ah! mon ami! que ne vous dois-je point?

DUPUIS.

Vous me devez de tout faire pour votre conser-
vation.

VALÈRE.

Généreux ami! et votre femme, sans doute, n'est
pas instruite des soins que vous prenez pour me
sauver?

DUPUIS.

Non, Valère; un secret de cette importance ne
doit se confier à aucune femme, et je ne suis pas sûr
que la mienne mérite une exception.

VALÈRE.

Et Angélique, ma chère Angélique, en avez-vous
des nouvelles?

DUPUIS.

Voici une lettre qui vous instruira; elle est de votre
ami Dorval: les détails qu'elle contient vous afflige-
ront, mais ils vous forceront à prendre un parti sage.

Lisez-la, Valère; je vais retrouver Cécile : restez dans cette chambre, je vais vous y enfermer, et je serai seul quand je viendrai vous rejoindre. Je veux tâcher d'apaiser la colère de ma femme, si toutefois cela est en mon pouvoir.   (*Il sort et ferme la porte à la clé.*)

SCÈNE VII.

VALÈRE, seul.

Des nouvelles d'Angélique ! et des nouvelles affligeantes ! Je tremble en ouvrant cette lettre. (*Il lit.*)

« Mon ami, dussé-je vous désespérer, je vous dirai
» la vérité tout entière. Deux jours après votre duel,
» Angélique s'est enfuie de cette ville, sans qu'on ait
» pu découvrir la route qu'elle avait prise. Un homme
» qui passe pour être votre rival, a disparu en même
» temps. Je pourrais en dire davantage ; mais je me
» contenterai de vous faire observer que les femmes
» ne méritent pas toutes qu'on se batte pour elles, et
» qu'on verse le sang d'un homme pour les venger. »

DORVAL.

Ciel ! la perfide ! elle me trahit, elle m'abandonne ! et j'ai pu m'exposer... que dis-je ? je le ferais encore. Quels que soient les torts de celle que l'on aime, on doit punir l'insolent qui l'outrage. Mais, hélas ! puis-je douter de sa perfidie ? Ah ! Dorval est trop mon ami, il est trop bien instruit ; il n'a pas même voulu m'apprendre toute l'étendue de mon malheur.

ROMANCE.

Je te perds, fugitive Espérance !
L'infidèle a rompu tous nos nœuds.
Pour calmer, s'il se peut, ma souffrance,
Oublions que je fus trop heureux.

Qu'ai-je dit? non, jamais, de mes chaînes,
Nul effort ne saurait m'affranchir!
Ah! plutôt, au milieu de mes peines,
Conservons un si doux souvenir.

Ah! reviens, séduisante Espérance!
Ah! reviens ranimer tous mes feux!
De l'amour quelque soit la souffrance,
Tant qu'on aime, on n'est pas malheureux.

Toi qui perds un amant si sensible,
Ne crains rien de son cœur généreux :
Te haïr, ce serait trop pénible ;
T'oublier, est encor plus affreux.

SCÈNE VIII.
VALÈRE, DUPUIS.

DUPUIS.

Rentrez, Valère, ma femme va venir ici; elle a
quelques soupçons; mais sa jalousie lui fait prendre
le change.

VALÈRE.

Ah! mon ami...

DUPUIS.

Rentrez : de la prudence (*Valère rentre*). La jalousie
de Cécile sert admirablement notre ami. Les chimères
qu'elle se forme, l'empêchent de deviner juste, et
c'est beaucoup de tromper une femme, en fait de
ruse et de finesse.

SCÈNE IX.
DUPUIS, CÉCILE.

CÉCILE.

Vous n'étiez pas seul ici?

DUPUIS.

Vous voyez bien que vous vous trompez.

CECILE.

Vous parliez à quelqu'un?

DUPUIS.

Vous écoutiez donc?

CÉCILE

Si je vous disais : oui?

DUPUIS.

Je vous répondrais que vous avez deux torts; le premier, d'écouter, le second, de croire que je parlais à quelqu'un.

CÉCILE.

Vous parliez, j'en suis sûre.

DUPUIS.

Vouloir m'empêcher de parler à d'autres, cela pourrait s'expliquer; mais me défendre de parler seul c'est un peu fort.

CÉCILE.

Oh! le plus fourbe des hommes!

DUPUIS.

Vous allez recommencer?

CÉCILE.

Oui, je recommencerai; je vous obséderai, je vous tourmenterai; si je ne puis partager vos plaisirs, votre bonheur, je veux que vous partagiez mes chagrins et mon ennui.

DUPUIS.

Thomas!

SCÈNE X.

LES PRÉCÉDENS, THOMAS.

THOMAS.

Monsieur!

DUPUIS.

Mon chapeau!

CÉCILE.

Vous allez encore sortir! c'est bien, très-bien! En effet, il y a trop long-temps que vous êtes avec moi. Allez donc, monsieur, on vous attend : au moins dans une autre maison je ne pourrai pas écouter aux portes.

DUPUIS.

Thomas! ma canne!

CÉCILE.

Puis-je vous être aussi de quelque utilité?

DUPUIS.

Vous me serez toujours utile et agréable. Bon soir!

CÉCILE.

O dieu! Allons donc, Thomas! accompagnez monsieur!

DUPUIS.

C'est précisément ce que je ne veux pas. Je t'ordonne de m'attendre ici.

THOMAS, à part.

Cette fois je ne saurai rien.

DUPUIS.

A revoir, ma chère amie! (*Il veut l'embrasser; elle le repousse, et il sort en la saluant avec gravité.*)

SCÈNE XI.

CÉCILE, THOMAS.

CECILE.

AIR.

Rien ne peut égaler ma rage,
Je ne puis plus la contenir.
Nouveau tourment, nouvel outrage!
Perfide époux! c'est trop souffrir!
Affreux liens du mariage,
Vous n'êtes rien qu'un esclavage;
Je saurai bien m'en affranchir.

THOMAS, *gravement.*

Je vous approuve : c'est fort sage.

CÉCILE.

Je saurai bien m'en affranchir.
Nous séparer! et pour la vie!
Mais si je pouvais dans son cœur
Faire passer ma jalousie....
Lui rendre frayeur pour frayeur!....
Si quelque ruse bien ourdie,
Pour moi ranimait son ardeur!....
Ce parti me plaît davantage :
S'il m'aime encor, par ce moyen
Je puis ramener le volage
Aux douceurs d'un premier lien.

THOMAS.

Je vous approuve : c'est fort sage.

CÉCILE.

Mais s'il me fait nouvel outrage;
Mais s'il persiste à me trahir;
Perfide époux! c'est trop souffrir!
Affreux liens du mariage,
Vous ne seriez qu'un esclavage,
Et je saurais m'en affranchir.   (*Elle sort.*)

SCÈNE XII.

THOMAS, seul.

Elle a cependant choisi la vengeance la plus douce.
Quand les femmes réfléchissent un peu, elles finissent toujours par prendre le parti où il y a moins à
perdre, et plus à gagner. Maintenant que nous sommes
seul, pensons un peu à nous. *Primo mihi,* me disait
le magister de mon village; voilà tout ce que j'ai retenu de mon latin. Ma maîtresse me paie pour lui dire
tous les secrets de mon maître : je ne lui dis pas ce
que je sais, mais je brode ce que je ne sais pas : ainsi,
l'un compense l'autre. Mon maître me paie pour lui
garder le secret sur ses démarches : je dis et j'amplifie
tout ce qui peut me servir, mais je tais tout ce qui
m'est inutile : ainsi, cela revient au même, et j'appelle cela de l'argent trouvé. Mais qu'est-ce que je
vois là-bas? C'est une femme, une femme que je
ne connais pas. Ah! si c'était la dulcinée de mon
cher maître? Madame, donnez-vous la peine d'entrer! (*A part.*) Cela sent l'aventure.

SCÈNE XIII.

THOMAS, ANGÉLIQUE.

ANGÉLIQUE.

M. Dupuis est-il chez lui?

THOMAS.

Non, mademoiselle; mais vous voyez son serviteur
et le vôtre.

ANGÉLIQUE.

Je suis bien fâchée de ne pouvoir lui parler.

THOMAS.

Je crois que mon maître en sera plus fâché que
vous.

ANGÉLIQUE.

C'est pour une affaire de la plus grande importance.

THOMAS.

Si vous voulez parler à madame ? cela vous serait-il
égal ?

ANGÉLIQUE.

Oh ! non : c'est à monsieur.

THOMAS.

C'est à monsieur ? et ce n'est pas à madame ? Ah !
j'entends.

ANGÉLIQUE.

Rentrera-t-il bientôt ?

THOMAS.

Je ne sais, mademoiselle ; mais si vous vouliez l'attendre, ma maîtresse viendrait vous tenir compagnie.

ANGÉLIQUE.

Non : je vous remercie.

THOMAS.

Ah ! j'entends.

ANGÉLIQUE.

A quelle heure trouve-t-on votre maître ?

THOMAS.

Madame pourra vous dire cela mieux que moi.

ANGÉLIQUE.

Ah ! cela est inutile ; je n'ai pas l'honneur de connaître madame.

THOMAS.

Ah ! j'entends. Mais si vous vouliez dire votre nom,
votre adresse, monsieur vous rendrait sa visite.

ANGÉLIQUE.

Je ne veux pas lui donner cette peine.

THOMAS.

Mademoiselle veut bien appeler cela une peine.
Mais votre nom?

ANGÉLIQUE.

Cela n'est pas nécessaire, je....

THOMAS.

Ah! j'entends, monsieur connaîtra mademoiselle
sans que je lui dise son nom.

ANGÉLIQUE.

Mais, je ne me trompe pas, je suis chez M. Dupuis?

THOMAS.

Non, mademoiselle, vous ne vous trompez pas;
mais souffrez que j'avertisse madame.

ANGÉLIQUE.

Non, non, ce n'est pas la peine....

THOMAS.

Ah! c'est vrai, vous me l'avez déjà dit.

ANGÉLIQUE.

Puisque je ne puis parler à monsieur, je vous prie
de lui remettre ce paquet : n'y manquez pas.

THOMAS.

C'est comme s'il le tenait. C'est à monsieur?

ANGÉLIQUE.

Mais oui, il est à son adresse.

THOMAS.

C'est tout ce qu'il y a pour votre service?

ANGÉLIQUE.

Oui. Je vous souhaite le bonjour.

THOMAS.

Bonjour, mademoiselle! Prenez garde! il commence à faire sombre. (*Il la conduit.*)

(*Valère sort de sa cachette, et s'avance avec crainte.*)

SCÈNE XIV.

VALÈRE seul.

Est-ce une erreur? une illusion? Quelle voix! Serait-il possible? Voyons.... Elle est partie. Puis-je le croire? Angélique dans cette maison! Ah! c'est elle! sa voix s'est fait entendre; mon cœur l'a reconnue! Mais est-elle infidèle? Que concevoir? que faire? O ciel! on vient... Je n'ai pas le temps... On va me voir; je suis perdu!

(*Il se cache derrière le rideau de la croisée.*)

SCÈNE XV.

THOMAS, riant aux éclats, tenant une bougie allumée, et contrefaisant sa voix, suivant chaque interlocution.

Ah! ah! ah! ah! C'est à monsieur, ce n'est pas à madame. Votre adresse? Cela est inutile. Votre nom? Cela n'est pas nécessaire. Et moi qui lui disais toujours: J'entends; et elle qui ne m'entendait pas? Ah! ah! ah! ils me prennent tous pour une bête, mais je ne m'en fâche pas, et j'y trouve mon compte.

(*Il pose la bougie sur la table.*)

COUPLETS.

Un ancien proverbe nous dit :
Bienheureux les pauvres d'esprit !
On peut être heureux, quoique bête ;
Le bonheur n'est pas dans la tête :
Mais, pourtant, je fais plus de cas
Des bêtes qui ne le sont pas.

Il est très-utile, en effet,
De ne pas montrer ce qu'on est.
Il en est de même des femmes :
La simplesse règne en leurs âmes ;
Mais on trouve, dans plus d'un cas,
Des simples qui ne le sont pas.

Par exemple, ce que je dis,
Très-souvent arrive aux maris.
On courtise fille bien sage ;
Vîte, on presse le mariage,
On épouse ; et l'on trouve, hélas !
Demoiselle..... N'achevons pas.

Maintenant, examinons ce que nous ferons de ce paquet. (*Il s'assied près de la table.*) Madame m'a ordonné de saisir tout ce qui viendrait à l'adresse de monsieur. Or donc, je saisis. En outre, comme je suis de moitié dans la ruse, je puis être de moitié dans la lecture. Je vais donc, sans scrupule, décacheter le paquet, c'est une peine que j'évite à madame.

(*Il le décachète.*)

VALÈRE.

Le coquin !

THOMAS.

Hein ! j'ai cru qu'on m'appelait. Ce n'est rien. Lisons donc la missive. Ah ! ah ! un portrait ! c'est celui de la dame qui voulait parler à monsieur. (*Il pose le portrait sur la table.*) Lisons.

« Depuis le malheur qui vous est arrivé.... » Le malheur ! « de vous battre avec votre rival » Diable ! « je me suis enfuie de chez mes parens. » Ah ! ah ! elle a l'air bien modeste, pour une coureuse d'aventures.

VALÈRE.

Maraut!

(Valère, qui s'est avancé derrière lui, prend le portrait d'une main, la lettre de l'autre, souffle la bougie, renverse Thomas, et rentre dans sa cachette.)

THOMAS, couché par terre.

Aïe! aïe! aïe! Au secours! au secours! je suis mort! Aïe! aïe! aïe! Au meurtre! Qui que vous soyez, ayez pitié de moi! J'ai tort, j'ai tort, je m'en repens du plus profond de mon âme!

SCÈNE XVI.

THOMAS, CÉCILE, *avec une lumière.*

CÉCILE.

Eh bien! qu'as-tu donc à crier si fort?

THOMAS.

Ah! madame... c'est fait de moi.

CÉCILE.

Qu'est-il arrivé? pourquoi tout ce tapage?

THOMAS, se relevant.

Attendez un peu, que je sois remis de ma frayeur.

CÉCILE.

Mais pourquoi cette frayeur?

THOMAS.

Ah! pourquoi! Si vous en aviez vu autant.... Donnez-moi un peu cette lumière.

CÉCILE.

Qu'en veux-tu faire?

THOMAS.

Donnez, donnez, je vous prie. *(Il fait le tour de*

9.

la chambre, en regardant partout, en tremblant.) Éh
bien! il a encore passé par le trou de là serrure!

CÉCILE.

Qui?

THOMAS.

Ah! qui! c'est bien dit, qui! Sachez donc qu'il est
venu une jeune dame, ou demoiselle, n'importe!

CÉCILE.

Une femme?

THOMAS.

Elle a demandé monsieur.

CÉCILE.

Il fallait m'appeler.

THOMAS.

Elle n'a pas voulu. Elle m'a dit beaucoup de choses,
et toujours pour monsieur. Puis elle a fini par me remettre une lettre et un portrait pour monsieur.

CÉCILE.

Où est cette lettre? ce portrait? voyons.

THOMAS.

Oh! oui, voyons! Allez les chercher.

CÉCILE.

Que sont-ils devenus?

THOMAS.

Attendez donc la fin de mon histoire.

CÉCILE.

Tu me fais mourir d'impatience.

THOMAS.

Patience! Je tenais donc là lettre et le portrait....
il était joli, le portrait...

CÉCILE.

Va donc, bourreau! va donc!

THOMAS.

J'examinais donc la lettre, sans l'ouvrir. (*A part.*) Je ne risque plus rien de mentir.

CÉCILE.

Achèveras-tu?

THOMAS.

Eh bien! tout-à-coup il est venu, il a pris la lettre, il a pris le portrait, il a soufflé la bougie, il m'a renversé par terre, il avait cinquante bras.

CÉCILE.

Qui? qui?

THOMAS.

Et qui voulez-vous que ce soit, si ce n'est le diable?

CÉCILE.

Me soupçonnes-tu assez crédule pour ajouter foi à de pareilles sottises?

THOMAS.

Elle n'en croit rien!

CÉCILE.

Monsieur Thomas, vous êtes un grand fripon!

THOMAS.

Bah!

CÉCILE.

Vous êtes un coquin! Au lieu de me servir, vous faites tout ce que vous pouvez pour exciter ma jalousie, et vous inventez des fables absurdes, dans l'espérance que je serai votre dupe, et que je paierai votre perfidie.... Mais ne vous y fiez pas, vous y serez trompé.

THOMAS.

En voici bien d'une autre! Je vous jure....

CÉCILE.

Ne jurez pas : vous mentez.

THOMAS.

Comment ! Madame, je....

CÉCILE.

Taisez-vous ! (*à part.*) C'est trop m'arrêter à de pareilles extravagances, essayons plutôt notre épreuve. Voici une lettre que j'ai fait écrire : il faut la faire tomber entre les mains de mon mari ; il la lira, et si, alors, la jalousie ne déchire pas son cœur, il faut qu'il soit le plus insensible des hommes. Jetons-la sous cette table. (*Elle la jette.*)

THOMAS.

Madame, vous laissez tomber quelque chose.

CÉCILE.

Je le sais bien. Je veux que cela reste là.

THOMAS.

J'entends.

CÉCILE.

Je vous défends d'y toucher. Je veux cependant que vous sachiez que je l'y ai mis à dessein. Mais malheur à vous si vous en parlez avant que je vous commande de le dire ! (*Elle sort.*)

SCÈNE XVII.

THOMAS seul.

Oh ! la bonne ruse ! Elle veut remuer la bile de monsieur.... Pauvre femme ! peine perdue ! elle n'y réussira pas. Bon ! le voilà qui vient tout à propos ! Je ne lui dirai rien de mon aventure, il ne me croirait pas.

SCÈNE XVIII.

DUPUIS, THOMAS.

DUPUIS.

Laisse-moi seul. (*Thomas sort, Dupuis ferme la porte, ouvre celle de Valère, et l'appelle.*) Venez, Valère, venez.

SCÈNE XIX.

DUPUIS, VALÈRE.

DUPUIS.

J'ai de bonnes nouvelles à vous apprendre.

VALÈRE.

J'en ai d'excellentes à vous donner.

DUPUIS.

Bon! comment cela?

VALÈRE.

Angélique est venue ici.

DUPUIS.

Comment le savez-vous?

VALÈRE.

Voilà une lettre d'elle, et son portrait.

DUPUIS.

D'où les tenez-vous?

VALÈRE.

Cela serait trop long à vous conter. Qu'il vous suffise de savoir que je les ai enlevés à votre valet, à qui j'ai fait une peur....

DUPUIS.

C'est une imprudence, Valère!

VALÈRE.

Elle m'a réussi à souhait.

DUPUIS.

A propos, votre rival n'est point mort.

VALÈRE.

Ah! vous me faites le plus grand plaisir.

DUPUIS.

On espère même qu'il guérira. Sachez aussi que vos parens sont assemblés avec les siens, et je crois que tout s'apaisera bientôt.

VALÈRE.

Que de biens à la fois!

DUPUIS.

Rentrez dans votre retraite, et soyez plus prudent à l'avenir. Je vais à l'assemblée de famille, et j'espère vous rapporter bientôt la plus heureuse conclusion.

VALÈRE.

Ah! mon ami, concevez-vous tout mon bonheur?

DUPUIS.

Je le conçois par le plaisir que j'ai d'y contribuer; mais rentrez, il est temps.

VALÈRE.

Adieu! adieu! (*Il rentre.*)

SCÈNE XX.

DUPUIS seul.

Il est fort heureux pour lui que ma femme soit jalouse, et que Thomas soit poltron. Ce sont deux sortes de gens qui ne raisonnent guère et qui devinent rarement juste. Mais que vois-je? Une lettre! Je l'aurai laissé tomber. Non, c'est à ma femme! Diable! comme elle est musquée! Thomas!

SCÈNE XXI.

DUPUIS, THOMAS.

THOMAS.

Monsieur !

DUPUIS.

Appelez ma femme.

THOMAS.

La voilà, monsieur ; elle venait chez vous.

SCÈNE XXII.

DUPUIS, THOMAS, CÉCILE.

DUPUIS.

Ma chère amie, voilà une lettre que je viens de trouver sous cette table ; elle est à vous.

CECILE, feignant l'embarras.

Une lettre !... Ah ! c'est....

DUPUIS.

C'est une lettre très-odoriférante.

CECILE.

Vous ne l'avez pas lue ?

DUPUIS.

Elle n'est pas à mon adresse.

CECILE.

Vous n'êtes donc pas curieux ?

DUPUIS.

Point du tout. Si elle ne contient que des choses toutes simples, il est inutile que je les sache ; si elle en renferme de désagréables, il vaut mieux que je les ignore.

CECILE, avec humeur.

Vous ne serez donc jamais jaloux?

DUPUIS.

Jamais. Tenez, ma chère femme, toute ces petites minauderies de l'amour ne vont point à d'anciens époux comme nous le sommes.

CECILE.

D'anciens époux! ne dirait-on pas que nous sommes Philémon et Baucis? et selon vous, à quel temps les minauderies de l'amour nous sont-elles interdites?

DUPUIS.

La nature nous l'indique. Ecoutez ce que disait un philosophe aimable à quelques femmes coquettes et exigeantes. Ceci ne vous regarde pas, sans doute; mais c'est une leçon générale, dont la moralité n'est point à mépriser.

COUPLETS.

Femmes, voulez-vous éprouver
Si vous êtes encor sensibles?
Un beau matin, venez rêver
À l'ombre des bosquets paisibles.
Si le silence, la fraîcheur,
Si l'onde qui fuit et murmure,
Agitent encor votre cœur,
Ah! rendez grâce à la nature!

Mais, dans le sein de la forêt,
Asile sacré du mystère,
Si votre cœur reste muet,
Femmes! ne cherchez plus à plaire.
Si, pour vous, le soir d'un beau jour
N'a plus ce charme qui me touche,
Profanes! que le nom d'amour
Ne sorte plus de votre bouche!

CÉCILE, *retenant Dupuis qui veut sortir.*

Maris, qui voulez éprouver
Jusqu'où va notre patience,
Vous pourriez bien aussi trouver
Le prix de votre impertinence.
Plus de pitié que de courroux,
Est ce qu'on doit à votre injure !
Vos femmes valent mieux que vous,
Et j'en rends grâce à la nature.　　(*Ils sortent.*)

SCÈNE XXIII.

THOMAS, seul.

Madame, assurément, n'aime pas la morale. Mais je suis seul dans cette chambre ; si le farfadet venait m'y retrouver ! j'en suis encore tout étourdi. Qu'on aille dire, maintenant, que les revenans ne reviennent pas ! Ce qu'il y a de sûr, c'est que celui-là sait bien escamoter. Hein ! qu'est-ce que c'est?.... Ah! ah! c'est une malle qu'on apporte ici ! (*aux porte-faix.*) Entrez, entrez dans cette chambre ! De quelle part?

UN PORTE-FAIX.

De la part d'une dame qui sort de chez vous, et qui a écrit à votre maître.

THOMAS.

D'une dame? Ah! j'entends.... Mettez, mettez-là! Qu'est-ce qu'il vous faut?

LE PORTE-FAIX.

Tout est payé. (*Il sort.*)

THOMAS.

En ce cas, bon voyage. Une malle de la dame qui a écrit à monsieur ! est-ce qu'elle veut emménager chez nous? Voici du nouveau. J'espère que, cette fois, madame ne dira pas que je fais des contes. Courons vite la chercher; et, s'il le faut, nous ferons comme aux barrières, nous visiterons les effets. Je savais bien que la vérité se découvrirait. (*Il sort.*)

SCÈNE XXIV.

VALÈRE, seul.

Qu'ai-je entendu? Ce sont les effets d'Angélique! le coquin parle de forcer la malle; il faut la soustraire à leur méchanceté.

(*Il entraîne la malle, et ferme la coulisse.*)

SCÈNE XXV.

THOMAS, CÉCILE.

THOMAS.

Oui, madame, une malle. Cette fois, vous ne direz pas que.... (*Il la cherche.*) Ah!

CECILE.

Eh bien! où est-elle, cette malle?

THOMAS.

Ouf!

CECILE.

Parleras-tu?

THOMAS.

Non, je me tais.

CECILE.

Cette malle!

THOMAS.

Eh bien, cette malle! je vois bien qu'elle n'y est

plus. Si le diable se mêle de tout, ici, que voulez-vous que j'y fasse ?

CECILE.

Tu vas recommencer ?

THOMAS.

Non, madame, je ne vous dirai plus rien, sinon que la malle est allée avec la lettre et le portrait.

CECILE.

Ah ! vous vous habituez à vous amuser à mes dépens ! Savez-vous bien, M. Thomas, que, quoique j'aie peu d'autorité dans cette maison, il m'en reste assez pour vous en faire chasser ?

THOMAS.

Comme il vous plaira, madame : aussi bien, je ne trouve pas grand agrément à vivre avec des sorciers.

CECILE.

Pour un imbécile, tu joues très-bien ton rôle.

THOMAS, *pleurant et suffoquant.*

Je ne joue rien, madame, dites et faites tout ce qu'il vous plaira ; prenez un bâton, battez-moi, assommez-moi, je ne dirai jamais que vous touchez trop fort. Il est cependant vrai que j'ai mis une malle là, et que le diable l'a emportée, et vous ne me croirez que quand il vous emportera vous-même.

CECILE, *à part.*

Je ne sais que penser.... (*Haut.*) Quelqu'un frappe là-bas : voyez ce que c'est. (*Thomas sort.*) Tout rusé qu'il est, il ne me paraît pas capable de pousser la fourberie jusqu'à ce point. Mais comment imaginer !...

SCÈNE XXVI.

CÉCILE, THOMAS, ANGÉLIQUE.

THOMAS.

Ah ! Dieu soit loué ! tout va se découvrir. Voilà la dame qui voulait parler à monsieur.

ANGELIQUE.

Madame, M. Dupuis est-il rentré ?

CECILE, avec une raillerie piquante.

Qu'est-ce que mademoiselle veut à M. Dupuis?

ANGELIQUE.

Je venais chercher la réponse à la lettre que j'ai remise à votre domestique.

THOMAS.

Et d'une !

CECILE.

Une lettre ? à mon mari ? Eh ! peut-on savoir.....

ANGELIQUE.

Oui, madame; elle contenait les inquiétudes d'une femme infortunée, à qui M. Dupuis peut apprendre ce qu'elle a le plus grand intérêt de savoir.

CECILE.

Cela me paraît très-clair. Mais n'est-ce point vous aussi qui avez envoyé une malle?

ANGELIQUE.

Oui, madame.

THOMAS.

Et de deux !

CECILE.

Mais, mademoiselle, il me paraît fort étrange

qu'une personne que je n'ai pas l'honneur de connaître, dispose de ma maison sans daigner m'en prévenir.

ANGELIQUE.

Je sens que mes démarches peuvent vous paraître
suspectes, et cependant, madame, elles n'ont rien
qui doive vous allarmer. M. Dupuis est seul déposi-
taire d'un secret d'où dépend mon bonheur, et que
j'ignore moi-même. Obligée de fuir mes parens, pour
éviter la persécution, j'ai eu recours à M. Dupuis,
qui peut seul m'éclairer sur mon sort.

CECILE.

Mais tout cela est très-innocent. Et comment, s'il
vous plaît, connaissez-vous M. Dupuis?

ANGELIQUE.

Je le connais très-peu, madame; mais il est l'ami
intime d'une personne qui m'est plus chère que la vie,
et il peut seul m'en donner des nouvelles. Quant à
cette malle, comme je suis poursuivie et obligée de
me cacher, j'ai cru qu'elle serait plus en sûreté chez
un protecteur.

THOMAS.

Oh! oui, elle est bien en sûreté.

CECILE.

Mademoiselle, en vérité, si je n'avais jamais lu de
romans, celui-ci m'intéresserait beaucoup.

ANGELIQUE.

Quoi! madame, vous me faites l'injure....

CECILE.

Point du tout, mademoiselle, je vois clairement
que M. Dupuis est votre protecteur, et je le félicite
sur le choix de sa protégée.

ANGELIQUE.

Madame, il ne me reste plus qu'à sortir d'une maison où j'inspire des soupçons si humilians.

CECILE.

Mademoiselle, je ne souffrirai pas que vous vous exposiez dans la rue. Vous êtes poursuivie et obligée de vous cacher; vous ne pouvez être, nulle part, mieux cachée que chez M. Dupuis.

ANGELIQUE.

Non, madame! je sortirai.... Dieu! quelle honte!

CECILE.

Vous aurez pour agréable de rester jusqu'au retour de votre protecteur.

ANGÉLIQUE.

Par grâce, laissez-moi m'en aller!

CECILE, la repoussant.

Peine perdue, mademoiselle! Vous attendrez mon cher époux. Thomas! sortons!

ANGELIQUE.

Dieu! que je suis malheureuse!

CECILE, tenant la porte.

Rassurez-vous, belle affligée! Je vous amènerai bientôt un consolateur.

(*Elle sort et enferme Angélique.*)

SCÈNE XXVII.

ANGÉLIQUE, VALÈRE.

FINAL.

Que devenir? Dieux ! quelle crise !
Hélas ! quelle était mon erreur !
On me soupçonne, on me méprise,
Et l'on se rit de ma douleur !
Quand je cherche un ami fidèle,
Qui peut, qui doit me protéger,
Je trouve une femme cruelle,
Qui prend plaisir à m'outrager !
Objet de l'amour le plus tendre,
Toi que je nomme mon époux !
Valère !

VALÈRE, *dans sa cachette.*

Angélique, est-ce vous?

ANGÉLIQUE.

Dieux ! quelle voix se fait entendre?

VALÈRE.

Angélique.... (*Il se montre.*) C'est ton époux !

ANGÉLIQUE.

Dieu ! que vois-je !

VALÈRE *lui met la main sur la bouche.*

Faites silence !

ANGÉLIQUE, *plus bas.*

O cher amant !

VALÈRE.

Point d'imprudence !

ANGÉLIQUE.

Apprenez....

VALÈRE.

J'ai tout entendu.

ANGÉLIQUE.

Ah ! quel plaisir !

VALÈRE.

Faites silence !
Si l'on m'entend, je suis perdu.

(Ils s'avancent devant la scène, et chantent pianissimo.)

ENSEMBLE.

O momens pleins de charmes !
O du sort bienheureux retour !
Qu'il est doux, après tant d'alarmes,
D'entendre, de revoir l'objet de son amour !

VALÈRE.

Mais écoutons....

ANGÉLIQUE.

On fait silence....

VALÈRE.

Bientôt Dupuis va revenir.

ANGÉLIQUE.

Il va venir !

VALÈRE.

J'ai l'espérance
Que tous nos chagrins vont finir.

ENSEMBLE.

O momens pleins de charmes ! etc....

(L'ensemble est interrompu.)

VALÈRE.

On vient.... Fuyons dans ma retraite !
Dérobons-nous à leur courroux !

(Il emmène Angélique et ferme la coulisse.)

SCÈNE XXVIII ET DERNIÈRE.
CÉCILE, DUPUIS, THOMAS, VALÈRE, ANGÉLIQUE.

CÉCILE.

Venez, venez, perfide époux !
Venez ! je tiens votre conquête :
La voilà ! (*Elle cherche partout.*) Ciel !

DUPUIS.

Que dites-vous ?

ENSEMBLE.

CÉCILE, *à part.*	DUPUIS, *à part.*	THOMAS, *à part.*
Quel prodige ! quelle aventure !	Elle est ici, tout me l'assure.	Elle a passé par la serrure,
Quel est donc cet affreux secret ?	Et j'en devine le secret.	Avec sa malle et son portrait.

DUPUIS.

Eh bien ! vous vous taisez !

CÉCILE.

Oui, j'ai tort, en effet.

DUPUIS.

Rassurez-vous ! De l'aventure
Vous allez savoir le secret.
Venez, venez, couple fidèle !
Ne craignez rien ; venez ici ;
Et recevez, de votre ami,
La plus agréable nouvelle.
(*Valère paraît, tenant Angélique par la main.*)

CÉCILE ET THOMAS.

Dieu ! que vois-je ?

DUPUIS.

C'est son époux.
C'est lui que je cachai, pour lui rendre service.
Ainsi, de vos transports jaloux,
Voyez quelle était l'injustice !

10.

ANGÉLIQUE ET VALÈRE.

Ah ! mon ami !

TOUS.

Dieu ! quel bonheur !

CÉCILE.

Le calme est rentré dans mon cœur.

DUPUIS, *à Valère.*

J'ai réconcilié l'une et l'autre famille ;
Votre rival a pardonné ;
Dorimon vous accorde Angélique sa fille.
(*A Cécile.*) Je suis chargé d'unir ce couple fortuné.

TOUS.

O momens pleins de charmes !
O du sort fortuné retour !

ANGÉLIQUE ET VALÈRE.

Qu'il est doux, après tant d'alarmes,
Qu'il est doux d'obtenir l'objet de son amour !

DUPUIS.

Qu'il est doux de calmer l'objet de son amour !

CÉCILE.

Qu'il est doux d'apaiser les frayeurs de l'amour !

TOUS, *avec vivacité.*

Livrons-nous à l'allégresse :
Oublions tous nos tourmens :
Des époux ayons la tendresse,
Ayons l'ivresse des amans.

FIN.

ARIODANT,

DRAME EN TROIS ACTES ET EN PROSE,

MÊLÉ DE MUSIQUE,

REPRÉSENTÉ POUR LA PREMIÈRE FOIS SUR LE THÉATRE FAVART,
LE 19 VENDÉMIAIRE AN VII (1798).

PERSONNAGES.

EDGARD, prince de l'ancienne Ecosse.

INA, fille d'Edgard.

OTHON, prince hibernien.

ARIODANT, simple chevalier, amant d'Ina.

LURCAIN, frère d'Ariodant.

DALINDE, suivante d'Ina.

DEUX BRIGANDS.

HOMMES et FEMMES de la cour d'Edgard.

JUGES.

SOLDATS.

La scène est dans le château d'Edgard.

AVERTISSEMENT.

LE sujet de cet opéra est emprunté à l'*Orlando* de l'Arioste. L'auteur de *Montano et Stéphanie* ayant précédemment puisé à la même source, sans que M. Hoffman en fût informé, réclama la priorité pour son ouvrage dès qu'il apprit qu'*Ariodant* allait être mis en répétition. Les comédiens, qui n'espéraient pas autant de la pièce de M. Dejaure que de celle de M. Hoffman, voulurent passer outre, bien que *Montano* fût le premier en date sur le registre des réceptions. Instruit de cette circonstance, l'auteur d'*Ariodant* déclara que son ouvrage ne serait représenté qu'après celui de son confrère en Apollon, n'entendant pas être la cause, ni même le prétexte d'une injustice. Le comité voulait encore résister; mais il se rendit à la menace que fit M. Hoffman de retirer son opéra. *Montano* fut donc joué le premier et obtint beaucoup de succès, grâce à la partition de M. Berton, l'un des chefs-d'œuvre de la musique française. Nous avons cru devoir rapporter ce fait pour prouver qu'à cette époque les auteurs savaient respecter mutuellement leurs droits, et ne convoitaient pas le monopole du répertoire : il est vrai qu'alors on regardait encore comme un art ce qu'on ne considère plus aujourd'hui que comme un métier.

Les deux auteurs ayant suivi une marche différente, le succès de *Montano* n'empêcha pas celui d'Ariodant. Le drame de M. Hoffman est conduit avec une grande entente de la scène; tout y est sagement motivé : le troisième acte est d'un vif intérêt, et le dénoûment aussi heureux qu'imprévu. Quant à la musique, on sait que Méhul n'a rien produit de plus dramatique. Le bel air de Dalinde :

Calmez, calmez cette colère, etc.,

est encore donné aux élèves du Conservatoire comme objet d'étude et de concours. La romance :

Femme sensible, entends-tu le ramage, etc.,

obtint dans le temps un de ces succès qui suffisent pour mettre un opéra à la mode. *Ariodant* serait nouveau pour la génération actuelle. Plusieurs fois le comité de Feydeau a décrété la reprise de cet ouvrage ; mais ses décrets n'ont pas été mieux exécutés que certaines lois. Ce qui pourrait peut-être valoir à ce chef-d'œuvre musical les honneurs d'une résurrection, c'est que Méhul est mort depuis plus de dix ans, et qu'en vertu de cette prescription décennale, les droits de ses héritiers se trouvent éteints.

ARIODANT.

ACTE PREMIER.

SCÈNE PREMIÈRE.

OTHON, seul.

C'est aujourd'hui que mon sort se décide, c'est dans
ce moment. On lui parle, elle prononce sur ma destinée, sur la sienne. Aujourd'hui, je serai le plus
heureux, ou le plus coupable des hommes. Si mon
espoir est encore trompé, malheur au rival! malheur
à elle-même!..... malheur à moi! O funeste passion!
le prix que tu nous promets vaut-il les tourmens que
tu nous causes? Je n'ai encore que les craintes de
l'incertitude, et l'enfer est déjà dans mon cœur : que
serait-ce donc si ma honte était certaine?

AIR.

Infortuné! sais-je moi-même
Quel sentiment règne en mon cœur!
Je puis aimer d'amour extrême,
Je puis haïr avec fureur.
Malheur à celle qui m'offense!
Je la ferai gémir un jour :
Et je mettrai dans ma vengeance
Toute l'ardeur de mon amour.
J'ai cru posséder sa tendresse,
J'espérais m'unir à son sort....
Elle me fuit, elle me laisse
Un doute pire que la mort....

Infortuné! sais-je moi-même
Quel sentiment règne en mon cœur?
Je sus aimer d'amour extrême,
Je sais haïr avec fureur.

SCÈNE II.

OTHON, DALINDE.

OTHON.

Eh bien! m'apportes-tu la mort ou l'espérance?

DALINDE.

J'ai fait tout ce qui était en mon pouvoir, j'ai usé de tout l'empire que j'ai sur l'esprit de ma maîtresse pour la disposer en votre faveur, mais....

OTHON.

N'achève pas, Dalinde, n'achève pas : je te devine, je suis haï, je suis méprisé.... mais non, achève, ma chère; développe-moi toute mon infortune, et arrache de mon cœur le serpent qui le dévore.

DALINDE.

Ah! dieux! vous me faites frémir, vous formez de sinistres projets.

OTHON.

Non, je suis tranquille, parle, ne me cache rien.

DALINDE.

Oui, je parlerai, et je veux vous guérir d'une passion qui fait inutilement votre supplice.

OTHON.

Inutilement? C'en est donc fait; je suis trahi : je n'ai plus qu'à me venger!

DALINDE.

Vous venger?

OTHON.

Pardonne, ma chère, pardonne, je m'égare : non, non, je ne me vengerai pas. Malheur à moi seul!.... La perfide! après avoir reçu mes vœux, après m'avoir permis de la demander à son père, après avoir nourri si long-temps un funeste espoir, elle me fuit, elle me dédaigne, moi, moi, Othon!

DALINDE.

AIR.

Calmez, calmez cette colère,
Formez de plus aimables nœuds :
Vous avez plus d'un choix à faire ;
Pour une beauté trop sévère,
Mille autres souriront tendrement à vos vœux.

Lorsqu'à toutes vous pouvez plaire,
Hélas! par quel destin contraire
Celle qui vous rend malheureux
Est-elle pour vous la plus chère?
Oubliez la beauté qui dédaigne vos feux.

Calmez, calmez votre colère, etc.

OTHON.

Mille, dis-tu : une, une seule s'est emparée de ma raison, de mon âme, de ma vie, et il faut y renoncer.

DALINDE.

Oui, il faut y renoncer. Toute autre ménagerait votre sensibilité, et par de fausses espérances nourrirait un feu qui vous consume, mais je ne veux point vous tromper : je vous ai porté les premiers coups, je veux achever de détruire toute erreur, s'il vous en reste. Non-seulement Ina refuse de vous entendre, mais du ton le plus impérieux elle m'a défendu de lui parler de vous.

OTHON, à part.

Contraignons-nous. (*Haut.*) Dis-moi, Dalinde, ai-je un rival?

DALINDE.

Pourquoi cette question?

OTHON.

Ai-je un rival? je veux le savoir.

DALINDE.

Dans la fureur où vous êtes, quand vous en auriez un, je ne vous le dirais pas.

OTHON.

Crois-tu que j'en doute?

DALINDE.

Eh bien! que vous importe, puisque vous n'avez plus d'espérance?

OTHON, à part.

Ah! dissimulons. (*Haut.*) Ma chère Dalinde, aide-moi à me guérir. Tu sais que l'amour ne s'éteint jamais quand il lui reste un rayon d'espoir. Si je n'ai point de rival, ma constante obstination prolongera mon martyre jusqu'au tombeau; mais si un autre a mérité le cœur que je ne puis toucher, mon espoir s'évanouit, ma passion se change en indifférence, j'oublie l'ingrate, je redeviens calme, je suis le plus heureux des hommes.

DALINDE.

Eh bien! soyez heureux, vous avez un rival : il est aimé.

OTHON, à part.

O fureur! (*Haut.*) Je m'y attendais.... tu vois que je suis tranquille. Achève, ma chère, achève : quel est ce rival?

DALINDE.

Qu'il vous suffise de savoir qu'il est préféré. Son nom ne fait rien à votre bonheur.

OTHON.

Tu te trompes, Dalinde; on se console souvent par la comparaison.... Dis-moi le nom de ce mortel fortuné.....

DALINDE.

Non, je vous crains.

OTHON.

Eh bien! juge de l'état de mon cœur. Voilà le portrait de l'ingrate, ce portrait qu'un artiste habile sut tracer sans qu'elle se doutât du larcin; voilà deux lettres qu'elle m'écrivit quand elle me laissait l'espoir de la posséder.... Prends, Dalinde, prends ces gages d'un sentiment qui n'existe plus; je veux en perdre jusqu'au souvenir.

DALINDE.

Donnez-les moi, cela est prudent.

OTHON.

Et ce rival, son nom?

DALINDE.

Encore ce rival?

OTHON.

C'est pure curiosité. Je gage que c'est quelque homme obscur, qu'aucun exploit n'a illustré, qu'aucun rang n'élève au-dessus du vulgaire.

DALINDE.

Il a su plaire, c'est le meilleur des titres.

OTHON.

Il est bien séduisant, bien aimable sans doute.

DALINDE.

Je l'avoue, toutes les femmes se disputent sa conquête; et à la cour d'Edgard on ne parle que du bel
Ariodant.

OTHON, avec fureur.

Ariodant!

DALINDE.

Ciel!

OTHON.

O rage! ô vengeance!

DALINDE.

Ah! je devais vous connaître.

OTHON.

Tu me connaîtras mieux! Va, tu les verras tous
deux dans la tombe, avant que l'hymen les unisse.

DUO.

OTHON.

O démon de la jalousie,
Mon âme s'abandonne à vous ;
Venez, arrachez-moi la vie,
Ou livrez ce traître à mes coups.

DALINDE.

Quel délire ! quelle furie !
Aveugle amant, modérez-vous :
Votre fureur me sacrifie,
Vous me livrez à leur courroux.

OTHON.

Rends-le moi.

DALINDE.

Que voulez-vous dire?

OTHON.

Rends-le moi.

DALINDE.

Dans votre délire
Que demandez-vous ?

OTHON.

Le portrait.

DALINDE.

Qu'en ferez-vous ?

OTHON, *arrache le portrait.*

C'est mon secret.

DALINDE.

Vous vous perdez.

OTHON.

Je le désire.

DALINDE.

Oh ! malheureux !

OTHON.

Tel est mon sort.

DALINDE.

Mais où courez-vous ?

OTHON.

A la mort.

ENSEMBLE.

OTHON.	DALINDE.
O démon de la jalousie ! etc.	Quel délire ! quelle furie ! etc.

DALINDE.

Mais dans ces lieux quelqu'un s'avance.

OTHON.

Que m'importe !

DALINDE.

De la prudence.

OTHON.

De la prudence!

DALINDE.

Épargnez-moi.

OTHON.

C'est lui! c'est lui!

DALINDE.

Je meurs d'effroi.

OTHON.

C'est lui! c'est lui!

DALINDE.

Peine cruelle.

Ciel! où va-t-il?

OTHON.

Chez l'infidelle!

C'est lui! c'est lui!

DALINDE.

Je meurs d'effroi.

(*Ariodant traverse la galerie, entre chez Ina, et referme la porte.*)

ENSEMBLE.

OTHON.	DALINDE.
O démon de la jalousie! etc.	Quel délire! quelle furie! etc.

OTHON.

C'est assez, Dalinde, laisse-moi; j'en sais plus que je n'en voulais apprendre.

DALINDE.

Au moins, promettez-moi...

OTHON.

Je ne promets rien.

DALINDE.

Vous voulez me perdre ?

OTHON.

Ne crains rien pour toi ; mais songe que tu t'es engagée à me servir ; que tu t'es avancée au point de ne
pouvoir reculer dans les services que j'attends de toi ;
songe que tu es perdue si tu me trahis.

DALINDE.

Ah ! malheureuse, j'ai trompé ma maîtresse, j'en
serai bien punie...

OTHON.

Ne crains rien pour toi, te dis-je ; ma puissance,
mes bienfaits te mettront à l'abri de leur haine..

DALINDE.

Ciel ! voici le père d'Ina ; calmez votre trouble.
Parlez à ce vieillard, il vous considère, et son autorité...

OTHON.

Je t'entends, laisse-moi.

SCÈNE III.

OTHON, seul.

Contraignons-nous. Edgard m'a toujours témoigné
de l'amitié, nos états sont voisins, le mal que je puis
lui faire le force à des ménagemens ; obtenons de
l'autorité ce que l'amour me refuse..... Oui, il faut
que le père contribue à mon bonheur, ou à ma vengeance.

SCÈNE IV.

OTHON, EDGARD.

EDGARD.

Othon, voilà une belle journée qui se prépare; la fête en sera plus brillante, et votre présence ne contribuera pas peu à nous la rendre agréable.

OTHON.

Respectable Edgard, puis-je me réjouir d'une fête qui va me donner tant de rivaux! Je vous ai fait l'aveu de mon amour pour votre fille. J'ai quitté l'Hibernie pour me rendre à votre cour; fier de votre amitié, j'ai eu l'ambition d'aspirer à être votre gendre; mais dans la foule des amans que ses charmes attirent, la belle Ina daignera-t-elle me distinguer?

EDGARD.

Si ma fille a mes sentimens, le choix sera sans doute en votre faveur. Mais je suis père, et certain que le penchant du cœur ne peut se commander, je laisse ma fille absolument libre sur son choix. Un prince, un simple chevalier, tout m'est égal, si d'ailleurs il est digne d'elle.

OTHON.

La voix d'un père est bien persuasive, son autorité.....

EDGARD.

L'autorité ne peut rien sur le cœur, elle agit sur les devoirs, jamais sur les affections.

OTHON.

Ainsi donc, si l'un de mes rivaux a le secret de plaire à votre fille.....

EDGARD.

Vous serez toujours mon ami, mais ce rival sera mon gendre.

OTHON.

Pardon, seigneur, je m'étais trompé; je croyais qu'un père pouvait, devait même prescrire à sa fille un choix plus digne d'elle.... Vos lois, d'ailleurs, laissent aux parens un pouvoir si absolu sur leurs enfans...

EDGARD.

Les lois n'ont pu supposer qu'un père voulût faire le malheur des êtres qu'il doit chérir le plus. C'est violer une loi que de la faire servir à la persécution.

OTHON.

Mais avec cette sagesse, cette humanité, de quel œil voyez-vous quelques-unes de vos lois si sévères, je dirai même cruelles?

EDGARD.

On a tort de se plaindre de leur sévérité; on est toujours maître de ne pas faire ce qu'elles défendent.

OTHON.

Mais, par exemple..... (pardonnez si j'insiste sur ce point,) que dites-vous de cette ancienne loi qui condamne à la mort une fille trop sensible, qui, séduite par son amant, le recevrait furtivement pendant la nuit.

EDGARD.

Une telle loi conserve les mœurs, elle retient les âmes faibles, elle effraie les corrupteurs, et prépare des mariages heureux. Mais puisque vous me citez cet exemple de la sévérité de nos usages, frémissez d'un événement qui vient d'arriver près de nous, et qui nous prouve combien les pères doivent craindre de

11.

contraindre l'inclination de leurs enfans. La fille d'un
de mes officiers, jeune, belle, sensible, aimait, était
aimée. Son père voulut lui donner pour époux un
homme qui n'avait rien de recommandable que ses
richesses. Il allait le lendemain la faire traîner à
l'autel. Victime de l'avarice d'un père, cette fille
égarée, éperdue, oublia ses devoirs, projetta une
évasion, et reçut furtivement et dans la nuit l'amant
qu'elle préférait. Sa faute fut connue, la loi la
condamnait à la mort : elle ne put supporter la
honte d'un supplice, et cette fille intéressante autant que coupable, se perça le sein devant ce père
même qui causa son malheur. Jugez maintenant si
nous devons exposer nos filles aux égaremens d'une
passion dangereuse, et au désespoir que donne la
persécution.

OTHON.

C'en est assez, seigneur, je suis instruit. Il ne me
reste qu'à mériter un bien qu'un père ne peut me
promettre.

EDGARD.

C'est dans cette fête que ma fille doit déclarer son
vainqueur, votre nom est assez éclatant pour vous
ôter toute défiance. Je désire que le choix de ma fille
resserre notre amitié; mais je vous le répète, je désire, et je ne puis commander.

AIR.

D'un hymen qui fit mon bonheur,
Il ne m'est resté qu'une fille :
Elle seule elle est ma famille,
Elle seule elle a tout mon cœur.
Nature est une bonne mère ;
Elle sait mieux que les parens

Quel choix un jeune cœur doit faire :
Ne forçons point les sentimens,
Ne séchons pas dès le printemps
Une fleur si tendre et si chère :
Ah ! sans l'amour de ses enfans,
Quel mortel voudrait être père ?

D'un hymen qui fit mon bonheur, etc.

Si mon amour paraît extrême,
Et si l'on ose m'accuser
De trop aimer l'enfant qui m'aime,
Loin de vouloir m'en excuser,
Je leur dirai, comme à vous même :

D'un hymen qui fit mon bonheur,
Il ne m'est resté qu'une fille :
Seule elle est toute ma famille,
Mais d'un père elle a tout le cœur.   (*Il sort.*)

SCÈNE V.

OTHON, seul.

Elle seule s'oppose à mon bonheur... elle seule me
rejette après avoir nourri mon espoir et flatté mon
amour... elle me sacrifie à l'homme que je hais... Va !
perfide, tu ne triomphes point encore, tu seras à
moi, ou je serai vengé ; tu sauras que l'homme le plus
sensible est celui qui punit le plus cruellement un
outrage. La loi condamne à la mort toute fille qui
reçoit un amant, furtivement, pendant la nuit.
Femme artificieuse, je saurai si tu me hais assez pour
préférer la mort au malheur de t'unir à moi ; tu seras
réduite à n'avoir que ce choix à faire ; tu seras coupable aux yeux de ce père esclave de tes caprices,
et méprisée de l'amant pour lequel tu me trahis. Le
sort en est jeté ; mais que me veut Dalinde ?

SCÈNE VI.

OTHON, DALINDE.

DALINDE.

Seigneur, éloignez-vous de ces lieux.

OTHON.

Eh! pourquoi?

DALINDE.

Ina va descendre au jardin : Ariodant, sans doute,
va l'y accompagner; je crains qu'ils ne vous rencon-
trent. Je vous connais, vous ne pourriez retenir votre
fureur, et ce jour, destiné à une fête, deviendrait
peut-être un jour de trouble et d'effroi.

OTHON.

Ne crains rien, ma chère; je saurai me contraindre.
J'ai un projet qui commande la prudence. Ecoute : il
sera temps de nous éloigner quand nous les verrons
paraître. Dalinde, veux-tu mon bonheur?

DALINDE.

Ah! vous vous êtes emparé de toutes mes volontés:
comblée de vos bienfaits, je suis prête à vous prouver ma reconnaissance; mais au moins, que mes services ne nuisent point à ma maîtresse.

OTHON.

Me crois-tu digne de l'épouser?

DALINDE.

Plût au ciel qu'elle y consentît!

OTHON.

Eh bien! si je puis l'y forcer.

DALINDE.

L'y forcer? par son père?

OTHON.

Qu'importe les moyens? si je puis la réduire à regarder comme un bonheur l'union que je lui propose.....

DALINDE.

Comme un bonheur! eh! comment?....

OTHON.

Jure de me servir. Mes moyens sont sûrs, et ils n'ont besoin que de ton secours. Oui, te dis-je, avant que ce jour soit expiré, ta maîtresse se trouvera heureuse d'accepter pour époux celui qu'elle dédaigne comme amant.

DALINDE.

Et vous y parviendrez sans lui nuire?

OTHON.

Je n'aurai rien à me reprocher. Jure donc de me seconder, n'hésite pas..... Ce que tu as fait pour moi, te force....

DALINDE.

Ah! je le sens, je me suis ôté le droit de vous désobéir; mais vous m'assurez.....

OTHON.

Je t'assure qu'Ina sera forcée de devenir mon épouse. Pour toi, compte sur ton bonheur si tu me sers, sur ma vengeance si tu me trompes. Ecoute : L'appartement de ta maîtresse donne sur les ruines qui sont à la gauche de ce jardin.

DALINDE.

Oui, vous le savez : voici l'entrée, et les fenêtres s'ouvrent vis-à-vis les ruines.

OTHON.

C'est bien. Lorsque la fête sera près de finir, tu

recevras de ma part tout ce qui doit servir à mon projet. L'émissaire te remettra un écrit qui t'instruira de tout ce que tu dois faire. Lorsque ta maîtresse sera retirée dans son appartement, tu te hâteras d'agir selon l'instruction que tu auras reçue. Je serai sous le balcon, et quand tous les feux seront éteints...

DALINDE.

Paix! voici quelqu'un...

OTHON.

Suis-moi, je te dirai le reste. (*Ils sortent.*)

SCÈNE VII.

ARIODANT, seul.

Je vais la voir.... être seul avec elle! Mon frère va la conduire près de moi. Elle s'échappe à une cour qui l'adore pour rassurer mon cœur et me jurer un éternel amour.

AIR.

Plus de doute, plus de souffrance!
Ah! tout mon cœur est enivré :
Non, ce n'est plus de l'espérance,
Et mon bonheur est assuré.

Est-il bien vrai? c'est toi qui m'aimes;
Pour moi seul tu viens dans ces lieux;
Nous allons lire dans nos yeux
Nos désirs, nos transports extrêmes,
Et nous ignorerons nous-mêmes
Qui de nous deux aime le mieux....

Plus de doute, etc.

Mais malgré moi mon cœur palpite;
Celle que j'aime ne vient pas;

Qui peut donc retenir ses pas ?....
Insensé, quel effroi t'agite ?
Elle a promis, tu la verras.

Plus de crainte; plus de souffrance !
Ah! tout mon cœur est enivré :
Non, ce n'est plus de l'espérance,
Et mon bonheur est assuré.

SCÈNE VIII.

ARIODANT, INA, LURCAIN.

ARIODANT.

Belle Ina, c'est donc pour moi que vous vous
dérobez à la fête dont vous êtes l'ornement : je puis
faire éclater mon amour. La présence de mon frère
ne doit point nous contraindre, il est mon meilleur,
mon seul ami.

INA.

J'ai cédé à votre empressement, j'ai trompé les
yeux fixés sur moi, **pour m'échapper** et vous entretenir en ces lieux; mais une chose m'inquiète : mon
père ignore votre amour, et tant qu'il ne l'aura point
approuvé, je ne serai pas tranquille.

ARIODANT.

Chère Ina, votre père vous aime tendrement. Un
mot, un seul mot de vous assurerait mon bonheur.

INA.

Aujourd'hui j'aurai le courage de lui avouer ma
tendresse. Il n'a donné cette fête que pour connaître
ceux qui prétendent à ma main. Leur nombre ne
vous a rendu que plus cher à mes yeux. Le dirais-je ?
mon orgueil est flatté de tout l'amour qu'on me té-
moigne, parce qu'il semble augmenter le prix de celui

que j'ai pour vous. J'ai l'espoir que mon père ne
m'en fera point un crime, et cependant, j'hésite à
le lui avouer. Vous n'ignorez pas que le farouche
Othon est votre rival. Il a de l'empire sur l'esprit de
mon père, il est riche, puissant, inflexible dans ses
volontés, il mettra mille obstacles à notre bonheur.

ARIODANT.

Mais quel droit.a-t-il sur votre cœur? lui auriez-
vous jamais donné quelque espérance?

INA.

Je l'avouerai....

ARIODANT.

O ciel!

INA.

Ne vous alarmez point : j'espère que je ne vous
laisserai aucun doute sur ma franchise.

ARIODANT, à part.

Je frémis.

INA.

Avant que vous vinssiez dans ces lieux, Othon me
vit et m'aima. Il parut avec tout l'éclat de la puissance;
mais je n'eus jamais aucun goût pour lui. Cependant,
il était l'ami de mon père, tous ceux qui m'environ-
naient me persuadaient sans cesse qu'il était le seul
époux qui me convînt. Dès-lors, sans penchant et sans
aversion, sans amour et sans répugnance, je consentis
à l'entendre. Il se crut.aimé. Tout le monde me parlait en sa faveur, je lui permis de me demander à
mon père.

ARIODANT.

Dieu! jusques-là?

INA.

C'est alors que vous parûtes dans ces lieux. Je vous

vis, nos yeux se rencontrèrent, et dès ce moment ils se dirent tout ce que nous nous sommes répétés depuis. Mon cœur fut fixé, mon sort se décida; je sentis toute l'importance d'un choix d'où dépend le bonheur de la vie. Othon me devint insupportable, je l'évitai sans ménagement, et je mis tout mon art à faire échouer toutes les tentatives qu'il fit sur l'esprit de mon père. Le fier Othon ne s'aperçoit que trop de ce changement; ses yeux maintenant m'annoncent plus de fureur que d'amour, la vengeance paraît seule l'animer, et tant qu'il sera près de nous, je tremblerai pour vous et pour moi.

(Lurcain observe dans le fond.)

FINAL.

ARIODANT.

Dissipons ce sombre nuage,
Le sort ne nous trahira pas;
Pour deux cœurs que l'amour engage,
Le danger même a des appas:
Pourrait-il arrêter mes pas,
Quand mon amante le partage?

INA.

Déjà ta consolante voix
Ramène le calme en mon ame;
Le danger fuit, l'amour m'enflamme
Quand je t'entends, quand je te vois.

ARIODANT.

O doux accens! répète encore
Ces mots qui vont droit à mon cœur.

INA.

Oui, cher amant, oui, je t'adore:
Tu feras seul tout mon bonheur.

ARIODANT.

Comme un gage de ta tendresse,
Donne-moi, donne cette main....
Donne-la moi, que je la presse
Et sur ma bouche et sur mon sein.

INA.

Dieux! que fais-tu? mon œil se trouble,
Craignons un abandon trop doux :
Cher amant, mon effroi redouble,
Redoutons les yeux des jaloux.

(*Ils regardent au fond, Lurcain leur fait signe que personne ne paraît.*)

ARIODANT.

Nous sommes seuls; redis encore
Ces mots qui vont droit à mon cœur.

INA.

Oui, cher amant, oui, je t'adore :
Tu feras seul tout mon bonheur.

ARIODANT.

Unissons-nous.

INA.

C'est mon envie.

ARIODANT.

Tu m'aimeras?

INA.

Toute la vie.

ARIODANT.

Et notre amour....

INA.

Toujours nouveau.

ARIODANT.

Nous charmera.

INA.

Jusqu'au tombeau.

ENSEMBLE.

Du tendre amour goûtons les charmes;
Mêlons nos pleurs et nos soupirs :
O volupté! tes douces larmes
Sont le plus doux de nos plaisirs.

SCÈNE IX.

LES PRÉCÉDENS, OTHON.

LURCAIN, *à Ina et Ariodant.*

Modérez-vous, Othon s'avance :
Dans ses yeux brille le courroux.

INA.

Ciel! il médite sa vengeance :
Ariodant, séparons-nous.

ARIODANT.

Quoi! vous tremblez à sa présence?
Quels droits, hélas! a-t-il sur vous?

LURCAIN, *à Ina.*

Ne craignez rien de sa vengeance,
Tant que vous êtes près de nous.

OTHON, *de loin, à part.*

C'est lui! c'est elle! à leur présence
Je sens accroître mon courroux.

OTHON.

Belle Ina, lorsqu'à cette fête
Chacun n'aspire qu'à vous voir,
Dans ces lieux écartés, quel charme vous arrête?
Pourquoi trompez-vous notre espoir?

INA, *avec crainte.*

J'attendais au jardin...(*à part.*)Dieu! que vais-je lui dire.

OTHON.

Je vois trop quel motif au jardin vous attire.

ARIODANT.

Quel que soit le motif qui l'y fait demeurer,
De quel droit osez-vous le vouloir pénétrer?

OTHON.

Vous le pénétrez bien, vous qui parlez pour elle.

LURCAIN, *vivement.*

Eh bien! c'en est assez pour toi.

OTHON.

Téméraire!

INA.

Arrêtez.

ARIODANT, *à Ina.*

Vous tremblez?

OTHON, *à Ina.*

Infidelle!

ARIODANT.

Eh! depuis quand Othon vous tient-il sous sa loi?

LURCAIN.

On pourrait aisément-réprimer tant de zèle.

OTHON.

Qui le réprimera?

LURCAIN.

Si ce n'est lui, c'est moi.

INA.

Modérez-vous, de la prudence,
Vous me livrez à son courroux.

ARIODANT.

Quoi! vous tremblez à sa présence!
Quel droit le traître a-t-il sur vous?

LURCAIN.

Ne craignez rien de sa vengeance,
Tant que vous êtes près de nous.

OTHON.

Haine, fureur, amour, vengeance,
Livrez ce rival à mes coups.

ENSEMBLE.

ARIODANT, *à Othon.*

O toi, dont la coupable audace
Outrage sans pitié l'objet de ton amour ;
Réponds-moi : c'est moi seul que ton orgueil menace.

OTHON.

Non, je veux vous punir tous les deux en ce jour.

LURCAIN, *tirant l'épée.*

Traître, crains mon courroux.

ARIODANT, *retenant son frère.*

Non, laissez-moi, mon frère,
Laissez-moi dans son sang éteindre sa colère.

OTHON, *à Ariodant.*

Défends-toi ! défends-toi !

INA, *se jetant entr'eux.*

Cessez, au nom des dieux ;
Barbares, n'allez pas ensanglanter ces lieux.

ARIODANT.

C'est lui qui vous outrage.

INA.

Épargnez-vous un crime.
Cruels, de vos fureurs je serai la victime.

OTHON.

Défends-toi !

ARIODANT.

Tu le veux, tombe donc sous mes coups.
(*Ils se battent.*)

INA.

Arrêtez, arrêtez....

LURCAIN.

On vient, séparez-vous.

SCÈNE X.

LES PRÉCÉDENS, **EDGARD**, HOMMES ET FEMMES
DE SA COUR.

(Ariodant et Othon remettent leurs épées.)

EDGARD.

Ma fille , lorsqu'à cette fête
Chacun n'aspire qu'à vous voir,
Dans ces lieux écartés quel charme vous arrête?
Pourquoi trompez-vous notre espoir?

CHŒUR.

Venez, embellissez nos fêtes ,
Par votre esprit, par vos appas :
La gaîté marche sur vos pas ;
Les plaisirs sont tous où vous êtes,
Les regrets où vous n'êtes pas.

INA , *aux deux rivaux.*

Modérez-vous.

ARIODANT, LURCAIN, OTHON.

Quelle contrainte !

CHŒUR.

Venez, venez.

INA , *aux deux rivaux.*

Vous me glacez de crainte.

CHŒUR.

La gaîté marche sur vos pas.

OTHON , *bas à Ariodant.*

Je te ferai savoir où tu me trouveras.

(Haut à Ina.)

Venez, embellissez nos fêtes....

ARIODANT, *bas à Othon.*

Compte sur moi, tu m'y verras.
(*À Ina.*) Par votre esprit, par vos appas.

OTHON, *à Ina.*

Les plaisirs sont tous où vous êtes....

(*A Ariodant.*)

A minuit, à minuit....

ARIODANT, *à Othon.*

Heure de ton trépas.
(*à Ina.*) Les regrets où vous n'êtes pas.

CHŒUR GÉNÉRAL.

Venez, embellissez nos fêtes
Par votre esprit, par vos appas :
Les plaisirs sont tous où vous êtes,
Les regrets où vous n'êtes pas.

(*Othon donne la main à Ina, qui n'ose la refuser. Edgard fait signe à Ariodant et à Lurcain qu'ils sont invités à la fête ; tous entrent au château.*)

FIN DU PREMIER ACTE.

ACTE SECOND.

SCÈNE PREMIÈRE.

HOMMES et FEMMES de la COUR d'EDGARD, un BARDE.

(Ils chantent et forment des danses à la lueur des lampes et des flambeaux qui éclairent le jardin.)

CHŒUR PENDANT LA DANSE.

O nuit, propice à l'amour !
L'amant te préfère encore
Au doux éclat de l'aurore,
Au vif éclat d'un beau jour ;
Et la bergère, à son tour,
Près de l'amant qu'elle adore,
Du soleil craint le retour.

LE BARDE.

Femme sensible, entends-tu le ramage
De ces oiseaux qui célèbrent leurs feux ?
Ils font redire à l'écho du rivage :
Le printemps fuit, hâtons-nous d'être heureux.

Vois-tu ces fleurs, ces fleurs qu'un doux zéphyre
Va caressant de son souffle amoureux ?
En se fanant elles semblent te dire :
L'hiver accourt, hâtez-vous d'être heureux.

Momens charmans, d'amour et de tendresse
Comme un éclair vous fuyez à nos yeux ;
Et tous les jours perdus dans la tristesse,
Nous sont comptés comme des jours heureux.

CHŒUR.

O nuit, etc.

(Ils s'éloignent au fond du théâtre en chantant ce chœur.)

SCÈNE II.

INA, ARIODANT.

ARIODANT.

Ne craignez rien : ils s'éloignent de nous, le silence
a succédé à leurs chants.

INA.

Ariodant, jurez-moi que vous n'irez point à ce
rendez-vous funeste.

ARIODANT.

Je ferai tout pour vous, hors ce qui peut me dés-
honorer.

INA.

Préjugé barbare! vous obéissez à la voix d'un ennemi
plutôt qu'à celle de votre amante.

ARIODANT.

Je n'attaque jamais, je ne provoque personne ;
peut-être oublierais-je une offense; mais quand vous
êtes outragée, dois-je le souffrir lâchement.

INA.

Othon me fait trembler, il est capable de vous attirer dans un piége.

ARIODANT.

Quelque chose qu'il arrive, j'aime mieux mourir
regretté que de vivre indigne de vous.

INA.

Vous courez à une perte certaine.

ARIODANT.

Ne pleure pas, chère Ina; je confondrai mon indigne rival. Un amant est bien fort quand il est sûr
du cœur de sa maîtresse.

12.

INA.

Quoi! si mon père consent à nous unir, tu quitteras l'autel de l'hymen pour le plaisir d'égorger un rival?

ARIODANT.

Quelle pitié vous inspire mon cruel ennemi?

INA.

Tu sais que je le déteste; mais je crains un malheur. Laisse-moi parler à mon père, et contente-toi, dans ce jour, de ce titre d'époux que nous désirons depuis si long-temps.

ARIODANT.

Le titre d'époux ne m'imposera que mieux le devoir de vous venger.

DUO.

INA.

Arrête, cher amant, arrête;
De ces lieux ne t'écarte pas:
Puis-je aller me montrer au milieu d'une fête,
Quand mon amant va courir au trépas?

ARIODANT.

Chère Iná, calme tes alarmes,
Que mon sort ne t'afflige pas:
Je brave le danger; il a pour moi des charmes,
Quand pour l'amour je m'expose au trépas.

INA.

Fatal honneur!

ARIODANT.

Brillante gloire!

INA.

Ah! je ne vois que ton danger.

ENSEMBLE.

ARIODANT.	INA.
Puis-je douter de la victoire,	Fatal honneur! funeste gloire!
Quand je combats pour te venger?	Moi, je ne vois que ton danger.

INA.

Puisque rien ne fléchit ton âme,
Va donc où l'honneur te conduit.

ARIODANT.

O toi! cher objet de ma flamme!
Anime l'espoir qui me luit.

INA.

Que veux-tu?

ARIODANT.

Pour qu'un doux présage
Vienne encor rassurer mon cœur,
Que de toi je reçoive un gage
De mon triomphe et mon bonheur.

INA.

Qu'exiges-tu?

ARIODANT.

Ton cœur balance?

INA.

Non, je tremble.

ARIODANT.

L'heure s'avance,
Daigne au moins armer ton vengeur.

(*Il lui présente son épée.*)

INA, *prend l'épée.*

Cher amant, ton courage a passé dans mon cœur.

(*Elle détache un nœud de ruban qu'elle avait sur le sein, et l'attache à l'épée.*)

ARIODANT, *à genoux.*

Dieu! que vois-je? quel doux présage!

INA, *lui rendant l'épée.*

De ma tendresse prends ce gage.

ARIODANT.

Ma chère Ina, c'est le premier.

INA.

Peut-être, hélas! c'est le dernier....

ENSEMBLE.

ARIODANT *tenant l'épée.*   INA.

C'est le signal de la victoire,   Fatal honneur! funeste gloire!
Mon bras est sûr de te venger.   Ah! je ne ne vois que ton danger.

SCENE III.

LES PRÉCÉDENS, DALINDE, *suivie de deux hommes qui*
portent un coffre, et qui se tiennent à l'écart.

DALINDE.

Seigneur, Othon vous cherche et voudrait vous
parler.

INA.

Ciel!

ARIODANT.

Il me verra bientôt.

DALINDE.

Il vous fait dire que s'il ne vous rencontre pas au
château, il se trouvera près des ruines de ce jardin,
dans le lieu même où vous êtes.

INA.

Je tremble.

DALINDE.

Que craignez-vous, madame? Othon est fort tranquille.

ARIODANT.

Je le suis aussi.

DALINDE.

Il paraît calmé; il a renoncé à ses projets de vengeance.

ARIODANT.

Eh! que m'importe qu'il soit calme ou furieux?

INA.

Écoutez au moins ce que nous dit Dalinde.

DALINDE.

Il va quitter ce pays; mais avant de partir, il veut, dit-il, avoir avec Ariodant un entretien qui fera cesser toutes les inimitiés, et qui nous rendra le bonheur et la tranquillité.

(*Dalinde fait entrer les deux hommes par la porte sous le balcon, elle les suit et la referme sans être vue.*)

ARIODANT.

Le perfide !

INA.

Du moins, écoutez-le; ne l'aigrissez pas davantage, et n'aggravez pas le danger qui nous menace.

ARIODANT.

Moi, faiblir devant lui ! il se croirait en droit de me faire un nouvel outrage.

INA.

Ecoutez la prudence.

ARIODANT.

Je n'écoute que mon amour.

AIR.

Rassure ton cœur timide,
Dissipe un indigne effroi :
Comme moi sois intrépide,
Sois aussi calme que moi.
La victoire ou la mort aura pour moi des charmes;
L'un et l'autre ont de quoi m'enflammer en ce jour :
Ton amant va périr honoré de tes larmes,
Ou reviendra vainqueur digne de ton amour.
Ma chère Ina, cesse de craindre ;
Partage plutôt mon transport :

Comment ton cœur peut-il me plaindre,
Quand le mien est fier de son sort?
La victoire ou la mort aura pour moi des charmes, etc.

(Il sort.)

SCÈNE IV.

INA, seule.

Va, généreux amant; je crains pour tes jours, mais j'applaudis à ton courage. Que n'ai-je ta noble fermeté? Ah! n'accuse pas ma faiblesse; c'est toi que le danger menace; c'est moi qui dois trembler. Hélas! tandis que tu exposes tes jours, il faut que je rentre dans une foule importune, que je renferme en mon cœur le trouble qui me dévore, et que j'affecte une sérénité que ton retour seul peut me rendre. J'entends du bruit, on vient.... Ah! cachons ma frayeur.

SCÈNE V.

INA, OTHON.

OTHON.

Est-ce toi, Dalinde?

INA, à part.

Ciel! Othon! quel contre-temps.

OTHON.

C'est vous, Ina? seule dans ces lieux?

INA.

J'y attendais mon père....

OTHON.

Votre père? ah! cela est bien innocent. Je dois respecter un rendez-vous si légitime.

INA.

Vos soupçons ne m'offensent point.

OTHON.

Des soupçons? eh! qui pourrait en concevoir? Attendre son père, rien de plus naturel : oserais-je
troubler un si doux entretien?

INA.

En ce cas, retirez-vous.

OTHON.

Cette réponse est bien dure, belle Ina; le père que
vous attendez ne me parlerait pas plus sévèrement.
Mais avouez au moins que j'ai bien du malheur, voilà
déjà deux fois que, sans le vouloir, je dérange une
conversation bien tendre et bien innocente..... mais
je jure que ce sera la dernière.

INA.

Je l'espère comme vous.

OTHON.

Êtes-vous capable de renoncer à la feinte?

INA.

Je ne m'abaisse point à y recourir.

OTHON.

Eh bien! j'attends aussi quelqu'un dans ces lieux.

INA.

Je le sais trop, cruel.

OTHON.

Dites donc à votre père qu'après avoir approuvé
mon amour, il doit approuver ma vengeance... elle
sera cruelle... Tremblez pour l'indigne rival que vous
m'opposez.... pour vous....

INA.

Quoi! vous osez!....

OTHON.

J'oserai davantage.... Avant le retour du soleil, vous saurez....

INA.

Je sais d'avance ce que je dois attendre de vous.

OTHON.

Non, vous ne le savez point : l'heure va sonner.... Vos pleurs couleront dans ces lieux où vous venez furtivement chercher les transports de l'amour; la douleur, la honte feront fléchir cette superbe fierté; je sais mieux me venger que vous ne savez trahir : l'amant que je vais combattre ne parera pas les coups que je vous prépare; votre malheur sera mon ouvrage; et pour comble d'infortune vous serez forcée d'avoir recours à moi. Adieu! *(Il sort.)*

SCÈNE VI.

INA, seule.

Quelle fureur barbare! Eh! quel malheur ai-je à craindre que la mort de mon amant! Va, monstre, tes menaces m'ont rendu ma fermeté. L'amour armé pour ma défense va confondre ton orgueil.... Ce dieu protégera l'amant dont il enflamme le courage. Un doux pressentiment m'annonce sa victoire; l'aveugle fureur tient-elle contre la valeur tranquille? Ne crois point cependant que j'imite ta cruauté : je ne m'abaisse point à souhaiter ta mort; et si je désire ta défaite, c'est qu'elle seule peut sauver mon amant.

RÉCITATIF.

Mais, que dis-je? femme timide,
L'espoir t'abuse sur ton sort :
Un rival odieux, un amant intrépide,
Se cherchent dans l'instant pour se donner la mort.
Que vais-je devenir? dans quel antre sauvage
Irai-je cacher ma douleur?
O dieux! soutenez mon courage,
Et qu'un rayon d'espoir brille encore à mon cœur.

AIR.

O des amans le plus fidelle,
C'est donc pour moi que tu combats!
Près de moi, quand l'amour t'appelle,
Pour l'amour tu cours au trépas.
En admirant ta noble audace,
Je pleure et je crains pour tes jours :
Quand un perfide te menace,
Aux Dieux seuls ma voix a recours.

Mais pourquoi, par d'indignes larmes,
Ternir l'éclat de ta valeur?
Doux espoir, je cède à tes charmes,
Et mon amant revient vainqueur.
Dans mon âme une noble ivresse
Me rend intrépide à mon tour :
Si de l'amour j'ai la tendresse,
J'ai le courage de l'amour ;
Plus de crainte, plus de faiblesse,
Cher amant j'attends ton retour.　　*(Elle sort.)*

SCÈNE VII.

LURCAIN, QUATRE AMIS D'ARIODANT.

(*Ils entrent avec précaution et en-observant par-tout, dès qu'Ina a disparu.*)

LURCAIN.

Enfin tout le monde est rentré. Mes amis, voici le lieu du combat; ils doivent bientôt s'y rendre : mais vous connaissez Othon; sans mœurs et sans principes, il est capable d'avoir attiré mon frère dans un piége. Ariodant, au contraire, plein de franchise et de confiance, y viendra seul avec son courage; ne serait-il pas affreux d'exposer un brave homme à une mort certaine, à un assassinat?

TOUS QUATRE.

Oui, oui.

LURCAIN.

J'exige donc de vous que vous restiez cachés derrière ces ruines, et témoins du combat sans y prendre part. Si Othon y vient seul, s'il n'y a qu'un homme pour un homme, respectez la loi du combat, et abandonnez-les au sort des armes; mais si Othon se fait accompagner par des assassins; si mon frère est opprimé par le nombre, sortez de votre retraite, et volez à son secours.

TOUS QUATRE.

Nous le jurons.

LURCAIN.

Je compte sur vous. Voici l'instant : ils ne tarderont pas à paraître, retirez-vous et gardez le plus profond silence.   (*Ils se cachent.*)

SCÈNE VIII.

LURCAIN, seul.

Avec un brave homme cette précaution serait inutile et injurieuse; mais avec Othon, elle est juste et
peut-être nécessaire. Cependant n'en disons rien à
mon frère, cette prudence lui paraîtrait une lâcheté.
C'est à moi de veiller sur ses jours, sans qu'il puisse
soupçonner les moyens que j'emploie. Quelqu'un
s'approche.

SCÈNE IX.

LURCAIN, ARIODANT.

ARIODANT.

C'est vous, mon frère? éloignez-vous. Othon doit
venir seul ici; je dois l'y attendre seul. Je serais désespéré qu'il vous vît avec moi.

LURCAIN.

Je te laisse, mon frère, et je te quitte sans inquiétude. Le courage et la loyauté doivent toujours triompher de l'intrigue et du crime. Adieu!

ARIODANT.

Mon frère, embrasse-moi.

LURCAIN.

Viens dans mes bras. Va! mon cœur est aussi tranquille que le tien. Adieu!

(*Il va rejoindre les quatre amis.*)

SCÈNE X.

ARIODANT, seul.

Qu'il est doux, qu'il est beau d'avoir à venger ce qu'on aime! Un noble orgueil s'empare de mon âme; soit que je triomphe, ou que je succombe, le bonheur ou la gloire sera mon partage. Si je vis, j'aurai défendu mon amante, je lui consacrerai des jours qui n'ont de prix que par elle. Si je meurs, les larmes de la beauté couleront sur ma cendre. O nuit! je te confie mes douces pensées.... Chère Ina, puissent les vents qui agitent ce feuillage, te rapporter les derniers vœux que je fais pour ton bonheur!

ROMANCE.

Amour, amour, si je succombe,
Fais que mes vœux soient exaucés;
Que l'on élève ici ma tombe,
Et que ces mots y soient tracés:
Au cher objet de sa tendresse,
Il était près d'unir son sort,
Mais il mourut pour sa maîtresse,
Et fut aimé jusqu'à la mort.

Oui, chaque jour celle que j'aime
Lira ces mots, soupirera;
Ah! si j'en juge par moi-même,
Avec douleur elle dira:
Le cher objet de ma tendresse
Ici pour moi finit son sort;
S'il dût mourir pour sa maîtresse,
Je dois l'aimer jusqu'à la mort.

SCÈNE XI.

ARIODANT, OTHON.

OTHON.

Vous m'avez attendu; excusez-moi, j'étais retenu par le père d'Ina, et je n'ai pu venir avant que la fête eût cessé.

ARIODANT.

Othon, j'excuse tout pour moi : c'est Ina seule que je veux défendre et venger.

OTHON.

Êtes-vous capable de m'écouter tranquillement?

ARIODANT.

Nous ne sommes point venus ici pour discourir.

OTHON.

J'aime cette fierté, et je suis prêt à y répondre; mais après m'être expliqué, je serai toujours prompt à vous satisfaire.

ARIODANT.

Parlez.

OTHON.

Vous me connaissez assez pour ne pas me soupçonner de craindre ou d'éviter un combat; et je ne suis ici que pour vous donner mon sang ou répandre le vôtre : mais sachez avant d'en venir à cette cruelle épreuve, sachez combien je gémis de voir deux hommes faits pour s'estimer, se haïr et s'égorger pour une femme qui ne mérite que leur mépris.

ARIODANT, tirant son épée.

Téméraire! cet outrage seul est l'arrêt de ta mort.

OTHON, *présentant sa poitrine.*

Jeune imprudent! frappe donc si tu refuses de m'entendre; mais si je te donne des preuves, écoute et deviens sage par l'expérience.

ARIODANT.

Tu mens, te dis-je; Ina mérite mon amour et mon respect. Défends-toi!

OTHON.

Un de nous deux doit mourir ici; mais avant de nous donner la mort, apprends à connaître ta perfide maîtresse.

ARIODANT.

Je ne connais que ton mensonge et ta noirceur.

OTHON.

Si je prouve, que diras-tu?

ARIODANT.

Je ne te croirai pas.

OTHON.

Si je te le fais voir...

ARIODANT.

Je dirai que tu m'en imposes.

OTHON.

Tu n'en croiras pas tes yeux?

ARIODANT, *après un silence.*

Tu me feras voir, dis-tu, qu'Ina est perfide, et qu'elle mérite mon mépris!

OTHON.

Oui.

ARIODANT, *remettant son épée.*

Eh bien! prouve, prouve-le-moi; mais si tu ne peux me convaincre, tout ton sang...

OTHON.

Mon sang ou le tien, n'importe ! Je vais te convaincre.

ARIODANT.

Parle. Je frémis de rage.

OTHON.

Avant tout, jurons-nous de nous révéler tout ce que nous avons reçu d'elle.

ARIODANT.

Je le jure sans peine, je n'ai jamais reçu d'autres faveurs que la permission de la demander à son père.

OTHON.

La permission.... Vous êtes jeune, Ariodant; avec cette confiance, les femmes doivent toutes vous paraître des créatures célestes.

ARIODANT.

Il ne s'agit pas des femmes, il s'agit d'Ina.

OTHON.

Eh bien ! apprends donc que je fus son amant; ne me force pas à m'expliquer sur ce titre, tu dois m'entendre, et crois que je suis moins confiant que toi. Ina m'a trompé, elle m'a sacrifié à un homme qui fut aussi heureux que moi, et qu'elle te sacrifie à son tour.

ARIODANT.

Tu mens, te dis-je; je n'écoute plus rien. Du sang ! du sang !

OTHON.

Rejette donc ce témoignage. Vois cette lettre, ce portrait. Ces lampes donnent encore assez de clarté pour les faire reconnaître.

ARIODANT.

Son portrait ! son écriture !

OTHON.

Vous devenez plus calme.

ARIODANT.

Une lettre d'elle !

OTHON.

Vous reconnaissez son écriture ; elle vous écrivait donc aussi ?

ARIODANT.

Ce n'est point assez pour me convaincre ; ces témoignages peuvent être faux, ou dérobés.

OTHON.

Vous m'en croyez capable ?

ARIODANT.

Oui.

OTHON.

Je souffre tout, jeune homme ; mais je serai bien vengé. Et ce matin, lorsque je vous surpris avec elle, pourquoi ma présence lui causa-t-elle tant de trouble, tant d'effroi ? Pourquoi cette honte que vous avez remarquée ?...

ARIODANT.

Juste ciel !

OTHON.

A-t-elle osé me répondre ? me regarder ? elle avait devant moi l'attitude d'un coupable devant son juge.

ARIODANT.

Ina ?

OTHON.

Vous le lui avez reproché vous-même.

ARIODANT.

O dieu ! que je souffre ! Vous ne me persuadez point.

OTHON.

Si dans ce moment, vous me voyez entrer chez elle, si vous me voyez monter à ce balcon, si vous la voyez me recevoir elle-même, serez-vous persuadé?

ARIODANT.

Elle! vous recevoir! à cette heure où la loi regarde cette action comme un crime digne de mort? cela n'est pas possible.

OTHON.

Vous allez en juger. Effrayée de mes menaces, elle a voulu m'apaiser; elle sait trop que j'ai de quoi la perdre, et elle m'a fait prier de lui accorder un moment d'entretien : dans ce moment même elle m'attend. Elle s'apprête sans doute à faire usage de son art perfide et séducteur; mais cette fois, ce n'est point l'amour qui m'y conduit; j'y vais pour la confondre, pour vous guérir d'une folle passion, pour me venger.

ARIODANT.

Elle vous recevra!

OTHON.

Vous en serez témoin. Un signal va m'introduire.

ARIODANT.

Elle-même!

OTHON.

Ce n'est point la première fois.

ARIODANT.

Je le verrai.

OTHON.

Vous le verrez.

ARIODANT.

Mon cœur se déchire.

FINAL.

ARIODANT.

O trompeuse espérance !
O prestige imposteur !
Rien ne peut de mon cœur
Égaler la souffrance..

OTHON, *à part.*

Mon triomphe commence,
La rage est dans son cœur ;
Achevons son malheur
Et comblons ma vengance.

LURCAIN, *au fond, à part.*

Il gémit de douleur,
Il suspend sa vengeance ;
Contraignons ma fureur,
Observons en silence.

ARIODANT.

Ina perfide ! infâme ! ô dieu ! qui l'aurait dit ?

OTHON.

Eh bien, seigneur ! eh bien ! vous semblez interdit ?

ARIODANT.

Tu dis qu'elle t'attend ?

OTHON.

Ici, dans l'instant même.

ARIODANT.

Je le croirais !

OTHON.

Vous le croirez.

ARIODANT.

A mes yeux !

OTHON.

A vos yeux.

ARIODANT.

Ah! ma honte est extrême!

Je la verrai!

OTHON.

Vous la verrez.

ARIODANT.

Je n'ai plus d'espérance,
Je succombe au malheur :
Rien ne peut de mon cœur
Egaler la souffrance.

OTHON, *à part.*

Son supplice commence,
La rage est dans son cœur ;
Redoublons sa douleur
Et comblons ma vengeance.

LURCAIN, *dans le fond.*

Il gémit de douleur,
Quelle est donc sa souffrance?
Quel funeste malheur?
Observons en silence.

ENSEMBLE.

OTHON.

Tous les feux sont éteints, et la nuit est plus sombre ;
Éloignez-vous un peu, retirez-vous dans l'ombre :
La vertueuse Ina va paraître à ma voix ;
Adieu. Vous me croirez au moins pour cette fois.

(*Ariodant se retire près des ruines, et observe les fenêtres
d'Ina ; Othon s'avance sous le balcon et chante*) :

Tout est paisible, tout sommeille,
L'amour éteint tous les feux de la nuit ;
Mais près de vous votre amant veille,
Reconnaissez le dieu qui le conduit.

(*La fenêtre s'ouvre, une femme paraît, en descend une
échelle de cordes, Othon y monte.*)

ARIODANT.

C'est elle !

LURCAIN.

C'est elle !

ARIODANT.

O souffrance !

LA FEMME *qui est sur le balcon.*

O cher Othon !

OTHON *lui met la main sur la bouche, et la pousse en dedans.*

Rentrez, silence.

(*Othon relève l'échelle de cordes, qu'il laisse suspendue au balcon, et il ferme la fenêtre. Lurcain va chercher les quatre amis, et ils viennent tous près d'Ariodant.*)

SCÈNE XII.

ARIODANT, LURCAIN, LES QUATRE AMIS.

ARIODANT.

Je n'en puis plus douter; je n'ai plus qu'à mourir.

LURCAIN.

J'ai tout vu, je sais tout; courons à la vengeance.

ARIODANT *se jette dans les bras de Lurcain.*

Mon frère !

LURCAIN.

Point de pleurs, ne songeons qu'à punir.
Qu'elle périsse !

ARIODANT.

Arrête, épargne-la, mon frère ;
Malgré son crime affreux, elle m'est encor chère,
C'est à moi d'expirer de honte et de douleur.

LURCAIN.

Non, je veux l'immoler à ma juste fureur.

LURCAIN ET LES AMIS.

Il faut que l'infâme périsse,
Il faut, par le plus prompt supplice,
De son crime expier l'horreur.

ARIODANT.

Non, laissez—moi mourir de honte et de douleur.
Fuyons, fuyons ce lieu funeste ;
Dans un désert affreux, allons finir mon sort.
Toi que j'ai tant aimée, ô toi que je déteste,
Adieu. Mon seul espoir, mon seul vœu, c'est la mort.

(*Il s'éloigne.*)

LURCAIN.

Mon frère !

ARIODANT.

Laisse—moi. Je ne veux que la mort.

(*Il sort.*)

LURCAIN.

Ah ! laissons—lui le temps d'exhaler son transport.
Mais notre honneur demande une prompte justice,
O mes amis, secondez—moi.

TOUS ENSEMBLE.

Il faut que l'infâme périsse,
Il faut que le plus prompt supplice
La livre aux rigueurs de la loi.
Révélons, publions son crime,
A l'honneur de $\begin{Bmatrix} ton \\ mon \end{Bmatrix}$ frère il faut une victime,
Marchons, semons partout la douleur et l'effroi.

(*Ils vont au château.*)

SCÈNE XIII.

OTHON, DALINDE, LES DEUX GUIDES.

*(Ils sortent par la porte sous le balcon et la laissent ouverte.
Othon n'a plus ni manteau ni écharpe.)*

OTHON, *à Dalinde.*

Tout est calme. La nuit vous couvre de ses ailes ;
N'hésitez pas, suivez ces deux guides fidèles :
Aux lieux où vous allez, le bonheur vous attend.

DALINDE.

Ah ! je ne vous suis qu'en tremblant.

OTHON ET LES GUIDES.

Aux lieux où vous allez, le bonheur vous attend.

(Ils sortent par le côté près des ruines.)

SCÈNE XIV.

EDGARD, LURCAIN, LES QUATRE AMIS, GARDES,
HOMMES et FEMMES de la suite d'EDGARD; DO-
MESTIQUES avec des flambeaux ; ensuite INA.

EDGARD.

Eh quoi, ma fille ! est-il possible !
Non, non, je ne vous croirai pas.

LURCAIN ET LES AMIS.

Elle a mérité le trépas.

EDGARD.

Épargnez un père sensible.

LES AMIS.

Elle a mérité le trépas.

EDGARD.

Non, non, je ne vous croirai pas.

LURCAIN, *montrant ses amis.*

Voilà les témoins de son crime.

LES AMIS.

Nous sommes témoins de son crime.

EDGARD.

Par pitié ne m'accablez pas,
Et s'il vous faut une victime,
Pour ma fille, grand dieu, je me livre au trépas.

LURCAIN.

Entrons et confondons ta fille criminelle :
C'est sur sa tête que j'appelle
Toute la rigueur de nos lois.

(*Il va à la porte.*)

EDGARD.

Ah! cruel, que fais-tu?

LURCAIN.

Je fais ce que je dois.

(*Lurcain et les amis entrent, le père les suit avec les gardes, les hommes et les femmes restent sur le théâtre.*)

CHŒUR.

O malheur! ô peine cruelle!
Pour un père quel triste sort!
Sa fille, infâme, criminelle,
Sa fille va subir la mort.

(*Edgard revient avec Lurcain et les gardes; ils entraînent Ina.*)

LURCAIN, *tenant le manteau et l'écharpe d'Othon.*

Le séducteur a fui, mais voici la victime;
Voici les témoins de son crime.

LES AMIS ET LURCAIN.

Nous en sommes témoins, nous attestons son crime :
La loi la condamne au trépas.

INA.

Mon père, ne m'accusez pas :
Votre fille n'est point coupable.

EDGARD.

O fille malheureuse ! ô père déplorable !

INA.

Mon père, ne m'accusez pas.

EDGARD ET CHŒUR

O malheur ! ô peine cruelle !
Pour un père quel triste sort !

Sa } fille, infâme et criminelle,
Ma }

Sa } fille va subir la mort.
Ma }

LURCAIN ET LES AMIS.

Fille perfide et criminelle,
La loi va terminer ton sort;
La vengeance sera cruelle,
Tu ne peux éviter la mort.

INA.

O douleur ! ô peine mortelle !
Ah ! mon père ! quel triste sort !
Si vous me croyez criminelle
Sur-le-champ donnez-moi la mort.

ENSEMBLE.

(*Les gardes entraînent Ina, les amis les suivent, le père et
le chœur rentrent en tumulte au château.*)

FIN DU SECOND ACTE.

ACTE TROISIÈME.

SCÈNE PREMIÈRE.

EDGARD, seul.

AIR.

O dieux ! écoutez ma prière,
Écartez l'affreux déshonneur ;
Grands dieux ! ayez pitié d'un père,
Et rendez l'espoir à son cœur.
Je sais qu'une loi trop sévère
Condamne ma fille au trépas ;
Mais la coupable m'est trop chère,
Non, non, je n'y survivrai pas.
Hélas ! pour comble de misère,
Je dois prononcer son arrêt ;
Juge impassible et sanguinaire,
Du supplice ordonner l'apprêt....
O dieux ! écoutez ma prière, etc.

SCÈNE II.

EDGARD, OTHON.

OTHON.

Respectable Edgard !...

EDGARD.

C'est vous ! vous, la cause de ma honte, de mon
malheur, de ma mort !

OTHON.

Suspendez vos reproches, je viens réparer ma
faute.

EDGARD.

La réparer! malheureux, cela est-il possible? Non,
je n'ai rien que d'affreux à attendre de vous.

OTHON.

Je puis sauver votre fille; qu'elle veuille s'abandonner à mes soins, à mon amour.

EDGARD.

Sauver ma fille! celui qui l'a perdue, la sauver!
ignores-tu, cruel, que, chef de ce peuple, je suis le
premier juge de ceux qui enfreignent les lois! juge
de ma fille, je ne ferai pas pour la sauver, ce que je
punirais dans une autre; je l'aime mieux morte que
déshonorée. Lâche! tu l'entraînes dans l'abîme de
la séduction, quand je n'attendais qu'un mot de sa
bouche pour vous unir! Si elle t'aimait, barbare,
ai-je contraint son penchant; ai-je tyrannisé son
cœur? Jouis de ton affreux triomphe; tu savais que
la loi ne frappe qu'un sexe faible et sensible; tu savais que les hommes ont le droit de corrompre im-
punément; et tu précipites une intéressante victime
dans un danger que tu ne partages point!

OTHON.

Tout peut se réparer, vous dis-je; sans parler de
ma puissance qui peut la soustraire à la rigueur des
lois....

EDGARD.

Ta puissance? eh! ne puis-je pas la sauver, si je
veux être injuste? Elle sera jugée, te dis-je; si rien
ne l'excuse, je la condamne; je te maudis, et je
meurs avec elle.

OTHON.

Vous vous refusez à ce que je lui rende la liberté,
la vie?

EDGARD.

Oui, si elle doit la traîner dans l'opprobre. Laisse-
moi.

OTHON.

Le temps presse, écoutez-moi.

EDGARD.

Laisse-moi, te dis-je.

OTHON.

Sachez au moins que je puis lui rendre l'honneur.

EDGARD.

L'honneur?

OTHON.

L'honneur et l'innocence aux yeux de tout le
peuple.

EDGARD.

L'honneur! l'innocence! ah! parle, parle, je t'é-
coute.

OTHON.

Tout dépend d'elle. Comme souverain, comme
juge vous pouvez disposer de tous les moyens légitimes. Permettez qu'on la conduise dans ces lieux;
que gardée à vue, elle puisse cependant m'écouter et
me répondre.

EDGARD.

Que peut cet entretien?

OTHON.

La justifier, lui rendre l'innocence et le bonheur.

EDGARD.

En as-tu le pouvoir?

OTHON.

Les momens sont chers; je ne puis m'expliquer:
sauvez votre fille quand il en est encore temps.

ÉDGARD.

Tu ne m'abuses poiut? Son séducteur...

OTHON.

Dévoilera un secret qui va tout réparer.

EDGARD.

Tu veux la sauver, tu le veux sincèrement?

OTHON.

Le temps presse, l'arrêt fatal va se prononcer;
bientôt vous-même....

EDGARD.

Tu me fais frémir.

OTHON.

Hâtez-vous; qu'Ina m'entende, et le bonheur va
renaître.

EDGARD.

Dieu, qui ranimez mon espoir, veillez sur un malheureux père; pardonne à la nature de faire fléchir
la justice. O dieu! l'homme infortuné vous tend les
bras, et vous ramenez le calme dans son cœur.

(*Il sort.*)

SCÈNE III.

OTHON, seul.

Je la verrai. Elle saura ce que j'ai fait pour la forcer
à s'abandonner à moi. Innocente, elle paraît coupable. D'un côté, l'opprobre et la mort; de l'autre,
mon amour et ma main : elle n'a plus que ce choix :
hésiterait-elle? oserait-elle balancer? Je verrai donc
cette beauté superbe, humiliée et tremblante, forcée d'implorer mon secours, heureuse de l'obtenir.
Amour, vengeance, je ne sais qui de vous règne plus

puissamment dans mon cœur. Elle vient... quelle tristesse! quel abattement! sa douleur expie les maux que j'ai soufferts.

SCÈNE IV.

OTHON, INA, *conduite par des gardes.*

INA, aux gardes.

Où me conduisez-vous?... Ciel! Othon!

UN GARDE.

Nous avons l'ordre de vous laisser près de lui.

(*Les gardes se retirent dans le fond.*)

OTHON.

Approchez, belle Ina; ne me redoutez point.

INA.

Te redouter, monstre? va! tu ne m'inspires que l'horreur. J'ignore comment tu as pu me faire croire coupable du crime dont on m'accuse; mais quel que soit mon supplice, il n'égale pas celui de t'avoir devant les yeux.

OTHON.

Poursuivez, Ina; ce ton convient sans doute à votre malheur.... mais quelle que soit votre haine, rien ne me détournera de vous rendre l'innocence.

INA.

Me rendre l'innocence! perfide! me l'as-tu ravie? Tu as voulu me perdre, tu as réussi; mais mon âme est tranquille, et ma mort te fera trembler. Les hommes égarés me condamnent; mais mon juge est là-haut, il sera le tien. Opprimé par les méchans, il reste au juste le sein de l'Éternel. Jouis de la vie affreuse qui te reste à traîner sur la terre; tu mourras un jour, et ta mort sera plus affreuse que celle qu'on me prépare. Ton âme et la mienne ne prendront pas la même route; aux lieux où Dieu m'appelle, je ne crains pas de la rencontrer.

OTHON.

Ina, le glaive est suspendu sur votre tête; en me bravant vous courez au trépas.

INA.

Mais je te fuis, et cela me console.

OTHON.

Femme cruelle, écoutez-moi..... Oui, je suis un monstre, vous devez me haïr. Par une trame affreuse, j'ai osé noircir l'innocence. L'amour, l'amour furieux m'a fait commettre le crime qui cause votre malheur. Faut-il tout dire? j'ai voulu vous forcer à avoir besoin de mon secours; on vous croit criminelle, je suis seul coupable; mais un mot de vous peut tout réparer, et vous rendre le bonheur. Consentez à m'avouer pour époux; supposons, déclarons qu'un mariage secret a rendu légitime la démarche qu'on vous reproche comme un crime digne de mort. Dès-lors vous n'êtes plus fille d'Edgard : épouse d'Othon, vous échappez à la loi terrible qui demande votre sang.

INA, avec calme et dignité.

Le supplice qu'on me prépare est donc bien affreux, s'il faut que je lui préfère le malheur d'être à toi ?

OTHON.

Vous osez résister ?

INA.

Tu oses me proposer de m'avilir ?

OTHON.

Ina! Ina! le supplice vous menace.

INA.

Il a commencé dès que je t'ai connu.

OTHON.

Femme imprudente, votre orgueil...

INA.

L'orgueil sied à la vertu persécutée.

OTHON.

Un mot, un mot de vous.

INA.

Fuis, monstre; voilà ce mot.

DUO.

OTHON.

Eh bien! allez, perdez la vie;
Je vous livre à votre destin.

INA.

Moi, je te livre à l'infamie,
Et cet arrêt est plus certain.

OTHON.

C'est votre adieu?

INA.

Qu'il te suffise.

OTHON.

Vous me bravez?

INA.

Je te méprise.

OTHON.

Suivez mes pas.

INA.

Affreux destin !

OTHON.

Unissons-nous.

INA.

Lien funeste !

OTHON.

Je t'aime encor....

INA.

Je te déteste.

OTHON.

Je suis toujours....

INA.

Mon assassin.

ENSEMBLE.

OTHON.	INA.
Plus de pitié, plus de clémence!	Dieu tout-puissant, dieu de vengeance,
Tu veux périr, tu périras :	Ma douleur ne t'accuse pas;
J'aurai du moins, par ton trépas,	Mais au moins après mon trépas,
L'affreux plaisir de la vengeance.	Fais éclater mon innocence.

OTHON.

C'en est fait.

INA.

Laisse-moi.

OTHON.

Frémissez.

INA.

Je t'abhorre.

OTHON.

Vous voulez....

INA.

Rien de toi.

OTHON.

Mon courroux!...

INA.

Il m'honore.

OTHON.

Du supplice voici l'instant....

INA.

Ta présence m'est plus cruelle.

OTHON.

Le glaive brille.

INA.

Un dieu m'appelle.

OTHON.

L'heure a sonné.

INA.

L'enfer t'attend.

ENSEMBLE.

OTHON.	INA.
Plus de pitié, plus de clémence!	Dieu tout-puissant, dieu de vengeance,
Tu veux périr, tu périras :	Ma douleur ne t'accuse pas,
Je goûte au moins, par ton trépas,	Ta justice après mon trépas,
L'affreux plaisir de la vengeance.	Fera briller mon innocence.

INA.

Gardes! conduisez-moi.

(*Les gardes l'escortent et la ramènent dans la prison.*)

SCÈNE V.

OTHON, seul.

N'accuse donc que toi du sort affreux qu'on te prépare. Puisse cette fermeté!.... mais que dis-je? il me reste de l'espoir. Ébranlée par l'appareil du jugement, elle sentira le prix du secours que je lui offre; je puis alors déclarer.... Dans ce moment terrible, osera-t-elle me démentir? Il faut le tenter; mais si elle résiste.... On vient, contraignons-nous.

14.

SCÈNE VI.

OTHON, LES DEUX GUIDES.

UN GUIDE.

Seigneur, vous êtes seul?

OTHON.

Eh bien! suis-je obéi?

LE GUIDE.

Oui, seigneur; vos ordres sont exécutés, vous ne
la reverrez plus.

OTHON.

Personne ne peut soupçonner....

LE GUIDE.

Personne n'a pu suivre nos traces. Elle a subi son
sort près du lac, dans la forêt, au milieu de la nuit.

OTHON.

Prenez cet or, et fuyez. Gardez-vous de paraître
dans ces lieux, tant que je serai à la cour d'Edgard.

(*Il sort.*)

SCÈNE VII.

LES DEUX GUIDES.

UN GUIDE.

Partageons cette bourse, et partons avant qu'il
puisse savoir ce qui nous est arrivé.

L'AUTRE GUIDE.

Je tremble de revoir ce démon qui nous a fait tant
de frayeur.

UN GUIDE.

Comme il frappait! si la nuit n'eût égaré ses coups,
il m'aurait fait boire l'eau du lac.

L'AUTRE GUIDE.

Si je n'avais pas eu plus de légèreté que de courage, il m'aurait cloué à un arbre.

UN GUIDE.

Nous avons échappé, nous avons menti, et nous sommes payés, voilà ce qu'il y a de mieux.

L'AUTRE GUIDE.

Partageons.

UN GUIDE, pesant la bourse.

Othon est généreux.

L'AUTRE GUIDE.

Oui, pour le mal. Partageons.

(*Ils veulent compter l'or de la bourse.*)

SCÈNE VIII.

LES GUIDES, ARIODANT.

ARIODANT s'avance derrière eux.

Scélérats!

UN GUIDE.

Ah! c'est lui!

L'AUTRE GUIDE.

Nous sommes morts!

(*Ils fuient l'un d'un côté, l'autre de l'autre, et laissent tomber la bourse.*)

SCÈNE IX.

ARIODANT, seul, ramassant la bourse.

Voilà donc le prix du crime! qu'il serve contre lui.... Ne faisons rien paraître.... que le père d'Ina, que mon frère même ignorent...... Oui, il faut à ma vengeance un éclat solennel. Mais que vois-je? mon frère!

SCÈNE X.

ARIODANT, LURCAIN.

LURCAIN.

Ariodant! ah! mon frère, que d'inquiétudes tu m'as causées. Le trouble de tes sens m'a fait craindre pour ta vie.

ARIODANT.

Il est calmé, mon frère; la raison lui succède.

LURCAIN.

J'ai accusé ton indigne maîtresse.

ARIODANT.

Je le sais.

LURCAIN.

Voici l'heure où elle va être jugée selon la rigueur de nos lois.

ARIODANT.

Je viens pour en être témoin.

LURCAIN.

Aurais-tu pour elle une pitié coupable?

ARIODANT.

Non.

LURCAIN.

Voudrais-tu l'excuser? la soustraire au jugement?

ARIODANT.

Non; je veux qu'elle soit jugée, et que le crime paraisse dans son affreux éclat.

LURCAIN.

Je suis content de toi. Celui qui épargne le crime n'aime point assez la vertu.

ARIODANT.

Mais Othon ? mais ce corrupteur ? jouira-t-il de l'impunité ?...

LURCAIN.

C'est mon affaire. En faisant punir sa complice, je me réserve le droit de lui payer son salaire. Comme accusateur, j'ai le droit de faire paraître tous ceux qui peuvent donner quelques clartés sur le crime. Othon est gardé à vue, il ne peut sortir de l'enceinte du château ; après le jugement de la coupable, le jugement d'Othon commencera, et son juge, le voilà.

(*Il montre son épée.*)

ARIODANT.

Mon frère, cet honneur m'appartient. Mais par quelle fatalité la loi épargne-t-elle le corrupteur quand elle punit la faiblesse ?

LURCAIN.

Cette loi est sage ; elle est fondée sur l'honneur ; elle rend les fautes plus rares. Deux amans qui courraient le même danger, s'aveugleraient sur leur faiblesse, ne s'effraieraient point d'un péril qui leur serait commun, et se consoleraient dans la certitude de périr ensemble ; mais quand la femme seule est punie, quel est le monstre qui voulût exposer sa maîtresse à un danger qu'il ne partage point ? Othon était le seul qui pût le concevoir, et en profiter ; mais ce que la loi ne fait point, Lurcain le fera.

ARIODANT.

Quel bruit se fait entendre ?

LURCAIN.

Il annonce le jugement !

SCÈNE XI.

LES PRÉCÉDENS, EDGARD, DEUX JUGES, LES AMIS D'ARIODANT, GARDES, PEUPLE.

(*Ils entrent sur une marche solennelle, Edgard et les juges se placent à la table.*)

EDGARD.

Je jure devant ce Dieu, qui m'a revêtu d'une si pénible fonction; je jure d'oublier que je suis père, et de n'écouter que la justice. (*Il s'assied.*)

(*La marche reprend, et des gardes conduisent Ina devant ses juges.*)

SCÈNE XII.

LES PRÉCÉDENS, DALINDE; *elle est voilée.*

EDGARD.

Vous, qui étiez ma fille, répondez, et justifiez-vous s'il est possible. Voilà vos accusateurs, ils sont témoins du crime qu'on vous impute; leur nombre surpasse celui prescrit par les lois. Ils ont écrit et signé qu'au milieu de la nuit, vous avez reçu un corrupteur; que vous l'avez introduit vous-même, ils vous ont reconnue; les témoins muets de votre faute sont restés chez vous, et sont entre nos mains. Si, malgré ces terribles apparences, vous pouvez vous défendre, parlez, répondez. (*Silence.*) Le refus de répondre entraîne votre perte; répondez. (*Silence.*) Après un troisième refus, il ne m'est plus permis de vous interroger davantage.... Parlez, parlez. (*Silence.*) Dieu! plus d'espoir.... Les faits n'étant donc que trop vrais, et votre silence les confirmant encore.... (*A part.*) Dieu! soutenez mon courage. (*Haut.*) La loi vous condamne...

SCÈNE XIII.

LES PRÉCÉDENS, OTHON ; *il entre précipitamment.*

OTHON.

Arrêtez ! la loi n'a point d'action sur elle ; elle n'est plus fille d'Edgard, elle est l'épouse d'Othon.

TOUS.

Dieu !

OTHON.

Les nœuds de l'hymen nous unissent dès long-temps, et quoique secrets ils n'en sont pas moins sacrés. Une inimitié passagère survenue entre Edgard et moi, m'empêcha de lui révéler ce mystère : mais voilà mon épouse, et la démarche dont on lui fait un crime, n'est plus que la suite naturelle d'un lien respectable.

LURCAIN, à Ariodant.

Est-il possible !

ARIODANT.

Mon frère, calmez-vous.

EDGARD, à Ina.

Ina, votre silence semble confirmer la déclaration d'Othon ; si elle est vraie n'hésitez point à l'affirmer vous-même. Reconnaissez-vous cet homme pour votre époux ?

DALINDE.

Non.

(*Elle se dévoile, et on reconnaît Dalinde sous les habits d'Ina.*)

TOUS, excepté Ariodant.

Ciel ! Dalinde !   (*Othon fuit.*)

DALINDE.

Oui, c'est moi; moi coupable, qu'un dieu conduit
ici pour rendre hommage à l'innocence, à la vertu.
Séduite par les promesses de ce monstre qui vient de
fuir, j'ai consenti à ce déguisement qui vous a tous
trompés, et qui a fait le malheur de ma chère maîtresse. J'étais loin de croire que cette faute dût la
plonger dans un pareil abîme, et je ne voulais que
la forcer à s'unir à un homme que je croyais digne
d'elle. Le perfide me fit conduire par deux brigands
qui allaient m'égorger dans le sein de la forêt, dans
l'horreur de la nuit. Je méritais d'y périr, mais le
ciel voulut que je vécusse assez pour expier mon
crime, et pour faire éclater l'innocence. Ce jeune
héros conduit par la providence me délivra des mains
de mes bourreaux; il adore la vertueuse Ina, il con-
nut la trame ourdie contre elle, et me ramena pour
la sauver. Escortée par des gardes, sous ces habits je
fus introduite dans la prison de ma maîtresse; j'en
sors maintenant pour lui rendre l'honneur, et pour
subir seule la peine du crime que seule j'ai commis.
Accusateurs, témoins, si dans ce moment vous avez
été trompés par ces vêtemens et par une fausse apparence, jugez quelle dût être votre erreur dans l'obscurité de la nuit.

EDGARD, à genoux.

Dieu de bonté! c'est ainsi que tu signales ta justice!
Gardes! conduisez Ina près de moi, conduisez ma
fille!

LURCAIN.

Mon frère, tu me reverras.

ARIODANT aux juges, jettant la bourse sur la table.

Que cet or soit remis à Othon. Il devait payer le

meurtre de Dalinde; si l'or est le salaire du crime, que cette bourse retourne à son maître.

DALINDE, à Edgard.

Seigneur, il ne me reste plus qu'à entendre mon arrêt.

ARIODANT.

Juges, Dalinde est étrangère, vos lois ne peuvent l'atteindre, elle ne les a point connues; elle nous rend le bonheur; elle empêche un meurtre; elle rend à l'innocence tout son éclat. Si quelqu'un l'accuse, je me déclare son défenseur.

EDGARD, à Dalinde.

Tu m'as rendu ma fille, et tu nous prouves que le repentir a souvent le prix de l'innocence.

SCÈNE XIV.

LES PRÉCÉDENS, INA.

EDGARD.

Viens, fille digne de moi.

INA.

Oh! mon père, je sens votre bonheur.

CHOEUR.

Père auguste, fille chérie,
Jouissez de votre bonheur :
Belle Ina, que votre âme oublie
Ce jour passé dans la douleur,
Et qu'il soit le dernier malheur
Qui puisse affliger votre vie.

(*Pendant ce chœur, Ina sourit successsivement à toutes les personnes de sa cour, et donné la main à Dalinde, qui tombe à genoux et la baise.*)

EDGARD.

Ma fille, voilà le héros par qui l'honneur t'est rendu. J'ignorais son amour....

INA.

Je n'osais vous avouer le mien. De deux rivaux qui se disputaient mon cœur, l'un voulut me condamner à la mort et à l'infamie, l'autre me rendit la vie et l'innocence.

EDGARD.

Ariodant, mon fils, voilà ton épouse; elle seule peut payer tes vertus.

INA et ARIODANT dans les bras d'Edgard.

O mon père !

EDGARD.

Que tout se dispose pour l'hymen de ma fille. Le jour où son innocence éclate, est le jour le plus propice pour un nœud si sacré.

ARIODANT.

Arrêtez, seigneur : avant de mériter un si noble prix, j'ai un devoir à remplir. Le calomniateur de votre fille respire encore, il est libre; je l'appelle au combat; je veux qu'une vengeance solennelle effraie les monstres qui tenteraient de l'imiter; je veux devant ce peuple lui faire confesser son crime, et l'immoler à la vertu qu'il outrage.

SCÈNE XV et dernière.

LES précédens, LURCAIN.

LURCAIN.

Restez, mon frère : ne cherchez point Othon, cela est inutile.

ARIODANT.

Qu'est-il donc devenu ?

LURCAIN.

Il est mort.

EDGARD et INA.

O ciel !

LURCAIN.

Le combat n'a pas été long; j'ai paru, il a frémi;
il a voulu fuir, je l'ai tué.

ARIODANT.

Mon frère, tu me dérobes ma proie.

LURCAIN.

N'en parlons plus, et que ce nom odieux ne ter-
nisse pas la pureté de ce jour.

EDGARD.

Mes enfans, mes amis, partagez mon bonheur, et
embellissez une fête qui ne sera plus troublée par le
crime et par la douleur.

CHOEUR FINAL.

Belle Ina, que votre âme oublie
Ce jour passé dans la douleur,
Et qu'il soit le dernier malheur
Qui puisse affliger votre vie.

FIN DU TROISIÈME ET DERNIER ACTE.

LÉON,

OU

LE CHATEAU DE MONTENERO,

DRAME EN TROIS ACTES ET EN PROSE,

MÊLÉ D'ARIETTES,

REPRÉSENTÉ POUR LA PREMIÈRE FOIS SUR LE THÉÂTRE DE
L'OPÉRA-COMIQUE, LE 24 VENDÉMIAIRE AN VII.

PERSONNAGES.

LÉON, seigneur de Montenero.

ROMUALDE, seigneur de Fondi.

LAURE, fille de Romualde.

LOUIS DE GAETE, amant de Laure.

VÉNÉRANDE, gouvernante de Laure.

FERRANT, concierge du château de Montenero.

LONGINO, valet du concierge.

PÉTRINO, jardinier de Romualde.

GAETANO, valet de Léon.

UN GARDE de Montenero.

UN PATRE de Fondi.

PAYSANS et PAYSANNES de Fondi.

SOLDATS, GARDES, et VALETS de Léon.

La scène est à Fondi, au premier acte ; et à Montenero
dans les deux autres.

AVERTISSEMENT.

LES *Mystères d'Udolphe*, roman à brigands et à clairs de lune, ont fourni à M. Hoffman le sujet de son *Château de Montenero*. Le mélodrame étant alors, comme aujourd'hui, en très-grande faveur sur notre seconde scène lyrique, il fallait bien payer tribut à la mode. Au reste, ce goût du public était déjà ancien, puisque Sedaine avait donné avec succès *Raoul-Barbe-bleue*, *le comte d'Albert* et *Richard-Cœur-de-Lion*. Quoi qu'on ait dit contre ce genre, il n'en est pas moins très-favorable à la musique qui vit de passions plutôt que d'esprit. D'ailleurs, tous les genres sont bons; l'essentiel est de les bien traiter. Sous ce dernier rapport, le *Château de Montenero* repose sur des bases très-dramatiques; le dénoûment caché avec art, produit une péripétie qui décida le succès à la première représentation. Ce même jour, avant le lever du rideau, on jeta dans la salle, par ordre de l'auteur, un petit écrit intitulé : *Réponse par anticipation aux journalistes qui doivent déchirer mon ouvrage.* Le lecteur le trouvera à la suite de cet avertissement. M. Hoffman, qui n'était pas encore entré dans la carrière du journalisme, y persiffle d'une manière aussi spirituelle que plaisante ceux dont il devint plus tard le confrère.

La musique de ce drame est une des meilleures partitions de Dalayrac, compositeur aimable et fécond, dont presque tous les airs sont devenus populaires. Dalayrac éprouve le même sort que Grétry; il est en butte aujourd'hui aux outrages des partisans de la science des notes, parmi lesquels se font remarquer de jeunes fanatiques du *charivari* ultramontain, qui, jusqu'à ce jour, ne nous ont révélé que leur impuissance. Se montrer insensible à la vérité, à la mélodie des compositions de Grétry, est un signe certain de médiocrité. A cet égard, tout jeune Aristarque pourra devenir un musicien très-riche en contre-point, mais sur tout le reste on ne verra en lui qu'un pauvre musicien ; il sera à l'art musical ce que serait à celui de Thalie l'auteur comique qui méconnaîtrait le génie de Molière.

Le Château de Montenero, plusieurs fois repris à Paris, est constamment joué sur les théâtres des départemens. Peu s'en fallut, cependant, que cet ouvrage ne fût mis à l'index par la censure du Directoire ; nous allons rapporter à ce sujet l'anecdote suivante, comme un nouvel exemple des dangers de l'interprétation et de la sottise des interprétateurs.

La veille de la première représentation défense fut faite par l'autorité compétente de jouer l'ouvrage. M. Hoffman, qui avait pris le sujet de sa pièce dans un roman anglais, et placé le lieu de la scène en Italie, ne pouvait concevoir le motif de cette prohibition. Camerani, semainier perpétuel, négocie aussitôt : on lui répond que le drame de M. Hoffman est rempli d'allusions dangereuses. L'auteur, peu habitué à reculer devant les difficultés, insiste pour que les censeurs s'expliquent d'une façon catégorique ; poussés jusque dans leur dernier retranchement par la logique de leur adversaire, ils finissent par déclarer que l'ouvrage ne sera jamais représenté. à moins que M. Hoffman ne supprime les mots *méchant* et *crime* toutes les fois qu'ils seront pris dans un sens absolu : « Il est *évident,* écrivirent-ils, que les *méchans* sont les *patriotes* et le *crime* le *gouvernement.* » Possesseur d'une déclaration si naïve, l'auteur leur fit dire que s'ils arrêtaient plus long-temps sa pièce, il publierait les motifs singuliers de leur veto, avec un commentaire explicatif. Alarmés de cette menace, les censeurs capitulèrent, et l'interdit fut levé.

RÉPONSE

PAR ANTICIPATION,

AUX JOURNALISTES QUI DOIVENT DÉCHIRER MON OUVRAGE.

————

MES chers confrères en littérature fugitive, j'ai l'honneur de vous prévenir que je vais donner un gros et grand ouvrage au Théâtre de l'Opéra-Comique. Il sera du plus mauvais *genre,* car il y aura du triste, du gai, du lugubre et du bouffon; il y aura du prestige et des niaiseries, du merveilleux et du trivial, du fracas et du mystérieux, du lamentable et du badin : c'est ainsi du moins que vous verrez la chose, et malheur à quiconque osera voir autrement que vous! Je me consolerai de tout cela s'il n'y a point d'ennui pour le public; mais comme vous vous y ennuierez sûrement, et que vous défendrez aux autres de s'y amuser, j'ai cru devoir solliciter votre bienveillance, implorer votre protection, et détourner s'il est possible l'excommunication qui me menace.

Les anciens que vous connaissez mieux que moi, n'entreprenaient rien, sans préalablement se rendre les dieux propices : vous êtes les dieux de la littérature; vous êtes plus que les dieux, vous en êtes le destin, *fatum terribile, irrevocabile.* C'est donc à vous que je sacrifie une brebis noire, comme aux dieux Stygiens; c'est donc pour vous que va brûler mon encens : puisse-t-il amollir vos cœurs, et adoucir la teinte de l'encre qui va couler de vos plumes! Malgré l'énorme distance qui nous sépare, daignez considérer qu'il y a entre nous une certaine analogie : vous faites des feuilles qui durent un jour, j'ai fait des ouvrages qui ont vécu aussi long-temps ; vous donnez souvent au public des couplets qui l'amusent, j'entends quelquefois sur l'orgue de Barbarie quelques airs faits pour mes paroles ; vous faites parler, agir et combattre les rois et les puissances : je les fais quelquefois agir et déraisonner sur la scène. Nous différons en un point essentiel : dans mes opéras je n'ai jamais dit du mal des journalistes, et tous vos journaux ont dit du mal de mes opéras.

Vous voyez donc, chers confrères, que vous m'êtes redevables à cet égard, et j'espère que vous m'indemniserez en indulgence de ce que vous m'avez donné de trop en sévérité. Or, comme le repentir et l'humilité sont deux grands moyens d'obtenir son pardon, je m'accuse, messeigneurs et maîtres, d'avoir fait un opéra peu comique, intitulé *Léon, ou le Château de Montenero*. Si le titre seul est capable de m'attirer votre colère, je crains bien que la pièce n'excite votre fureur. Genre, situation, style, exposition, nœud, péripétie, dénoûment, voilà autant de chefs d'accusation contre moi ; et si vous n'étiez pas plus humains encore que vous n'êtes justes, je craindrais de me voir attacher au pilori du Parnasse : (*Dii omen avertant.*)

Ma bonne foi vous désarmera sans doute, et vous verrez que dans tout cela j'ai été plus bête que méchant. Gardez-vous surtout de me parler de *genre*, je ne sais ce que c'est qu'un genre, j'ignore encore si les journaux en ont un, et un pauvre auteur n'est pas obligé de connaître comme vous la *portée des mots*, et la valeur des expressions. Ne me citez, je vous prie, ni Boileau, ni Racine, ni Molière, ces bonnes gens n'entendent rien en opéra comique, et à cet égard vous en savez beaucoup plus qu'eux. Ne me parlez ni de *bon goût*, ni de *génie*, ni de *sublime :* ces trois grands personnages ne sortant pas de chez vous, il n'est pas étonnant qu'on ne les trouve point au Château *de Montenero*.

Que si vous avez une trop tendre sollicitude pour ma réputation, pour ma gloire, comme vous me l'avez prouvé en temps et lieux, je vous prierai, très-chers frères, de regarder mes malheurs littéraires d'un œil plus philosophique. Je ne vise point à l'immortalité, et quoique j'aie une santé très-faible, j'ai le ferme espoir de vivre autant que le plus robuste de mes ouvrages. Dieu m'a créé et mis au monde pour y faire des opéras; c'est là le *nec plus ultrà* de mes facultés et de mes prétentions : s'il m'avait donné plus d'esprit, il est probable que je me serais fait journaliste. Hélas! quand je songe que tout passe dans ce monde, voudrais-je surnager seul au milieu du néant? Chers confrères, quand les eaux de l'Océan auront, pour la millième fois, recouvert la surface de l'Europe; quand les noms de Virgile et de Racine seront perdus dans la nuit des temps et de l'oubli, je sais bien qu'on ne parlera plus du Château de Montenero; et ce qui m'afflige plus sensiblement, c'est qu'on ne lira même plus vos feuilles périodiques.

Cessez donc, chers amis, de vous mettre l'esprit à la torture pour nous faire voguer à l'immortalité. Faites comme moi, vivez *au jour le jour :* et si l'on a

ri de mes productions, contentez-vous de faire rire de
vos articles. Si j'avais le bonheur d'être journaliste, je
m'arrangerais si bien que je dînerais du produit de
ma feuille, et que je souperais chez les actrices que
j'aurais louées dans le jour. Ce *genre* de vie en vaudrait
bien un autre ; et certes, alors je ne dirais de mal de
personne : faites donc à autrui ce que vous voudriez
qu'on vous fît à vous-mêmes. Laissez vivre ou mourir
en paix mon *Léon de Montenero ;* et si quelqu'un avait
assez mauvais goût pour s'y amuser, ne le grondez pas
du plaisir qu'il aurait pris sans votre ordre. Si néanmoins mes humbles prières ne montent point jusqu'à
votre trône ; s'il est décidé dans votre *sacré collége*,
qu'on me traitera de turc à mauré, ou de journaliste
à auteur, tâchez au moins de vous accorder dans l'a-
nathème que vous allez prononcer contre moi. Je
suis vraiment scandalisé de voir que vous ressemblez
aux autres puissances, entre lesquelles l'intelligence
est rare, et l'union impossible ; et j'ai vu cent fois,
avec honte, que j'étais un *homme charmant* dans un
journal, et un sot dans un autre.

Possible est que la métempsychose ait lieu ; alors,
frères très-chers, je pourrai devenir ce que vous êtes,
vous pourrez être ce que je suis. Vous ferez de *fiers* ✱
opéras alors, car je sens qu'ils seront tout autrement
que les nôtres. Avouez donc combien il sera doux et
gracieux pour vous de trouver un bon homme de
journaliste comme moi, qui vous paiera le tribut
d'éloges qu'auront mérité vos divines productions.

    Salut et fraternité.

                L'AUTEUR DE LÉON.

✱ Style de journal.

LÉON,

ou

LE CHATEAU DE MONTENERO.

ACTE PREMIER.

Le théâtre représente le jardin de Romualde : une aile du château à droite, relativement aux spectateurs; un bois à gauche; loge en feuillage devant le château, rivière au fond; grille de fer en avant de la rivière et fermant le jardin ; montagnes à l'horizon ; au sommet de la plus élevée paraît une petite portion du château de Montenero. Un percé naturel dans les rochers antérieurs laisse apercevoir le chemin qui conduit à la montagne.

(Les hommes achèvent la loge de feuillage, les femmes y suspendent des guirlandes de fleurs.)

SCÈNE PREMIÈRE.

PAYSANS ET PAYSANNES de Fondi.

CHŒUR DE PAYSANS.

La guerre et ses alarmes
Vont fuir bien loin de nous :
Après le bruit des armes
Le calme en est plus doux.

PAYSANNES.

Quel plaisir! après la froidure
Du zéphir on sent la douceur !
Le gazon reprend sa parure
Le printemps nous rend la verdure ;
Douce paix, rends-nous le bonheur !

TOUS.

Dans la plaine fleurie,
Reprenons nos travaux,
Ramenons nos troupeaux
Dans la verte prairie,
Le printemps et la paix
Vont combler nos souhaits.

SCÈNE II.

PAYSANS, VENERANDE.

VENERANDE.

C'est bien, mes amis; ornez ce château pour la fête
de notre bon seigneur : mais ne chantez pas la paix
avant qu'elle soit faite.

PETRINO, (jardinier.)

Comment! elle n'est pas sûre?

VENERANDE.

L'on dit que oui, et l'on dit que non.

PETRINO.

Mais le seigneur Romualde, notre bon maître,
n'est-il pas maintenant avec le seigneur Léon pour
signer la paix, et rendre le calme à notre malheureux pays?

VENERANDE.

Cela est vrai, mais...

PETRINO.

Eh bien! mais?...

VENERANDE.

Ils doivent signer la paix, et la paix se fera, si...

PETRINO.

Mais..... si..... Parlez donc, dame Vénérande, vous
nous inquiétez.

VENERANDE.

Et la paix se fera si le seigneur Romualde veut sacrifier sa fille.

TOUS.

O Dieu !

PETRINO.

Et à qui la sacrifier ?

VENERANDE.

Au seigneur Léon, au maître de ce château noir, qu'on voit là-haut, là-haut.

PETRINO.

Nous savons, nous savons....

UN PATRE.

On dit que ce Léon est un.....

VENERANDE.

Paix ! il est puissant.

PETRINO.

Et comment a-t-il eu ce château? car il n'y a pas long-temps qu'il en est le maître.

VENERANDE.

Comment il l'a eu? il l'a pris.

PETRINO.

On dit qu'il s'y passe des choses bien extraordinaires.

VENERANDE.

Des choses ! des choses ! mais je vous le répète, il a des soldats et de l'argent, et taisons-nous.

LE PATRE.

Je ne mène jamais mes chèvres sur ces montagnes, on dit qu'il n'y vient que des herbes empoisonnées.

VENERANDE.

Et dans le château, bon Dieu! suffit : vous m'entendez.

PETRINO.

Et il veut épouser cette chère Laure, notre bonne maîtresse ?

VENERANDE.

Il la demande avec une armée, et nous n'aurons la paix qu'autant qu'il l'épousera.

PETRINO.

Tant pis pour elle.

VENERANDE.

C'est bien dit tant pis pour elle.

PETRINO.

Mais pourquoi ces deux seigneurs se font-ils la guerre?

VENERANDE.

C'est qu'il y a deux cent cinquante ans que leurs ancêtres étaient les uns *Guelfes*, et les autres *Gibelins*, dans la querelle qui s'éleva entre l'empereur Barbe-Rousse et le pape Boniface.

PETRINO.

Guelfes ! Gibelins ! qu'est-ce que cela veut dire?

VENERANDE.

Je n'en sais rien, ils n'en savent pas plus que nous, mais ils se battent en attendant qu'ils le sachent.

PETRINO.

Il faut bien que ces mots-là signifient quelque chose.

VENERANDE.

Ils signifient que, si je t'en veux, je t'appellerai *Gibelin*, tu m'appelleras *Guelfe*, nos amis s'en mêleront, et nous nous battrons tant qu'il plaira à Dieu.

PETRINO.

Et le jeune seigneur Louis de Gaete, qui aime notre belle maîtresse, est-il *Guelfe* ou *Gibelin?*

VENERANDE.

Il est brave, mais il n'est pas le plus fort, comme cela arrive quelquefois.

PETRINO.

Dame Vénérande, vous connaissez donc le château de *Montenero?*

VENERANDE.

Dieu me préserve d'y mettre jamais les pieds; mais je sais ce qui s'y passe.

PETRINO.

Ah! contez-nous donc quelque chose?

VENERANDE.

Voyons... qui êtes-vous ici?

LE PATRE.

Tous amis, il n'y a point d'étrangers.

VENERANDE.

En ce cas, écoutez :

ROMANCE.

Dans ce château, que dieu confonde!
Un scélérat commande en paix,
Et couvre d'une nuit profonde
Et sa débauche et ses forfaits.
Mais on m'a dit, et je répète,
Que quand on peut tout ce qu'on veut,
On veut aussi tout ce qu'on peut,
Jamais la soif n'est satisfaite ;
Et l'on fait tant que tôt ou tard,
Soit par justice ou par hasard,
Il faut enfin payer sa dette....
La volonté de Dieu soit faite!

CHOEUR.

La volonté de Dieu soit faite,

VENERANDE.

Et la princesse et la bergère
Doivent trembler qu'en ce séjour,
Loin d'un amant, loin d'une mère,
Il les immole à son amour.
Léon jouit de sa conquête ;
Car quand on peut tout ce qu'on veut,
On veut aussi tout ce qu'on peut ;
Mais d'un vengeur le bras s'apprête ;
Il faudra bien que tôt ou tard,
Soit par justice ou par hasard
Le scélérat paie sa dette....
La volonté de Dieu soit faite !

CHŒUR.

La volonté....

PETRINO interrompt.

Paix ! paix ! voilà deux hommes que je ne connais pas.

VENERANDE.

Ah ! ah ! que viennent-ils faire ici?

PETRINO.

Ce sont les mêmes que j'ai déjà vu passer ce matin.

LE PATRE.

Bon ! ce sont des étrangers. Ils entrent dans le petit bois.

PETRINO.

Ce n'est rien, ce n'est rien. Continuez, dame Vénérande.

VENERANDE.

A sa débauche, à sa furie,
Léon ajoute un trait plus noir :
Le sortilége et la magie
Sont le soutien de son pouvoir.

Jugez du sort qu'il nous apprête ;
Car comme il peut tout ce qu'il veut,
Il veut aussi tout ce qu'il peut :
Mais on m'a dit, et je répète,
Qu'il fera tant que tôt ou tard....
Mais c'est assez, plus de retard
Amis, songeons à notre fête....
La volonté de Dieu soit faite !

CHOEUR.

Ne songeons plus qu'à notre fête,
La volonté de Dieu soit faite.

PETRINO.

Vous connaissez donc quelqu'un dans ce château?

VENERANDE.

Hélas, oui ! Ferrant, le concierge de cette horrible maison, servait autrefois chez le seigneur Romualde, votre digne maître. Il était honnête homme alors ce Ferrant, je lui voulais du bien, et il ne s'en est pas fallu de cela qu'il ne fût mon mari ; mais il fut pris par les soldats de Léon, et depuis qu'il est dans cette caverne on dit qu'il est aussi scélérat que son maître.

PETRINO.

Est-il possible !

VENERANDE.

C'est assez, mes amis, c'est assez. J'attends ici notre bonne maîtresse, éloignez-vous, préparez tout pour la fête, mais ne vous réjouissez tout-à-fait que quand on vous dira de vous réjouir.

CHOEUR.

O dieu ! protège l'innocence ;
Rends-nous le calme et le bonheur,
Et laisse tomber ta vengeance
Sur le méchant, sur l'oppresseur.

VENERANDE·

La voilà, la voilà! *(Laure paraît.)*

CHOEUR.

Protège la faible innocence,
Entends nos vœux! vois sa douleur!
O ciel! signale ta puissance,
Rends-lui la paix et le bonheur. *(Ils sortent.)*

SCÈNE III.

VENERANDE, LAURE.

LAURE.

Ma bonne, ils s'éloignent avec peine; ils me regardent avec des yeux pénétrés de douleur.

VENERANDE.

Eh! chère enfant, qui pourrait n'être pas sensible à votre sort?

LAURE.

Il est affreux, ma bonne; il faudra donc quitter pour jamais ces lieux qui m'ont vu naître! ce jardin témoin des jeux de mon enfance, un père qui m'adore, un..... amant qu'il m'avait permis de regarder comme un époux! il faudra m'ensevelir dans une prison, vivre et mourir au milieu des méchans... Ah! ma bonne, est-ce là le destin qui m'était réservé?

VENERANDE.

Intéressante victime, vous vous immolez au bonheur de votre père.

LAURE.

Dis-moi, est-il bien vrai que je ferai le bonheur de mon père?

VENERANDE.

Hélas! Léon est puissant; votre père est hors d'état

de lui résister. Ce méchant lui a enlevé la moitié de ses états; il veut lui ravir le reste, peut-être la vie....

LAURE.

La vie! et je puis la lui conserver?

VENERANDE.

Votre amant même....

LAURE.

- Ne me parle pas de lui : tu me fais sentir toute l'horreur du sacrifice.

VENERANDE.

Je dois vous en parler. Votre amant même n'est pas plus en sûreté que votre père : quoiqu'il ne soit pas connu de Léon, sa perte sera jurée s'il conserve l'espoir d'être votre époux; rien n'est sacré pour notre ennemi.

LAURE.

Je puis rendre heureux un père, et sauver mon amant : ah! ma bonne, ne pleurons plus, mon sort me paraît moins affreux.

VENERANDE.

Ange du ciel! si votre bonne mère vivait encore, comme la vénérable dame serait fière d'une telle enfant.

LAURE.

Oui, j'obéirai.... j'épouserai Léon.... j'en mourrai, ma bonne : j'en mourrai, je l'espère..... mais mon père n'oubliera jamais sa pauvre fille; dom Louis pleurera long-temps sa malheureuse amante.... et toi, ma bonne, tu penseras à moi, tu parleras de moi..... Eh bien! cela me soulage, car vois-tu, ma bonne, je veux être regrettée.

VENERANDE.

Taisez-vous, taisez-vous, vous me faites un mal!

LAURE.

O ciel! je ne te demande plus qu'une grâce : j'irai
dans ce château, j'irai..... mais fais qu'en y entrant
j'expire de douleur et d'effroi; fais que je rentre pure
dans ton sein; contente-toi de mon trépas, et qu'a-
près ma mort on lise sur ma tombe : *Elle vivait pour
un amant, elle mourut pour son père.*

VENERANDE.

Ecartez cette idée affreuse. Celui qui est là-haut
en sait plus que nous, mademoiselle : il ne permettra
pas que.... je me tais, je me tais. Je suis émue, atten-
drie, je suis désolée. Attendez-moi, je vais m'infor-
mer... Attendez-moi, chère enfant; j'espère toujours,
j'espère. Celui qui a voulu ce qui arrive, veut aussi des
choses que nous ne pouvons pénétrer. Nous sommes
ingrats quand nous sommes heureux; mais dans le
malheur nous sentons qu'il nous faut un autre secours que celui des hommes. Espérance, confiance,
persévérance.   (*Elle sort.*)

SCÈNE IV.

LAURE, seule.

RÉCITATIF.

Il faut me dévouer.... Hélas! dans ma misère,
 Ce n'est point la mort que je crains....
Je ne t'accuse point, mon respectable père....
Tu signes mon malheur, ah! c'est toi que je plains!

AIR.

 O mortel, plus à plaindre encore,
 Que je perds lorsque je t'adore;
 A ton tour ne m'accuse pas,
 Cher amant, ne m'accuse pas.

Entre nous la peine est commune,
Moi je pleure ton infortune,
Et tu dois pleurer mon trépas.
Pleure, pleure sur mon trépas.

Quel cruel sacrifice!
Quel sera ton tourment?
O Louis, quel supplice
Pour le cœur d'un amant!

D'inutiles alarmes,
Des regrets superflus
T'arracheront des larmes,
Je ne les verrai plus!

Cher amant, cette image
Me poursuit malgré moi,
Plus je parle de toi,
Plus je perds mon courage.

Si j'abhorre le jour
Où l'on me sacrifie,
C'est qu'en perdant la vie
Je perdrai mon amour.

SCÈNE V.

LAURE, dom LOUIS.

LOUIS.

Laure! Laure!

LAURE.

Dieux! c'est lui.

LOUIS.

Qu'ai-je entendu? serait-il vrai, Laure? dois-je croire le bruit qui se répand? on dit que vous allez être.....

LAURE.

Malheureuse.

LOUIS.

C'est mon malheur qui est certain. Votre père vous
sacrifie; il vous livre au féroce Léon, il achète une
paix honteuse... mais, que dis-je? ce n'est point vous
que l'on immole : vous y consentez. C'est moi seul
que l'on sacrifie; moi, sans fortune, sans puissance;
moi qui n'ai que mon courage et mon amour, moi
qui aurais donné ma vie pour vous, et pour ce père
qui me trahit si lâchement.

LAURE.

N'outragez pas mon père; plaignez-le, Louis,
plaignez votre malheureuse Laure.

LOUIS.

Vous plaindre? mais vous voulez votre infortune,
vous serez l'épouse d'un homme puissant, vous ré-
gnerez, Laure.... vous m'oublierez...

LAURE.

Cruel, peux-tu déchirer mon cœur. quand je fais
pour toi-même le plus affreux sacrifice?

LOUIS.

Pour moi, juste ciel! pour moi!

LAURE.

Votre vie est en danger, votre perte est certaine;
en m'immolant je conserve tes jours; tu vivras, toi
seul tu vivras.

LOUIS.

Vous craignez pour ma vie, et vous ne craignez
pas de me trahir. Je vivrai, dites-vous? j'accepterai
cet indigne bienfait; je vivrai au prix de votre malheur, de votre honte! lâche guerrier, amant mépri-
sable, je fuirai les lieux où vous serez captive; j'irai

dire partout que vos pleurs ont prolongé mes jours, que j'en jouis bassement, et que je n'ose vous venger?

LAURE.

Veux-tu que j'immole mon père, et toi, toi qui m'outrages?

LOUIS.

Votre père est perdu. Le sacrifice qu'il fait ne le sauvera pas de la fureur de Léon; leur haine est trop ancienne, et la lâcheté ne désarme point un ennemi. Pour moi, tout est fini; vous saurez ce que peut l'amour désespéré. J'irai vers ce château qui doit être votre prison; j'irai me livrer au tyran qui vous achète. Il est cruel, il inventera contre moi des supplices affreux, vous en serez témoin, vous me verrez expirer... Voilà toute la reconnaissance que je dois à votre indigne pitié.

LAURE.

Il faut donc que je meure; mon sort est de faire le malheur de tout ce qui m'environne?

LOUIS.

Et suis-je plus faible que vous? Ai-je démérité de mourir avec toi?

LAURE.

Je conservais tes jours, c'était un soulagement dans mes peines; je disais : je vivrai dans son souvenir, dans son cœur... il vivra...

LOUIS.

Reprenez, reprenez un don que je déteste. Je n'ai point encore appris à sacrifier mon amour à la crainte. Mon cœur ne ressemble point au vôtre... vous pleurez? Ah! pardonnez, pardonnez à mon désespoir. Vous m'aimez, Laure, vous m'aimez; ne déchirez pas ce cœur qui vous adore : je ne vis que pour vous; ma vie, mes vertus, mon courage, tout est en vous, tout est pour vous. Vous êtes bonne, sensible, vous ne voudrez pas que j'expire de douleur : ah! puissé-je du moins expirer à vos pieds!

LAURE.

Levez-vous, levez-vous. Mon père m'a défendu de vous voir tant que Léon serait avec lui. Vous vous perdez, vous me perdez moi-même : ah! fuyez, fuyez de ces lieux, je suis assez malheureuse!

DUO.

LOUIS.

Que je quitte ces lieux!
Que je vous abandonne!
C'est Laure qui m'ordonne
De si cruels adieux!

LAURE.

Achevez votre ouvrage,
Juste ciel en ce jour :
Faites que mon courage
Égale mon amour.

LOUIS.

Eh bien soyez contente,
Vous voulez mon malheur....

LAURE.

Épargne ton amante,
Juge mieux de son cœur.

ENSEMBLE.

O trouble! ô peine extrême!
O trop sévères lois!
Ai-je vu ce que j'aime
Pour la dernière fois!

LOUIS.

M'aimes-tu, ma chère Laure?

LAURE.

En peux-tu douter encore?

LOUIS.

Que vas-tu donc devenir?

LAURE.

Loin de toi je vais mourir.

LOUIS.

Affreux hymen !

LAURE.

Que je déteste ;

LOUIS.

Père cruel !

LAURE.

Devoir funeste !

LOUIS.

Vous me quittez ?

LAURE.

Tel est mon sort.

LOUIS.

Pour un tyran....

LAURE.

Non, pour la mort.

ENSEMBLE.

O peine! ô trouble extrême, etc.

SCÈNE VI.

LES PRÉCÉDENS, ROMUALDE, VÉNÉRANDE.

VÉNÉRANDE.

Laure! voici votre père : Louis, éloignez-vous.

LOUIS, s'éloigne lentement.

Adieu!

ROMUALDE, en entrant.

Ma fille, ma fille, tout est fini.

LAURE.

Dieu!

ROMUALDE.

Viens, ma fille; et vous aussi, jeune homme, approchez, écoutez.

LOUIS.

Moi, seigneur?

ROMUALDE.

Oui, vous.

LOUIS.

Tout est fini, dites-vous, et vous voulez que j'approche!

ROMUALDE.

Tout est fini, tout est rompu; la guerre va recommencer, mais je conserve ma fille.

LOUIS, avec transport.

La guerre? O ciel! je te rends grâce, je pourrai donc mourir en défendant ce que j'aime.

LAURE.

Mon père, je ne vous quitterai point!

VENERANDE.

Le doigt de Dieu se fait voir en toutes choses.

ROMUALDE.

Léon ne voulait point la paix. Accoutumé au brigandage, heureux des malheurs de la guerre, il feignait une réconciliation dont le désir était loin de son cœur. C'est toi, ma fille, qu'il voulait me ravir. A ce prix, il m'accordait une paix qu'il aurait bientôt rompue; il savait, le cruel, que je ne pourrais vivre séparé de ma fille, et il voulait me forcer à signer mon malheur. J'ai résisté, j'ai tout refusé, je t'ai sauvée enfin, et ce jour est le plus beau de ma vie. Je sais à quoi je m'expose, mais les années n'ont point affaibli mon courage, j'opposerai la justice à la violence, un père est toujours jeune en défendant ses enfans.

LOUIS.

Eh! comptez-vous pour rien l'amant qui défend sa maîtresse?

VENERANDE.

Et le Ciel qui est ordinairement pour la bonne cause?

LAURE.

Et c'est pour moi, mon père, que vous courez tant de dangers?

ROMUALDE.

C'est pour toi, ma fille. Eh! que ferais-je sur la terre, si j'avais causé ton malheur? que ferais-je d'une vie qui serait achetée par tes larmes et ton infortune?

AIR.

Je dis : ma Laure est tout mon bien :
Je compte pour rien ma richesse,
Je compte mes plaisirs pour rien,
Si d'un enfant chéri je n'ai point la tendresse.

L'hymen est le premier des dieux,
Quand de l'amour il est le frère,
Deux cœurs que sa chaîne resserre,
Jouissent du bonheur des cieux ;

Mais former par la force un hymen odieux,
C'est mettre l'enfer sur la terre.
Non, non, ma fille est tout mon bien,
Je compte, etc.

Pour être aujourd'hui son vainqueur,
Le seul secret est de lui plaire ;
L'amant qui mérite son cœur
Aura gagné celui d'un père ;
Mais loin de la forcer à signer son malheur,
Je dirais à toute la terre :
Ma fille est mon unique bien :
Je compte pour rien ma richesse ;
Je compte mes plaisirs pour rien,
Si d'un enfant chéri je n'ai point la tendresse.

ENSEMBLE.

ROMUALDE.	LAURE, LOUIS, VENERANDE.
Oui, cher enfant, oui tout mon bien,	Ah ! seigneur, vous méritez bien,
C'est ton bonheur, c'est ta tendresse.	Notre respect, notre tendresse.

LOUIS.

Ah ! seigneur, je puis donc espérer que je ne serai
point banni de ces lieux ? je verrai Laure, je combat-
trai pour elle, pour elle !

ROMUALDE.

Brave jeune homme, dites pour votre épouse.

LAURE.

Louis, Louis... Louis.

LOUIS.

Ah ! Laure, j'entends bien !

ROMUALDE.

Je veux vous unir, vous mener à l'autel, et si ce
bonheur doit être le dernier de ma vie, il est aussi le
plus grand et le plus désiré.

LAURE.

Mon père !

LOUIS.

Aujourd'hui son époux, demain son vengeur.

ROMUALDE.

La trève n'expire que dans trois jours; profitons du calme qu'elle nous laisse. Après votre hymen, Laure sera conduite dans un lieu sûr, et à l'abri des poursuites de Léon.

VÉNÉRANDE.

Seigneur, les habitans de ce canton sont venus pour vous offrir un témoignage de leur amour; je vais les rappeler, ils n'ont point oublié que c'est aujourd'hui votre fête.

ROMUALDE.

Oui, tu as raison, c'est ma fête, je fais le bonheur de ma fille. Je vous laisse, mes enfans : je vais tout disposer, tout presser pour votre union. Toi, ma chère Laure, va rassembler mes vassaux. Je veux qu'ils te voient, qu'ils sachent à quel prix on m'offrait une paix honteuse; ils t'aiment, ces bonnes gens, et ce qu'a fait un père, chacun d'eux l'eût fait pour toi.

LAURE.

Ah! Louis, je ne puis m'exprimer.... (*Elle sort.*)

VÉNÉRANDE, en sortant.

J'avais bien raison de dire : Celui qui est là-haut en sait plus que nous.

SCÈNE VII.

LOUIS, seul.

Quel changement! ô ciel! est-ce un songe? puis-je le croire? Oh! non, ce n'est point un songe; je le sens, je le sens là, avec un charme, un trouble délicieux! Ah! il faut aimer pour connaître le prix de l'existence. *Elle est à toi... Je vais vous unir... Tu défendras ton épouse....* Dieu! que ces mots sont doux!

comme ma douleur a fui dès qu'ils ont frappé mon oreille? Laure, Laure! que n'as-tu dans ce moment la main sur mon cœur!

AIR.

Je m'unis à ce que j'aime,
Est-il un destin plus doux?
O plaisir! ô bien suprême!
Vous serez toujours le même,
Et toujours nouveau pour nous.

Quelle brillante aurore,
Vient éclairer les cieux?
La nature à mes yeux
Paraît plus belle encore;
Pour rendre hommage à Laure,
Tout s'anime en ces lieux.

O douce ivresse,
Vive allégresse,
Moment charmant,
Pour un amant!
Pour un amant
Qui s'unit à ce qu'il aime;
Il n'est point de bien plus doux:
O plaisir! bonheur suprême,
Vous serez toujours le même,
Et toujours nouveau pour nous.

SCÈNE VIII.

LOUIS, LAURE, PAYSANS ET PAYSANNES.

(*Ils la portent sur un brancard surmonté d'une couronne de fleurs, et orné de feuillage.*

CHOEUR.

Jouissons, jouissons
De ce jour d'allégresse,
Chantons, célébrons.

Notre belle maîtresse.
Nous la conservons,
Nous la servirons,
Nous la défendrons.

LOUIS.

Quelle douce image!
Pour moi ce beau jour
Est l'heureux présage
De ceux dont l'amour
M'a donné le gage.

CHOEUR.

Jouissons, jouissons, etc.

LAURE.

A quels dangers je vous expose!
Ah! qu'il men coûte, mes amis!
Bientôt la guerre.... je frémis,
Lorsque je sens que j'en suis cause.

Jugez, hélas! si pour mon cœur,
Ce jour doit avoir tant de charmes,
Puisque je sais que mon bonheur
Doit être payé par vos larmes.

LOUIS.

Que ce jour soit tout au plaisir,
Écartons la sombre tristesse,
Ne craignez rien pour l'avenir,
Fiez-vous à notre tendresse.

CHOEUR.

Ne craignez rien pour l'avenir,
Fiez-vous à notre tendresse.

*On place les musiciens dans une loge de feuillage, et on
danse. Pendant la danse, les deux étrangers traversent le
théâtre, s'avancent et observent Laure.*

PÉTRINO, pendant la danse.

Voilà encore les mêmes figures de ce matin.

LE PATRÉ.

Qu'est-ce qu'ils viennent faire ici?

(*Les étrangers saluent Laure et Louis.*)

PETRINO.

Ah! ils sont polis.

LE PATRE.

Tiens, comme ils regardent partout.

Les étrangers se retirent, et heurtent par mégarde contre Vénérande qui entre dans ce moment; ils saluent et sortent.

SCÈNE IX.

LES PRÉCÉDENS, **VENERANDE.**

VENERANDE.

Ah! mon dieu! qu'est-ce que cela signifie?

(*La danse est interrompue.*)

PETRINO.

Qu'avez-vous, dame Vénérande?

LAURE.

Ma bonne tu es effrayée.

VENERANDE.

On le serait à moins, mademoiselle? voyez-vous ces deux fantômes qui rôdent autour de nous?

PETRINO.

Bon! ce sont les deux hommes qui ont passé ce matin.

VENERANDE.

Eh! oui, ce sont les mêmes.

PETRINO.

Eh bien! quel miracle? ils entendent de la musique, ils entrent, ils voient danser, ils approchent.

LAURE, en souriant.

Sais-tu, ma bonne, que tu m'inquiéterais, si j'étais aussi défiante que toi.

VENERANDE.

Dieu veuille..... suffit.

LOUIS.

Que ce jour soit tout au plaisir !
Écartons la sombre tristesse.
Ne craignez rien pour l'avenir,
Fiez-vous à notre tendresse.

CHOEUR.

Jouissons, jouissons, etc.

La danse reprend. Vénérande s'approche du petit bois, elle observe en témoignant une curiosité inquiète. Laure et Louis la suivent et veulent la distraire ; Vénérande s'obstine, et s'avance dans le bois, Laure et Louis y vont aussi en plaisantant par leurs gestes de la frayeur de Vénérande, on les perd de vue.

La danse continue. On entend des cris qui viennent du petit bois.

PETRINO.

Écoutez, écoutez..... (*Les cris recommencent.*) Entendez-vous ces cris ; dieu ! ne serait-ce pas notre bonne maîtresse ? ah ! courons. (*Il va avec plusieurs hommes au petit bois.*)

LES FEMMES L'UNE APRÈS L'AUTRE.

Écoutez.... Qu'est-ce donc ?.... Je tremble.... je frémis....

UNE PARTIE DU CHŒUR.

Qu'est-ce donc ?

UNE AUTRE.

Écoutez.

UNE AUTRE.

Le bruit redouble.

UNE AUTRE.

Il cesse.

(On entend un coup d'arquebuse.)

PÉTRINO *revient avec les habits déchirés.*

Ah! quel malheur! mes chers amis....

TOUS.

Qu'est-ce donc?

PÉTRINO.

Nous perdons notre bonne maîtresse.

TOUS.

Juste ciel!

(Aux musiciens.)

Mais paix donc! taisez-vous, malheureux!

LES MUSICIENS *accourant avec leurs instrumens.*

Qu'est-ce donc?

PETRINO.

O moment affreux!
Nous perdons pour jamais notre bonne maîtresse.

LES FEMMES.

Mais comment?

PETRINO.

Des soldats apostés dans ce bois
Nous les ont enlevés tous trois.

TOUS.

Courons, courons à la vengeance.

PETRINO.

O mes amis, vaine espérance!
Ils sont armés.... tout est fini.
Ils sont déjà bien loin d'ici.

TOUS.

Dieu protecteur de l'innocence,
Arme nos bras pour sa défense.

SCÈNE X.

ROMUALDE.

Que ce jour soit tout au plaisir,
Et nos cœurs tous à l'allégresse....
Mais que vois-je ! quelle tristesse !
Parlez ; vous me faites frémir.

PÉTRINO, *en pleurant.*

Monseigneur,.... nous perdons notre bonne maîtresse.

ROMUALDE.

Juste ciel !

PÉTRINO.

Des soldats....

ROMUALDE.

Achevez.

PÉTRINO.

Dans le bois....

ROMUALDE.

Ciel !

PÉTRINO.

Laure, son amant, Vénérande.... tous trois
Sont ravis à notre tendresse.

ROMUALDE.

Ils sont tous trois....

PÉTRINO.

Bien loin d'ici.

ROMUALDE.

Par des soldats....

PÉTRINO.

Tout est fini,

ROMUALDE.

Entrez chez moi, prenez des armes.

TOUS.

Aux armes! aux armes!
(*Ils entrent pour prendre des armes.*)

ROMUALDE.

O ciel! tu vois couler mes larmes ;
Je jure devant toi qui dois me secourir,
De la sauver ou de périr.
(*Les hommes reviennent avec des armes.*)

TOUS.

Aux armes! aux armes!
Nous jurons tous de la sauver.

ROMUALDE.

Mais, hélas! dans quels lieux est-elle ?
Où la chercher? où la trouver ?
De quel côté.... peine mortelle !

CHŒUR.

Où la chercher? où la trouver?
Nous jurons tous de la sauver,
Ou de mourir pour elle.

ROMUALDE.

Mais, hélas! dans quels lieux est-elle ?
(*Laure et ses ravisseurs paraissent au haut de la montagne
par un percé naturel à travers les rochers.*)

PÉTRINO.

La voilà !

TOUS.

La voilà !

ROMUALDE , *pendant l'accablement du chœur.*

Léon le ravisseur....
Ah! dieu! je sens tout mon malheur.
(*avec force.*)   Aux armes! aux armes!

Il faut du sang et non des larmes.
Jurons, devant ce dieu qui doit nous secourir ,
De la venger ou de mourir.

CHOEUR.

O dieu , bénis nos armes ,
Nous jurons devant toi qui dois nous secourir,
De la venger ou de mourir.   (*Ils sortent.*)

FIN DU PREMIER ACTE.

ACTE II.

Le théâtre représente une salle souterraine et voûtée du château de Montenero. A gauche, relativement au spectateur, une porte conduisant à une chambre; à droite, une grille de fer régnant depuis le fond jusqu'à l'avant-scène, et formant un angle en retour, de sorte que le spectateur peut aisément voir tout ce qui se passe derrière la grille. Dans le fond, un peu sur la gauche, une grande porte devant laquelle brûle une lampe. Quand cette porte est ouverte, on aperçoit plusieurs autres voûtes, éclairées par des lampes pareilles s'éloignant en perspective. Au fond, un peu sur la droite, un vaste soupirail par lequel l'air entre dans le souterrain. Ce soupirail, qui s'évase par le haut, laisse apercevoir une portion du ciel, et même la lune qui y paraîtra vers le milieu de l'acte. Cette décoration ne doit point avoir de coulisses, mais elle est fermée de toutes parts. Ce souterrain doit avoir un ton de couleur sombre et annonçant la vétusté. A la droite, au fond, est une autre porte, par laquelle entreront les gardes qui font faction derrière la grille; la grille elle-même a une porte qui se ferme à clef.

(*Les meubles de cette salle sont une grande table, un banc, et des chaises.*)

SCÈNE PREMIÈRE.

FERRANT, LONGINO, GARDE *en sentinelle hors de la grille.*

LONGINO.

Dis donc, Ferrant; est-ce que c'est ici qu'on logera cette dame?

FERRANT.

Oui.

LONGINO.

Sais-tu que ce n'est pas trop gai pour une jeunesse?

FERRANT.

Il faudra bien qu'elle s'y habitue.

LONGINO.

Y restera-t-elle long-temps?

FERRANT.

Toute sa vie, si elle n'obéit pas au maître.

LONGINO.

Si elle n'obéit pas..... je n'entends pas bien cela.
Qu'est-ce qu'il veut donc lui faire faire?

FERRANT, durement

Paix!

LONGINO.

Ah! je devine.

FERRANT.

Tant pis pour toi.

LONGINO.

Eh bien! prends que je n'ai rien dit. Je sais bien
que tu n'aimes pas à jaser... aussi je ne te demanderai
pas si on a eu raison de me dire ce qu'on m'a dit....

FERRANT.

Quoi?

LONGINO.

Ce n'est pas moi qui parle, mais je me suis laissé
dire que cette jeune personne était la fille du seigneur
Romualde que tu as servi autrefois.

FERRANT.

Que t'importe!

LONGINO.

Oh! mon dieu, rien du tout... je pensais seulement
que tu aurais un peu plus d'égards pour elle.

FERRANT.

Pas plus que pour toi s'il t'arrive d'ouvrir la bouche
sur tout ce qui se passe ici.

LONGINO.

Oh! je sais bien, tu me l'as déjà dit.

FERRANT.

Et je te le répète.

AIR.

Point de propos, fais ton devoir.
Tu dois tout voir et ne rien voir,
Tout entendre et ne rien entendre,
Tout observer, ne rien comprendre,
Tout écouter, ne rien savoir.
Tu dois, selon qu'on te l'ordonne,
Monter, descendre, aller, venir,
Rester, marcher, ramper, courir,
Suivre en tout l'ordre qu'on te donne;
Et s'il le faut, pour obéir,
Sans murmurer, tu dois mourir.

LONGINO.

Tout cela est bien aisé.... il n'y a que le dernier article qui me gêne un peu.

FERRANT.

Va voir dans cette chambre si tout est préparé pour recevoir notre prisonnière.

LONGINO, avec appréhension.

Dans quelle chambre?

FERRANT.

Celle-là.

LONGINO.

Ah! c'est là qu'elle couchera; ceci n'est que le salon.

FERRANT.

Va donc.

LONGINO.

Tu sais mieux que moi ce qu'il y faut, allons-y ensemble.

FERRANT.

Poltron!

LONGINO.

Oh! non : c'est pure attention de ma part. Mais après tout, sais-tu que si l'on n'avait pas une certaine fermeté, l'on serait mal à son aise dans cette cave ; soixante marches pour y descendre, trois corridors qui ne finissent plus, des lampes qui font plus peur que s'il n'y en avait pas, des trous, des voûtes, des cavernes les unes sur les autres, et puis tout ce qu'on entend dans cet aimable château....

FERRANT.

Va donc dans cette chambre.

LONGINO, au garde

Si le camarade voulait m'y accompagner...

FERRANT.

S'il t'arrive de lui dire un mot, s'il lui arrive de te répondre, vous serez tous deux jetés du haut du rempart dans le précipice qui est au pied de la forteresse.

LONGINO.

Camarade, voilà notre conversation finie.

FERRANT.

Eh bien ! feras-tu ce que je t'ai dit?

LONGINO, pleurant.

Mais pourquoi cet entêtement à vouloir m'envoyer dans cette maudite chambre?

FERRANT.

Parce qu'il faut que tu y viennes tous les jours, que tu serves ces femmes : crois-tu que je puisse toujours être ici? un concierge n'a-t-il pas sa porte à garder?

LONGINO.

Tiens, changeons de fonctions, je te donnerai du retour.

FERRANT.

Va dans cette chambre.

LONGINO.

Donne-moi cette lampe au moins.

FERRANT.

Prends.

(*Longino va en tremblant regarder la chambre, où il entre à peine. Pendant ce temps, Ferrant va parler au garde.*)

FERRANT, au garde.

Vous m'avez entendu, il y va de votre vie si vous parlez ou si vous répondez aux personnes qui seront ici ; prévenez-en celui qui vous relèvera. (*à Longino.*) Eh bien ! la chambre est-elle en ordre ?

LONGINO.

C'est un bijou. Mais comment le maître a-t-il choisi cet endroit-ci pour la demoiselle ?

FERRANT.

C'est moi qui l'ai choisi. Le maître le connaît à peine ; il n'a ce château que depuis quelques mois.

LONGINO.

Ah ! c'est toi qui as choisi cet appartement ? eh bien, tu as bon goût. Mais dis-moi donc ce que c'est que ces plaintes qu'on entend quelquefois en passant sous la grande voûte ?

FERRANT.

Tu ne dois rien entendre.

LONGINO.

Ce n'est pas aisé. Et ce trou qu'on a fait dans la terre, près de la chapelle basse....

FERRANT.

Pour toi, si tu fais des questions indiscrètes.

LONGINO.

Je ne veux rien savoir, moi; je n'ai pas même voulu croire ceux qui disaient que l'amoureux de la dame a été enlevé avec elle.

FERRANT.

Ils ont raison.

LONGINO.

Il ne s'amusera guère ici, car je crois qu'il n'aura pas un appartement plus gai.

FERRANT.

Il ne s'ennuiera pas long-temps.

LONGINO.

Ah! j'entends. (*On entend la cloche.*)

FERRANT.

On sonne. Je vais à mon poste, reste ici.

LONGINO.

Ferrant, Ferrant! tu me laisses, attends donc.
(*Ferrant lui ferme la porte.*)

SCÈNE II.

LONGINO, LE GARDE *à son poste.*

LONGINO.

Je suis pris. Comment ferai-je pour remonter? il faudra repasser sous la voûte, près de la chapelle, dans ces grands escaliers..... là haut des hibous, là bas des chauve-souris.... si j'avais quelqu'un avec moi... quand ce ne serait qu'un enfant... cela distrait.... je ne suis pas plus crédule qu'un autre, je sais bien qu'il n'y a rien à craindre, mais la nature, la pauvre nature humaine! si le camarade voulait faire la causette; nous sommes seuls, nous ne risquons rien....il se promène, il ne m'écoute pas....... (*plus haut.*) Si le camarade voulait jaser un petit moment, cela désennuie.... *Il s'approche de la grille et le garde lui passe sa hallebarde à travers; Longino fuit et revient sur le devant.* Le camarade aime mieux la pantomime que la conversation. Allons! il faut prendre son parti. Aux grands maux, les grands remèdes. Il faut faire comme le chevalier de la forêt des Ardennes.... Si le camarade voulait savoir ce qu'a fait ce chevalier... Il ne dit mot, il a peur : chantons pour le rassurer.

CHANSON.

Dans une forêt des Ardennes,
Lancelot s'en allait errant,
Quand tout-à-coup un gros géant
Apparut entre deux vieux chênes.
Savez-vous ce qu'il arriva ?
Ce fut le géant qui trembla.

A la lueur du crépuscule,
Un vieux château s'offre à ses yeux,
Quand un loup-garou furieux
S'avance en lui disant : recule.
Mais Lancelot montra du cœur,
Le loup-garou mourut de peur.

Le chevalier, plein d'un beau zèle,
Au fond du château pénétra ;
Quand tout-à-coup il rencontra
La plus gentille jouvencelle :
Le chevalier avait du cœur,
Mais cette fois il eut grand peur.

Si Lancelot a eu peur une fois en sa vie, il m'est bien permis à moi d'avoir une légère émotion... Ah! j'entends marcher... dieu soit loué, voici des vivans, je trouverai à qui parler.

SCÈNE III.

LONGINO, LAURE, VÉNÉRANDE, SOLDATS.

(*Laure jette un cri en entrant, elle tombe sur une chaise, et s'appuie à la table. Vénérande regarde avec horreur tout ce qui l'environne, les soldats se retirent et ferment la porte du fond.*)

VENERANDE.

Voici donc l'affreux séjour que ce monstre destine à la jeunesse, à la beauté, à l'innocence! tout ce qui nous environne inspire l'horreur et l'effroi.

LONGINO, sans la regarder

C'est ce que je disais.

VENERANDE.

Ces voûtes, ces tombeaux, ces lampes sépulcrales..

LONGINO.

C'est ce que je disais.

VENERANDE.

Il semble qu'on ne descende ici que pour se préparer à la mort.

LONGINO.

C'est ce que je disais.

VENERANDE.

Ah! ma chère maîtresse, dans quelle horrible caverne les méchans vous ont plongée!

LAURE.

Ma bonne, tout est fini pour moi. Mais mon cher Louis, qu'est-il devenu?

VENERANDE.

Malheureux comme nous, mademoiselle.

LAURE.

Plus d'espoir! plus! il faut y renoncer.

VENERANDE.

Renoncer à l'espérance! qu'osez-vous dire?

LAURE.

Eh! que puis-je attendre? quelle main peut m'arracher à cette horrible prison.

VENERANDE.

Vous n'êtes pas au bout, mademoiselle; un moment suffit pour le bonheur, comme pour l'infortune : attendez, attendez, je vous le répète : confiance, persévérance!

LAURE.

L'aspect de ces lieux m'inspire une terreur....

LONGINO.

Ah! je conçois que des femmes peuvent avoir peur ici. Mais considérez que je suis avec vous.

VENERANDE.

Qui es-tu, toi qui nous parles? un des satellites de ce monstre!

LONGINO.

Un satellite! je suis tout bonnement le valet du concierge.

VENERANDE.

On t'envoie ici pour nous tyranniser....

LONGINO.

Tyranniser! non, voilà le camarade qui est là pour vous garder, et moi, je m'appelle Longino pour vous servir.

VENERANDE.

Nous servir! dis que tu sers nos bourreaux.

LONGINO.

Dame! moi, je sers mes maîtres.

VENERANDE.

Lâche! et c'est ici que ma chère Laure va gémir nuit et jour!

LONGINO.

Oh! non. Il y a ici près la chambre à coucher; on a songé à tout.

LAURE.

J'entends du bruit sous ces voûtes.

LONGINO.

C'est quelqu'un qui nous arrive. Dame, voyez-vous, c'est que cela sonne creux là dedans. Attendez, je vais vous dire ce que c'est.

VENERANDE.

Allons, il faut se résigner; le désespoir ne mène à rien.

LONGINO.

C'est monseigneur.

LAURE.

Ciel!

VENERANDE.

Il ne manquait plus que cela.

SCÈNE IV.

LAURE, VÉNÉRANDE, LÉON, GARDES.

Léon fait un signe à Longino et aux gardes, ils se retirent; la sentinelle reste.

LÉON.

Pardon, madame, de la manière un peu brusque dont je vous ai fait conduire dans mon château; mais si je n'avais pas employé ce moyen, il y a apparence que j'aurais été privé long-temps du plaisir de vous y voir.

VENERANDE.

Plût au ciel qu'elle n'eût jamais vu ce lieu maudit!

LÉON à Vénérande.

Bonne dame, vous aimez votre maîtresse, sans doute?

VENERANDE.

O ciel! il faut bien que je l'aime, puisque je suis enchantée d'être même ici, pour la consoler et la servir.

LÉON.

Eh bien, donnez-lui une preuve de votre attachement.

VENERANDE.

Laquelle?

LÉON.

C'est de vous taire, et de ne point m'interrompre, car s'il vous échappe une parole, vous êtes séparée d'elle pour la vie; retenez bien cet ordre, je ne le répèterai pas.

LAURE.

O ciel, à qui m'as-tu livrée? à quelles mains m'as-tu confiée?

LÉON.

Aux mains d'un homme qui vous aime, et qui n'a jamais connu de bornes à ses désirs, ni d'obstacles à sa volonté.

LAURE.

Vous m'aimez? vous!

LÉON.

Je pourrais me dispenser de vous le prouver, je vous le dis, et vous devez m'en croire. L'homme puissant ne s'abaisse point jusqu'à la feinte, et il dédaigne de mentir quand il peut commander. Oui, je vous aime. Nos familles se haïssent depuis plus de deux siècles; dès que j'eus l'âge de raison, on me fit jurer de garder jusqu'à la mort cette haine hérédi-taire : je vous vis, et je faussai mon serment. Dès ce jour je ne cessai de penser à vous, c'est-à-dire aux moyens de vous posséder. Je voulus éteindre le flam-beau de la guerre; je descendis jusqu'à demander la paix à votre père que j'ai vaincu. Votre main devait être le gage de notre amitié, le fruit de mes victoires. Il osa me refuser, moi, Léon. Il m'eût été trop facile de me venger de lui, mais vous pouviez m'échapper, je pris d'autres mesures...... le reste vous est connu. Enfin vous êtes en mon pouvoir, et malheur au té-méraire qui vous chercherait dans ces lieux! ceux que j'ai vaincus par le seul désir de la gloire, ne doivent point espérer de me trouver plus faible, quand j'ai à défendre une si riche proie.

LAURE.

Une proie, juste ciel! espérez-vous posséder ce que vous arrachez par un crime?

LÉON.

Un crime? oui, belle dame, si l'on m'attaque, si je succombe, je serai le plus criminel des hommes : si je triomphe, comme je l'espère, soyez sûre qu'on se cachera pour m'accuser.

LAURE.

Eh bien, moi, faible femme, victime de votre fu-reur, je vous accuse devant le Dieu qui m'entend, devant vous-même.... Parlez, de quel droit m'avez-vous arrachée à mon père? de quel droit avez-vous séparé deux cœurs que le ciel allait unir ? de quel droit me tenez-vous enfermée dans ce cachot affreux ?

LÉON.

De quel droit ? si vous parvenez à vous soustraire à ma puissance, je ne vous demanderai pas de quel droit vous l'aurez fait.

LAURE.

Tigre, dis-moi du moins si mon époux voit encore le jour.

LÉON.

Si vous me connaissiez, madame, vous sauriez qu'il ne faut pas surtout me parler d'un rival.

VENERANDE.

O mon........ (*Léon fait un geste, Vénérande étouffe sa voix.*)

LAURE, avec force.

Dis-moi s'il respire encore.

LÉON.

Eh! que m'importe qu'il respire? je ne l'ai jamais connu, j'ai dédaigné de le combattre, mort ou vivant il est hors d'état de me nuire.

LAURE, à part.

Ah! je tremble!....

SCÈNE V.

LES PRÉCÉDENS, FERRANT.

FERRANT.

Seigneur, on vient d'apporter la dépouille de ce jeune homme.

LAURE.

Qu'entends-je? ô ciel! (*Elle tombe sur la table, Vénérande la secourt.*)

LÉON, à Ferrant.

Dès que le jour paraîtra, que cette dépouille soit attachée à la tour du nord : ceux qui oseront m'attaquer y verront l'emblême du sort qui les attend.

LAURE se relève avec force.

Va, monstre, je conçois tout mon malheur; mais tu te trompes dans ton affreux calcul. Ne pense pas que ce coup m'ait ôté mon courage; je sens qu'il me donne une force au-dessus de mon sexe. Le désespoir a séché mes larmes. J'ai demandé au ciel qu'il m'ôtât la vie dès que je serais dans cette horrible prison, je sens qu'il va bientôt exaucer ma prière. Tyran maladroit, tu veux me séduire, et tu arraches la vie à celui qui me faisait chérir l'existence! va! je ne te crains plus. Pour sauver mon amant, je t'eus flatté peut-être, cette idée me fait horreur. Louis n'est plus; crois, monstre, que je saurai le rejoindre. Je te rends grâce de m'avoir fait préparer ce tombeau. Et toi, Dieu qui m'appelles, toi qui dois la récompense à la vertu et au crime, écoute le serment que je fais devant toi. Je jure que je n'accepterai aucun secours, que je ne prendrai aucune nourriture dans cet exécrable lieu; je jure que je rejoindrai l'époux que tu m'as choisi...... tombe sur moi ta malédiction, si je trahis ce vœu sacré!   (*Elle s'assied.*)

VENERANDE.

Il vous entend, madame, il vous entend : voyez, nos bourreaux ont pâli.

LÉON.

Femme indocile, j'excuse votre emportement, je m'y attendais, et je vous laisse exhaler une inutile fureur. Bientôt je reparaîtrai devant vous, non pour vous apaiser, mais pour accomplir mes projets. Songez que c'est la première fois que je souffre la résistance; hâtez-vous d'oublier un homme qui eût péri par un supplice cruel, si mes soldats n'en avaient fait justice. Moi seul je suis votre maître, et malgré vous, malgré votre père, dans ce jour je serai votre époux. Je vous ferai traîner à l'autel, si vous refusez de m'y accompagner : acceptation ou résistance, tout sera égal, vous serez à moi. Vos sermens ne m'effraient point; il y a long-temps que j'ai pesé la valeur d'un serment. Je vous quitte pour un moment, puisse ce moment être pour vous celui d'une réflexion salutaire.

(Il sort.)

SCÈNE VI.

LAURE, VENERANDE, FERRANT, LE GARDE *à son poste.*

VENERANDE.

O ma chère maîtresse, c'est ici qu'il faut du courage.

LAURE.

J'en ai, ma bonne, j'en ai. Je suis calme. J'ai appris la mort de Louis, sans verser une larme. Que dis-je! je jouis déjà du bonheur de le revoir; je voudrais abréger les momens qui me séparent de lui.

VENERANDE.

Mais peut-être vous a-t-il trompé, peut-être....

LAURE.

Léon hésite-t-il pour commettre un crime?

VENERANDE.

Ferrant?

FERRANT.

Que voulez-vous?

VENERANDE.

Je t'ai connu bon et humain. Si ce séjour affreux ne t'a pas entièrement corrompu, tu dois une consolation, un soulagement à deux malheureuses victimes. Dis-moi, dis-moi au nom de ce que tu as de plus cher, si Louis respire encore.

FERRANT.

Point de questions!

VENERANDE.

Tu ne me connais donc plus?

FERRANT.

Oui, je vous connais, dame Vénérande; mais vous ne saurez rien.

VENERANDE.

Console au moins cette pauvre Laure, que tu as vue enfant, que tu as portée dans tes bras.

FERRANT.

Point de questions, vous dis-je.

VENERANDE.

Tu es inexorable!

FERRANT.

Ce n'est point à moi qu'il faut demander cela; ce ne sont point mes affaires. Les soldats m'ont apporté la dépouille d'un jeune homme; ils m'ont dit qu'il s'était battu comme un lion, et qu'il n'avait succombé que sous le nombre.

LAURE.

Ah! c'est lui.

FERRANT.

Au reste ne m'interrogez plus, je ne connais ici

de devoir que l'obéissance aux ordres de mon maître.

(*Il élève la voix à ces mots.*)

VENERANDE.

Mais si Louis n'était pas ce jeune homme?

FERRANT,

Tant pis pour lui, car il est pris sans doute, et sa mort ne serait pas douce.

VENERANDE.

Mais au moins......

FERRANT, durement.

Rien. Adieu! vous êtes plus tranquilles; je vais à mon poste. A propos! ne vous effrayez pas quand on relèvera la sentinelle; voici bientôt l'heure; et surtout gardez-vous de vouloir lui parler.

VENERANDE.

Je suis bien trompée, Ferrant; j'espérais en toi.

FERRANT.

Parbleu! on ne vous défend pas d'espérer; si cela n'avance de rien, cela fait passer le temps, c'est toujours quelque chose. Adieu!   (*Il sort.*)

SCÈNE VII.

LAURE, VENERANDE, LE GARDE *à son poste.*

LAURE.

O ma bonne! quels maux te cause ton amitié pour moi! c'est moi qui te réduis à cette horrible captivité; je sens ton malheur comme le mien.

VENERANDE.

Cher enfant! est-il pour moi d'autre malheur que le vôtre? je bénis le ciel de m'avoir enveloppée dans votre disgrâce. Si les tigres m'avaient chassée de cette maison, vous m'auriez vu me jeter à leurs pieds, et les supplier de me laisser partager votre infortune !

LAURE.

Ma bonne amie, ma seule amie, une chose me console.... mes maux ne peuvent durer long-temps : bientôt, tu n'auras plus rien à craindre pour moi.

VENERANDE.

Je vous entends..... écartez ces idées affreuses. Vous dites mieux que vous ne croyez dire; vos maux fini-ront, j'y compte, j'en suis sûre; eh qui voudrait croire à un Dieu de bonté, si le crime triomphait tou-jours sur la terre?

(*La lune paraît par l'ouverture de la voûte.*)

LAURE.

Ces voûtes, ces lampes sépulcrales, ces vastes tombeaux ne m'effraient plus.

VENERANDE.

Regardez cette ouverture par où l'air descend dans ce cachot : j'y vois le ciel, j'y vois l'astre de la nuit; ses rayons pénètrent jusqu'à nous; ils semblent nous dire : dans quelque abîme que tu sois plongé, tant que tes regards peuvent se tourner vers le ciel, ne te laisse point abattre par le malheur, et ne cède point au désespoir.

LAURE.

ROMANCE.

Oui, je dois encore espérer;
Mon espoir est dans la mort même;
Eh! que puis-je, hélas! désirer
Que d'aller revoir ce que j'aime?

Cher amant, qu'il eût été doux
De pouvoir expirer ensemble !
Mais demain l'on dira de nous,
Le tombeau du moins les rassemble.

Vers le ciel j'élève la voix,
O des nuits paisible courière ;
Mais c'est pour la dernière fois
Que mes yeux ont vu ta lumière.
Dans des temps de sérénité,
Tu nous vis, nous étions ensemble ;
Verse encor ta douce clarté
Sur la tombe qui nous rassemble.

Quelque jour, près du monument
Dont on doit couvrir notre cendre,
Un époux, un fidèle amant,
Viendra dire d'une voix tendre :
Votre sort est moins malheureux,
Puisqu'enfin la mort vous rassemble ;
Si vos cœurs sentaient mêmes feux,
Vos deux cœurs reposent ensemble.

SCÈNE VIII.

LES PRÉCEDENS. (*On relève la sentinelle.*)

VENERANDE.

Vous vous attendrissez, ma chère maîtresse, vous affaiblissez votre courage ; il vous en faut pour repousser ce monstre qui va revenir près de vous, comme un noir vautour qui veut dévorer une blanche colombe. Faites comme moi ; tournez vos yeux et votre esprit.... (*Elle va près de la grille comme pour regarder la lune et elle s'écrie*) : Dieu que vois-je !

LAURE.

Ma bonne !

VENERANDE, plus bas.

Mademoiselle, mademoiselle.....

LAURE.

Eh bien?

VENERANDE,

Est-ce un songe? une erreur?

LAURE.

Quoi donc? explique-toi.

VENERANDE, avec mystère.

Voyez, voyez, c'est lui........

LAURE.

Que veux-tu dire?

VENERANDE.

Là bas, ce garde, ce soldat, c'est lui!

LAURE.

Ah! je me meurs.

LOUIS vêtu en garde, derrière la grille.

Silence.

TRIO.

(*Pendant la ritournelle, Laure reprend ses sens peu à peu,
puis ils se regardent tous trois sans proférer une parole. Louis
est à son poste; Laure du côté opposé, près de la table; Vénérande au milieu, et entre eux.*)

LAURE, à part.

Doux moment! trouble extrême!
Est-ce un songe imposteur?
Non, c'est lui, c'est lui-même,
Je le sens à mon cœur.

VENERANDE, à part.

O divine puissance
Tu ne trompes jamais!
Bénissons ta clémence,
Respectons tes décrets.

LOUIS, *à part.*

Mon cœur bat, il s'agite,
Et frémit tour à tour :
Je le sens, il palpite,
Et de crainte et d'amour.

(*Vénérande, qui est au milieu, passe la parole à l'un et à l'autre, parce qu'ils n'osent parler haut.*)

LAURE.

Cher amant.

VENERANDE, *à gauche.*

Cher amant.

LOUIS.

Chère Laure, silence !

VENERANDE, *à droite.*

Chère Laure, silence !

(*Laure veut s'approcher de Louis.*)

LOUIS.

O ciel ! n'avancez pas.

VENERANDE.

O ciel ! n'avancez pas.

(*Laure se remet.*)

LOUIS.

Espérance !

VENERANDE.

Espérance !

LOUIS.

On écoute.

VENERANDE.

On écoute.

LOUIS.

Et la moindre imprudence,

VENERANDE.

Et la moindre imprudence,

LOUIS.

A pour prix le trépas.

VENERANDE.

Causerait son trépas.

LAURE.

Moi, causer son trépas !

LOUIS.

Silence !

VENERANDE.

Silence !

LOUIS.

Silence !

VENERANDE.

Ne nous trahissons pas.

LAURE ET LOUIS.

Ne nous trahissons pas.

ENSEMBLE, *à part et à voix basse.*

O doux espoir ! ô bien suprême !
Non, dans les lieux les plus affreux,
Jamais un cœur n'est malheureux
Quand il est près de ce qu'il aime.

SCÈNE IX.

LES PRÉCÉDENS, LONGINO.

LONGINO, derrière le théâtre.

A la garde ! à la garde ! à moi ! à moi !

VENERANDE.

Ciel ! quels cris.

(*Louis prend sa hallebarde
et affecte de se promener.*)

LAURE.

Nous sommes trahis.

LONGINO.

Ah! ouf! j'en reviens d'une belle.

VENERANDE, très-émue.

Eh bien! vient-on ici pour nous faire peur?

LONGINO.

Vous faire peur! on a bien commencé par moi.

VENERANDE.

Qui?

LONGINO.

Qui? un diable, un fantôme, un loup-garou, car il y en a dans ce château......

VENERANDE.

Plus que d'honnêtes gens?

LONGINO.

Ce n'est pas mentir çà.

VENERANDE.

Et ce fantôme, tu l'as vu?

LONGINO.

Et entendu.

VENERANDE.

Entendu!

LONGINO.

Parguienne! je venais ici avec assurance comme de coutume; en passant près du petit escalier de la chapelle, j'ai vu dans un coin, un homme, une bête que sais-je? je lui ai crié fièrement : qui va là? il m'a répondu d'un ton lamentable : passe ton chemin. Et moi j'ai passé mon chemin. C'est que, voyez-vous, il y a là-dessous, des trous, des creux que personne ne connaît, pas même le maître de la maison.

VENERANDE.

Et le fantôme était-il près de notre porte?

LONGINO.

Il était partout. Est-ce que cela ne voltige pas comme des papillons? on voit çà devant soi, et puis crac! on le voit derrière. Oh! je me doute de ce que c'est.

VENERANDE.

Tu t'en doutes!

LONGINO.

Pardi! c'est la dame au manteau blanc.

LAURE.

La dame, dis-tu? il y a une dame ici?

LONGINO.

Il y avait.

LAURE.

Explique-toi.

LONGINO.

Oh! je n'ose. Si le maître savait que je vous ai conté cette aventure, il viendrait à moi avec fureur, et il me dirait : pourquoi as-tu parlé? pourquoi as-tu dit que j'avais enlevé une jeune dame, que je l'avais enfermée dans un cachot, que je l'y ai laissé mourir, et que son âme revient chaque nuit pour me reprocher mes crimes! oh! je n'ai garde de vous en dire la moindre chose, ce serait fait de moi.

LAURE.

Une jeune dame morte ici! quel présage!

LONGINO.

Elle était jeune, comme vous; gentille, comme vous; bonne, comme je crois que vous l'êtes........

LAURE.

Et elle est morte?....

LONGINO.

Comme bien d'autres. C'est sûrement elle qui m'a dit : passe ton chemin.

VENERANDE.

Laissons, laissons...... que venais-tu faire ici?

LONGINO.

Je venais vous dire que monseigneur allait vous faire sa seconde visite.

LAURE.

Dieu!

LOUIS, à part.

Puisse-t-il n'en pas sortir!

LONGINO, à Louis.

Je le sais bien que tu ne peux pas sortir.

VENERANDE à Laure.

Du courage.

LONGINO.

Je ne sais ce qu'il a monseigneur; mais il a une mine à faire frémir, et il regarde les gens de manière à leur arrêter la respiration.

VENERANDE.

Le tigre!

LONGINO.

Tenez, entendez-vous! pouf! pouf! pouf! le voilà qui marche sous la grande voûte.

LAURE, à part.

Tout mon sang se glace dans mes veines.

VENERANDE.

Fermeté! fermeté!

LAURE.

Dieu! quelle horrible situation!

LONGINO.

Voilà monseigneur.

SCÈNE X.

LES PRÉCÉDENS, LÉON, SOLDATS.

LEON, aux soldats.

Conduisez cette femme dans la tour.

VENERANDE.

Moi?

LAURE.

Ma bonne?

LÉON.

Elle-même; obéissez.

VENERANDE.

Je ne me sépare pas d'elle.

LÉON.

Obéissez.   (*Les soldats saisissent Vénérande.*)

LAURE.

Au nom du ciel, ne me privez pas de ma seule consolation.

LÉON.

Vous la reverrez, madame. — Eh bien! faut-il vous le redire?

VENERANDE.

On m'arrachera plutôt la vie.......

(*On lui ferme la bouche et on l'entraîne.*)

LÉON, à Longino.

Suis-les, et que personne ne descende ici qu'au son de la cloche. (*Longino fuit.*) (*Au garde.*) Sortez, et gardez cette porte en dehors. (*Louis hésite.*) M'avez-vous entendu? (*Laure sans être vue de Léon, fait signe à Louis de ne pas résister; il sort avec contrainte.*)

SCÈNE XI.

LÉON, LAURE.

LÉON.

Nous sommes seuls, madame, écoutez-moi. L'autel est préparé; l'aumônier nous attend à la chapelle, et rien ne peut différer notre union.

LAURE.

Notre........

LÉON.

Ne m'interrompez pas, toute résistance est inutile; tout m'est soumis dans ces lieux; vous êtes à moi, puisque je l'ai résolu; ce n'est que par déférence pour vos préjugés que je descends à des formes superstitieuses et puériles. Ou vous m'accompagnerez à l'instant, ou mes gardes vont vous conduire. Quelques mots que vous prononciez, ils seront pour moi ceux de l'hymen; obéissante ou rebelle, victime ou épouse, vous m'appartenez dès ce moment.

LAURE.

Je t'appartiens? et tu oses me le dire, et le ciel m'a réduite à entendre de telles horreurs? tant qu'une goutte de sang coulera dans mes veines......

LÉON.

Vains emportemens! vous êtes à moi, époux ou maître, je vous ordonne de me suivre. L'obéissance est votre seule ressource, pour me forcer à des ménagemens dont ma patience s'est déjà lassée. Je vous le répète, on nous attend.

LAURE.

Je mourrai ici plutôt que de te suivre.

LÉON.

Je saurai bien vous en faire arracher.

LAURE.

Malheureux! oserais-tu employer la violence.

LÉON.

Tout pour vous obtenir.

LAURE.

Et moi, tout pour mourir plutôt que d'être à toi.

LÉON.

Suivez-moi.

LAURE.

Non.

LÉON.

Suivez-moi.

LAURE.

Fuis, tu me fais horreur.

LÉON.

Tremblez pour tout ce qui vous est cher; votre père viendra dans l'espoir de vous venger, il succombera, et sa mort.......

LAURE.

Il la préférera au déshonneur de sa fille.

LÉON.

Cette femme qui vous a élevée, qui vous console, vous ne la verrez plus.

LAURE.

Je la reverrai dans un lieu où je ne crains pas de te rencontrer.

LÉON.

Vous m'irritez? eh bien, n'accusez que vous des excès auxquels je vais me porter : ce n'est plus un amant, un époux que vous avez devant les yeux.

LÉON,
LAURE.

C'est un tigre que j'abhorre.

LÉON.

Vous connaîtrez sa fureur. Je vais moi-même vous traîner...........

LAURE, reculant.

Ne m'approche pas.

LÉON, allant à elle.

Le sort en est jeté.

LAURE, derrière la table.

Mon dieu, ayez pitié..........

LÉON.

Vaine prière! vous êtes à moi.

LAURE, saisit un couteau sur la table.

Il exauce mes vœux. Vois-tu ce fer tourné contre mon sein? avec ce secours du ciel, je brave ta fureur. Si tu approches, si tu fais un pas, si tu fais entrer tes bourreaux, je me perce le cœur, et j'expire à tes yeux.

LÉON.

O rage!

LAURE.

Tu hésites, monstre, tu frémis de colère; toute ta puissance échoue contre ce vil instrument!

LÉON.

Quittez ce fer, quittez-le,

LAURE.

Si tu avances, je me frappe.   (*Elle lève le bras.*)

LÉON.

Arrêtez.

UNE VOIX.

Arrêtez.

LAURE.

Ciel! quelle voix?

FINAL.

LÉON.

Qu'entends-je? quel audacieux
Ose écouter? m'ose répondre?
Quelqu'un est caché dans ces lieux.

(*Il va voir dans la chambre.*)

LAURE.

Salut à vous, ange des cieux,
Dont les accens ont su confondre
L'audace d'un monstre odieux!

LÉON *revient.*

Ah! quel qu'il soit, le téméraire,
A la mort n'échappera pas.

LAURE.

Écoute, écoute ma prière,
J'étends vers toi mes faibles bras.

ENSEMBLE.

LAURE, *à part.*	LÉON.
Ah! si c'était.... dieu tutélaire,	Je le jure, le téméraire,
Sauve mon époux du trépas.	A la mort n'échappera pas.

LÉON.

Garde! garde!

LAURE.

Je tremble.

SCÈNE XII.

LÉON, LAURE, LOUIS, *derrière la grille.*

LÉON, *à Louis.*

Avance, et viens m'apprendre
Quel est l'audacieux qui m'osait écouter,
Et dont la voix s'est fait entendre:
Est-ce toi? parle.

LOUIS.

Non.

LÉON.

Je n'en puis plus douter ;
C'est lui.

LOUIS.

Non.

LAURE.

Je frémis.

LÉON.

C'est toi, tu dois t'attendre
Au plus cruel trépas,
Tu mourras.

LA VOIX.

Tu mourras.

ENSEMBLE.

LAURE.	LÉON.	CHŒUR.
Ciel! quel prodige! quel mystère! Un Dieu prend part à mon malheur.	Ah! rien n'égale ma colère, Et tout l'enfer est dans mon cœur.	Ah! que ne puis–je en ma colère, A ce tyran percer le cœur.

LÉON, *à Laure.*

Vous savez quel est ce perfide :
Par votre étonnement vous voulez me tromper.

LAURE.

Tromper?

LÉON.

Mais quel que soit le motif qui le guide,
Le traître à ma fureur ne saurait échapper.

(*Il ouvre la porte du fond.*)

LAURE.

Ah! cher Louis !

LOUIS.

Ma chère Laure !

LAURE.

Par quel prodige ?

LOUIS.

Je l'ignore.

LÉON *sonne la cloche.*

Vous, soldats, servez mon courroux;
Venez, venez, accourez tous.

LOUIS.

Ah! Laure, qu'il me serait doux
De combattre et mourir pour vous!

LAURE.

Mon cher Louis, contraignons-nous,
Le tyran a les yeux sur vous.

SCÈNE XIII.

LES PRÉCÉDENS, LONGINO, SOLDATS, GARDES,
VALETS.

*(Les soldats et les valets arrivent par le fond, des
gardes par le côté de la grille, et l'ouvrent.)*

LÉON.

Vous, soldats, conduisez cette femme rebelle
Au plus haut de la tour, et qu'on veille sur elle.

(Les soldats emmènent Laure.)

Un traître s'est caché dans ces lieux, et deux fois
Il a pour me braver fait entendre sa voix.
Prouvez-moi votre zèle et votre obéissance,
Cherchez partout, et servez ma vengeance.

LA VOIX.

Vengeance.

LÉON.

Vous l'entendez!

CHŒUR.

Dieu quelle voix!

LÉON.

Cherchez; qu'il ait parlé pour la dernière fois !
(*Les uns cherchent et les autres restent consternés.*)

CHŒUR.

Dieu! quel prodige! quel mystère !
Est-ce un prestige? est-ce une erreur ?
Le ciel veut-il dans sa colère ,
Nous annoncer un grand malheur !

LÉON ET LOUIS.

Ah ! que ne puis-je en ma colère ,

A ce $\begin{smallmatrix} \text{traître} \\ \text{tyran} \end{smallmatrix}$ percer le cœur !

LÉON.

Eh bien, l'a-t-on saisi?

DEUX GARDES.

Nous ne trouvons personne.

LÉON.

Qu'on le trouve , je vous l'ordonne.
Cherchez, encor cherchez ; je veux dans mon transport
Qu'on le traîne à la mort.

LA VOIX.

A la mort.

ENSEMBLE.

Dieu! quel prodige! quel mystère ! Est-ce un prestige? est-ce une erreur ?	Dieu! quel prodige! quel mystère ! Il nous présage un grand malheur.

LÉON, *à part.*

Ah ! malgré moi mon cœur se serre ,
Est-ce remords ? est-ce terreur ?

CHŒUR.

Léon frémit, est-ce colère ?
Est-ce remords? est-ce fureur ?

LÉON.

Ah ! je le sens, c'est de colère ,
Et tout l'enfer est dans mon cœur.

LOUIS, *à part.*

A ce monstre, dans ma colère,
Que ne puis-je arracher le cœur !

TOUS.

Du ciel redoutons la colère,
Fuyons ces lieux, ces lieux d'horreur!

(*Léon sort avec trouble, les valets fuient après lui par le fond. Louis et les gardes rentrent par la grille.*)

ACTE III.

SCÈNE PREMIÈRE.

LOUIS, LONGINO, GARDES, VALETS.

LONGINO.

Eh bien! allez-vous encore chercher celui qui se moque de vous?

UN VALET.

C'est bien ce qu'on nous ordonne de faire.

LONGINO.

On peut bien vous ordonner de chercher; mais de trouver........

LE VALET.

Le maître nous a fait descendre ici, et il a juré que nous ne remonterions que quand nous l'aurions trouvé.

LONGINO.

Trouvé! qui?

LE VALET.

Celui qui a parlé.

LONGINO.

Celui, ou celle.

LE VALET.

Comment, celle? serait-ce une femme?

LONGINO.

Dame! moi, je ne sais pas si un farfadet est mâle ou femelle.

LE VALET.

Tu crois au revenant?

LONGINO.

Il faut bien y croire quand on l'a vu.

LE VALET.

Tu l'as vu?

LONGINO.

Et entendu.

LE VALET.

Celui qui a parlé?

LONGINO.

Peut-être bien que c'est le même.

LE VALET.

Et c'est le revenant qui a dit : vengeance ! tu mourras!

LONGINO.

Puisqu'il m'a dit : passe ton chemin, il peut bien dire : tu mourras.

LE VALET.

Il t'a dit : passe ton chemin?

LONGINO.

Et je ne me le suis pas fait dire deux fois.

LE VALET.

Il y a ici quelque chose d'extraordinaire. Le maître...
(*Tout le reste de cette scène d'un ton mystérieux.*)

LONGINO.

Qu'est-ce que tu dis du maître?

LE VALET.

Il fera tant que le ciel..........

(*Louis avance pour écouter.*)

LONGINO.

Psit !

LE VALET.

Pourquoi psit ! nous savons bien tous ce qu'on pense de lui; on ne l'aime pas trop, et si on n'avait pas peur....

LONGINO, montrant Louis.

Psit! défiez-vous de cet homme-là.

LE VALET.

Quoi! ce garde ?

LONGINO.

Puisqu'on l'a choisi pour le mettre ici, c'est qu'il n'est pas des nôtres.

LE VALET.

Mais c'est vrai : je n'ai pas encore vu cette figure-là.

LOUIS.

Mes amis, qu'avez-vous à me regarder? qu'y a-t-il de nouveau?

LONGINO.

Promenez-vous, camarade, promenez-vous, ce n'est rien.

LOUIS.

Ne vous défiez point de moi, je n'ai aucun mauvais dessein.

LE VALET.

Nous disions qu'il n'y a pas long-temps que vous êtes ici.

LOUIS.

Cela est vrai.

LONGINO.

Vous avez été pris dans quelque escarmouche, n'est-ce pas?

LOUIS.

Non. Je suis sans fortune, et je me suis offert pour servir volontairement.

LONGINO, bas aux valets.

Servir Léon; je vous disais bien.

LE VALET.

Et vous aimez notre bon maître?

LOUIS.

Oh! je l'aime!...... vous ne pouvez l'imaginer...

LONGINO.

C'est cela, c'est cela.

LE VALET.

Et vous vous battriez.......

LOUIS.

Avec lui de grand cœur.

LE VALET.

Comment diable, avec lui?

LOUIS.

Je veux dire près de lui, à ses côtés, tout près, tout près.

LE VALET.

Ah! j'entends.

LONGINO.

Il ne sait ce qu'il dit. Mais paix, voilà Ferrant!

SCÈNE II.

LES PRÉCÉDENS, FERRANT.

(Il tient un panier et entre avec deux valets qui portent un coffre.)

FERRANT, aux deux valets.

Mettez ce coffre en dedans de la grille; là : c'est bien.

LONGINO.

Un coffre? qu'est-ce qu'il y a donc dans ce coffre?

FERRANT.

Si tu fais mine d'y regarder, je t'étends mort sur la place.

LONGINO, lui frappant sur l'épaule.

J'aime ce Ferrant; il a toujours quelque chose de drôle à dire.

FERRANT.

Eh bien! qu'y a-t-il donc ici? vous avez tous l'air consterné.

LE VALET.

On l'aurait à moins.

FERRANT.

Est-ce encore cette voix, ce revenant? poltrons!

LONGINO.

Tu sais donc ce qui s'est passé?

FERRANT.

Parguienne! il n'est bruit que de cela dans le château; et j'en ai bien ri.

LONGINO.

Tiens, Ferrant, tu en sais plus que moi, et pourtant tu ne peux pas nier que si le ciel veut qu'une chose soit, il en est bien le maître.

FERRANT.

Sans doute, car il a voulu te faire imbécille.

LONGINO.

Et il y a réussi, n'est-ce pas?

LE VALET.

Il réussira dans d'autres choses.

FERRANT.

Paix!

LE VALET.

Quand tu diras paix! nous n'en penserons pas moins.

FERRANT.

Si je savais qu'aucun de vous.......

LE VALET.

Eh bien, que ferais-tu? tu ne nous forceras pas à dire que ce qui est noir est blanc. Il y en a ici plus d'un qui enrage, et j'ai entendu dire......

FERRANT.

Qu'est-ce que tu as entendu?

LE VALET.

Rien.

FERRANT.

Je veux le savoir.

LE VALET.

Tu le sauras un jour.

LONGINO, au valet, le tirant par l'habit.

C'est fait de toi!

FERRANT, saisissant le valet.

Je veux le savoir.

LE VALET.

Je suis muet.

FERRANT, avec colère.

Et c'est ce que tu peux faire de mieux. Va! je te reconnaîtrai dans l'occasion.

LE VALET.

Moi.

FERRANT.

Toi. Je voudrais bien vous entendre murmurer.... lâches que vous êtes, le moindre bruit vous fait peur.... attendez; je vais vous donner du courage; il y en a dans ce panier.

LONGINO.

Qu'est-ce qu'il y a dans ce panier?

FERRANT.

Il y a du vin.

LONGINO.

Tu as raison; on dit que cela chasse les farfadets.

FERRANT, versant à boire.

Si j'avais voulu croire toutes les sottises qu'on disait de ce château, le concierge qui y était avant moi m'en a bien conté d'autres.

LONGINO.

Dis-nous donc cela. J'aime les histoires de revenans, cela fait peur, et cela fait plaisir.

FERRANT.

Le pauvre homme croyait comme vous que c'était des avertissemens du ciel! il ne rêvait qu'esprits et fantômes. C'était un bon homme que le concierge du château.

LONGINO.

On a changé beaucoup de choses depuis qu'il n'y est plus.

FERRANT.

Il disait donc.

COUPLETS.

On dit que le diable est céans,
Et qu'il n'exerce sa puissance
Que pour tourmenter l'innocence
Et pour y servir les méchans.
'Mais patience !
N'en jugez pas sur l'apparence ;
Ici tout est illusion :
La bonne ou mauvaise action
A tôt ou tard sa récompense.

. **CHŒUR.**

N'en jugeons pas, etc....

(*Ils boivent.*)

LONGINO.

Il est bon !

FERRANT.

Est-ce du couplet que tu parles ?

LONGINO.

Non, c'est du vin.

FERRANT.

Tu vois que le concierge était aussi bête que toi.

LONGINO.

Encore un couplet, et j'aurai de l'esprit.

FERRANT.

Quand j'entends des gémissemens,
Des cris plaintifs et lamentables,
On me dit que ce sont des diables,
Des fantômes, des revenans....
Mais patience !

' **CHŒUR.**

N'en jugeons pas, etc....

LE VALET.

Il n'était pas si bête le concierge.

FERRANT.

Taisez-vous, et buvez.

LONGINO.

A chaque refrain, je sens que je deviens un homme.
A mesure que le vin entre, la peur s'en va, c'est
tout simple.

FERRANT.

Le maître de cette maison,

(*Il parlait de l'ancien maître.*)

Le maître de cette maison
Est méchant, cruel, sanguinaire ;
En tout cependant il prospère,
Car il a pour lui le démon.
Mais patience !

(*Il s'interrompt et s'adresse à Louis.*)

Camarade, seriez-vous d'humeur à boire un coup
avec nous ?

LOUIS, sort de la grille.

Ah ! de bon cœur, et surtout à chanter votre refrain.

LONGINO.

Le camarade chante donc aussi ? voyons s'il a du
creux.

LOUIS boit et chante,

Moi je m'en fie à l'apparence,
Ce n'est point une illusion :
La bonne ou mauvaise action
A tôt ou tard sa récompense.

TOUS.

La bonne ou mauvaise action
A tôt ou tard sa récompense.

LONGINO , à Louis en lui versant à boire.

Cela mérite un coup de plus. Et toi, Férrant, que dis-tu de tout cela ?

FERRANT.

Pour moi sans craindre les esprits,
Je bois, c'est un parti fort sage ;
Je sers bien, je fais mon ouvrage,
Quoi qu'on m'ordonne , j'obéis....

(*Il s'arrête ; l'orchestre achève le refrain.*)

LONGINO.

Va donc.

FERRANT.

Paix ! j'entends du bruit.

LONGINO.

Tu t'arrêtes au plus beau de la chanson.

SCENE III.

LES PRÉCÉDENS , UN GARDE.

LE GARDE.

Mes amis, préparez-vous à remonter ; le maître vous attend pour armer tout son monde.

FERRANT.

Nous armer ?

LE GARDE.

Les ennemis ont attaqué le poste de la caverne ; ils l'ont forcé ; le seigneur Romualde est à leur tête.

LOUIS.

Romualde !

LE GARDE.

On craint qu'il ne profite de la nuit pour nous surprendre ; Léon arme tous ses gens, et il m'envoie pour vous rassembler.

LOUIS.

Oui, armons-nous.

LONGINO, saisissant une bouteille.

Voilà mes armes!

LE GARDE, à Louis.

C'est vous qui avez gardé ces femmes?

LOUIS.

Oui, pourquoi?

LE GARDE.

En ce cas, restez ici.

LOUIS.

Moi?

LE GARDE.

Le maître l'a ordonné. Il a pensé que les dames seraient plus en sûreté dans le souterrain, il va les y
faire reconduire; ainsi vous resterez à votre poste.
Allons! hâtons-nous.

FERRANT.

Un moment. Il y a encore du vin, et cela ne fait
pas de mal un jour de bataille. Si les ennemis prennent le château, je veux, morbleu! qu'ils trouvent
toutes les bouteilles vides.

LONGINO.

J'en réponds.

FERRANT.

AIR.

Buvons, amis, buvons ce vin :
Au lâche il donne du courage,
Et le brave en a davantage
Échauffé par ce jus divin.

CHŒUR.

Buvons, amis, etc....

LONGINO, tenant une bouteille.

Ils courent au combat, j'emporte le butin.

(*Longino emporte la bouteille, et va dans la chambre en se courbant derrière la table pour ne pas être vu ; les autres sortent par le fond.*)

SCÈNE IV.

LOUIS, seul.

AIR.

O douleur ! ô peine mortelle !
Je ne puis combattre pour elle,
Et le sort enchaîne mon bras :
Juste ciel ! prends soin de ma gloire ;
Laisse-moi chercher la victoire
Ou le plus glorieux trépas.

Mais bientôt elle va descendre,
Dans ces lieux elle va se rendre,
Elle y va soulager mon cœur ;
Nous serons ensemble, ma Laure,
Dans nos yeux nous lirons encore
Notre espoir ou notre douleur.
Mais hélas ! ô peine mortelle !
Je ne puis, etc....

J'entends du bruit..... on vient..... c'est elle peut-être.

SCÈNE V.

LAURE, VENERANDE, FERRANT, LOUIS,
derrière la grille.

FERRANT, à Louis.

Soldat, à votre poste.

LAURE, entrant.

C'est lui !

VENERANDE.

Contraignez-vous.

FERRANT.

Ici, vous n'entendrez pas le tapage, et vous ne courrez aucun risque.

LONGINO, sortant de la chambre.

Dis donc, Ferrant, qu'est-ce qu'on fait là-haut?

FERRANT.

(Il ferme la grille.)

On se bat, tais-toi.

LONGINO.

Qui est-ce qui est le plus fort?

FERRANT.

Vas-y voir.

LONGINO.

Non pas, que je sache.

FERRANT.

Mesdames, je vous répète la consigne. Il vous est défendu de dire un mot à ce soldat, et s'il osait vous parler ou vous répondre, il ne lui en arriverait pas moins que d'être.........

LONGINO.

J'entends.

VENERANDE.

Nous savons ce que nous devons attendre de vous.

FERRANT, brusquement.

Vous ne savez pas tout, dame Vénérande. Adieu. Toi, suis-moi.

LONGINO.

A la bataille?

FERRANT.

Prends ce panier, ces bouteilles, et suis-moi.

LONGINO.

Pour les remplir?

FERRANT, durement

Marcheras-tu?

LONGINO.

A la bonne heure! quand on parle poliment, je fais ce qu'on veut.

(*Il prend le panier et les bouteilles,
et sort avec Ferrant.*)

SCÈNE VI.

LAURE, VENERANDE, LOUIS, *derrière la grille.*

LAURE.

Ma bonne, si j'osais approcher de lui?

VENERANDE.

Gardez-vous en bien; nous sommes entourées de piéges, d'espions.

LAURE.

Je voudrais cependant bien lui parler.

(*Elle fait un pas.*)

VENERANDE.

Il y va de sa vie.

LAURE.

Je reste. Hélas! j'ignore encore comment il a échappé au trépas. Son habit, le poste où il est, le choix qu'on a fait de lui pour me garder, tout cela est un mystère que je ne puis pénétrer.

VENERANDE.

On a vu bien d'autres miracles, mademoiselle.

LAURE.

Et mon père, à quels dangers il s'expose!

LOUIS, à part.

Que ne suis-je à sa place!

VENERANDE, avec emphase.

Le dieu des batailles tient en ce moment la terrible balance; l'ange exterminateur plane sur cette funeste maison. Le méchant sera-t-il puni? les bons ont-ils encore à souffrir? c'est ce que Dieu pèsera dans sa justice.

LAURE.

Dieu! si mon père allait succomber!

VENERANDE.

De la foi, mademoiselle, de la foi! la foi transporte les montagnes. Un tyran ne peut pas toujours être heureux. L'hirondelle qui mange le moucheron sera dévorée par la pie-grièche; la pie-grièche sera plumée par le milan, et le milan mourra dans les serres du vautour.

LAURE.

Que dis-tu donc, ma bonne! tu as l'esprit égaré.

VENERANDE.

Que ceux qui ont des oreilles entendent.

(*On entend des cris confus dans le lointain.*)

LOUIS, à part.

Quels cris! seraient-ce nos amis?...

LAURE.

Je tremble.

VENERANDE.

J'espère.   (*Un papier tombe de la voûte.*)

LAURE.

Que vois-je? un papier!

VENERANDE.

D'où peut-il venir?

LAURE.

Serait-ce une main secourable?

LOUIS, à demi-voix.

Lisez, lisez.

VÉNÉRANDE ramasse le billet et le donne à Laure.

La foi peut beaucoup. Lisez.

LAURE lit.

« Courage! espérance! à trois heures de la nuit, vos
» maux finiront..... A trois heures!.... Point d'impru-
» dence, point de désespoir! attendez : qu'aucune
» fâcheuse nouvelle ne vous abatte. A trois heures!....
» Brûlez ce billet, et qu'il n'en reste aucune trace. »

VENERANDE.

Dieu soit loué, il nous entend.

LAURE.

Ma bonne, tu crois que c'est encore un avis du
ciel?

VENERANDE.

La voix qui vous a secourue, la main qui vous écrit,
tout cela.... mais il dit de brûler ce billet, obéissons.

LAURE.

Prends cette lampe, va le brûler derrière le pillier;
que la cendre même n'en soit pas vue.

VENERANDE,
tenant la lampe et le papiér, va près de la porte du fond.

Qu'il soit consumé. Dieu! que vois-je?

SCÈNE VII.

LES PRÉCÉDENS, LÉON, *qui entre brusquement.*

LÉON.

Un papier! donnez.

(*Vénérande recule effrayée.*)

LAURE.

C'était un piége!

LOUIS, à part.

O rage!

LÉON.

Donnez, ou tremblez.   (*Il arrache le billet.*)

LAURE.

Malheureuse!

VENERANDE.

Dieu, tu le veux.

LÉON, après avoir lu.

« À trois heures vos maux finiront..... » (*Il sourit amèrement.*) Si cet avis pouvait vous être utile, vous paieriez cher la douceur de l'avoir reçu; mais il ne vous est d'aucun secours, et il ne changera rien à ma résolution. Je connais la main d'où part ce billet.

VENERANDE.

C'est donc l'enfer qui nous l'envoie.

LÉON.

Votre père a osé m'attaquer; paraître, le combattre, le vaincre n'ont été pour moi que l'affaire d'un moment. Quelqu'un des siens est sans doute parvenu à s'introduire dans mon château; peut-être a-t-il corrompu un domestique infidèle; c'est de lui que vous tenez cet avis inutile. Jugez maintenant s'il peut accomplir la promesse qu'il vous fait; ce vieillard est dans mes fers.

LOUIS, à part.

Ah! dieux!

LAURE.

Plus d'espoir!

LÉON.

Vous le dites, plus d'espoir. Je vais le faire conduire devant vous; qu'il vous ordonne de vous unir à moi, à ce prix je veux bien oublier le mal qu'il a voulu me faire. S'il refuse, pleurez sa mort; si vous refusez, vous prononcez son arrêt.

LOUIS, à part.

Et je ne puis franchir cet obstacle!

LAURE se jette dans les bras de Vénérande.

Ma bonne!

LÉON, avec ironie.

La nuit s'avance. L'heure à laquelle on vous promet le bonheur ne tardera pas à sonner..... on l'a choisie pour l'accomplissement de vos désirs; je respecte l'intention de votre bienfaiteur, c'est à ce moment aussi que je fixe l'accomplissement de mes projets.

SCÈNE VIII.

LES PRÉCÉDENS, UN GARDE.

LE GARDE.

Seigneur, on amène le prisonnier.

LÉON.

Faites sortir ce soldat.

LE GARDE, à Louis.

Sortez, camarade.

LOUIS.

Oui, je sors... Ah! je meurs...

SCÈNE IX.

LES PRÉCÉDENS, ROMUALDE *enchaîné, conduit par des soldats.*

ROMUALDE.

Ma fille !

LAURE.

Malheureux père !

VENERANDE.

Mon digne maître !

LÉON, aux soldats.

Laissez-nous. (*Ils sortent.*)

SCÈNE X.

LAURE, VENERANDE, ROMUALDE, LÉON.

LÉON.

(*Il pose sur la table les pistolets qu'il avait à la main.*)

Vieillard, sens-tu enfin que tu n'as rien à espérer de la fortune? ta honte est-elle au comble? Sois sincère, quel est le sentiment qui règne à présent dans ton cœur ?

ROMUALDE.

Le mépris. .

LÉON.

Tu mens. Un homme d'esprit ne méprise point un ennemi puissant. Tu peux bien mépriser la mort....

ROMUALDE.

Et l'assassin.

LÉON.

Eh bien ! ose continuer sur ce ton. Voilà ta fille ; elle est ma captive, mon esclave, ma proie : si dans l'instant tu ne lui ordonnes pas de me regarder comme son époux, dis-lui un éternel adieu.

ROMUALDE.

Adieu, ma fille !

VENERANDE.

Brave homme ! brave homme !

LÉON.

Eh bien ! vous périrez tous trois.

VÉNERANDE.

Tant mieux ! les bons sont martyrs dans cette vie ;
les méchans le seront dans l'autre.

LÉON.

Mes soldats attendent mon ordre; si je sors, tout
est fini pour vous.

ROMUALDE.

Ma fille, m'aimes-tu?

LAURE.

Ah! dieux !

ROMUALDE.

Ferais-tu pour ma gloire, ce que je ferais pour ton
bonheur?

LAURE.

Tout.

ROMUALDE.

Prononce donc.

LAURE regarde son père.

Mourons.

ROMUALDE.

Embrasse ton père, pour la dernière fois.

VENERANDE.

Mon dieu, regarde-les.

LÉON.

Si je sors, te dis-je, vous périssez tous trois. (*Trois
heures sonnent.*) Entends-tu l'heure de la mort?...

ROMUALDE.

Sors donc.

LÉON.

Adieu !

(*Romualde, Laure et Vénérande tombent à genoux.*)

SCÈNE XI.

LES PRÉCÉDENS, **FERRANT**, *tenant une corde.*

LÉON.

Que me veux-tu ? que viens-tu faire ici ?

FERRANT.

Seigneur, vous allez le savoir. Grande nouvelle !

LÉON.

Je ne t'ai point appelé ! pourquoi ouvrir cette grille ?

FERRANT.

Nous allons faire une capture.

LÉON.

Que veux-tu dire ?

FERRANT.

Il y a ici quelqu'un qui se croit bien en sûreté et qui se trompe étrangement.

LÉON.

De qui parles-tu ?

FERRANT.

De l'amant de cette jeune dame.

LÉON.

Comment, Louis !

LAURE, ROMUALDE ET VENERANDE.

Ciel !

FERRANT.

Il n'est point mort, il s'est introduit dans le château.

LÉON.

Qu'on le saisisse.

FERRANT.

Je sais où il est caché. Vos gardes vont le conduire devant vous.

LÉON.

Sur-le-champ.

FERRANT.

Vous allez être obéi.

LAURE.

Louis va périr avec nous.

VENERANDE.

Il en est digne.

FERRANT, frappe dans sa main, et crie.

Garde!

SCÈNE XII.

LES PRÉCÉDENS, LOUIS.

(*Louis court au coffre, il l'ouvre, et en tire une arquebuse.*)

LÉON.

Où est-il?

FERRANT.

Nous l'aurons bientôt.

LOUIS couche Léon en joue.

Si tu bouges, tu es mort.

LÉON.

Dieu! à moi, Ferrant!

FERRANT, qui s'est saisi des pistolets.

Si tu bouges, tu es mort.

LÉON.

Traîtres!

ROMUALDE, LAURE, VENERANDE.

Ciel!

FERRANT ET LOUIS, saisissant Léon.

Nous le tenons.

LÉON.

O rage !

FERRANT crie.

Longino! Longino!

LONGINO, derrière la porte qui s'ouvre.

Me voilà.

SCÈNE XIII.

LES PRÉCÉDENS, LONGINO, LE VALET, *qui entre.*

FERRANT, à Longino.

Sonne la cloche. (*Longino sonne. Au valet.*) Viens
ici; prends cette corde, lie lui les mains, ne crains
rien, serre, serre tant que tu pourras.

LE VALET.

S'il échappe, que le diable m'emporte.

SCÈNE XIV.

LES PRÉCÉDENS, TOUS LES GENS DE LÉON.

FERRANT.

Accourez, mes amis, le tigre est muselé, nos vœux
sont remplis. (*On ôte les fers à Romualde.*)

CHŒUR ET MORCEAU D'ENSEMBLE.

Frémis tyran, frémis de rage,
L'heure a sonné pour ton trépas ;
Reçois outrage pour outrage,
La voix l'a dit, oui, tu mourras.

FERRANT.

Ah ! si jamais de la justice
Ce tyran n'a connu les droits,
Qu'il les connaisse, son supplice
Sera prononcé par les lois.

ROMUALDE, LAURE ET VENERANDE.

O divine providence !

FERRANT ET LOUIS.

Qu'on l'éloigne de nos yeux.

LOUIS.

Sors tyran, de ma présence,
Et ne souille plus les lieux,
Où gémissait l'innocence.

(*Des gardes entraînent Léon.*)

CHŒUR.

Frémis tyran, frémis de rage,
L'heure a sonné pour ton trépas :
Reçois outrage pour outrage,
La loi prononce, tu mourras.

SCÈNE XV ET DERNIÈRE.

TOUS, *excepté Léon et ceux qui le gardent.*

FERRANT.

Ne craignez pas qu'il échappe, j'ai pourvu à tout.
O seigneur Romualde, mon respectable maître, que
ce jour est beau pour moi !

ROMUALDE.

Viens dans mes bras, sur mon cœur, tu as sauvé
ma fille.   (*Ils embrassent Ferrant.*)

VENERANDE.

Voilà le Ferrant que j'aimais !

FERRANT.

Apprenez donc à ne plus juger des hommes sur
l'apparence, et observez leurs actions plutôt que leurs
paroles. Enfermé depuis long-temps dans cette hor-

rible maison, je songeais aux moyens de punir le monstre qui l'habitait. Plus je conspirais contre lui, plus je devais redoubler de zèle et d'obéissance. Je sus bientôt qu'il était détesté; je m'unis à ceux qui pouvaient me seconder dans mes projets. J'appris que cette chère Laure venait d'être enlevée avec son époux, je résolus de tout faire pour les sauver. C'est moi qui fis donner à ce brave jeune homme un habit de garde pour tromper les yeux du tyran; c'est moi qui, caché dans le creux de ce pillier, ai fait entendre ma voix, ma voix qui vous a sauvé l'honneur et la vie; c'est moi qui, du haut de la voûte, fis tomber le billet qui devait vous rendre l'espérance; c'est moi qui cachai une arquebuse dans ce coffre, et qui concertai avec ce brave jeune homme la manière de s'en servir. O ma chère maîtresse, si j'apportai devant vous la dépouille de votre amant, pardonnez-le-moi, il fallait que votre douleur fût véritable, il fallait tromper votre bourreau, et plus vous avez fait éclater de désespoir, plus vous avez favorisé mon dessein. (*Aux valets.*) Pour vous, qui étiez timides et incapables de rien entreprendre, je vous ai toujours imposé silence, vos murmures ne menaient à rien, et ils pouvaient faire manquer mon projet. Maintenant qu'il a réussi, rappelez-vous le refrain de la chanson:

> Ne jugeons pas sur l'apparence,
> Ici tout est illusion;
> La bonne ou mauvaise action
> A tôt ou tard sa récompense.

ROMUALDE.

Mes amis, retournons dans ma maison de Fondi, elle est plus digne de vous que ce château souillé de crimes; honnête Ferrant, vous y viendrez, non comme concierge, mais comme ami.

LONGINO, à Ferrant.

Comment, c'est toi qui a fait tout cela?

FERRANT.

Oui, et qui t'ai dit : passe ton chemin.

LAURE.

Ma bonne, tu es bien tranquille; est-ce que tu ne prends pas part à notre joie?

VENERANDE.

Est-ce que cela pouvait manquer, mademoiselle?

ROMUALDE, à Louis et Laure.

Mes chers enfans, ne nous occupons plus de Léon, la justice seule doit décider de son sort. Allons à Fondi, nous y célébrerons votre bonheur, qui, j'espère, ne sera plus interrompu.

LOUIS.

O ma Laure!

LAURE.

Cher époux! (*Ils embrassent Romualde.*)

ROMUALDE.

Et nous récompenserons ces bonnes gens à qui je dois, je ne dis pas ma vie, mais la tienne et ton bonheur.

CHŒUR FINAL.

N'en jugeons pas sur l'apparence,
Ici tout est illusion ;
La bonne ou mauvaise action
A tôt ou tard sa récompense.

FIN DU TROISIÈME ET DERNIER ACTE.

LE TRÉSOR SUPPOSÉ,

ou

LE DANGER D'ÉCOUTER AUX PORTES,

COMÉDIE EN UN ACTE ET EN PROSE,

MÊLÉE DE MUSIQUE,

REPRÉSENTÉE SUR LE THÉATRE DE L'OPÉRA-COMIQUE, EN 1803.

PERSONNAGES.

———

GÉRONTE, tuteur et oncle de Lucile.

LUCILE.

DORVAL, amant de Lucile.

LISETTE, suivante.

CRISPIN, valet de Dorval.

La Scène se passe à la campagne, dans la maison de GÉRONTE.

AVERTISSEMENT.

MALGRÉ son succès, cet ouvrage disparut du répertoire par suite du caprice d'un acteur. Gavaudan,
chargé du personnage de Crispin, avait déployé dans
ce rôle tant de verve et de gaieté qu'il réunit tous les
suffrages; mais, loin d'être flatté de cet assentiment
unanime, il craignit que son triomphe dans l'emploi
des valets ne nuisît à la renommée qu'il s'était ac-
quise en représentant les tyrans, et qui lui avait fait
décerner le glorieux surnom du TALMA de l'Opéra-
Comique; les bottines et le manteau court furent donc
bientôt remplacés par toute la ferraille du mélodrame,
et le *Trésor supposé* devint l'objet d'un ajournement
indéfini.

À l'époque où M. Delestre-Poirson obtint le privilége du Gymnase, il s'empressa de demander à
M. Hoffman l'autorisation de représenter son *Trésor supposé*. L'auteur ne fit aucune difficulté de retirer sa pièce de l'Opéra-Comique où elle n'était plus
jouée depuis long-temps. Elle obtint, au théâtre du
boulevard Bonne-Nouvelle, un succès agréable. On
sait que l'un des articles du privilége accordé à
M. Poirson, portait l'obligation de jouer l'opéra-
comique. Le ministre avait voulu, par cette clause,
faciliter à nos jeunes compositeurs les moyens de
s'ouvrir une carrière presque fermée pour eux au
grand Opéra, et même à Feydeau. Cette mesure était
sage, utile, et devait contribuer aux progrès de la
musique française. On ne l'exécuta qu'en partie,

et le vaudeville ne tarda pas à régner seul sur une scène où le talent et l'esprit ont fini par donner à M. Scribe des droits légitimes au monopole du répertoire.

Avant cette petite révolution lyrique, une circonstance inattendue faillit attirer sur le *Trésor supposé* la colère ministérielle. Le lendemain où M. de Serre, alors garde-des-sceaux, avait fait retentir les échos de la Chambre élective du terrible mot JAMAIS! on donnait au Gymnase une représentation de cet opéra. A la scène XII, Géronte, consulté par sa pupille sur le contenu de la lettre qu'il l'a chargée d'écrire à son amant, y blâme cette phrase : *Monsieur, comme je ne puis* JAMAIS *être à vous;* et ajoute : JAMAIS! *il ne faut* JAMAIS *dire* JAMAIS; *qui est-ce qui peut répondre de l'avenir?* A ces mots, plusieurs salves d'applaudissemens partirent de tous les côtés de la salle, et la malice du public marqua du *sceau* du ridicule le JAMAIS de Sa Grandeur. Il est probable que rapport de cette application fut fait à qui de droit; mais l'autorité ne jugea pas nécessaire d'opposer son veto aux représentations du *Trésor* qui se succédèrent à des intervalles assez rapprochés jusqu'au moment où, devenu théâtre de MADAME, le Gymnase cessa entièrement de jouer l'opéra-comique.

Il y a dans cet ouvrage plusieurs jolies scènes et beaucoup de mots piquans. Bien que la partition ne soit pas au nombre des chefs-d'œuvre de Méhul, quelques morceaux y rappellent le talent de ce grand compositeur.

LE TRÉSOR SUPPOSÉ,

OU

LE DANGER D'ÉCOUTER AUX PORTES,

COMÉDIE.

Le théâtre représente un salon. Sur le devant, deux portes de cabinet ; au fond, à la gauche du spectateur, une porte d'entrée commune à tout le monde ; au fond, à droite, une autre porte donnant sur le petit escalier, porte dont Géronte seul a la clef : près du cabinet, à droite, une table avec un tapis.

SCÈNE PREMIÈRE.

LISETTE, DORVAL, CRISPIN.

LISETTE.

Quoi ! déjà ? de si bonne heure ?

CRISPIN.

Si vous aviez autant d'amour que nous, charmante Lisette, vous auriez les yeux ouverts de bon matin.

LISETTE.

Mais M. Géronte est sorti ; nous sommes seules.

DORVAL.

C'est pour cela que je viens.

LISETTE.

On nous a défendu de vous recevoir.

CRISPIN.

En nous recevant sans qu'on le sache, c'est comme si vous ne nous aviez pas reçus.

LISETTE.

Ne vous y fiez pas. Quand monsieur s'éloigne de la

21.

maison, il y revient toujours plus tôt qu'on ne l'attend. Il est bien fin!

CRISPIN.

Bah! mademoiselle, nous en avons bien vu d'autres. Qu'est-ce qu'un oncle pour l'amour?

LISETTE.

Il est oncle et tuteur.

DORVAL.

Tant mieux! on n'aime plus les tuteurs. Nous aurons beau jeu.

LISETTE.

Méritez-vous bien qu'on trompe un oncle pour vous?

DORVAL.

Oui, si l'on m'aime. D'ailleurs, nous ne tromperons qu'un méchant homme, un avare.....

LISETTE.

Méchant, oui; mais avare, il ne l'est point. C'est au contraire parce qu'il aime à dépenser, qu'il cherche à se procurer de l'argent par tous les moyens possibles.

DORVAL.

A cet égard, nous ne risquons rien avec lui. Je le défie de me ruiner.

LISETTE.

Cela est déjà fait, n'est-ce pas? Autrefois vous étiez un modèle de sagesse; mais depuis que M. votre père a passé les mers, et s'est établi à Pondi... Ponti...

DORVAL.

Pondichéry.

CRISPIN.

Tout près d'ici.

LISETTE.

Avouez, monsieur Dorval, que vous vous êtes bien dérangé?

DORVAL.

Calomnie, Lisette, calomnie!

CRISPIN.

Eh! qu'a-t-il donc fait, ce cher maître? il est jeune, il a mangé de l'argent; et il a mangé de l'argent parce qu'il est jeune.

LISETTE.

Et il en a tant mangé qu'il n'en a plus.

CRISPIN.

A peu près.

DORVAL.

Cependant il me reste la maison qui touche à celle-ci. C'est une propriété qui est encore intacte, et qui fait grande envie à votre maître.

LISETTE.

C'est fort heureux pour vous; car sans cette maison, que M. Géronte espère acheter à peu près pour rien, il ne vous aurait jamais reçu dans la sienne.

DORVAL.

Maudite maison! il faudra donc te vendre. Mais quand l'amour me réduit à cette extrémité fâcheuse, apprends-moi donc au moins si Lucile me sait gré du sacrifice?

CRISPIN.

C'est-à-dire, si nous sommes aimés.

LISETTE.

Ah! vous voulez une déclaration.

CRISPIN.

Décisive.

LISETTE.

Ecoutez :

AIR.

Oui, messieurs, nous aurons pour vous
Des sentimens très-raisonnables;
Car vous serez aimés de nous
Autant que vous serez aimables.

DORVAL.

Comment peux-tu douter?...

LISETTE. (*Suite de l'air.*)

Je sais qu'un amant file doux :
Toujours constant, jamais jaloux,
Il a tous les égards pour nous,
Le cœur sincère et l'humeur franche ;
Mais aussitôt qu'il est époux,
Il sait bien prendre sa revanche.

CRISPIN.

Vous appelez cela une déclaration ?

LISETTE, (*Suite de l'air.*)

Oui, messieurs, nous n'aurons pour vous,
Que des sentimens raisonnables,
Et vous serez aimés de nous
Tant que vous saurez être aimables.

DORVAL.

Mais Lucile sait que je l'adore, que...

LISETTE. (*Suite de l'air.*)

L'amant est bien obéissant ;
Mais un époux, moins complaisant,
Sait bientôt nous faire connaître
Que du logis il est le maître.
Puisqu'ici-bas tout doit finir,
Puisqu'un jour notre charme cesse,
Si la femme doit obéir,
Laissez-la quelque temps jouir
Du plaisir d'être la maîtresse.

CRISPIN.

Mais enfin, sommes-nous aimés?

LISETTE. (*Suite de l'air.*)

Oui, messieurs, nous aurons pour vous
Des sentimens très-raisonnables,
Et vous serez aimés de nous
Autant que vous serez aimables.

CRISPIN·

Mais cela n'est pas clair.

LISETTE.

Voici mademoiselle; elle s'expliquera mieux.

SCÈNE II.

LISETTE, DORVAL, CRISPIN, LUCILE.

DORVAL.

Ah! charmante Lucile, dois-je en croire un triste pressentiment? partagez-vous la haine de votre oncle, et l'infortuné Dorval doit-il renoncer au bonheur et à l'espérance?

LUCILE.

Non, Dorval, je ne partage point les sentimens de mon oncle; je l'avouerai même, son injuste prévention ne fait que m'intéresser davantage à votre sort. Si j'étais maîtresse de ma fortune, je ferais mon bonheur de réparer les torts de votre jeunesse; pardonnez-moi ce reproche, il sera le dernier.

DORVAL.

Si je vous suis cher, je suis le plus heureux des....

CRISPIN.

Des amans ruinés.

LUCILE.

Mais que d'obstacles s'opposent à notre union!

Mon oncle n'estime que la richesse, et je ne puis encore.....

CRISPIN, vivement.

Mademoiselle, permettez; monsieur, écoutez-moi; Lisette, faites attention. Voyons d'abord où nous en sommes, je vais éclaircir le fait. Mademoiselle, votre tuteur vous défend de parler à monsieur. Monsieur, l'amour vous ordonne de parler à mademoiselle. Mademoiselle, vous êtes riche, mais vous ne pouvez encore disposer de votre main, ni de votre fortune. Monsieur, vous étiez riche, mais vous ne l'êtes plus. Mademoiselle, vous n'avez d'espérance que dans votre majorité. Monsieur, vous n'avez d'espoir que dans le retour de votre père. Mademoiselle, votre tuteur a chassé monsieur de sa maison. Monsieur, votre maison fait grande envie au tuteur. Monsieur, vous avez grand besoin de la vendre bien cher. Mademoiselle, votre tuteur a grande envie de l'avoir pour rien.

DORVAL.

Eh bien! après?

LUCILE.

Je sais tout cela.

LISETTE.

Crispin, est-ce ainsi que tu prétends que je t'aime?

CRISPIN.

Que vous êtes impatiens! il faut bien connaître la maladie, avant d'y appliquer un remède. Votre mal est connu, et le remède.....

LISETTE.

C'est?

LUCILE.

Eh bien! c'est.....

DORVAL.

Parle donc, c'est.....

CRISPIN.

C'est ce qu'il faut chercher.

DORVAL.

Cherche donc.

LISETTE.

Silence ! j'ai cru entendre.....

LUCILE.

Que dis-tu?

LISETTE.

Laissez-moi voir dans ce cabinet.

LUCILE.

Pourquoi?

LISETTE, revenant.

Il n'y est pas.

LUCILE.

Qui?

LISETTE.

Votre tuteur, mademoiselle ; il a la louable habitude de s'y cacher pour écouter ce qu'on dit, et observer ce qu'on fait. Il lui arrive souvent de rentrer par le petit escalier, et de se mettre aux aguets, sans qu'on s'en doute. Tenez, dérangez ce fauteuil, vous verrez à la cloison un petit trou que le malin vieillard y a fait pour épier tout ce qui se passe ici.

DORVAL.

Voilà ce qui s'appelle avoir l'œil à tout.

CRISPIN.

Quel coup de lumière !

DORVAL.

Qu'as-tu donc?

CRISPIN.

Je crois.... oui, c'est cela. Vous dites que le tuteur a fait ce trou pour épier!

LISETTE.

Oui, et quand le fauteuil n'est pas devant, c'est signe que l'espion est derrière.

CRISPIN.

C'est bien.... j'y suis.... non, non, je n'y suis pas.... si... oui... non... peut-être...

LUCILE.

Parle.

DORVAL.

Explique-toi.

LISETTE.

Du génie !

CRISPIN.

Il me vient.

QUATUOR.

TOUS TROIS *à Crispin.*

Cher Crispin, invente, imagine.

CRISPIN.

J'entrevois, déjà je devine.

TOUS TROIS.

Du courage ! allons ! de l'esprit !

CRISPIN.

Ce projet vraiment me sourit.

LUCILE.

Quel projet ?

LISETTE.

Dis-le nous.

DORVAL.

Achève.

CRISPIN.

Attendez un peu que j'y rêve.

DORVAL.

Qu'est-ce donc ?

LUCILE.

Hâte-toi.

LISETTE.

Finis.

CRISPIN.

Ecoutez : m'y voilà : j'y suis.
Si le tuteur rude et sauvage
S'oppose à votre mariage ,
Nous pouvons l'y forcer.

DORVAL, LUCILE ET LISETTE.

Comment ?

CRISPIN.

Bien promptement, bien décemment ,
Par un petit enlèvement.

LISETTE.

Insolent !

DORVAL.

Coquin !

LUCILE.

Quel outrage !

CRISPIN.

Calmez-vous ! un mot ! doucement !
Vous voulez un moyen plus sage ;
Il faut donc m'y prendre autrement.

ENSEMBLE.

LUCILE, LISETTE, DORVAL.	CRISPIN.
Ah! comme il me tourmente!	Ah! si l'on me tourmente,
Quel est donc ce moyen?	Il n'est plus de moyen :
Ah! qu'il m'impatiente!	Quand on s'impatiente,
Il ne trouvera rien.	On n'est plus bon à rien.

A TROIS.

Dis-nous donc enfin ce mystère.

CRISPIN.

Laissez-moi, je tiens mon affaire.

A TROIS.

Pourquoi donc en faire un secret?

CRISPIN.

N'allez pas gâter mon projet.

LUCILE.

Quel projet?

LISETTE.

Dis-le nous.

DORVAL.

Achève.

CRISPIN.

Attendez encor que j'y rêve.

LUCILE.

Qu'est-ce donc?

LISETTE.

Hâte-toi.

DORVAL.

Finis.

CRISPIN.

Écoutez: m'y voilà; j'y suis.
L'amant, le tuteur, la pupille....
Dorval, et Lisette et Lucile....
Crispin, la maison.... Un moment!
La lettre du père à l'amant....
   Et puis Lisette....
   Et la cassette....
   Et le vieux fou
   Qui, par ce trou,
   Déjà nous guette....
Il faut travailler promptement.

LUCILE.

Comment?

LISETTE.

Mais comment?

DORVAL.

Mais comment?

CRISPIN.

Fiez-vous à ma science ;
Agissez discrètement,
Et sans trop d'impatience,
Attendez l'événement.

ENSEMBLE.

LUCILE, LISETTE, DORVAL.	CRISPIN.
Ah! qu'il m'impatiente!	Que rien ne vous tourmente;
Quel est donc ce moyen?	Allez, je le tiens bien :
Ah! comme il me tourmente!	L'affaire est excellente;
Il ne trouvera rien.	Je suis sûr du moyen.

CRISPIN.

Sortons, monsieur. Allons travailler au projet.

LUCILE.

Donnez-nous quelque espérance.

LISETTE.

Un mot, au moins.

DORVAL.

Un mot !

CRISPIN.

Le voici le mot. Je compose une lettre... cela suffit.
Si je ne vous marie pas demain, dites que je suis le
plus grand maraud...

DORVAL.

Je le dis bien sans cela.

CRISPIN.

Sortons.

LUCILE.

Lisette, j'entends une voiture.

LISETTE.

O ciel! serait-ce?...

CRISPIN.

Paix ! écoutons.

GÉRONTE, *derrière le théâtre.*

Eh bien! personne ici?

LISETTE.

C'est monsieur, nous sommes perdus.

DORVAL.

Comment fuir?

CRISPIN.

Cachons-nous.

DORVAL.

Dans ce cabinet.

(*Il se cache dans le cabinet à droite.*)

CRISPIN.

Moi, sous la table. (*Il s'y cache.*)

LUCILE.

Je tremble.

LISETTE.

Du courage.

LUCILE.

Le voici.

SCÈNE III.

LES PRÉCÉDENS, GÉRONTE.

GÉRONTE.

Comment! personne là-dedans? Vous ne m'avez
pas entendu?

LISETTE.

Monsieur! nous ne vous attendions pas si tôt.

GÉRONTE.

C'est ce qu'il me semble.

LUCILE.

Mon oncle, avez-vous fait un bon voyage?

GÉRONTE.

Mauvais. J'avais beaucoup d'argent à toucher, je

n'ai reçu que cela. (*Il pose les sacs sur la table.*) Mes débiteurs se sont mis à la mode, ils ne paient plus. Mais qu'avez-vous donc? vous êtes toutes déconcertées; je vous dérange peut-être?

LUCILE.

Ah! mon oncle, pouvez-vous croire?...

(*Pendant cette scène, Crispin soulève la table sous laquelle il est, et peu à peu il la fait rouler près de la porte.*)

GERONTE.

Oh! non, je ne puis rien croire. En l'absence d'un tuteur, qui pourrait penser....

LISETTE.

Que voulez-vous dire, monsieur?

GERONTE.

Tu le demandes? Je veux dire qu'avec une gouvernante aussi raisonnable que toi, ma nièce n'a pu s'occuper que du plaisir qu'elle aurait à me revoir.

LISETTE.

Eh bien, vous avez deviné.

GERONTE.

Sans doute, on ne pense plus au beau Dorval?

LUCILE.

Si j'y pense, mon oncle, c'est que sa situation m'inquiète.

GERONTE.

Je sens bien qu'il n'est pas à son aise; mais s'il est gêné c'est lui qui l'a voulu.

LISETTE.

Est-ce que vous savez où il est?

GERONTE.

Oui, je le sais.

LISETTE.

C'est singulier.

GÉRONTE.

Qu'est-ce qu'il y a de singulier là-dedans? parbleu! il est caché.

LUCILE.

Comment, il est caché?

GERONTE.

Sans doute; quand on a des créanciers à ses trousses il faut bien se cacher pour ne pas aller en prison.

LISETTE.

Ah! j'entends.

GERONTE.

Mais, l'auriez-vous vu par hasard?

(*Pendant cette scène, Dorval fait plusieurs tentatives pour sortir du cabinet et traverser le théâtre, sans être vu.*)

LUCILE.

Je serai franche, mon oncle, je l'ai vu.

GÉRONTE.

Il a osé venir ici?

LISETTE.

Il voulait vous parler de sa maison.

GERONTE.

Il consent donc à la vendre maintenant?

LISETTE.

C'est qu'il est dans l'embarras.

GERONTE.

Eh bien! qu'il en sorte.

(*Ici Dorval se hasarde à sortir du cabinet.*)

LISETTE.

Il y tâche, monsieur; vous avez grande envie de sa maison?

GERONTE.

Oui, je veux de sa maison, mais pas de lui. Et après, qu'a-t-il fait ici ce Dorval? *(Dorval sort.)*

LUCILE, avec satifaction.

Ce qu'il a fait, mon oncle? il est sorti.

GERONTE.

Je crois bien qu'il n'avait pas envie que je le trouvasse. L'a-t-on vu sortir de chez vous?

LISETTE.

Non, monsieur, on ne l'a pas vu.

GERONTE.

C'est fort heureux. De pareilles visites vous feraient une fort mauvaise réputation.

(Ici Crispin soulève la table avec son dos et la fait marcher peu à peu près de la porte.)

LUCILE.

Autrefois, mon oncle, vous m'aviez permis de le regarder comme l'homme qui devait faire mon bonheur.

GERONTE.

Oui, autrefois. Le père était ici, le fils était forcé d'être sage; mais depuis, ce libertin a dit : Mon père est aux Indes, il me rapportera des trésors, ainsi dépensons. Et puis les bals, et puis le jeu, et puis l'argent s'en va.

(Ici Crispin, en poussant la table, fait un peu de bruit; Géronte se retourne.)

GERONTE, à Lisette.

Pourquoi dérangez-vous cette table?

LISETTE.

Moi, monsieur!

GERONTE.

Oui, vous. Qui vous a dit de la mettre là?

LISETTE.

Je voulais serrer votre argent.

GERONTE.

Et c'est pour le serrer que vous le poussez près de la porte?

LISETTE.

C'est bien innocemment.

GERONTE.

Portez ces sacs dans ce cabinet.

LISETTE.

Dans lequel?

GERONTE.

Celui-là. (*Lisette prend les sacs.*) Quelle fantaisie d'aller mettre cette table là bas?

(*Géronte prenant la table par un bout, la tire pour la remettre à sa place, de sorte que, sans être vu, Crispin se lève et sort.*)

LUCILE.

Bon! les voilà dehors.

GERONTE.

Il y a ici quelque mystère.... cette table.... cet embarras... Lisette, écoutez: je vous défends de recevoir Dorval, ou quiconque viendra de sa part. S'il se présente pour la maison, dites-lui qu'il s'adresse à moi seul. Obéissez, ou je vous chasse. Allez.

LISETTE.

Voilà ce que c'est: on se fâche parce qu'on n'a pu nous trouver en faute.

GERONTE.

Allez faire vos réflexions ailleurs.

SCÈNE IV.

GÉRONTE, LUCILE.

GÉRONTE.

Vous, Lucile, de qui j'ai droit d'attendre plus de conduite et plus d'obéissance, je vous ordonne d'écrire à Dorval : signifiez-lui de cesser toute démarche à votre égard : défendez-lui d'espérer votre main, et de se présenter jamais devant vous.

LUCILE.

Mon oncle, ces expressions sont bien dures.

GÉRONTE.

Vous ne pouvez rompre assez tôt avec lui. Je vous commande de lui écrire dans les termes les plus sévères, et même les plus durs. Je suis encore obligé de sortir : à mon retour, vous me montrerez votre lettre, et je me charge de la faire parvenir.

LUCILE.

Vous l'exigez?

GÉRONTE.

Absolument.

(*Il va fermer le cabinet où est son argent.*)

LUCILE.

J'obéirai, mon oncle.

GÉRONTE.

Je l'espère. (*A part.*) Je reviendrai, et j'observerai. (*Haut.*) Songez surtout que j'ai l'art de deviner, et que, absent ou présent, je sais tout ce qui se passe chez moi. Adieu. (*Il sort.*)

SCÈNE V.

LUCILE, seule.

Oui, j'écrirai, mais rien ne peut me détacher de celui que j'aime. Je l'aimais quand il était heureux, dois-je l'abandonner dans l'infortune? J'écrirai, mais il saura que la contrainte seule et la tyrannie ont conduit ma plume, si peu d'accord avec mon cœur.

ROMANCE.

Une femme est-elle maîtresse
D'oublier, d'aimer, ou haïr?
Notre cœur ne sait obéir
Qu'à l'objet qui seul l'intéresse.

A l'amour, à sa douce ivresse,
Vainement on croit renoncer;
Et vouloir n'y jamais penser,
N'est-ce pas y songer sans cesse?

Faible cœur cède à la tendresse:
Je ne sais si c'est mal ou bien;
Mais je sais qu'au monde il n'est rien
De plus fort que cette faiblesse.

SCÈNE VI.

LUCILE, LISETTE.

LISETTE.

Mademoiselle, je parierais que monsieur Géronte va rentrer.

LUCILE.

Pourquoi?

LISETTE.

Parce qu'il a des soupçons, et sans doute il va venir par le petit escalier, se blottir dans ce cabinet, et nous épier.

LUCILE.

Eh! bien, Lisette, sortons d'ici.

LISETTE.

Il en sera temps quand nous entendrons le bruit de la serrure.

LUCILE.

Que dis-tu des folies de Crispin?

LISETTE.

Des folies! c'est un projet charmant. Monsieur Géronte paiera la maison de Dorval six fois plus qu'elle ne vaut.

LUCILE.

Dorval est incapable de l'accepter.

LISETTE.

Sans doute, mademoiselle; aussi ne veut-il profiter de la ruse que pour forcer votre oncle à consentir à votre mariage.

LUCILE.

Mais ce mariage, dois-je le désirer? Crois-tu qu'il puisse faire mon bonheur?

LISETTE.

Voilà une réflexion bien tardive, mademoiselle; quand une fois le cœur est pris, à quoi nous sert la prudence!

AIR ET DUO.

En vain le cœur veut se défendre,
Le tendre amour sait tout dompter;
Il nous contraint à l'écouter,
Et dès qu'il parle, il faut se rendre.
On veut combattre, on veut le fuir:
Faibles efforts! vaine espérance!
Ce n'est que dans l'indifférence
Qu'il est permis de réfléchir.

Femme résiste pour sa gloire,
Et se défend contre son cœur;
Puis elle accorde la victoire
Pour triompher de son vainqueur.

LUCILE.

J'entends la porte, c'est mon oncle; sortons.

(*Elles sortent.*)

SCÈNE VII.

GÉRONTE, seul.

Elles n'y sont pas; tant mieux! on me croit dehors pour long-temps; je saurai comment on exécute mes ordres. On ne manquera pas de prévenir l'amant sur la lettre fâcheuse qu'il doit recevoir. Cette diable de maison me trotte toujours dans la tête; elle est charmante....... J'espère que Dorval sera bientôt assez ruiné pour être forcé de s'en défaire. Quand il n'aura plus d'espoir de s'introduire chez moi, il sera bien obligé de prendre sa maison pour prétexte. C'est où je l'attends; et plus je serai sévère à l'égard de la pupille, plus il sera accommodant à l'égard de la maison. (*On entend frapper.*) Ah! ah! on frappe! c'est peut-être l'amant, ou quelque messager de l'amour. Entrons dans notre observatoire. (*Il se cache dans le cabinet.*)

(*Lisette l'observe et attend qu'il soit entré.*)

SCÈNE VIII.

LISETTE, bas.

L'y voilà. Jouons notre rôle. Qui est là? Qu'est-ce qui m'appelle? (*Crispin contrefaisant sa voix.*) Mamzelle Lisette, c'est monsieur Crispin qui m'envoie; il a une chose très-intéressante à vous dire. (*Lisette.*) Dites-lui que je l'attends ici. Monsieur Géronte est sorti et ne rentrera que le soir. (*Crispin.*) C'est un secret, mamzelle Lisette, ne parlez de rien. (*Lisette.*) C'est bon! c'est bon! qu'il vienne, je l'attends. (*Elle ferme la porte très-fort et parle fort haut.*) Je vais donc savoir un secret : des secrets! que cela est joli! j'ai presqu'autant de plaisir à les apprendre qu'à les redire. Il s'agit sans doute de nos jeunes gens. Mademoiselle est trop bonne, elle n'ose tromper son méchant tuteur : la décence, la timidité la retiennent...... je lui donne cependant de bien bons conseils. Eh! après tout, ne vaut-il pas mieux tromper un vieux grondeur qu'on ne peut aimer, que d'affliger l'amant qu'on aime?

SCÈNE IX.

LISETTE, CRISPIN.

CRISPIN, haut.

Ma chère Lisette, réjouis-toi.

LISETTE.

Qu'est-il arrivé?

CRISPIN.

Notre fortune est faite.

LISETTE.

Comment?

CRISPIN.

Notre fortune, te dis-je : de l'or, des bijoux, un carrosse; tu seras une grande dame, et moi, je serai un honnête homme.

LISETTE.

Est-il possible?

CRISPIN.

Écoute; mais dis-moi : le vieux grippon n'est-il pas caché quelque part?

LISETTE.

Il est sorti; il ne peut venir par cette porte sans que nous l'entendions.

CRISPIN.

C'est bien. J'ai reçu pour mon maître une lettre du papa.

LISETTE.

De celui qui est aux Indes?

CRISPIN.

Oui. Comme depuis long-temps mon maître ne me paie pas mes gages, je me suis douté que la lettre contenait quelque billet au porteur, et j'ai rompu le cachet.

LISETTE.

Ah! coquin.

CRISPIN.

Tu as tort, Lisette. On me doit, et on ne me paie pas; j'ai droit à une saisie. Qu'est-ce qu'on me doit? c'est de l'argent. Qu'est-ce qu'un billet au porteur? c'est de l'argent. L'argent est donc mon bien; et l'on prend son bien où on le trouve.

LISETTE.

Ah! tu as raison : voilà ce que c'est que de savoir expliquer la justice! Et tu as trouvé des billets?

CRISPIN.

Cent fois mieux que cela. Écoute donc, ma chère, la lecture de cette lettre charmante.

LISETTE.

Oh! comme elle est jaune !

CRISPIN.

C'est qu'elle vient de loin. Ecoute : c'est le papa qui écrit. (*Il lit.*) « Mon cher fils, j'allais repasser en » Europe avec le bien que j'ai amassé dans ce pays, » lorsque j'ai été attaqué par une maladie cruelle, à » laquelle je vais succomber. »

LISETTE.

Le cher homme !

CRISPIN.

« Quand je me séparai de vous pour venir au se- » cours d'un établissement qui exigeait ma présence, » je vous ai défendu de vendre la maison que j'habi- » tais, et je vous donnais pour raison de cette défense, » l'attachement que j'avais pour le toît qui avait cou- » vert mes aïeux ; mais j'avais un motif plus puissant » de vous en interdire la vente. »

LISETTE.

Lis donc plus vîte.

CRISPIN.

» Apprenez, mon très-cher fils, que pendant vingt » ans que j'ai fait un commerce lucratif, j'ai amassé » une fortune considérable. Je l'ai toute convertie en » diamans et autres pierres précieuses... »

LISETTE.

Oh ! mon Dieu ! des diamans !

CRISPIN.

« Et autres pierres précieuses, comme étant des » objets plus portatifs, et plus faciles à soustraire, en » cas d'accident. Craignant votre jeunesse et votre » penchant à la dépense, j'ai mis ces richesses dans » un coffre de fer, et je l'ai enterré dans la cave » qui est sous le salon d'été. Descendez-y donc, mon » très-cher fils. »

LISETTE.

O le cher homme!

CRISPIN.

« Mon très-cher fils; et fouillez à six pieds de la
» porte, à main droite, auprès du mur. Ce trésor
» peut être évalué à plus de cinq cent mille francs. »

LISETTE.

Cinq cent mille francs! O le cher homme!

CRISPIN.

« Faites-en donc un bon usage, et je prie Dieu qu'il
» vous accorde, avec cette fortune, santé, contente-
» ment d'esprit....etc. etc. » Comme le reste contient
les adieux du mourant, et que nous n'avons pas envie
de nous attendrir, je t'en épargne la lecture.

LISETTE.

O Crispin, quelle fortune!

CRISPIN.

Fortune pour nous, Lisette.

LISETTE.

Comment, tu aurais le cœur de prendre ce trésor?

CRISPIN.

Oh! j'ai un grand cœur, je t'en réponds.

LISETTE.

Mais c'est voler.

CRISPIN.

Oui, si c'était une misère; mais quand on prend
cinq cent mille francs, cela ne s'appelle plus voler.

LISETTE.

C'est toujours une coquinerie.

CRISPIN.

Ecoute, Lisette : si tu trouvais un bijou qui ne fût réclamé par personne, tu le garderais, n'est-ce pas?

LISETTE.

Sans doute, il serait à moi.

CRISPIN.

Eh bien! ce trésor, nous le trouvons; et comme mon maître ne le réclamera pas, puisqu'il l'ignore, il sera donc à nous légitimement?

LISETTE.

C'est singulier! j'aurais cru que c'était mal faire.

CRISPIN.

Oui, les bonnes gens raisonnent ainsi; mais nous autres, nous n'avons plus de préjugés.

LISETTE.

Allons! puisque ce n'est pas mal faire, faisons fortune.

CRISPIN.

Lisette, ce soir quand ton vieux bourru sera couché, quand Lucile dormira, tu sortiras doucement de cette maison. Tu viendras me trouver; mon maître doit passer la nuit à un bal, nous serons seuls; nous exhumerons les cinq cent mille francs, des chevaux nous attendront, et fouette cocher, jusqu'à ce que nous soyons hors de toute atteinte.

LISETTE.

Ah! Crispin! comme nous allons nous aimer.

CRISPIN.

Tant que cela durera, ma chère.

LISETTE.

Et ton maître que va-t-il devenir?

CRISPIN.

Eh bien! quand il sera tout-à-fait ruiné, je le ferai mon intendant.

LISETTE.

C'est bien, Crispin; tu as bon cœur.

CRISPIN.

Comme on peut venir ici, je te quitte, et je t'attends après minuit.

LISETTE.

Je n'y manquerai pas, je te jure.

CRISPIN.

Du secret!

LISETTE.

Va! ne crains rien : avec cinq cent mille francs, on fait taire....

CRISPIN.

Adieu, charmante fille.

LISETTE.

Adieu, honnête garçon.　　　　(*Crispin sort.*)

SCÈNE X.

LISETTE, très-haut.

Oh! comme cette journée me paraîtra longue! à minuit, je serai donc dame. Allons, faisons la suivante pour la dernière fois.　　　　(*Elle sort.*)

SCÈNE XI.

GÉRONTE, sortant doucement du cabinet.

Quelle nouvelle! oh! que j'ai bien fait de rentrer! cinq cent mille francs! je ne m'étonne plus que le vieux Dorval n'ait jamais voulu vendre cette maison, et moi j'en ai toujours eu envie : c'était un pressentiment, un avertissement du ciel! J'ai eu bien tort de brusquer ce Dorval; il me l'aurait peut-être vendue! Mais n'est-il plus moyen?......... Ah! si je pouvais faire le marché avant minuit!......... Si je pressais Dorval?.....

Car enfin, puisqu'il doit perdre ce trésor, ne vaut-il pas mieux qu'il tombe entre les mains d'un honnête homme comme moi, qu'entre celles d'un coquin de valet? D'ailleurs, Crispin n'osera rien dire, il a décacheté une lettre! il y de quoi le faire pendre; décacheter une lettre! c'est une infamie! il n'aura garde d'en ouvrir la bouche...... cinq cent mille francs! mais il y a de quoi en devenir fou.

AIR.

Ah! quel bonheur! ah! quelle ivresse!
Dieu! tous mes sens en sont émus.
Quel avenir! quelle richesse!
Mon œil se trouble et n'y voit plus.
Remettons-nous; point de faiblesse!
Je crois déjà rouler sur l'or,
Je crois tenir l'heureux trésor;
Mon œil le voit, ma main le presse:
Oui, les voilà, ces diamans,
Et ces bijoux, et ces brillans,
Et ces cailloux resplendissans,
Et ces saphirs éblouissans,
Et ces rubis étincelans....
Ah! quel bonheur! ah! quelle ivresse!
Dieu! tous mes sens en sont émus.
Quel avenir! quelle richesse!
Mon œil se trouble et n'y voit plus.

(*Il tombe dans un fauteuil, y reste un moment en extase, puis il se relève avec force.*)

Point de scrupule! il m'importune;
Employons tout pour réussir:
Quand il s'agit d'une fortune,
Il faut se pendre ou l'obtenir.

SCÈNE XII.

GÉRONTE, LUCILE, *tenant une lettre.*

LUCILE.

Vous êtes ici, mon oncle?

GÉRONTE.

Oui, je n'ai trouvé personne dehors, et je suis rentré.

LUCILE.

En ce cas, je vais vous montrer la lettre que j'écris à Dorval; vous serez content de moi, mon oncle, car je ne l'ai point ménagé.

GÉRONTE.

Ma nièce, vous avez tort. Il ne faut rien dire de désobligeant à personne : dans cette vie, on peut avoir besoin de tout le monde.

LUCILE.

Comment! vous me disiez......

GÉRONTE.

Sans doute, je parlais en oncle; mais vous n'avez pas la même autorité, vous ne devez pas prendre le même ton. Mais voyons la lettre; (*Il lit*) : « Monsieur, » comme je ne puis jamais être à vous......... » Jamais! il ne faut jamais dire jamais. Qui est-ce qui peut répondre de l'avenir?

LUCILE.

Vous me l'aviez dit, mon oncle.

GÉRONTE.

Jamais! je voulais dire à présent, mais nous ne pouvons jamais dire jamais pour l'avenir. Suivons, « jamais être à vous; je vous déclare........ » Ce mot-là ne convient pas, ma nièce : je vous déclare! C'est un supérieur qui dit cela, et non point une jeune fille; vous ne devez rien déclarer. Suivons. « Je vous » déclare que je ne vous recevrai jamais.... » Ma nièce, cela est grossier; c'est mettre un homme à la porte.

LUCILE.

Vous me l'avez dit, mon oncle.

GÉRONTE.

J'ai voulu qu'il n'eût aucune liaison avec vous; mais il peut avoir des affaires à traiter avec moi, et dans ce cas, nous devons le recevoir civilement. Suivons : « je vous défends de paraître devant mes yeux. » C'est affreux cela, ma nièce. Je vous défends! on dit cela à un laquais : de paraître devant mes yeux! C'est une sottise. Ne peut-il vous rencontrer par hasard? avez-vous le droit de l'exiler de cette ville?

LUCILE.

Vous me l'avez dit, mon oncle.

GÉRONTE.

Je vous ai dit qu'il ne devait pas être avec vous seul à seule; mais avec moi c'est différent. Suivons : « car » il faut que vous sachiez que je ne vous aime point.» Vous mentez, ma nièce; et vous savez que je n'aime point le mensonge.

LUCILE.

Vous dites que c'est un mauvais sujet.

GÉRONTE.

Je parlais comme tuteur. Nous appelons mauvais sujets ceux qui s'avisent d'aimer nos pupilles. Mais après tout, les défauts de Dorval ne font tort qu'à lui; nous n'avons pas le droit de nous mêler de ses affaires, Tenez, Lucile, déchirons cette lettre qui pourrait causer du scandale, et prenons un moyen plus doux et plus honnête pour ramener ce jeune homme à une vie sage et réglée.

LUCILE.

Eh bien! mon oncle, au lieu de lui écre, je vais lui faire dire de......

GÉRONTE.

De venir ici.

LUCILE.

Comment, de venir ici?

GERONTE.

Oui, de venir. Quoiqu'il n'ait pas reçu votre lettre, vous avez des reproches à vous faire d'avoir voulu le traiter de cette façon.

LUCILE.

Ce n'est pas moi, c'est vous.

GERONTE.

Eh bien! j'ai peut-être eu tort, et je dois lui en faire des excuses.

LUCILE.

Que n'allez-vous le trouver?

GERONTE.

Non, il croirait que j'y vais pour sa maison, et il pourrait vouloir me la vendre trop cher.

LUCILE.

Ah! je sais.

GERONTE.

Si vous lui faisiez dire de passer ici?

LUCILE.

De votre part?

GERONTE.

Non, il croirait que c'est par intérêt, mais comme

si vous aviez quelque chose de secret à lui dire. Alors,
je me trouverais là par hasard.

LUCILE.

Lui donner un rendez-vous? Cela n'est pas décent.

GERONTE.

Mademoiselle, il est toujours décent à une pupille
de faire ce que son tuteur lui prescrit. D'ailleurs j'y
serai.

LUCILE.

Allons, mon oncle, il sera ici dans l'instant.

GERONTE.

C'est bien, ma nièce; allez, et souvenez-vous que
quoiqu'on ne veuille pas épouser un homme, ce n'est
pas une raison pour lui dire des injures.

LUCILE.

Mon oncle, je serai plus polie à l'avenir.

GERONTE.

Faites-lui donc dire poliment qu'il vienne ici tout
de suite.

LUCILE.

Eh bien, je crois qu'il vient d'entrer.....

GERONTE.

Ah! ah! déjà?

LUCILE.

Oui, mon oncle, j'ai entendu sonner.

GERONTE.

Et vous connaissez comment il sonne?

LUCILE.

Vous allez me gronder.

GERONTE.

Non, pas à présent. Dites à Dorval que je veux lui
parler.

LUCILE.

Je vais vous l'envoyer, mon oncle.

SCÈNE XIII.

GERONTE, seul.

Ah! l'amant venait donc ici sans ma permission! c'est bien! on me trompait, je prendrai ma revanche. Monsieur Dorval ne se doute pas qu'il paiera cher les tours qu'il veut jouer au tuteur..... Allons, hâtons-nous, pressons, et faisons même les choses de bonne grâce. Quand je donnerai cent mille francs de la maison, c'est encore une assez bonne affaire. Le voici.

SCÈNE XIV.

GERONTE, DORVAL.

GERONTE.

Eh! bonjour, mon cher voisin: je suis enchanté de vous voir.

DORVAL.

Monsieur, c'est bien de l'honneur.

GERONTE.

Asseyez-vous; j'ai bien des choses à vous dire.

DORVAL.

Je les écouterai avec d'autant plus de plaisir, que votre accueil me charme et m'étonne.

GERONTE.

Vous étonne! Douteriez-vous de mon amitié?

DORVAL.

Maintenant je n'en doute plus.

GERONTE, souriant.

Vous êtes un méchant, on ne vous voit plus dans cette maison; vous nous négligez.

DORVAL.

Si j'ai bonne mémoire, vous m'avez défendu votre porte.

GERONTE.

Oh! quelle calomnie! défendre ma porte au fils de mon vieil ami!... Mais, dites-moi, où en sont vos affaires?

DORVAL.

Elles sont mauvaises.

GERONTE.

Oui, Lucile m'a dit que vous étiez dans l'embarras, et cela me fait une peine....

DORVAL.

Je suis sensible à l'intérêt qui vous touche.

GERONTE.

Elle vous veut du bien Lucile; et moi aussi.

DORVAL.

Ah! monsieur, j'ai une telle défiance que je ne crois jamais que la moitié de ce qu'on dit.

GERONTE.

Pour que vous me croyez je veux vous tirer d'affaires.

DORVAL.

Vous, monsieur?

GERONTE.

Moi. Êtes-vous enfin dans la résolution de vendre votre maison?

DORVAL.

Je ne puis la vendre, monsieur; ou, pour me for-

23.

cer à ce parti, il faudrait qu'on me fît un avantage que je ne puis espérer.

GERONTE.

Il faut toujours espérer, mon ami; il y a d'honnêtes gens dans le monde; il n'est rien que je ne fasse pour adoucir votre sort, et je suis capable de vous donner soixante mille francs de la maison.

DORVAL.

Vous êtes trop bon, mais je ne puis accepter. En payant mes dettes, il faut que je vive, et qu'il me reste quelque chose.

GERONTE.

Mais, combien encore, combien?

DORVAL.

A moins de cinquante mille écus, il m'est impossible de conclure le marché.

GERONTE.

Cinquante mille écus! c'est quatre fois plus qu'elle ne vaut.

DORVAL.

(*Il se lève.*) Je le sais bien, monsieur; c'est pourquoi je ne veux pas la vendre. Au reste, je vais faire un petit voyage; nous causerons de cela à mon retour.

GERONTE.

A votre retour? Non pas, non pas; quand j'ai une chose en tête, il faut qu'elle se fasse sur-le-champ. Je me sens un mouvement de générosité, et je ne réponds pas d'être demain dans les mêmes dispositions.

DORVAL.

Eh bien! n'en parlons plus : je vous remercie de votre bonne intention. Adieu, monsieur Géronte.

GERONTE.

Restez donc, maudit homme. Je vous **aime** plus que vous ne pensez : je vous offre...

DORVAL.

A moins de cinquante mille écus, cela est impossible. Adieu.

GERONTE.

Je vous les donne, je vous les donne. Dites maintenant qu'on ne trouve pas de bons amis?

DORVAL.

Monsieur, vous vous sacrifiez.

GERONTE.

La véritable amitié ne connaît point de bornes. Vous consentez donc?

DORVAL.

Avec reconnaissance.

GERONTE,

J'aurai la maison tout de suite.

DORVAL.

Vous pouvez y entrer dès ce moment.

GERONTE.

Attendez-moi : je vais faire faire...

DORVAL.

Le contrat?

GERONTE.

Non; mais pour plus de promptitude, un simple écrit, un mot entre nous : vous entendez?

DORVAL.

C'est bien, et la somme?

GERONTE.

Nous la trouverons : j'ai toujours de l'argent pour rendre service. Vous allez m'attendre?...

DORVAL.

Monsieur Géronte, je ne dois pas souffrir que vous preniez cette peine : je vais faire faire l'écrit en question, et je vous rapporterai les clefs en même temps.

GERONTE.

Ah! vous êtes trop bon;... mais vous reviendrez bientôt?

DORVAL.

Dans l'instant : le notaire est à deux pas.

GERONTE,

Et les clefs?

DORVAL.

Aussitôt.

GERONTE.

L'écrit sera en bonne forme?

DORVAL.

Absolument. J'y cours.

GERONTE.

Pour cent mille francs, n'est-ce pas?

DORVAL.

Cent cinquante.

GERONTE.

C'est vrai, c'est vrai : je l'oubliais... Je vous attends.
(*Dorval sort.*)

SCÈNE XIV.

GERONTE, seul.

Le trésor est à moi. Dès que j'aurai les clefs, je le déterre, je l'emporte, je le serre dans ce cabinet; et si le coquin de valet enlève Lisette, bon voyage! ils n'emporteront pas les diamans.

COUPLETS.

On ne peut rien me reprocher,
Et le scrupule doit se taire ;
Car on peut faire, sans pécher,
Tout ce qu'un autre veut nous faire.
Je m'enrichis en me vengeant,
C'est agréable autant qu'utile :
Dorval en veut à ma pupille,
Et moi, j'en veux à son argent.

Nous nous trompons ; mais entre nous,
Je vois certaine différence :
Il est inconstant dans ses goûts ;
J'ai dans les miens plus de constance :
Ce libertin, toujours changeant,
Ne pensant jamais à l'utile,
Se lassera d'aimer Lucile,
Moi, j'aimerai toujours l'argent.

SCÈNE XV.

GERONTE, CRISPIN, *tenant des clés.*

CRISPIN.

Monsieur ! monsieur !

GERONTE.

Que veux-tu, toi?

CRISPIN.

Est-il bien vrai, monsieur Géronte, que vous
achetez la maison de mon maître ?

GERONTE.

Que t'importe?

CRISPIN.

Comment, monsieur ! quand les affaires de ce jeune
homme se dérangent, vous allez lui enlever ce qui lui
reste ?

GÉRONTE.

De quoi te mêles-tu, maraud?

CRISPIN.

Comment! de quoi je me mêle? Vous prenez notre maison !

GÉRONTE.

Je la paie quatre fois plus qu'elle ne vaut.

CRISPIN.

Ce marché ne se fera pas.

GÉRONTE.

Est-ce toi qui prétends l'empêcher?

CRISPIN.

Voilà les clefs de la maison.

GÉRONTE.

C'est toi que ton maître a chargé de me les re=mettre.

CRISPIN.

Oui, mais je ne les lâche point.

GÉRONTE, à part.

Le coquin voudrait aller déterrer la cassette.

CRISPIN, à part.

Faisons si bien qu'il ne doute plus du trésor.

GÉRONTE.

Ton maître t'a-t-il ordonné de me remettre ces clefs?

CRISPIN.

Oui.

GÉRONTE.

Donne-les donc, et laisse-moi.

CRISPIN.

Doucement! je les tiens encore, et vous ne les aurez qu'après certaine explication.

GERONTE.

Comment, coquin!

CRISPIN.

Point de bruit, nous sommes deux.

GERONTE.

Donne les clefs.

CRISPIN.

Si vous refusez de m'entendre...

GERONTE.

Tais-toi.

CRISPIN.

Si vous refusez...

GERONTE.

Les clefs! je ne veux rien savoir.

CRISPIN.

Si vous refusez de m'entendre, votre marché vous ruinera.

GERONTE.

O mon Dieu! eh bien, parle donc, explique toi; parleras-tu?

CRISPIN.

Du calme! je ne suis point pressé.

GERONTE.

O le maraud! Mon ami, parle donc.

CRISPIN.

Vous venez d'acheter la maison?

GERONTE.

Oui, et cher.

CRISPIN.

Eh bien! il y a un trésor caché.

GERONTE.

Fable! mensonge!

CRISPIN.

Un trésor immense que mon maître ne connaît pas.

GERONTE.

Bah! s'il y avait eu un trésor connu d'un fripon comme toi, il y a long-temps qu'il n'y serait plus.

CRISPIN.

Vous le prenez sur ce ton? Eh bien! je vais tout découvrir à mon maître; il prendra le trésor, vous laissera la maison, et vous aurez fait un mauvais marché.

GERONTE.

Crispin, Crispin, écoute donc. Je suis un brave homme : on peut s'accommoder. Il y a un trésor, dis-tu?

CRISPIN.

J'en suis sûr.

GERONTE.

Comme j'ai payé la maison bien cher, s'il s'y trouve quelqu'accident heureux, tu sens bien que je dois en profiter.

CRISPIN.

Cela est juste; mais pour m'engager à me taire, il faut m'en donner la moitié.

GERONTE.

La moitié, coquin! la moitié, arabe!

CRISPIN.

La moitié, ou je vais tout découvrir.

GERONTE.

Reste donc, malheureux. Mon cher Crispin, arrangeons-nous. Mais, maraud que tu es, qu'est-ce que tu veux faire de deux cent cinquante mille livres?

CRISPIN.

Ah! vous savez donc qu'il y a cinq cent mille francs ?

GERONTE.

Ah! que je suis bête ! je ne sais ce que je dis.

CRISPIN.

Comment, diable, avez-vous pu savoir que ce trésor...

GERONTE.

Et toi, rusé fripon, c'est donc pour les cinq cent mille livres que tu montrais tant d'attachement aux intérêts de ton maître ?

CRISPIN.

Et c'est donc pour le trésor que vous payiez la maison si généreusement ?

GERONTE.

Mon ami, ne disputons pas ; qu'importe la somme ? Arrangeons-nous.

CRISPIN.

J'y consens.

GERONTE.

Je te donne cinquante louis.

CRISPIN.

Adieu.

GERONTE.

Je t'en donne cent.

CRISPIN.

Adieu.

GERONTE.

Deux cents et mon amitié.

CRISPIN.

Cela ne fait que deux cents.

GERONTE.

Que veux-tu donc ?

*CRISPIN.

Voici mon *ultimatum.* Nous irons ensemble déterrer le trésor.

GERONTE.

Ensemble? ne crains rien, je t'en tiendrai compte.

CRISPIN.

Nous irons ensemble, nous l'apporterons ensemble, tenant chacun une anse de la cassette.

GERONTE.

Ah! fripon.

CRISPIN.

J'aurai sur le trésor la somme de trente mille francs.

GERONTE.

Le voleur!

CRISPIN.

Décidez-vous, mon maître peut venir, et je dis tout.

GERONTE.

Et tu veux trente mille francs.

CRISPIN.

Mais, monsieur, vous n'êtes pas raisonnable; je vous donne ce trésor pour un morceau de pain.

GERONTE.

Un morceau de pain! le misérable! Sais-tu ce qu'il en coûte pour gagner trente mille francs? Tu es avare, Crispin, c'est un vilain défaut.

CRISPIN.

Voici mon maître, je vais...

GERONTE.

Ne dis rien, ne dis rien; nous causerons de cela.

CRISPIN.

Décidez-vous, monsieur; trente mille...

GERONTE.

Tais-toi donc, malheureux! Nous nous arrange-
rons.

SCÈNE XVI.

LES PRÉCÉDENS, DORVAL.

DORVAL.

Voilà le double, fait entre nous sous seing-privé,
en attendant le contrat en forme. J'ai signé : ayez la
complaisance d'y mettre votre nom.

GERONTE, prend la plume.

Voyons. Pour la somme de cent...

DORVAL.

Cent cinquante mille francs.

GERONTE.

Oui, je vois.   (*Il pose le papier.*)

CRISPIN, à part.

Il ne signe pas.

DORVAL.

Vous avez signé, monsieur Géronte?

GERONTE, tenant toujours la plume.

Je vais signer, je vais signer. Vraiment je suis enchanté d'avoir mis de l'ordre dans vos affaires.

CRISPIN, à part.

Il ne signe pas.

DORVAL.

Vous voudriez peut-être entrer dans la maison?

GERONTE.

Oui, tout de suite, je vous l'avoue. A mon âge on

est pressé de jouir : d'ailleurs on est bien aise d'examiner une acquisition.

DORVAL.

Mon valet a dû vous remettre les clefs.

GERONTE, tenant toujours la plume.

Non, il ne me les a pas encore remises.

DORVAL, à Crispin.

Comment ! tu n'as pas donné les clefs ?

CRISPIN.

Monsieur, j'ai cru devoir...

GERONTE.

Je les lui ai demandées, cependant.

DORVAL, avec une colère feinte.

Pourquoi n'as-tu pas donné ces clefs ?

CRISPIN.

Eh bien ! monsieur, s'il faut tout dire, c'est parce que...

GERONTE, vivement.

C'est bon ! c'est bon ! Ne le grondez pas, monsieur. C'est égal : un moment de plus ou de moins. (*Bas à Crispin.*) J'accepte, j'accepte.

DORVAL.

Non, monsieur, il faut que je sache...

CRISPIN.

Je vais vous le dire, monsieur ; je vais vous le dire.

GERONTE, vivement.

C'est assez ! paix donc ! Ne vous emportez pas : ce pauvre garçon n'a aucun tort ; c'est un honnête serviteur. (*Bas à Crispin.*) J'accepte, coquin !

DORVAL.

Il y a quelque mystère là-dessous. Je veux absolument savoir pourquoi il ne veut pas donner ces clefs.

CRISPIN.

Eh bien! c'est parce que...

GERONTE, à part.

Il va tout dire.

CRISPIN.

C'est parce que vous n'aviez pas signé tous deux, et qu'on ne doit rien donner avant la signature.

DORVAL, avec affectation.

Comment, misérable! tu suspectes la probité de monsieur Géronte! un si honnête homme, si estimable, la vertu même!

GERONTE.

Il a raison; l'on ne peut être trop en garde contre la mauvaise foi. Il y a tant de fripons dans le monde!

DORVAL.

Oui, des fripons; mais vous...

GERONTE.

C'est égal. Sa défiance est une preuve du zèle pour vos intérêts, et pour le tranquilliser, voilà ma signature.   (*Il signe.*)

DORVAL.

Ah!

CRISPIN, à part.

Bon! il est pris.

DORVAL.

Allons, monsieur Géronte, je pardonne à ce drôle-là; mais à condition qu'il vous fera ses excuses de l'indigne soupçon qu'il a conçu.

GERONTE.

Qu'il me donne les clefs; c'est tout ce que je veux.

DORVAL.

Allons, maraud, conduis M. Géronte dans sa maison.

GERONTE.

Donne les clefs, Crispin, j'irai bien seul.

CRISPIN.

Monsieur, mon devoir est de vous y conduire.

GERONTE.

Allons, viens donc, puisque tu le veux; mais pas-sons par le petit escalier, nous y serons plutôt.

DORVAL.

Adieu, M. Géronte. Je sors aussi de mon côté.

GERONTE.

Adieu.

(*Géronte et Crispin sortent par la petite porte.*)

SCÈNE XVII.

DORVAL, seul.

Bon! je le tiens. Quand il verra son avarice trom-pée, il deviendra plus traitable, et moi, je serai gé-néreux. Entre un avare et un amant, je sens quelle est la différence.

SCÈNE XVIII.

DORVAL, LUCILE, LISETTE.

LUCILE.

Eh bien, Dorval?

DORVAL.

Tout est fini : ils vont fouiller dans la cave.

LISETTE.

Ils n'y trouveront pas même du vin.

DORVAL.

Je vous demande pardon; Crispin m'a dit qu'on y trouverait une cassette.

LUCILE.

Qu'il y a mise?

DORVAL.

Je ne sais; mais il dit que cela sera plaisant.

LUCILE.

Dorval, notre bonheur est assuré.

DORVAL.

Ah! Lucile, je suis bien plus heureux que vous ne pensez : tous les biens me viennent à la fois.

LUCILE.

Que vous est-il donc arrivé?

DORVAL.

En sortant pour faire faire l'acte de vente, j'ai reçu les plus heureuses nouvelles, et bientôt ma fortune rétablie...

TRIO.

LISETTE.

Écoutez : je crois entendre....

LUCILE ET DORVAL.

Quoi! déjà?

LISETTE, *près de la porte.*

Non, pas encor.

LUCILE ET DORVAL.

Ils déterrent le trésor.

LISETTE.

Ne nous laissons pas surprendre.

LUCILE.

Parlons bas.

DORVAL.

Écoutons bien.

LUCILE.

Viennent-ils ?

LISETTE.

Je n'entends rien.

ENSEMBLE.

Je ne sais ce qui m'agite :
Est-ce crainte ? est-ce désir ?
Ah ! comme le cœur palpite
Dans l'attente du plaisir !

LISETTE.

Écoutez : je crois entendre....
Ce sont eux.... certainement ;
Ils s'avancent lentement.

LUCILE ET DORVAL.

Ne nous laissons pas surprendre.

ENSEMBLE.

LISETTE.	LUCILE ET DORVAL.
Parlez bas, retirez-vous.	Observons, et taisons-nous.

(*Ils se cachent.*)

SCÈNE XIX ET DERNIÈRE.

GÉRONTE, CRISPIN.

(*Ils entrent tenant chacun une anse de la cassette.*)

GERONTE.

Mais, maraud, lâche donc cette cassette.

CRISPIN.

Pas si bête.

GÉRONTE.

Crains-tu que je ne te trompe ?

CRISPIN.

Monsieur, je suis très-craintif de mon naturel.

GERONTE.

Eh bien! ouvrons-la donc; et puisque l'avarice te rend barbare, prends ta part, coquin, et fuis si loin que je ne te revoie jamais.

CRISPIN.

Dites, dites : les complimens ne me séduisent point.

GERONTE.

Crispin, où est la clef?

CRISPIN.

Vous la tenez, monsieur.

GERONTE.

Oh! c'est vrai; ton mauvais procédé m'agite tellement...

CRISPIN.

L'éclat des pierreries vous rendra la raison.

GERONTE.

Mais cette cassette est bien légère.

CRISPIN.

Il ne faut pas un quintal de diamans pour cinq cent mille livres.

GERONTE.

Crispin, la clef ne tourne pas; tu devrais bien m'aller chercher quelqu'outil pour forcer la serrure.

CRISPIN.

Non pas, non pas; nous en viendrons à bout.

GERONTE.

Eh bien, bourreau! je l'ouvre. La voilà... Ciel! je suis mort, il n'y a rien!

(*Dorval, Lucile et Lisette sont au fond et observent.*)

CRISPIN.

Comment, rien ?

GERONTE.

Elle est vide ! ô dieu ! je suis perdu, ruiné !

CRISPIN.

Monsieur, calmez-vous ; voilà un papier.

GERONTE.

Eh ! que m'importe ton papier ? misérable ! Je me meurs, on m'égorge !

CRISPIN.

Ce papier nous indique peut-être l'endroit où est le trésor.

GERONTE.

Ah ! tu crois... O ciel ! lisons.... Je n'en puis plus.... lisons :

« Trésor pour mon fils. »

CRISPIN.

Eh bien ! je vous le disais. Ouvrez le papier, lisez.

GERONTE.

Ah ! Dieu ! serait-il vrai ? Je tremble.... Voyons. (*Il lit :*)

« Mon cher fils, le plus beau des trésors est de » savoir s'en passer... le travail, l'économie et la fru- » galité valent mieux que tous les diamans de l'uni- » vers. »

Plus d'espoir ! c'est fait de moi ! (*Il tombe dans un fauteuil.*)

(*Ils approchent tous l'un après l'autre, et chacun fuit à la réponse brusque que lui fait Géronte.*)

LUCILE.

Mon oncle.

GERONTE.

Laissez-moi.

LISETTE.

Monsieur.

GERONTE.

Va-t-en au diable!

CRISPIN.

Monsieur Géronte.

GERONTE.

Coquin! maraud! scélérat!

DORVAL.

Monsieur Géronte.

GERONTE.

A d'autres! vous voilà, vous?

DORVAL.

Oui, monsieur; et je veux calmer votre chagrin.

GERONTE.

C'est difficile.

DORVAL.

Je vois que ma maison vous déplaît.

GERONTE.

Fort.

CRISPIN.

Elle est trop chère.

DORVAL.

Eh bien! je vous offre de la reprendre, et déchirons notre billet.

GERONTE.

Déchirons, dites-vous? O mon cher Dorval, vous me rendez la vie... déchirons, déchirons.

DORVAL.

Un moment. Vous savez que j'aime la charmante Lucile : le retour de mon père, en rétablissant ma fortune, me rend digne de votre nièce. Accordez-moi sa main et déchirons notre billet.

GERONTE.

Y consens-tu, Lucile?

LUCILE.

Je n'y mettrai point d'obstacle.

GERONTE.

Touchez-là, Dorval, et déchirons, déchirons.

DORVAL.

Un moment! attendons que le contrat soit fait.
Appelons d'abord le notaire, puis déchirons notre
billet.

GERONTE, haut.

Qu'on aille chercher le notaire, et déchirons, déchirons.

CRISPIN.

Pour nous, Lisette, qui n'avons rien à déchirer,
unissons nos cœurs et nos fortunes.

LISETTE.

Et, pour être heureux, gardons-nous d'écouter
aux portes.

CHŒUR FINAL.

Que tout cède au transport qui m'inspire;
Oublions un moment de douleur :
Doux hymen! à présent tout conspire
A fixer près de nous le bonheur.

FIN.

LES

RENDEZ-VOUS BOURGEOIS,

OPÉRA-BOUFFON EN UN ACTE,

REPRÉSENTÉ POUR LA PREMIÈRE FOIS SUR LE THÉATRE
DE L'OPÉRA-COMIQUE, LE 9 MAI 1807.

PERSONNAGES.

M. DUGRAVIER.

REINE, sa fille.

LOUISE, sa nièce.

CESAR, amant de Reine.

CHARLES, amant de Louïse.

JULIE, femme de chambre.

BERTRAND, valet de M. Dugravier.

JASMIN, valet étranger, amant de Julie.

*La scène est dans la maison de campagne de M. Du-
gravier, près du village de Bondy.*

AVERTISSEMENT.

Si le mérite d'un ouvrage se basait sur le nombre de ses représentations, l'opéra comique des *Rendez-vous bourgeois* serait le chef-d'œuvre de son auteur. Cette bouffonnerie, à laquelle M. Hoffman n'attachait aucune importance littéraire, fut le résultat d'une espèce de défi. Quelques acteurs refusaient de croire que l'écrivain à qui l'on devait *Euphrosine*, *Stratonice*, *Médée*, et autres drames, pût jamais descendre avec succès jusqu'à la farce. Excité par ce doute, M. Hoffman conçut ses *Rendez-vous*. Lors de la lecture qu'il en fit au comité, un rire inextinguible s'empara des juges; mais, au lieu d'être désarmés, quelques-uns décidèrent que cette pièce n'était pas d'assez *bon ton* pour leur théâtre. Heureusement cet avis ne fut pas celui de la majorité. L'ouvrage étant reçu, Nicolo s'empressa de le mettre en musique; mais lorsqu'il fallut distribuer les rôles, une clameur de haro s'éleva de la part des notabilités sociétaires de l'époque qui composaient la troupe *dorée* et la troupe de *fer-blanc :* la première comptait pour maîtres Elleviou et Martin; la seconde était commandée par Gavaudan. Madame Saint-Aubin fut la seule qui ne refusa pas de prêter aux *Rendez-vous bourgeois* l'appui de sa haute renommée; Juliet et Lesage se joignirent à elle. Huet et Paul, qui n'étaient encore que pensionnaires, se chargèrent, l'un du rôle de *César*, l'autre de celui de *Joujou ;* chacun d'eux mit dans son personnage une originalité remarquable. La pièce réussit : mais pendant plusieurs représentations consécutives des sifflets protestèrent contre le genre de l'ouvrage ; enfin le comique des situations, le naturel du dialogue et la gracieuse mélodie de là musique triomphèrent de tous les scrupules, et procurèrent à cette spirituelle débauche d'un homme supérieur, une vogue qui ne s'est pas démentie depuis plus de vingt ans. Cette dernière circonstance nous a déterminé à placer *les Rendez-vous bourgeois* dans notre collection. Une pièce qui obtient un succès si soutenu n'est pas entièrement indigne de l'attention du lecteur. Au surplus, une autre considération ne nous permettait pas d'hésiter. Depuis long-temps dés acteurs de Paris et des départemens ajoutent à leurs rôles des plaisanteries et des lazzis de tréteau qu'on pourrait attribuer à l'auteur. La pièce, telle que nous l'imprimons, est conforme à une édition avouée par M. Hoffman : il est juste qu'un écrivain ne soit chargé que de ses propres fautes.

RENDEZ-VOUS BOURGEOIS.

Le théâtre représente un salon ; au fond, une porte par laquelle on
vient du dehors. Sur le côté, à droite, la porte de l'appartement du
père ; à gauche, vis-à-vis, celle de l'appartement des demoiselles.
De chaque côté, sur l'avant-scène, un cabinet. A droite, près du
cabinet, une fenêtre qui s'ouvre sur le jardin. Dans le salon, des
fauteuils, des chaises et une table avec un tapis.

N. B. La droite et la gauche s'entendent toujours relativement au spectateur.

SCÈNE PREMIÈRE.

JASMIN, seul.

(*Il entre par la fenêtre.*)

Bon ! il n'y a personne. Si l'aimable soubrette pouvait venir un moment ! Grâce au treillage qui tapisse
ce mur, j'entre et je sors sans danger : le chemin n'est
pas des plus commodes, mais au moins je ne risque
pas de rencontrer quelqu'un sur l'escalier. Les maîtres
sont à la promenade, Julie viendra sans doute ; attendons, et au moindre bruit nous prendrons notre
essor.

AIR.

Autrefois pour plus d'un maître
J'ai couru plus d'un hasard,
J'ai sauté par la fenêtre,
J'ai franchi même un rempart ;
Et souvent dans sa colère,
Un jaloux très-vigoureux,

A payé d'un dur salaire
Des efforts si généreux.
Après mainte course vaine,
Quand j'avais pu réussir,
Le valet avait la peine,
Et le maître le plaisir.

Mais aujourd'hui ce n'est plus pour un maître,
Que je me glisse en un galant réduit ;
J'entre et je sors vingt fois par la fenêtre,
Mais c'est pour moi que l'amour m'y conduit.

Je viens voir celle que j'aime,
Mon désir seul est ma loi ;
Je travaille pour moi-même,
Mal et bien, tout est pour moi.
Après mainte course vaine,
Je parviens à réussir ;
Et si j'ai toute la peine,
J'ai moi seul tout le plaisir.

J'entends parler..... c'est Julie. Diable! quelqu'un
est avec elle : plaçons-nous derrière nos retranche-
mens.   (*Il repasse par la fenêtre.*)

SCÈNE II.

JULIE, BERTRAND.

JULIE.

Monsieur Bertrand, laissez-moi; vous êtes toujours
à me suivre.

BERTRAND.

Parguienne! je vous suis, parce que je vous aime.

JULIE.

Et moi, je vous évite, parce que...

BERTRAND.

N'achevez pas, mam'zelle, je vois ce qui va venir ; mais vous n'en dites pas tant à tout le monde, et le beau Jasmin..... (*Jasmin écoute par la fenêtre.*)

JULIE.

Eh bien ?

BERTRAND.

Oui, le domestique du seigneur dont la campagne est près de celle-ci ; vous savez bien ce que je veux dire.

JULIE.

Quand cela serait, que t'importe ? es-tu mon père, mon oncle, mon mari ?

BERTRAND.

Ah ! il vous faut le valet d'un grand seigneur ! fi ! mam'zelle, que c'est vilain d'être ambitieuse !

JULIE.

C'est que j'ai le cœur bien placé.

BERTRAND.

Eh ! morgué ! il ne faut pas tant faire la renchérie : nous servons le même maître, un bon bourgeois de Paris, M. Dugravier, ci-devant marchand de bois, et maintenant honnête homme retiré..... et qui n'en est pas plus fier pour ça ; faites comme lui, mam'zelle.

SCÈNE III.

LES PRÉCÉDENS, JASMIN, *en dehors de la fenêtre.*

JASMIN, à part.

Ce drôle ne la quittera pas.

JULIE, à part.

Ah ! voilà Jasmin.

BERTRAND.

Mam'zelle Julie!

JULIE.

Eh bien?

BERTRAND.

Je vais vous dire un secret.

JULIE.

Dis vîte, et va-t-en.

BERTRAND.

Not' maître va partir pour Paris.

JULIE.

Partir pour Paris!

BERTRAND.

Je serai obligé de l'y accompagner.

JASMIN, à part.

Bon voyage!

BERTRAND.

Promettez-moi que pendant mon absence Jasmin
ne viendra pas ici.

(*Jasmin entre et se cache derrière la porte du cabinet.*)

JULIE.

Oh! je te promets qu'il ne viendra pas.

BERTRAND.

Dam'! c'est qu'il y vient queuq'fois, et je gage
que c'est par là qu'il entre et qu'il sort, car j'ai vu
des trous dans la couche qui est sous la fenêtre, et il
est bien aisé de voir qu'on y a sauté.

JULIE.

Des trous dans la couche : c'est quelque chien qui
aura gratté.

BERTRAND.

Si j'attrape ce chien-là!...

JULIE.

L'imbécile !

BERTRAND.

Tenez, mam'zelle Julie, faisons la paix.

JULIE.

Comment?

BERTRAND.

Pour ma journée d'aujourd'hui et de demain, laissez-moi prendre tant seulement un petit baiser.

JULIE.

Un baiser! à toi!

BERTRAND.

Dam'! j'en ferais mon profit tout comme un autre.

JULIE.

Voyez donc le joli petit fanfan, pour lui donner des baisers! Tu n'auras rien.

BERTRAND.

J'en aurai, morgué ! (*Il veut l'embrasser.*)

TRIO.

JULIE.

N'ose pas approcher,
Je saurai me défendre.

JASMIN, *à part.*

Et je n'ose approcher,
Je ne puis la défendre !

BERTRAND.

Qui peut m'en empêcher?
Je saurai bien le prendre.

JASMIN, *très-fort.*

Maraud !

BERTRAND, *étonné.*

Quoi que je viens d'entendre?

JULIE, *malignement.*

C'est quelqu'un qui t'appelle en bas.

BERTRAND.

Peut-être bien qu'il est là-bas.

JULIE, JASMIN, *à part.*

Descends donc,   }
Oui, descends,   } tu l'attraperas.

BERTRAND, *à la fenêtre.*

Attends, attends, je vais descendre.

JULIE.

C'est quelqu'un qui veut un baiser.

BERTRAND, *à la fenêtre.*

Attends, attends, je vais descendre.

JULIE.

On ne peut le lui refuser.

JASMIN, *embrasse Julie.*

Moi, sans effort, je sais le prendre.

(*Il se cache derrière le tapis.*)

BERTRAND.

Oui, je m'en vais aller là bas;
Nous verrons s'il ose m'attendre.

JULIE, JASMIN, *caché.*

Cours vîte, tu l'attrapperas;
Dépêche-toi, tu vas le prendre.

(*Bertrand sort.*)

JULIE, *à Jasmin.*

Tu ne peux plus rester ici.

JASMIN.

Un seul instant.

JULIE.

Non, mon ami.

JASMIN.

Comment puis-je descendre ?
Bertrand rôde là-bas.

JULIE.

Attends, et tu verras
Comment je sais m'y prendre.
Je vais bien l'attraper ;
Par fois il faut tromper :
Car en amour comme à la guerre,
Un peu de ruse est nécessaire.

(*Elle parle par la fenêtre.*)

Bertrand !

BERTRAND, *dans le jardin.*

Eh bien ?

JULIE.

Pour t'apaiser,
Viens prendre ce petit baiser.

BERTRAND.

Vraiment ?

JULIE.

Viens, que je te le donne.

BERTRAND.

Ah ! vous êtes une friponne,
Vous voulez encor m'attraper.

JULIE.

Non, je ne veux point te tromper.

BERTRAND.

J'y cours.

JULIE.

Par fois il faut tromper.

JASMIN.

Elle sait bien tromper.

JULIE, JASMIN.

Mais en amour comme à la guerre,
Un peu de ruse est nécessaire.

JULIE.

Allons, descends ; je tremble....

JASMIN *enjambe la fenêtre.*

Ma Julie, à revoir !

JULIE, JASMIN.

Tu reviendras }
Je reviendrai } ce soir.

Nous souperons ensemble.

(*Jasmin disparaît.*)

JULIE.

J'entends Bertrand, rentrons au plus vite.

SCÈNE IV.

JULIE, BERTRAND.

BERTRAND, veut embrasser Julie.

Oh ! pour cette fois, j'espère....

DUGRAVIER, dans la coulisse.

Bertrand !

JULIE, malignement.

Ce n'est pas ma faute.   (*Elle sort.*)

SCÈNE V.

BERTRAND, DUGRAVIER.

DUGRAVIER.

Bertrand, tout est-il prêt pour notre petit voyage ?

BERTRAND.

Oui, monsieur, votre jument est sellée ; nous
devrions nous dépêcher un peu, car le jour commence à baisser, et pour traverser la forêt...

DUGRAVIER.

As-tu peur?

BERTRAND.

Ma foi! nous demeurons dans une maison qui est plantée toute seule au coin d'un bois, et quel bois encore! la forêt de Bondy!

DUGRAVIER.

Poltron!

BERTRAND.

Ah! il n'y a pas à s'y fier. Pas plus tard qu'hier, on a volé le cheval du curé; j'ai peur qu'on ne me vole aussi.

DUGRAVIER,

Imbécile! on me volerait plutôt que toi.

BERTRAND.

Ce voyage est donc bien pressé pour vouloir partir ce soir?

DUGRAVIER.

Mon ami, tu es prudent, je puis me confier à toi?

BERTRAND.

Vous pouvez me conter tous vos secrets, je suis sûr; tout ce que vous me dites m'entre par une oreille et me sort par l'autre; c'est comme si vous ne parliez pas.

DUGRAVIER.

C'est bien, mon garçon, c'est honnête. Apprends donc que deux bourgeois comme il faut, me demandent ma fille et ma nièce en mariage pour leurs fils.

BERTRAND.

Bien, monsieur, deux bourgeois; vous n'êtes pas fier, vous prospérerez.

DUGRAVIER.

Le premier est cet orfèvre qui demeure près de chez nous, à Paris.

BERTRAND.

M. Josse?

DUGRAVIER.

Oui, M. Josse; l'autre est M. Rose, ce gros trai-
teur de la rue au Foin, tu sais?

BERTRAND.

Oui, monsieur, la rue au Foin, j'y ai mangé queuqu'fois. Diable! v'là deux filles qui ne seront pas à
plaindre, l'une verra toujours de l'argent, et l'autre
est sûre de ne pas mourir de faim.

DUGRAVIER.

J'ai rendez-vous ce soir pour traiter l'affaire à
souper.

BERTRAND.

Allons, monsieur, partons. Il va faire nuit.

DUGRAVIER, appelant.

Julie! Julie!

JULIE, accourant.

Monsieur?

DUGRAVIER.

Dis à ma fille et à ma nièce que je veux les voir
avant de partir. (*Julie sort.*) Bertrand, tu crois donc
que ce bois n'est pas sûr?

BERTRAND.

Il n'y a pas de jour qu'on n'y voie queuqu' chose
dans ce bois-là.

DUGRAVIER, à part.

Diable! s'il disait vrai! (*Haut.*) N'aie pas peur,
mon garçon, je suis avec toi. (*A part.*) Ce bois-là
m'inquiète.

SCÈNE VI.

LES PRÉCÉDENS, REINE, LOUISE, JULIE.

QUINQUE.

REINE ET LOUISE.

Mon père, }
Mon oncle, } vous allez partir?

DUGRAVIER.

Oui, mes enfans, je vais partir.

ENSEMBLE.

Le temps est beau, la route est belle,
La promenade est un plaisir.

REINE, à part.

Bon! bon! il va partir,
César pourra venir.

BERTRAND.

Le temps est beau, la route est belle,
Mais en plein jour c'est un plaisir.

LOUISE, à part.

Bon! bon! il va partir,
Charles pourra venir.

DUGRAVIER.

Et demain je dois revenir
Avec une bonne nouvelle.

REINE ET LOUISE.

Avec une bonne nouvelle.

DUGRAVIER.

Ah! j'ai le plus joli projet....

REINE ET LOUISE.

Dites-nous ce joli projet.

DUGRAVIER.

Non, non, c'est encore un secret.
Bertrand aurait voulu différer ce voyage,
Il dit que des voleurs sont dans le voisinage.

LES TROIS FEMMES.

Bon! bon! Bertrand est un poltron.

BERTRAND.

Bertrand l'a dit, il a raison.

DUGRAVIER.

Oui, je le crois un peu poltron;
Pourtant, fermez bien la maison.

BERTRAND.

Partons sans plus attendre,
La nuit va nous surprendre;
Cela me fait frémir.

REINE ET LOUISE.

Adieu! mon père.
Adieu! mon oncle.

DUGRAVIER *les embrasse.*

Adieu! ma belle.

JULIE, *à part.*

Eh! pourquoi donc, mademoiselle,
Le presse-t-elle de partir?

ENSEMBLE.

Le temps est beau, la route est belle,
La promenade est un plaisir.

REINE ET LOUISE, *à part.*

Bon! bon! il va partir,
L'ami pourra venir.

(*Dugravier sort, Reine et Louise le conduisent.*)

SCÈNE VII.

JULIE, seule.

Ah! ces demoiselles veulent le voir monter à cheval.
Il y a ici quelque chose qui m'étonne; ces jeunes filles
qui s'effrayaient toujours quand monsieur nous quit-
tait, le pressent aujourd'hui de faire son voyage. Y
aurait-il quelque rendez-vous? oh! non, impossible.
Mademoiselle Louise est l'innocence même, et mademoiselle Reine est fière comme son nom. Ah! mes
chères maîtresses!

COUPLETS.

Quoi! rien n'a pu vous animer?
Quoi! d'un amant le doux langage
N'a pas eu l'art de vous charmer?
En vérité, c'est grand dommage.
Un jeune cœur peut-il s'armer
D'une rigueur aussi sévère?
S'il est un âge pour aimer,
N'est-ce pas l'âge où l'on sait plaire?

Ah! profitons de nos beaux jours;
Comme un éclair le printemps passe:
Les ris, les jeux et les amours,
Plaisirs, tendresse, tout s'efface.
Aimons, aimons quand il le faut;
Trop différer serait démence:
Nous serons tristes assez tôt,
Sans nous y prendre encor d'avance.

SCÈNE VIII.

JULIE, LOUISE.

LOUISE.

Julie, tu es seule! tant mieux! j'ai bien des choses
à te dire.

JULIE.

Je vous écoute, mademoiselle.

LOUISE.

Mais, je ne sais par où commencer.

JULIE.

Commencez par le commencement.

LOUISE.

Ah! Julie, je me repens bien de ne pas t'avoir
parlé plus tôt; je ne serais pas aujourd'hui dans l'embarras.

JULIE.

Pauvre petite! qu'avez-vous donc qui vous tourmente?

LOUISE.

Depuis trois mois que je demeure chez mon oncle,
tu crois que je ne pense à rien?

JULIE.

Ah! vous pensiez! en voilà la première nouvelle.

LOUISE.

Oui, je pensais... à quelqu'un...

JULIE.

Auriez-vous un amant, par hasard?

LOUISE.

Non, mademoiselle, je n'ai point d'amant, mais
j'ai un bon ami.

JULIE.

Ah! c'est bien différent. Et d'où vous est-il venu ce bon ami?

LOUISE.

Tu sais que depuis que je suis orpheline, je demeurais chez une vieille parente; et dans la maison voisine, il y avait un jeune homme.

JULIE.

Un jeune homme!

LOUISE.

Il se nomme Charles : n'est-ce pas que c'est un joli nom?

JULIE.

Très-joli : quand on se nomme Charles, on est à coup sûr un homme fort aimable. Et comment avez-vous lié connaissance?

COUPLETS.

LOUISE.

Tous les jours il me regardait,
Et je le regardais de même ;
Un soir il me dit qu'il m'aimait,
Et je répondis : je vous aime.
Puis après, lui dis-je, entre nous,
Il faut savoir à qui l'on parle ;
Monsieur, comment vous nommez-vous?
Il m'a répondu : je suis Charle.

JULIE.

Il vous a dit tout cela?

LOUISE.

Il est tout simple et sans façon,
Mais sa figure est bien gentille ;
Et quoique ce soit un garçon,
Il est sage comme une fille.

J'y pense avec contentement,
Avec plaisir aussi j'en parle :
Non, je n'aurai jamais d'amant,
Je ne veux que mon ami Charle.

JULIE.

Ah! il n'y aura rien à dire.

LOUISE.

Il sait lire, écrire et compter :
Ah! c'est vraiment un talent rare ;
Il sait danser, il sait chanter,
Il sait jouer de la guitare.
Puis il a de l'esprit vraiment,
Il faut l'entendre quand il parle ;
Va! je me passe bien d'amant,
Quand je suis avec l'ami Charle.

JULIE.

Mais ce jeune homme si aimable veut sans doute
vous épouser?

LOUISE.

Il m'épousera quand je voudrai.

JULIE.

Et depuis trois mois que vous êtes ici, vous ne
m'avez rien dit de cela?

LOUISE.

Je n'osais.

JULIE.

Eh! pourquoi osez-vous à présent?

LOUISE, en hésitant.

C'est que Charles est près d'ici.

JULIE.

Près d'ici?

LOUISE.

Oui, il se promène autour du jardin; il a remarqué qu'il y avait un trou à la haie du verger.

JULIE.

Ah! il a vu cela? (*A part.*) Quelle innocente!

LOUISE.

Et si tu veux, il pourra venir ici sans qu'on le sache.

JULIE.

Comment prétendez-vous le faire entrer?

LOUISE.

Si tu voulais en parler à ma cousine, elle le laisserait peut-être souper avec nous.

JULIE.

Parler à votre cousine? vous n'y pensez pas: à votre cousine, qui est la sévérité même, et qui ne veut ni amant, ni bon ami!

LOUISE.

Oh! tu pourrais lui tourner cela d'une certaine façon... Tu as plus d'esprit que moi. Ah! Julie, parle-lui en, je t'en prie, tu ne t'en repentiras pas. La voici : je me sauve, elle me fait peur.

JULIE.

Je me garderai bien de lui en rien dire, c'est une vertu trop farouche : retirons-nous.

SCÈNE IX.

JULIE, REINE.

REINE.

Julie!

JULIE.

Mademoiselle?

REINE.

Restez, j'ai à vous parler; mais avant tout, je vous prie de ne tirer aucune conséquence maligne de ce que je vais vous dire.

JULIE.

Pourquoi craignez-vous...

REINE, avec fierté.

Je sais que les domestiques sont portés à mal penser de leurs maîtres, et qu'ils se plaisent à noircir les actions les plus innocentes.

JULIE.

Mademoiselle, ce préambule m'étonne. J'ai pour vous la plus profonde estime.....

REINE.

Je n'ai pas besoin de votre estime, mais de votre discrétion.

JULIE.

De ma discrétion?

REINE, sèchement.

Je vous ai déjà dit de ne tirer aucune conséquence de mes paroles.

JULIE.

Parlez, mademoiselle. (*A part.*) Comme elle est douce!

REINE.

J'ai connu à Paris une personne très-honnête et très-estimable; cette personne désire me parler d'une affaire très-intéressante, et je crois qu'elle pourra bien venir ce soir...

JULIE.

Quand elle voudra, mademoiselle, je l'introduirai.

REINE.

Ce monsieur...

JULIE.

Ah! c'est un monsieur?

REINE.

C'est un monsieur.

JULIE, à part.

J'y suis. C'est le jour des confidences.

REINE.

Il m'a fait demander un moment d'entretien, et je crois devoir y mettre de la circonspection; vous savez que le monde est prompt à soupçonner les jeunes personnes.

JULIE.

Et bien injustement.

REINE.

AIR.

Que les hommes sont méchans !
Que les femmes sont à plaindre !
Elles ont toujours à craindre
Les propos des médisans.
Pour un jeune homme bien fait,
Si je marque de l'estime,
Tout aussitôt qu'on le sait,
Le monde m'en fait un crime ;
Et de la plus pure estime ,
Il me faut faire un secret ,
Comme si c'était un crime.
Que les hommes sont méchans ! etc.

Et si cet homme est aimable,
D'une figure agréable ;
Ah ! mon dieu ! c'est encor pis ;
Écoutez nos étourdis :
Ils vont dire que je l'aime ,
Et que s'il était mal fait,
Sans esprit, vieux et bien laid ,
Il n'en serait pas de même.
Que les hommes sont méchans, etc.

JULIE.

Le monde n'a pas le sens commun, car un aimable garçon convient parfaitement à une fille aimable.

REINE.

Celui-là est fort honnête; il se nomme César.

JULIE.

César! ce doit être un bien brave homme.

REINE.

Sans doute : mais malgré cela, comme je ne veux pas l'entretenir en secret, je désirerais qu'il pût venir.....

JULIE.

J'entends, mademoiselle; qu'il pût venir souper ici, puisque monsieur votre père n'y sera pas.

REINE.

Je n'y vois pas d'inconvénient. Ainsi, je voudrais que vous en parlassiez à ma cousine; elle a grande confiance en vous, elle vous aime; recommandez-lui donc de n'en rien dire à mon père : elle est un peu simple, ma cousine, et par étourderie, elle pourrait faire penser...

JULIE.

Mademoiselle, je ne me charge pas de cela.

REINE.

Eh! pourquoi?

JULIE.

Cette pauvre innocente! cela pourrait lui donner des idées..... Tenez, la voici, parlez-lui vous-même, les domestiques ne doivent pas traiter des affaires si délicates. (*A part.*) Bon! c'est pour lui apprendre à s'expliquer plus franchement.

SCÈNE X.

LES PRÉCÉDENS, LOUISE.

LOUISE, bas à Julie.

Eh bien! as-tu parlé?

JULIE, bas à Louise.

O mon dieu! non; elle est trop sévère, intraitable.

REINE, à part.

Je ne sais comment m'y prendre; cette petite niaise m'embarrasse plus que ne ferait une fille d'esprit.

LOUISE, à Julie.

Je ne sais comment lui conter cela.

JULIE, à part.

Les voilà aux prises, qu'elles s'arrangent.

(*Elle sort.*)

SCÈNE XI.

REINE, LOUISE.

LOUISE.

Ma cousine, nous serons donc seules à souper?

REINE.

Mais selon toute apparence.

LOUISE.

N'est-il pas vrai que c'est bien triste?

REINE.

Est-ce que vous aimeriez mieux qu'il y eût quelqu'un avec nous?

LOUISE.

Oh! quelqu'un, c'est à savoir.

REINE.

Il y a donc des personnes que vous préféreriez?

LOUISE.

Ce n'est pas de moi que je parle, ma cousine; c'est de vous.

REINE, fièrement.

De moi!

LOUISE.

Mais oui, si vous vouliez qu'il y eût quelqu'un, moi je voudrais aussi.

REINE, de même.

Et sur quoi jugez-vous que je le veuille?

LOUISE.

Je ne juge pas, ma cousine : je dis cela comme çà, sans conséquence.

REINE, vivement.

Voyons, voyons, répondez.

LOUISE, à part.

Ah! quel ton sec et dur!

REINE.

Si par exemple un jeune homme.....

LOUISE, à part.

Un jeune homme!

REINE.

Aimable et bien fait....

LOUISE, à part.

Ah! mon dieu! elle connaît Charles.

REINE.

Venait me voir et restait à souper, dites, Louise, que penseriez-vous?

LOUISE souriant.

Je penserais que c'est votre bon ami.

REINE, sévèrement.

Mon bon ami! et vous croyez que j'ai un bon ami?

LOUISE, avec crainte.

Je ne crois rien, ma cousine. (*A part.*) Ah! mon dieu! Charles ne viendra pas.

REINE, se radoucissant.

Vous oseriez donc recevoir un bon ami dans l'absence de votre oncle?

LOUISE, à part.

Elle veut savoir mon secret.

REINE, vivement.

Répondez donc.

LOUISE.

Non, ma cousine, je ne le recevrais pas. (*A part.*) Oh! comme elle est méchante!

REINE, à part.

Pas moyen de lui faire entendre raison.

LOUISE.

Nous souperons donc seules?

REINE, durement.

Oui!

LOUISE, à part.

Tant pis!

SCÈNE XII.

LES PRÉCÉDENS, JULIE.

JULIE, à part.

Elles se boudent, je vais les raccommoder. (*Bas à Reine.*) Eh bien! mademoiselle?

REINE, à Julie.

C'est une sotte.

JULIE, à Reine.

Faites toujours venir ce monsieur, je me charge de tout.

REINE.

Vrai?

JULIE, très-bas.

Je vous en réponds; mais qu'il ne se montre pas avant le souper.

REINE.

Bon!

JULIE, bas à Louise.

Eh bien! elle ne veut pas?

LOUISE, de même.

Hélas! non. Le pauvre Charles va s'enrhumer.

JULIE, de même.

Allez le faire entrer, j'arrangerai tout cela.

LOUISE.

Bien sûr?

JULIE, très-bas.

Mais qu'il se cache jusqu'au souper.

LOUISE.

Ah! que je suis contente!

JULIE, haut.

Mesdemoiselles, il me vient une bonne idée; tandis que monsieur soupe joyeusement à Paris, si nous faisions un petit souper gai, pour nous consoler de son absence?

REINE.

C'est bien vu.

LOUISE.

Très-bien vu.

JULIE.

Laissez-moi disposer cela, vous serez contentes.

REINE.

Fais ce que tu voudras.

LOUISE.

Tout ce que tu voudras.

JULIE, bas à Reine.

J'ai cru voir quelqu'un sous le berceau près de la petite porte.

REINE.

C'est César.

JULIE, bas à Louise.

J'ai vu un beau jeune homme près de la haie du verger.

LOUISE, bas.

C'est Charles. Il a passé par le trou.

REINE.

Julie, je te laisse; songe à notre petit souper.

LOUISE, bas à Julie.

Charles aura bon appétit.

REINE, bas à Julie.

Il faudrait un peu plus de bonne chère.

JULIE.

Ne craignez rien, mesdemoiselles; il y en aura pour tout le monde.

(*Reine sort d'un côté, et Louise de l'autre.*)

SCÈNE XIII.

JULIE, seule.

Ah! mes chères maîtresses, nous n'avons rien à nous reprocher, et quand je veux bien servir vos amours, vous voudrez bien être indulgentes pour les miens. Oh! le joli petit souper que nous allons faire!

26.

AIR.

Vive l'amour et la gaîté !
Plus de soucis, plus de tristesse !
Plus de froideur, plus de fierté !
Un bon souper bien apprêté,
Des cœurs unis par la tendresse.
Vive l'amour, etc.

Ah ! quel joli moment,
Amour, tu nous prépares !
Point de Bertrand,
Le père absent,
Chacune son amant :
C'est bien dommage assurément,
Que ces momens-là soient si rares.
Vive l'amour, etc.

J'entends mademoiselle Louise, allons nous occuper du petit repas.   (*Elle sort.*)

SCÈNE XIV.

LOUISE, CHARLES.

LOUISE.

Mon pauvre Charles, vous avez eu bien de l'ennui d'attendre si long-temps.

CHARLES.

Je ne m'ennuyais pas, mais j'ai vu un homme qui rôdait autour du jardin.

LOUISE.

Vous craignez les hommes ?

CHARLES.

Pas toujours ; mais il y a ici près un bois sur lequel on fait des histoires... Je ne suis pas encore habitué à me trouver seul dans les champs; j'ai été élevé chez ma tante, qui tient pension de jeunes demoiselles : nous étions en sûreté là.

LOUISE.

Ecoutez, Charles; ma cousine ne sait pas que vous êtes ici, et en attendant que Julie lui parle, il faudra vous cacher.

CHARLES.

Ah! Et où?

LOUISE.

Dans ce cabinet; vous vous enfermerez en dedans, et vous n'ouvrirez que quand je vous appellerai.

CHARLES, ouvrant le cabinet.

Voyons.

LOUISE.

N'aurez-vous pas peur sans chandelle?

CHARLES.

Non, si vous ne m'y laissez pas long-temps.

LOUISE.

Çà, Charles, vous m'épouserez?

CHARLES.

Mon papa m'a promis de parler à votre oncle pour çà.

DUO.

LOUISE.

Je pense toujours au moment
Où je deviendrai votre femme.

CHARLES.

Rien que d'y penser, dans mon âme
Je sens un doux frémissement.

ENSEMBLE.

Je pense toujours au moment
Où je deviendrai votre ⎫
Où Louise sera ma ⎭ femme.

LOUISE.

Mais lorsque nous serons époux,
Dis–moi, Charles, que ferons–nous ?

CHARLES.

Alors nous nous dirons : je t'aime.

LOUISE.

Nous pouvons le dire à présent.

CHARLES.

Nous nous le dirons plus souvent.

LOUISE.

Et ce sera toujours de même ?

CHARLES.

Mais ce sera toujours charmant.

LOUISE.

J'ai cru que c'était autrement.
On dit qu'après le mariage,
Le mari n'aime plus autant.

CHARLES.

Quand je serai dans mon ménage,
Je ferai comme auparavant.

LOUISE.

Aujourd'hui nous dirons : je t'aime.

CHARLES.

Nous le dirons encor demain.

LOUISE.

Et puis encore après demain ?

CHARLES.

Et puis toujours, et puis sans fin.

CHARLES.	LOUISE.
Et ce sera toujours de même,	Et ce sera toujours de même ?
Mais ce sera toujours charmant.	J'ai cru que c'était autrement.

LOUISE.

On vient, cachez-vous. (*Charles entre dans le cabinet
à gauche.*) C'est ma cousine ; ne lui parlons pas, elle
devinerait mon secret.   (*Elle sort.*)

SCÈNE XV.
REINE, CÉSAR.

REINE.

Oui, mon cher César, en attendant que Julie ait
trouvé un expédient pour vous faire souper avec nous,
il faut que vous restiez caché dans l'un de ces cabinets.

CÉSAR.

Dites-moi, ma reine, y a-t-il des hommes dans
cette maison ?

REINE.

Non ; mon père et Bertrand sont partis.

CÉSAR.

C'est qu'en tâchant de m'introduire dans le verger,
j'ai vu dans l'ombre un petit monsieur qui semblait
avoir le même dessein. J'ai couru sur lui, il a disparu.

REINE.

C'est sans doute quelque personne mal intention-
née qui venait du bois voisin, mais votre présence
me rassure.

CÉSAR.

Tant que je serai près de vous, n'ayez aucune
crainte. Ah ! ma reine, je voudrais vous voir attaquée
par tous les brigands de la forêt, pour avoir le plaisir
de vous défendre.

REINE.

C'est cela aimer ! ah ! quand pourrais-je vous nom-
mer mon époux ?

CÉSAR.

Quand serai-je le roi de ma reine!

REINE.

Ma cousine peut venir, passez dans ce cabinet.

CÉSAR, veut ouvrir le cabinet où est Charles.

Il ne s'ouvre pas.

REINE.

Eh bien! dans l'autre; enfermez-vous, et attendez que je vous appelle.

CÉSAR.

Bel astre! ne tardez pas à luire pour moi.

REINE, en s'en allant.

Il est charmant! il est charmant!

(*Elle sort.*)

SCÈNE XVII.

CÉSAR, seul.

Personne ne paraît, il n'est pas encore temps d'entrer dans ma retraite.

(*Charles entr'ouvre sa porte, et voit le grand chapeau de César.*)

CHARLES, à part.

Ah! mon dieu! qu'est-ce que c'est que çà?

CÉSAR.

Je vais donc passer une soirée délicieuse! j'entends toujours des amans se plaindre; je n'ai jamais cette satisfaction, tout me réussit.

CHARLES, à part.

Il est bien heureux!

CÉSAR.

D'autres ont affaire à des rivaux redoutables; moi, quand j'ai un rival, je le tue, et tout est dit. (*Charles referme sa porte.*) C'est trop de bonheur, en vérité.

AIR.

Fortune! en ce monde
Tu fais trop pour moi;
Ta main me seconde,
Je ne sais pourquoi:
Toujours sans obstacles,
Tu combles mes vœux;
Pour me rendre heureux,
Tu fais des miracles.
Ah! de ta faveur
Sois donc plus avare;
Jouissance rare
Est plus douce au cœur.
Par quelques alarmes
Viens donc m'affliger;
L'amour sans danger
Est presque sans charmes.
Trompe mes désirs
Et mes espérances;
De quelques souffrances
Mêle mes plaisirs.

Mais j'entends du bruit, il est temps de me retirer. (*Il entre dans le cabinet à droite.*)

Notez que les portes des cabinets s'ouvrent en dehors, de sorte que celui qui est dedans peut se faire voir du public sans être vu des acteurs.

SCÈNE XVII.

JASMIN, seul.

(*Il entre par la fenêtre.*)

Il n'y a personne; je puis entrer. Songeons d'abord où nous nous cacherons en attendant Julie. (*Il veut ouvrir les cabinets.*) Ah! ces cabinets sont fermés. Il faut cependant me mettre quelque part, car si les

demoiselles me voyaient, cela dérangerait le rendez-
vous. Eh! sous cette table!... on se gêne un peu pour
quelques instáns. (*Il soulève le tapis.*) Ce meuble n'a
pas été fait pour y coucher un honnête homme.... je
m'y mettrai.

AIR.

Un moment de gêne,
Un instant de peine,
Nous fait mieux sentir
Celui du plaisir.
En amant bien tendre,
Sans nous affliger,
Il me faut attendre
L'heure du berger.
Espérer et craindre,
Jouir et se plaindre,
Voilà tour à tour,
Le sort de l'amour.
Mais un peu de gêne,
Mais un peu de peine,
Nous fait mieux sentir
L'instant du plaisir.
Allons, allons, sans plus attendre,
Sous ce tapis retirons-nous.

(*Il se couche sous la table, dont le tapis, plus court par devant, le laisse voir aux spectateurs. Il chante sous la table.*)

La couche n'en est pas trop tendre,
Mais en amour tout semble doux.

(*Dans ce moment César et Charles entr'ouvrent les portes de
leurs cabinets.*)

CÉSAR.

Ma Reine se fait bien attendre.

CHARLES.

Louise se fait bien attendre.

TOUS DEUX.

Mais point de bruit, contraignons-nous.

TOUS TROIS.

Car pour l'amour tout semble doux,
Oui, pour l'amour tout semble doux.

EN TRIO, *la reprise de l'air.*

Un moment de gêne,
Un moment de peine,
Nous fait mieux sentir
Celui du plaisir.
Un amant bien tendre, etc.

SCÈNE XVIII.

JASMIN, *sous la table;* CHARLES, *sortant du cabinet.*

CHARLES, se croyant seul.

Voyons s'il y est encore.

JASMIN, à part.

Ah! ah! quel est ce jeune cadet?

CHARLES.

Je voudrais bien voir Louise; elle me dirait peut-
être quel est le vilain homme qui était ici.

(*Il s'avance au milieu du théâtre.*)

JASMIN.

Il n'a pas l'air trop assuré.

CHARLES.

On ouvre cette porte!

SCÈNE XIX.

LES PRÉCÉDENS, CÉSAR, *sortant de son cabinet.*

CÉSAR, se croyant seul.

Est-ce qu'elle ne viendra pas?

JASMIN, à part.

Encore un autre !

CHARLES.

Ah! mon dieu! quelle figure!

CÉSAR, voyant Charles.

Je crois que voilà le monsieur du verger.

CHARLES, à part.

Si c'était un voleur !

CÉSAR, à Charles en courant vers lui.

Monsieur, peut-on vous demander ce que vous faites ici?

CHARLES, tremblant.

Monsieur....

CÉSAR, vivement.

Répondez.

CHARLES.

Monsieur....

CÉSAR, enfonçant son chapeau.

Répondez donc.

CHARLES, ne pouvant rentrer dans son cabinet.

Il va me tuer !

(Charles fait le tour de la table, entre dans le cabinet où était César, et s'y enferme.)

CÉSAR.

Il entre dans mon cabinet; le lâche! il s'y enferme. On vient, il ne me reste que ce parti.

(César entre dans le cabinet où était Charles.)

JASMIN, sous la table.

Ils ont troqué. Voyons ce que cela deviendra. Ces messieurs ont une drôle de manière de venir souper à la campagne.

SCÈNE XX.

JASMIN, LOUISE.

LOUISE, avec une lumière.

Julie m'a dit que je pouvais le faire sortir; je vais déprisonner le pauvre Charles.

JASMIN, sous la table.

Ah! c'était un rendez-vous.

LOUISE, près du cabinet où était Charles.

Venez, venez : est-ce qu'il dort?

JASMIN.

Je crois qu'elle se trompe.

LOUISE.

Venez donc, c'est moi.

SCÈNE XXI.

LES PRÉCÉDENS, CÉSAR.

CÉSAR, se montre.

Me voici.

LOUISE, effrayée, laisse tomber sa bougie.

Ah!

CÉSAR, rentre dans le cabinet.

Ce n'est pas elle.

LOUISE, crie.

A moi! Julie! ma cousine!

SCÈNE XXII.

LES PRÉCÉDENS, REINE, JULIE.

(*Julie tient une lumière qu'elle pose sur la table.*)

REINE.

Eh bien! Louise!

JULIE.

Mademoiselle!

LOUISE, crie.

Un voleur est entré chez nous.

REINE.

Taisez-vous donc.

JULIE.

Ne criez pas.

LOUISE.

Il va nous tuer, toutes, toutes.   (*On entend sonner.*)

JULIE.

O ciel! on sonne.

LOUISE.

N'ouvre pas.

REINE.

Qui peut venir à cette heure?

JULIE, près de la porte du fond.

O mon dieu! c'est monsieur votre père.

REINE.

Mon père!

LOUISE.

Mon oncle!

JULIE.

Il monte avec Bertrand.

REINE.

Comment faire?

JULIE.

Paix! les voici.

JASMIN, sous la table.

Diable! je ne souperai pas de sitôt.

SCÈNE XXIII.

LES PRÉCÉDENS, DUGRAVIER, BERTRAND.

DUGRAVIER, fort ému.

Ah! nous sommes en sûreté!

REINE.

Qu'avez-vous, mon père?

JULIE.

Qui vous a forcé à revenir si vîte?

DUGRAVIER.

Demandez à Bertrand.

BERTRAND.

Dam'! c'est que nous avons fait une rencontre, et monsieur qui a eu peur, s'est sauvé ici.

DUGRAVIER.

Dis donc que c'est toi qui as voulu revenir.

BERTRAND.

Toujours est-il que vous avez tourné le dos et galopé joliment.

DUGRAVIER.

C'est ma maudite jument qui a rebroussé chemin malgré moi.

BERTRAND.

La pauvre bête avait un pressentiment.

DUGRAVIER.

Mes enfans, je veux me reposer, laissez-moi.

REINE, à part.

Dieu, comment va-t-il sortir?

LOUISE, à part.

Et le pauvre Charles, où est-il?

JULIE.

Monsieur, vous souperez au moins?

DUGRAVIER.

Je n'ai point d'appétit: par grâce, mes enfans, retirez-vous.

LOUISE.

Mais, mon oncle.....

DUGRAVIER.

Point de mais! allez souper, couchez-vous, et surtout enfermez-vous bien.

REINE, à part.

O ciel! que deviendra-t-il?

DUGRAVIER.

Eh bien! m'entendez-vous?

REINE.

Bon soir, mon père!

LOUISE.

Bon soir, mon oncle!   (*Elles ne bougent pas.*)

DUGRAVIER.

Bon soir! bon soir!

JASMIN, sous la table.

Comment, bon soir!

JULIE, à part:

Heureusement que Jasmin n'est point venu.

DUGRAVIER.

Sortez donc. (*Il les pousse, et ferme la porte.*) Bertrand, ferme aussi cette porte et prend la clef.

SCÈNE XXIV.

DUGRAVIER, BERTRAND, JASMIN.

JASMIN, sous la table.

Est-ce que je vais coucher ici?

BERTRAND.

Dieu merci! il n'y a plus personne que nous.

DUGRAVIER.

Dis-moi, Bertrand, es-tu sûr que ces gens étaient des voleurs?

BERTRAND.

Ma fine! moi, je n'en sais rien; je vous ai dit: voilà trois hommes, et tout de suite vous avez tourné le dos.

DUGRAVIER.

Bertrand, il faut que je vende cette maison, tu y deviendrais malade de peur.

BERTRAND.

Vendez-la, monsieur; l'air n'y est pas meilleur pour vous que pour moi.

DUGRAVIER.

Allons, trembleur, donne-moi ma robe de chambre. (*Bertrand sort.*) Fermons aussi cette fenêtre.

JASMIN, sous la table.

Il m'a coupé la retraite.

BERTRAND, revient.

Voilà la robe de chambre.

JASMIN, sous la table.

Est-ce qu'il va se coucher?

DUGRAVIER.

Mon bonnet de nuit.

BERTRAND.

Le voilà.

(*Dugravier met sa robe de chambre et son bonnet de nuit.*)

JASMIN, sous la table.

S'il voulait m'en donner un aussi?

BERTRAND.

Monsieur!

DUGRAVIER.

Eh bien?

BERTRAND.

N'avez-vous rien entendu?

DUGRAVIER.

Non.

BERTRAND.

Il me semble qu'on a soupiré.

DUGRAVIER, *déguisant sa peur.*

Soupiré! on ne devrait jamais demeurer avec des poltrons, c'est un mal qui se gagne.

BERTRAND.

Oui, monsieur, ça se gagne, car j'ai bien peur chez vous.

DUGRAVIER, *s'assied près de la table.*

Approche cette lumière; j'ai tant couru que je crains d'avoir perdu quelques papiers.

JASMIN, *sous la table.*

Coûte que coûte, il faut essayer de sortir.

DUGRAVIER.

Voilà les lettres, voilà....

BERTRAND.

Monsieur! monsieur!

DUGRAVIER.

Quoi donc?

BERTRAND.

Une porte qui s'ouvre toute seule!

(*Charles pousse doucement sa porte, qui s'ouvre en dehors.*)

DUGRAVIER, *tremblant, d'une voix étouffée.*

Juste ciel!

CHARLES, *à part et timidement.*

Est-ce qu'elle va me laisser·là jusqu'à demain?

DUGRAVIER, de même.

Bertrand, va chercher main-forte.

BERTRAND, mourant de peur.

Je n'ai plus de jambes, monsieur.... et l'autre porte qui s'ouvre !

DUGRAVIER, ne pouvant plus articuler.

Miséricorde !

CÉSAR, poussant sa porte doucement.

Puisqu'elle ne vient pas, il faut sortir.

(Dugravier et Bertrand aperçoivent le grand chapeau.)

DUGRAVIER ET BERTRAND.

Ah ! c'est fait de nous !

(César et Charles se regardent un moment.)

JASMIN, très-fort.

Sauve qui peut!

(Dans ce moment, Jasmin sort de dessous la table en tirant le tapis, qu'il jette sur Dugravier et sur Bertrand qui sont tombés à terre ; il s'avance vers la fenêtre, l'ouvre et saute; Charles, qui est près de la croisée, s'enfuit, et saute après Jasmin ; enfin César traverse le théâtre à grandes enjambées, et saute après eux. Les bougies sont tombées et éteintes ; Dugravier et Bertrand crient d'une voix étouffée.)

DUGRAVIER ET BERTRAND, à terre.

Au voleur! au voleur! au secours! Ah! ah! ah!

BERTRAND, toujours à terre, et après une longue pause.

Monsieur, ils sont partis.

DUGRAVIER, de même.

Combien étaient-ils?

BERTRAND.

J'en ai compté sept. (Il se relève.)

DUGRAVIER, toujours à terre.

Sept! bon dieu!

BERTRAND, debout, à son maître qui est couché.

Ah! monsieur, que vous êtes heureux de n'avoir jamais peur!

DUGRAVIER, se relevant.

Maudite maison de campagne!

(*On entend frapper aux deux portes du fond; Dugravier et Bertrand retombent à terre.*)

DUGRAVIER et BERTRAND.

Ah! mon dieu!

BERTRAND.

Les voilà qui reviennent.

REINE, derrière la porte.

Mon père, qu'avez-vous donc?

LOUISE, de même.

Mon oncle!

JULIE, de même.

Monsieur, c'est nous.

DUGRAVIER, se relève.

Ce sont elles, va ouvrir, Bertrand... va donc, poltron.

BERTRAND, avant d'ouvrir.

Êtes-vous seules?

JULIE et REINE.

Oui, ouvre.

SCÈNE XXV.

LES PRÉCÉDENS, REINE, LOUISE, JULIE.

REINE.

Mon père, qu'est-il donc arrivé?

JULIE.

Quel tapage, grand dieu!

DUGRAVIER.

Cette maison est pleine de voleurs!

BERTRAND.

Et des figures! ah!

DUGRAVIER.

Heureusement que ma contenance les a fait fuir.

(*On entend la cloche.*)

JULIE.

Entendez-vous comme on sonne?

DUGRAVIER.

Je crois que tous les diables se sont donné rendez-vous dans ma maison.

(*On sonne encore.*)

BERTRAND.

Ils sont sortis par la fenêtre, ils veulent rentrer par la porte.

(*On entend de loin la voix de Jasmin.*)

JASMIN.

Ouvrez, ne craignez rien, ce sont des amis.

JULIE.

Ah! monsieur, c'est Jasmin, ce sont nos voisins qui viennent à notre secours.

BERTRAND.

Et vous oserez leur ouvrir?

(*On sonne encore.*)

DUGRAVIER.

Qu'en penses-tu, Julie? ouvriras-tu?

JULIE.

Oui, monsieur, j'ouvrirai; je ne crains pas les voleurs; qu'est-ce qu'ils me prendraient?

DUGRAVIER.

Ma fille, et vous, ma nièce, vous pouvez dire que vous l'échappez belle. Quel bonheur que je sois revenu si à propos!

BERTRAND.

Si ces voleurs là vous tenaient.... pauvres petites!

REINE.

Combien étaient-ils donc?

DUGRAVIER.

Bertrand en a vu sept!

REINE et LOUISE.

Sept!

BERTRAND.

Sans compter ceux qui ont défilé quand nous étions à terre.

REINE.

Je n'y conçois rien.

LOUISE.

Ni moi non plus.

SCÈNE XXVI et DERNIÈRE.

LES PRÉCÉDENS, JULIE, CÉSAR, CHARLES, JASMIN.

CÉSAR.

Rassurez-vous, mesdames.

REINE, à part.

C'est lui!

CHARLES, à Dugravier.

Monsieur, n'ayez pas peur.

LOUISE, à part.

C'est mon petit Charles!

CÉSAR.

Le plus heureux hasard nous a conduits près de votre maison ; nous avons vu des voleurs qui franchissaient la haie du jardin, nous avons couru sur eux, et la fuite seule a pu les dérober à nos coups ; j'avais d'abord pris ce jeune homme pour un de ces messieurs....

CHARLES.

J'en disais bien autant de vous.

CÉSAR.

Mais, après une courte explication, j'ai vu qu'il n'avait que des intentions honnêtes. Bannissez donc toute crainte, et comptez-nous, mesdames, au nombre de vos amis et de vos défenseurs.

DUGRAVIER.

Quoi ! messieurs, c'est à vous que nous devons....

CÉSAR.

Oui, monsieur, c'est à nous que vous devez tout ceci.

BERTRAND.

J'ai déjà vu ce visage-là.

DUGRAVIER.

Messieurs, comme il y a des coquins qui ont l'air de fort honnêtes gens, excusez si je prends la liberté de vous demander qui vous êtes.

CÉSAR.

Monsieur, je me nomme César Josse.

CHARLES.

Et moi, monsieur, Charles Rose.

DUGRAVIER.

O ciel ! qu'ai-je entendu ! Quoi ! vous êtes monsieur Josse ? Quoi ! vous êtes monsieur Rose ?

CÉSAR et CHARLES.

Oui, monsieur.

DUGRAVIER.

Le fils de monsieur Josse....

CÉSAR.

L'orfèvre votre voisin.

DUGRAVIER.

Le fils de monsieur Rose....

CHARLES.

Qui fait noces et festins.

DUGRAVIER.

Ah! monsieur Josse! Ah! monsieur Rose! quel bonheur de vous voir ici! Vous savez sans doute que vos parens m'ont demandé pour vous les mains de ma fille et de ma nièce?

CÉSAR.

Mon père me l'avait promis.

CHARLES.

Le mien aussi.

DUGRAVIER, montrant les lettres qui sont éparses sur le plancher.

Tenez, voilà les lettres de messieurs vos pères. J'étais déjà disposé à ce mariage, mais l'action héroïque que vous venez de faire suffirait seule pour me décider. Ma fille, ma nièce, qu'en dites-vous?

REINE.

Je vous obéis avec d'autant plus de plaisir que j'ai déjà beaucoup d'estime pour monsieur.

LOUISE.

Et moi, mon oncle, j'aimais déjà bien Charles.

CHARLES.

C'est vrai, ça.

DUGRAVIER.

Vous vous connaissiez! mais je ne me souviens pas que monsieur Rose ait eu un fils qui se nommât Charles.

CHARLES.

Oh! c'est que j'ai deux noms. Mon papa m'appelle Charles, mais maman m'appelle Joujou.

DUGRAVIER.

Je me souviens de Joujou; comme il a grandi!

BERTRAND.

C'est qu'il est à bonne cuisine.

JASMIN.

Monsieur, je suis l'un des héros qui vous ont secouru; puis-je espérer la même récompense?

DUGRAVIER.

Que puis-je faire pour toi, mon garçon?

JASMIN.

Depuis long-temps je soupire pour l'aimable Julie...

BERTRAND, brusquement.

Et moi aussi, je soupire.

JULIE.

Oui, monsieur, ils m'aiment tous deux; mais voyez, jugez et choisissez.

DUGRAVIER.

Ne prends pas Bertrand, c'est un poltron.

JASMIN.

Bien jugé!

BERTRAND.

Je m'en moque, là! On ne veut pas que je sois marié, eh bien!... je ne le serai pas!

DUGRAVIER.

Allons, mes enfans, soupons, passons gaîment la soirée, et demain nous irons à Paris assurer votre bonheur.

VAUDEVILLE.

DUGRAVIER.

En ce monde, je l'admire,
Tout s'arrange comme il faut.
On a bien raison de dire
Que tout est écrit là haut.
Quand un hasard favorable,
Ici vous réunit tous,
On se donnerait au diable,
Que c'était un rendez-vous. (*bis.*)

LOUISE, *à Charles.*

Nous allons donc dire : j'aime !

CHARLES.

Et le dire à tout moment !

LOUISE.

Ce sera toujours de même.

CHARLES.

Ce sera toujours charmant.

CÉSAR, *à Reine.*

Reine, l'hymen nous engage ;
Jouissons d'un sort si doux.

REINE.

Mais après le mariage,
N'ayez plus de rendez-vous.

CÉSAR.

Je n'en aurai qu'avec vous.

JASMIN, *à Julie.*

Avec toi, chère Julie,
Sans en craindre le danger,

Dans la grande confrérie,
Jasmin veut bien s'engager :
Et quant au destin contraire
Qui menace les époux....

JULIE, parle.

Que veux-tu dire, faquin ?

JASMIN.

Fais que ton mari, ma chère,
Ne soit pas du rendez-vous.　　　(*bis.*)

BERTRAND.

Dans cette heureuse aventure,
Dont chacun se trouve bien,
Bertrand fait triste figure,
Et lui seul il n'aura rien.

DUGRAVIER, *à Bertrand.*

Mais tu seras de la fête.

CHARLES, *à Bertrand.*

Le repas se fait chez nous.

BERTRAND, parle.

Le repas ! ma foi ! malgré la jalousie qui me poignarde, quand il s'agit d'un repas... (*Il chante.*)

Je ne suis pas assez bête
Pour manquer au rendez-vous.　　(*bis.*)

JULIE, *au parterre.*

Messieurs, pour ce badinage,
N'ayez pas trop de rigueur ;
Et d'un triple mariage
Ne troublez pas la douceur.
A cette petite fête,
Quand je vous invite tous,
Il ne serait pas honnête
De manquer au rendez-vous.　　(*bis.*)

FIN.

LE ROMAN

D'UNE HEURE,

ou

LA FOLLE GAGEURE,

COMÉDIE EN UN ACTE ET EN PROSE,

REPRÉSENTÉE POUR LA PREMIÈRE FOIS EN 1803,
SUR LE THÉÂTRE FRANÇAIS.

PERSONNAGES.

LUCILE, jeune veuve.

VALCOUR, amant de Lucile.

LISETTE, suivante.

La scène est à Paris, chez Lucile.

AVERTISSEMENT DE L'AUTEUR.

« CETTE petite pièce est tombée tout à plat, en 1803, sur le Théâtre-Français. Comme il n'y a que trois personnages, et qu'ils étaient représentés par mademoiselle Contat, mademoiselle Devienne et M. Fleury, j'ai dû croire que cette chute était très-légitime, et, depuis quinze ans, je n'ai pas songé une seule fois à faire imprimer l'ouvrage. Cependant les acteurs de Paris qui ont parcouru la province, y ont porté et joué cette comédie, qui est restée au répertoire dans un très-grand nombre de villes. On en a successivement multiplié les copies, elle s'est jouée presque partout, et, aujourd'hui, elle compte plus de mille représentations depuis sa chute. Ce succès *extrà muros* ne m'aurait pas paru un motif suffisant pour accorder les honneurs de l'impression à cette bagatelle; mais j'apprends qu'un pirate de la librairie en a dérobé un manuscrit et en a fait une édition subreptice. Ce serait peut-être le cas de plaindre le voleur; je le remercierais même s'il avait fait une édition correcte; mais on m'assure qu'elle n'est pas lisible, et que je n'y reconnaîtrais pas mon ouvrage. Je suis donc forcé de recourir à l'impression, et il a fallu toute la maladresse du contrefacteur pour m'y résoudre. Si j'avais eu l'intention de réclamer contre le jugement du public de Paris, je n'aurais pas attendu quinze ans pour le faire. »

Cet avertissement, publié en 1818, par M. Hoffman, nous dispense d'entrer dans aucun autre détail
au sujet de cette comédie. Nous ajouterons seulement
qu'elle a été reprise à l'Odéon en 1821, et jouée constamment avec succès jusqu'en 1829, époque à laquelle
ce théâtre a de nouveau fermé ses portes. Espérons
qu'elles ne tarderont pas à se rouvrir dans l'intérêt
de l'art et dans celui des gens de lettres.

LE ROMAN

D'UNE HEURE,

ou

LA FOLLE GAGEURE,

COMÉDIE.

SCÈNE PREMIÈRE.

LUCILE, assise à une table.

LISETTE!

LISETTE, travaillant.

Madame?

LUCILE.

As-tu vu mon avocat?

LISETTE.

Oui, madame.

LUCILE.

Eh bien! ce procès finira-t-il?

LISETTE.

Il finira quand les gens d'affaires se lasseront de le prolonger.

LUCILE.

Sais-tu que ces retards me gênent? J'ai apporté beaucoup d'argent; mais dans ce Paris.....

LISETTE.

Cela va vîte, quand on plaide surtout.

LUCILE.

Ce qui me console, c'est que ma cause est bonne, et que je ne puis perdre mon procès.

THÉATRE. T. II.   28

LISETTE.

Je sais bien que vous avez raison, mais si vous aviez beaucoup d'argent, vous auriez deux fois raison, et votre cause en serait meilleure.

(*Un silence.*)

LUCILE.

Lisette !

LISETTE.

Madame ?

LUCILE.

Je m'ennuie.

LISETTE.

C'est le veuvage.

LUCILE.

Mais je m'ennuyais autrefois.

LISETTE.

C'était le mariage.

LUCILE.

Que faut-il donc faire pour se désennuyer?

LISETTE.

Il faut de l'amour.

LUCILE.

Mais l'amour conduit au mariage.

LISETTE, soupirant.

C'est vrai, tout finit.   (*Un silence.*)

LUCILE.

Lisette !

LISETTE.

Madame ?

LUCILE.

Donne-moi un livre.

LISETTE.

Lequel ?

LUCILE.

Le premier venu.

LISETTE.

Il vous ennuiera.

LUCILE.

C'est égal, j'ai pris mon parti.

(*Lisette lui donne un livre.*)

LISETTE, en donnant le livre.

Il faut avouer que vous avez bien du malheur : vous aimez les choses singulières, originales et même bizarres ; et dans une ville comme Paris, vous êtes condamnée à vivre de la manière la plus insipide et la plus monotone.

LUCILE.

Tu as bien raison. Depuis deux mois, je n'ai pas souri.

LISETTE.

Il faut espérer qu'à la fin quelques originaux viendront nous amuser.

LUCILE.

J'en ai grand besoin.

LISETTE.

Et moi aussi.

(*Lucile se lève, et va lire en s'appuyant à la fenêtre.*)

LISETTE, à part.

On se met à la fenêtre.... Je gage que le voisin est à la sienne....

LUCILE.

Qu'est-ce que vous dites?

LISETTE.

Je dis que je vais chanter.

LUCILE.

Non, taisez-vous.

LISETTE.

Depuis quelque temps madame aime bien à se mettre à la fenêtre.

28.

LUCILE, ironiquement.

Vous faites des observations?

LISETTE.

Non, je veux dire que madame a besoin de prendre l'air; preuve d'ennui.

LUCILE.

Occupez-vous de votre ouvrage.

LISETTE, à part.

De l'humeur! Le voisin n'y est pas. Se regarder, et ne pas se parler..... Voilà pourtant deux mois que cela dure. Un bon mariage vaudrait mieux que cet amour en perspective. On dit que ce monsieur est le plus honnête homme, et le plus aimable original...... Eh bien! qu'il se présente donc, avec de l'esprit, on ne doit pas manquer de prétexte pour venir consoler des femmes qui s'ennuient.

LUCILE, jette un cri.

Ah!

LISETTE.

Qu'avez-vous, madame?

LUCILE.

Courez vîte en bas, j'ai laissé tomber mon livre dans la rue.

LISETTE.

Votre livre, madame?

LUCILE.

Courez donc, voilà un jeune homme qui le ramasse; je crains qu'il ne le rapporte.

LISETTE.

Ah! c'est un jeune homme; courons. (*Elle sort.*)

SCÈNE II.

LUCILE, seule.

Que cette fille est lente! Ce monsieur va croire.....
Je ne sais s'il m'a vue.... Oh! il a regardé.... s'il allait
monter!..... ce serait la faute de cette fille..... ou la
mienne.

SCÈNE III.

LUCILE, LISETTE.

LISETTE.

Ce monsieur veut absolument vous remettre le
livre; il ne m'a pas donné le temps de descendre. Je
crois que c'est celui qui demeure vis-à-vis.....

LUCILE.

Ce monsieur!

LISETTE.

Oui, qui a l'air si poli, qui se met toujours à sa
fenêtre quand vous êtes à la vôtre, qui me salue
toujours quand il me rencontre... madame doit comprendre.

LUCILE.

Il veut, dites-vous?

LISETTE, plus bas.

Il est là, il tient le livre, et ne veut le rendre qu'à
vous.

LUCILE.

Cela est inconcevable! c'est votre lenteur qui cause
cette imprudence.

LISETTE.

Décidez-vous, madame; entrera-t-il?

LUCILE.

Mais... un inconnu... cela ne se peut pas.

LISETTE.

Il emportera le livre.

LUCILE, avec humeur.

Mademoiselle, je veux mon livre absolument.

LISETTE, ouvrant la porte.

Entrez, monsieur.

SCÈNE IV.

LUCILE, LISETTE, VALCOUR.

LUCILE.

Ah! monsieur, pourquoi vous donner la peine de le rapporter?

VALCOUR.

La peine, madame? je n'en ai éprouvé qu'en doutant si je serais introduit.

LUCILE.

N'ayant pas l'honneur d'être connue de vous, je dois trouver fort extraordinaire...

VALCOUR.

Madame, cela est tout simple; vous laissez tomber un livre, je le ramasse; je vous le rapporte, vous le recevez; il n'y a là dedans rien d'extraordinaire que le plaisir que j'éprouve en ce moment.

LUCILE.

Il est au moins étonnant que vous ayez insisté pour entrer chez moi.

VALCOUR.

Je vous avais vue, madame; il était tout simple que j'insistasse.

LUCILE.

Malgré votre extrême politesse, je dois vous faire observer que c'est la première fois que j'ai l'honneur de vous voir.

VALCOUR.

Madame, il faut toujours qu'on se voie une première fois.

LUCILE.

Mais il y a apparence que ce sera aussi la dernière.

VALCOUR.

La dernière, madame?... Si ce doit être le dernier bonheur de ma vie, permettez-moi de le prolonger.

LUCILE.

Il y a de l'obstination, monsieur.

VALCOUR.

Avouez qu'elle est bien pardonnable; et plus vous serez décidée à me renvoyer, plus je dois retarder le moment où je cesserai de vous voir.

LUCILE, avec dépit.

Eh bien! restez, monsieur.

LISETTE, à part.

Il n'y manquera pas.

VALCOUR.

Madame, si vous étiez assise, vous seriez beaucoup mieux.

LUCILE.

Et pourquoi, monsieur?

VALCOUR.

C'est que j'aurais moins de scrupule à rester plus long-temps.

LUCILE, *prenant une chaise.*

Il faudra cependant que cet entretien finisse.

(*Elle s'assied.*)

VALCOUR, *prenant aussi une chaise.*

Madame, ce ne sera pas de ma faute. (*Il s'assied.*)

LUCILE.

Mais enfin, quel plaisir trouvez-vous!...

VALCOUR.

Madame, j'ai des yeux.

LUCILE.

C'est une déclaration que vous me faites.

VALCOUR.

Oui, madame.

LUCILE.

Et la première fois que vous me voyez!

VALCOUR.

Quand je vous la ferais quinze jours plus tard, qu'y gagnerions-nous tous deux?

LUCILE.

Oh! rien, assurément; car je n'en croirais pas un mot.

VALCOUR.

Je vous demande pardon, madame; vous me croyez.

LUCILE.

Je vous crois, monsieur?

VALCOUR.

Oui, madame : il est impossible que vous ignoriez que vous êtes charmante, et que vous avez infiniment d'esprit; et vous ne me faites pas l'injure de croire que je ne sais pas apprécier ces avantages.

LUCILE.

Je sais donc, selon vous, que j'ai de l'esprit et de
la beauté.

VALCOUR.

Il y a long-temps sans doute que vous le savez,
puisqu'il ne m'a fallu qu'un moment pour m'en assurer.

LISETTE.

Madame a-t-elle besoin de moi?

LUCILE, avec humeur.

Je n'en sais rien; monsieur m'occupe tellement!...

VALCOUR, à Lisette.

Mademoiselle, je n'ai rien à dire que vous ne
puissiez entendre; cependant que je ne vous oblige
point à rester, si vous avez à sortir.

LUCILE, se lève.

J'espère que monsieur prendra le même parti.

VALCOUR, se lève.

Ah! madame, votre espoir sera trompé.

LUCILE.

Quand monsieur me verra seule il n'abusera point
de mon embarras.

LISETTE.

J'entends, madame.   (*Elle sort.*)

SCÈNE V.

LUCILE, VALCOUR.

LUCILE.

Monsieur reste donc?

VALCOUR.

Madame, si vous vous fâchez, je vais me rasseoir.

LUCILE.

Oh! j'aime mieux plaisanter. Mais voyons; de quelle utilité peut être votre entêtement à rester chez moi?

VALCOUR.

Je n'ose croire qu'il me sera utile, mais mon plaisir est incontestable.

LUCILE.

Vous devriez un peu consulter le mien.

VALCOUR.

Mais, madame, j'ai l'amour-propre de croire que je vous amuse.

LUCILE.

Vous pourriez avoir deviné.

VALCOUR.

Je devine assez bien, madame.

LUCILE.

Ah! vous croyez peut-être que vous avez déjà su me plaire?

VALCOUR.

Convenez au moins que cela n'est pas impossible.

LUCILE.

Je vois bien, monsieur, qu'il faut se décider à rire; continuez.

VALCOUR.

Vous croyez donc impossible que deux personnes s'aiment à la première vue?

LUCILE.

Quand cela ne serait pas impossible, je ne conçois pas qu'on se le dise.

VALCOUR.

Cela est pourtant bien naturel. La première vue

suffit pour nous apprendre si une personne nous plaît. Tout ce qui arrive après est une suite de ce premier moment : pourquoi donc attendre des mois entiers, pour s'instruire de ce qu'on savait dès le premier jour?

LUCILE.

Bon moyen pour être trompé !

VALCOUR.

Eh! n'est-on pas trompé autrement?

LUCILE.

On l'est moins.

VALCOUR.

Ni plus, ni moins, madame.

LUCILE.

Monsieur, prenez-vous ce ton-là avec toutes les femmes?

VALCOUR.

Je vous proteste que c'est la première fois.

LUCILE.

Cela est très-gracieux. En effet, vous avez l'air d'un galant homme, et je ne dois attribuer qu'à mon imprudence, la conduite plus que légère que vous avez avec moi.

VALCOUR.

Si vous voulez m'entendre, vous conviendrez que je n'ai pu agir autrement.

LUCILE.

Voilà qui est charmant! vous deviez être impertinent une fois dans votre vie, et c'est sur moi que tombe la préférence.

VALCOUR.

Daignez m'écouter et me juger. Je connais le

monde; je sais comme un autre en prendre les ma-
nières; mais en suivant les règles ordinaires, j'aurais
été réduit à vous rendre votre livre, à vous saluer
avec retenue, et à m'éloigner tristement sans avoir
l'espérance de vous revoir jamais. Entre deux maux,
il a fallu choisir, et j'ai mieux aimé risquer de vous
déplaire, que de perdre la seule occasion qui pût
m'approcher de vous.

LUCILE.

De sorte que je dois vous remercier?

VALCOUR.

Vous devez me pardonner, madame; et si dans la
suite je me sers encore des mêmes moyens, c'est que
j'aime mieux vous piquer que de vous être indif-
férent.

LUCILE.

Il faut avouer que le hasard qui a fait tomber mon
livre, me procure une aventure bien agréable!

VALCOUR.

Si c'est un hasard, madame, je dois m'estimer
heureux.

LUCILE.

Mais enfin, qu'espérez-vous de tout ceci? Quels
sont vos projets?

VALCOUR.

De vous voir le plus long-temps possible.

LUCILE.

Décidément?

VALCOUR.

Décidément.

LUCILE.

Eh bien, monsieur, asseyons-nous.

VALCOUR.

J'allais vous en prier.

LUCILE.

Je vous ai dit que votre démarche me paraissait inutile; maintenant je commence à la croire dangereuse.

VALCOUR.

Pour qui, madame?

LUCILE.

Oh! pour vous.

VALCOUR.

Veuillez m'expliquer cela.

LUCILE, riant.

Avec un cœur capable de s'enflammer à la première vue, vous courez de très-grands risques.

VALCOUR.

Lesquels, madame?

LUCILE.

De devenir amoureux.

VALCOUR.

A cet égard, madame, je ne risque plus rien.

LUCILE.

Cela est déjà fait?

VALCOUR.

Absolument.

LUCILE.

Il me prend envie de vous croire, pour m'amuser davantage.

VALCOUR.

Amusez-vous en toute sûreté.

LUCILE.

Et d'après vos principes sur l'inflammation des cœurs, vous croyez sans doute que la sympathie agit déjà sur moi?

VALCOUR.

Je n'ose répondre; ma franchise a paru vous déplaire.

LUCILE.

Oh! ne vous gênez pas; je commence à m'y habi-
tuer.

VALCOUR.

C'est bon signe.

LUCILE.

Vous espérez donc?

VALCOUR.

Sans cela, serais-je ici?

LUCILE.

Monsieur, permettez-moi de rire.

VALCOUR.

D'autant plus volontiers, que le rire vous sied à
merveille.

LUCILE.

Mais quel est le motif de votre confiance?

VALCOUR.

C'est qu'un homme est toujours sûr de se faire
aimer quand il a véritablement le désir de plaire.

LUCILE.

Vous êtes sûr de cela?

VALCOUR.

Cela ne manque que par maladresse.

LUCILE.

Si votre recette n'est pas la meilleure, elle est au
moins la plus originale.

VALCOUR.

C'est pour cela que j'espère, madame.

LUCILE.

Un homme est donc sûr de se faire aimer quand il le veut; et vous, monsieur, qui réunissez plusieurs avantages, vous avez sûrement plus de confiance qu'un autre?

VALCOUR.

C'est une probabilité de plus.

LUCILE.

Et quand commencerai-je à ressentir ces effets inévitables?

VALCOUR.

Dès à présent, madame.

LUCILE, riant.

Ah! je vous aime déjà?

VALCOUR.

Je ne dis point cela, mais mon sort est déjà décidé; et si dans la suite vous devez m'aimer ou me haïr, ce sera toujours une conséquence nécessaire de cette première entrevue.

LUCILE.

Mais vous êtes bien sûr que je me déciderai plutôt à vous aimer?

VALCOUR.

Pas absolument sûr; mais je le parierais.

LUCILE.

Vous parieriez que je vous aimerai?

VALCOUR.

Oui, madame.

LUCILE.

Et dans combien de temps, s'il vous plaît?

VALCOUR.

Vous seriez étonnée, si je vous disais combien il en faut peu.

LUCILE.

Oh ! dites tout; vous avez carte blanche.

VALCOUR.

Eh bien, madame, je demanderai.... vingt-quatre heures.

LUCILE.

Tout ce temps-là, monsieur !

VALCOUR.

Si je gagne plutôt, ce sera tant mieux.

LUCILE.

Mais comment saurez-vous si vous avez gagné ?

VALCOUR.

A l'expiration du terme, vous déclarerez vos sentimens, et je m'en rapporterai à votre bonne foi.

LUCILE.

Cette confiance est bien flatteuse !

VALCOUR.

C'est un calcul, madame.

LUCILE.

Un calcul ?

VALCOUR.

Sans doute. Dans toute autre circonstance, quand vous m'aimeriez, les préjugés et la décence vous imposeraient la loi de me le cacher; mais quand vous aurez parié, la probité vous forcera à me faire un aveu commandé par votre délicatesse.

LUCILE, ironiquement.

Le calcul même m'est trop favorable pour que je puisse m'en offenser. Mais paririez-vous cher ?

VALCOUR.

Tout ce qu'on voudra.

LUCILE.

En vérité, je suis fâchée que nous nous connais-
sions si peu, car j'aurais grande envie de tenir la gageure, ne fût-ce que pour vous punir de votre présomption.

VALCOUR.

Je me nomme Valcour, madame. Mes parens se
sont distingués dans la carière des armes; moi-même
j'ai un régiment.

LUCILE.

Je m'en suis doutée. Moi, monsieur, je me nomme
Lucile d'Ercourt, veuve de M. de Terni; je suis ici
pour un procès, et je m'y ennuie beaucoup.

VALCOUR.

Je m'en suis douté, madame. Eh bien! nous nous
connaissons, voulez-vous parier?

LUCILE.

J'en suis tentée. Mais un scrupule me retient; j'ai
trop beau jeu, et je n'aime pas à jouer à coup sûr.

VALCOUR.

J'ai les mêmes scrupules, madame; ainsi nous pouvons les faire taire mutuellement. Pariez-vous?

LUCILE, piquée.

Oui, monsieur, je parie.

VALCOUR.

Sérieusement?

LUCILE.

Oh! très-sérieusement. Quelle est la somme?

VALCOUR.

Je puis, dans ce moment, disposer de cinq cents
louis.

LUCILE.

Cinq cents louis! quand vous connaîtriez l'état de ma fortune, vous n'auriez pas touché plus juste. Je dois douze mille francs.

VALCOUR.

Prenez garde d'en devoir vingt-quatre.

LUCILE.

Prenez garde de payer mes dettes.

VALCOUR.

Si vous m'aimez, nous les paierons ensemble.

LUCILE.

Allons, monsieur! C'est décidé, à ce qu'il paraît.

VALCOUR.

J'en donne ma parole.

LUCILE.

Et moi la mienne.... mais je réfléchis.... J'espère que vous n'avez pas prétendu rester chez moi pendant les vingt-quatre heures que durera l'épreuve?

VALCOUR.

A la rigueur, cela devrait être dans le marché. Mais je ne veux pas vous surprendre; je ne vous demande que la permission de vous faire trois visites, et celle-ci comptera pour une.

LUCILE.

Cela est très-généreux. Et à quelle époque ces visites auront-elles lieu?

VALCOUR.

Successivement. Celle-ci sera l'exposition; la seconde, la preuve; et la troisième, la conclusion, c'est-à-dire le paiement....

LUCILE.

Que vous me ferez.

VALCOUR.

Que je viendrai recevoir.

LUCILE.

Je ne m'en dédis pas. Commencez donc à faire jouer la séduction.

VALCOUR.

J'ai commencé il y a long-temps, madame.

LUCILE.

Je ne m'en suis pas aperçue.

VALCOUR, souriant.

Maintenant que le pari me donne le droit de me représenter chez vous, je ne veux point abuser de l'avantage que me donnerait un trop long entretien.

LUCILE.

Je vous conseille de ne pas revenir.

VALCOUR.

Ah! madame, vous avez peur.

LUCILE.

J'ai peur pour vous, monsieur.

VALCOUR.

Ayez moins de pitié, madame; la pitié est dangereuse.

LUCILE.

Le pari tient donc sérieusement?

VALCOUR.

En voulant vous dédire, c'est me donner gagné.

LUCILE.

Me dédire? point du tout. Vous méritez une correction.

VALCOUR.

Elle sera douce, madame; je vous laisse à vous-
même; la solitude est un piége que je vous tends.

LUCILE.

J'en conviens; il est possible que je vous aime mieux
de loin que de près.

VALCOUR.

Nous saurons bientôt cela, madame.

(*Il sort.*)

SCÈNE VI.

LUCILE, seule.

Voilà un plaisant original! il mérite bien...... Oh!
bon, il ne reviendra pás. Monsieur a voulu s'amuser.
Quel imperturbable sang froid! Il y a dans ses impertinences une certaine grâce qui empêche de s'en
fâcher sérieusement. Mais s'il revenait, que dois-je
faire? Me moquer de lui.... il est aimable.... il est impossible qu'il espère gagner une gageure aussi folle.
Que sais-je? Il est assez prévenu en sa faveur pour se
croire sûr de son fait.... il a bien ce qu'il faut pour
plaire..... Mais il a besoin d'une leçon, et dussé-je
donner les cinq cents louis à Lisette, je suis décidée
à les gagner. Ils sont gagnés.... Qui pourrait aimer un
fou de cette espèce?..... Il a de l'esprit...... il m'a presque embarrassée. Je m'en vengerai. Oh! je serais bien
fâchée qu'il ne revînt pas! Il est amusant.

SCÈNE VII.

LUCILE, LISETTE.

LUCILE.

Ah! Lisette, combien tu as perdu à t'en aller!

LISETTE.

Je n'ai rien perdu, madame; je sais tout.

LUCILE.

Tu écoutais?

LISETTE.

Après le début de ce monsieur, qui aurait pu résister au désir de savoir le reste?

LUCILE.

As-tu jamais entendu de pareilles impertinences?

LISETTE.

J'en ai entendu bien d'autres.

LUCILE.

Comment! tu n'as pas été choquée de son insolente
présomption?

LISETTE.

Moi, madame? j'en ai ri de bon cœur.

LUCILE.

Et que dis-tu de la gageure?

LISETTE.

Je ne l'aime pas la gageure.

LUCILE.

Pourquoi?

LISETTE.

Elle est trop chère.

LUCILE.

Tant mieux; elle est proportionnée à la folie de
celui qui l'a faite.

LISETTE.

Vous n'auriez pas dû la risquer.

LUCILE.

Comment, la risquer? Que voulez-vous dire?

LISETTE.

Vous avez un procès qui vous coûte beaucoup, et douze mille francs ne sont pas une petite somme.

LUCILE.

Imbécile, est-ce que tu crois que je vais les perdre?

LISETTE.

Vous m'avez toujours dit que vous n'êtes pas heureuse au jeu.

LUCILE.

Impertinente! vous croyez que je vais me prendre d'une passion subite?

LISETTE.

Est-ce qu'on est maître de cela, madame?

LUCILE.

Non pas vous, mais moi.

LISETTE.

Madame, il ne faut pas défier les fous; il est capable de vous plaire, comme il le dit.

LUCILE.

Vous me jugez d'après vous, sans doute?

LISETTE.

Moi, madame, je ne risquerais rien; je lui dirais jusqu'à demain, *je ne vous aime pas.*

LUCILE.

Et vous mentiriez pour gagner les douze mille francs?

LISETTE.

J'ai souvent menti pour moins que cela.

LUCILE.

Oh! je vous crois.

LISETTE.

Madame, si ce monsieur revient, je lui dirai donc
que vous ne l'aimez pas du tout?

LUCILE.

Qui est-ce qui vous charge de cette commission?
Ne puis-je la faire moi-même?

LISETTE.

C'est que vous êtes trop honnête femme; vous n'o-
serez jamais mentir.

LUCILE.

Elle n'en démordra pas. N'ayez aucune inquiétude;
ne vous mêlez de rien, et quand Valcour reviendra,
appelez-moi.   (*Elle va prendre son livre.*)

LISETTE.

Madame, ne prenez pas ce livre.

LUCILE.

Et pourquoi?

LISETTE.

Je crois qu'il vous a porté malheur.

LUCILE.

Que vous êtes sotte! Je vois bien qu'avec vous on
ne risquerait rien à faire de pareilles gageures.

LISETTE.

Madame a-t-elle besoin de moi?

LUCILE.

Restez. Vous direz à Valcour.... Non, ne lui dites
rien. Vous m'appellerez... (*Elle revient.*) Si je faisais
dire que je n'y suis pas?.... Non, non, vous m'appellerez.   (*Elle sort.*)

SCÈNE VIII.

LISETTE, seule.

Puisqu'il est question de gageure, je gagerais bien
que je sais ce que madame va faire. Elle était en négligé, quand le livre fatal est tombé maladroitement, ou
adroitement par la fenêtre; elle n'a pas eu le temps
d'ajouter à sa parure. Cela est fâcheux. Elle n'a pu
paraître avec tous ses avantages; elle va prendre sa
revanche. Un chapeau plus élégant, un tour donné
aux cheveux, tout cela est d'une très-grande conséquence à une première entrevue. Je gagerais ensuite
que le négligé était la principale cause de sa mauvaise
humeur. Je gagerais encore qu'elle ne m'a pas dit de
lui aider à sa toilette, parce qu'elle a craint mes observations. Je gagerais enfin que madame a grand peur
de perdre sa gageure, et grande envie de ne pas la
gagner; et je gage par dessus tout, que mes gageures
valent mieux que la sienne.

SCÈNE IX.

LISETTE, VALCOUR.

VALCOUR.

Vous êtes seule, Lisette?

LISETTE.

Je vais chercher madame.

VALCOUR.

Non pas, non pas: j'ai à vous parler.

LISETTE.

Parlons, monsieur. D'ailleurs je crois que madame
est occupée.

VALCOUR.

Occupée !

LISETTE.

Très-sérieusement.... au miroir.

VALCOUR.

Tu crois ?

LISETTE.

Vous verrez si je me trompe.

VALCOUR.

Dis-moi, Lisette ; tu aimes ta maîtresse ?

LISETTE.

De tout mon cœur.

VALCOUR.

Et moi aussi. Depuis combien de temps est-elle veuve ?

LISETTE.

Un an depuis hier.

VALCOUR.

C'est bien. Aimait-elle beaucoup le défunt ?

LISETTE.

Je vous assure qu'elle l'aimait très-décemment.

VALCOUR.

Bon. Quel homme était-ce ?

LISETTE.

Désagréable, d'humeur fâcheuse dans son intérieur, dur pour ses domestiques, froid et brutal avec sa femme ; mais hors de la maison, il était le plus aimable homme du monde.

VALCOUR.

Je connais de ces aimables-là. Ta maîtresse a-t-elle été bien affligée de la mort de l'époux ?

LISETTE.

Oh ! monsieur, elle a jeté les hauts cris, s'est arra-

ché les cheveux, et elle a pleuré coup sur coup,
comme une femme qui se presse de sortir d'affaires.

VALCOUR.

Y a-t-il long-temps que son chagrin s'est adouci?

LISETTE.

Il n'en est plus question. Madame n'a pas payé sa
dette en détail; sa douleur s'est acquittée tout de suite.

VALCOUR.

Mais tu dis qu'il n'y a qu'un an?

LISETTE.

Monsieur, n'est-ce pas bien honnête? Le premier
jour qu'une femme est veuve, elle n'a que deux partis
à prendre : ou le chagrin la tue; ou bien il la laisse
vivre. S'il la tue, tout est fini : il n'y a plus de chagrin; s'il la laisse vivre, il faut bien qu'elle se décide;
on se désole pendant trois jours, on pleure pendant
trois semaines, on est triste pendant trois mois; vous
vous voyez bien qu'il reste encore neuf mois de deuil
pour se consoler.

VALCOUR.

Vous joueriez bien ce rôle-là.

LISETTE.

J'en jouerais bien d'autres. Et votre gageure?
croyez-vous la gagner?

VALCOUR.

Qu'en penses-tu?

LISETTE.

Je ne sais trop que vous dire : vingt-quatre heures,
c'est bien peu; si vous aviez demandé le double, encore passe. Cependant, si j'en crois certains présages...

VALCOUR.

Je pourrai bien gagner....

LISETTE.

Un cœur, et douze mille francs.

VALCOUR.

Je me contente de la première moitié.

LISETTE.

Monsieur, donnez-moi l'autre.

VALCOUR.

Cela est possible.

LISETTE.

Vraiment?

VALCOUR.

Veux-tu parier aussi avec moi?

LISETTE.

J'ai peur de perdre.

VALCOUR.

Si je te donne un mari jeune, bien fait, honnête homme, et une dot, je gage que tu le refuseras.

LISETTE.

Payez, monsieur, vous avez perdu.

VALCOUR.

Attends, tu n'y perdras rien. Mais écoute : quand ta maîtresse te parlera de moi, je te recommande de lui dire tout le mal que tu pourras imaginer.

LISETTE.

Du mal de vous? Madame s'en fâchera.

VALCOUR.

Je l'espère.

LISETTE.

Oh! que je vous entends bien. Je ne l'avais pas deviné. Eh bien! faut-il avertir madame?

VALCOUR.

Quand tu voudras,.... A propos, dis-moi : ta maîtresse a un procès?

LISETTE.

C'est vrai.

VALCOUR.

Une partie de sa fortune en dépend.

LISETTE.

Comment savez-vous cela?

VALCOUR.

Je sais beaucoup de choses que j'ai l'air d'ignorer.

LISETTE.

Vous connaissez les motifs.....

VALCOUR.

Tout. Je sais même que Lucile, trop fière pour avoir recours à ses amis, aime mieux s'exposer à perdre son procès, que de leur procurer le plaisir de lui rendre service.

LISETTE.

Comment, monsieur?

VALCOUR.

Va avertir ta maîtresse.

LISETTE, à part en sortant.

Avec cet homme-là, on peut jouer à qui perd gagne. *(Elle sort.)*

SCÈNE X.

VALCOUR, seul.

Oui, charmante femme, je vous servirai malgré vous. Si les moyens que j'emploie sont bizarres, vous saurez un jour que ma folie n'avait d'autre but que celui de vous être utile. Faisons donc pour perdre la gageure, tout ce qu'un autre ferait pour la gagner.

SCÈNE XI.

VALCOUR, LUCILE, *plus parée.*

LUCILE.

Vous voilà, monsieur! pardonnez-moi; mais je n'espérais plus vous revoir.

VALCOUR.

Vous pensez mieux de moi, madame. Vous étiez bien sûre que je n'y manquerais pas.

LUCILE.

Cette folie est si étonnante, que je ne puis concevoir comment je m'y suis prêtée.

VALCOUR.

La suite vous étonnera bien davantage.

LUCILE.

Faut-il encore plaisanter?

VALCOUR.

Je le voudrais de tout mon cœur, mais malheureusement, cela n'est plus possible.

LUCILE.

Comment! vous êtes devenu triste?

VALCOUR.

Il y a de bonnes raisons pour cela, madame.

LUCILE.

Je vous vois venir. Vous avez essayé de la gaieté, vous voulez maintenant m'attaquer par le sentiment.

VALCOUR.

Non, madame; je suis sérieux sans y tâcher.

LUCILE.

Mauvais moyen, monsieur; mauvais moyen. La

mélancolie ne me touche pas; elle me donne des va=
peurs, et m'ennuie à la mort. Vous voyez que je suis
généreuse; je ne veux pas que vous employiez des
armes inutiles.

VALCOUR.

Il ne m'est plus permis ni possible de prendre le
même ton. Ma tristesse ne vous paraîtra pas une ruse,
quand vous saurez qu'en sortant de chez vous, j'ai
appris une nouvelle qui me force à partir très-inces-
samment.

LUCILE.

J'en suis fâchée, monsieur; qui quitte la partie,
la perd.

VALCOUR.

Vous allez trop vîte, madame; je ne pars pas avant
les vingt-quatre heures, et la partie sera gagnée.

LUCILE.

Gagnée?

VALCOUR.

C'est ce qui m'afflige. Jugez de ma douleur, quand
il faudra me séparer de vous, au moment où vous me
ferez l'aveu de mon bonheur.

LUCILE.

Pour ne pas vous donner ces regrets, je romps la
gageure, et je vous laisserai partir dans le doute des
sentimens que j'ai pour vous.

VALCOUR.

Qui quitte la partie, la perd, madame. Et je vois
avec chagrin que vous paierez les frais de mon voyage.

LUCILE.

Ce qui me rassure, c'est que votre tristesse ne vous
ôte pas la présence d'esprit.

VALCOUR.

Non, madame. Il m'en reste même assez pour vous faire un reproche.

LUCILE.

Un reproche, monsieur?

VALCOUR.

En acceptant la gageure, vous ne m'avez pas dit que votre cœur était prévenu, et qu'il ne vous était plus possible d'en disposer en ma faveur.

LUCILE.

Qui vous a dit cela?

VALCOUR.

Je le sais trop pour mon malheur.

LUCILE.

Autre ruse! vous êtes jaloux, monsieur? Ce n'est pas le moyen de me plaire: mon mari l'était.

VALCOUR.

Ce n'est point jalousie, madame. Mais si vous aimiez déjà, vous sentez quel désavantage j'aurais dans le pari. J'ai pu espérer toucher un cœur libre; mais je n'ai jamais eu l'injurieux espoir de vous rendre infidèle.

LUCILE.

Que ce soit un détour, ou simple curiosité de votre part, je veux bien vous donner entière satisfaction sur cet article. Je vous jure que je ne suis nullement engagée, que mon cœur est absolument libre; excusez-moi, si j'ajoute qu'il est libre même auprès de vous.

VALCOUR.

Eh bien, madame, pourquoi dissimuler? C'est trop prolonger une plaisanterie qui vous fatigue. Connais-

sez donc celui que vous accusez de légèreté, de présomption et d'impertinence; ce n'est point d'aujour-
d'hui que j'ai le bonheur de vous voir. Ma maison est
vis-à-vis de la vôtre. Depuis un mois j'épie le moment
où je vous verrai paraître à cette fenêtre, et depuis
un mois je bénis le désœuvrement qui vous force à
vous y mettre pour vous distraire. Caché derrière une
jalousie, je vous contemple sans être vu. Quand vous
chantez, tous vos accens pénètrent dans mon cœur;
je me suis informé de tout ce qui vous concerne, je
connais la cause de vos inquiétudes, et croyez que je
m'y suis vivement intéressé. Aujourd'hui seulement,
le plus heureux hasard m'a fourni le prétexte d'entrer
chez vous. La manière étrange dont je m'y suis conduit était commandée par la crainte de ne plus
trouver l'occasion d'y revenir. Eh! que m'importe la
gageure? Je n'y puis perdre, puisqu'elle m'a procuré
l'inestimable plaisir de mieux vous connaître; je n'y
puis perdre, si vous avez la bonté de permettre que
cette entrevue ne soit pas la dernière. J'ajouterai
enfin, au risque de ne point obtenir votre confiance,
j'ajouterai que mon père veut me forcer à me marier,
qu'il m'ordonne de partir pour épouser une femme
qui n'a pas vos attraits, et qui n'aura pas mon amour,
puisque vous seule vous régnez sur mon âme. Je sens
la défiance que je dois vous inspirer, d'après la manière dont je me suis annoncé chez vous; mais je
mettrai tous mes soins à effacer cette impression dé-
favorable; et vous saurez bientôt que si je ne mérite
pas votre amour, j'ai le droit d'être votre ami.

(*Il sort.*)

SCÈNE XII.

LUCILE, seule.

Eh bien! il est sorti. Je suis d'un étonnement!...
Est-ce là cet homme si léger, si inconséquent? Quel
discours! quelle chaleur! Tout ce qu'il m'a dit est
d'une vraisemblance..... Serait-ce le comble de la
ruse? L'artifice saurait-il si bien imiter l'accent de la
vérité? Ah! cet homme est bien aimable, ou c'est un
monstre bien dangereux. Il a raison, l'on ne peut
avoir pour lui de l'indifférence; il faut qu'on l'aime,
ou qu'on le haïsse.

SCÈNE XIII.

LUCILE, LISETTE.

LISETTE.

Ah! madame, qu'avez-vous donc dit à M. de Valcour? il est entré si gai, et il est sorti si triste!

LUCILE.

Lisette!

LISETTE.

Madame?

LUCILE.

Je suis dans un grand embarras.

LISETTE.

Vous êtes triste aussi, madame? Est-ce que vous
auriez tous deux perdu la gageure?

LUCILE.

Lisette, Valcour me connaît; il m'a vue depuis
long-temps.

LISETTE.

Je le savais, madame; il m'a parlé de votre procès;
il m'a tout conté.

LUCILE.

Sais-tu que cela change bien les choses?

LISETTE.

Mais, oui; c'est très-différent.

LUCILE.

Aide-moi, Lisette; conseille-moi. Valcour est-il un étourdi; m'aime-t-il, ou veut-il se jouer de moi? Ce qu'il m'a dit est-il une ruse, pour gagner cette folle gageure, ou la gageure n'a-t-elle été qu'un moyen ingénieux ou original de me déclarer son amour?

LISETTE.

Moi, madame; je penche du bon côté. D'ailleurs ce monsieur est bien aimable.

LUCILE.

Aimable! vous croyez donc qu'on est aimable avec le ton de la fatuité, de la présomption, du persif-flage?

LISETTE.

C'est vrai; je n'y pensais pas. Il avait le ton bien leste, et même impertinent.

LUCILE.

Vous n'y entendez rien, ma chère amie; dans son impertinence même, il ne s'est jamais écarté du bon ton, et des égards qu'on doit à une honnête femme.

LISETTE.

Eh bien, je l'ai remarqué, il avait l'air très-res-pectueux, et je disais tout bas : Voilà un monsieur bien poli!

LUCILE.

Simple que vous êtes, un homme poli ne propose pas une gageure aussi ridicule et aussi peu décente.

LISETTE.

C'est juste·, madame ; gager avec une honnête femme qu'on lui tournera la tête, c'est d'une insolence !....

LUCILE.

Vous ne savez ce que vous dites : ce n'est point une insolence quand on y est forcé. Sans cette gageure, il n'aurait pu revenir chez moi ; car certainement, je ne l'y aurais pas invité.

LISETTE.

Ah ! oui, madame ; il vous l'a dit lui-même de la manière la plus honnête.

LUCILE.

Oh ! que vous avez l'esprit à rebours ! qui est-ce qui vous dit que cela est honnête ? Sans doute, la gageure est excusable ; mais le terme de vingt-quatre heures est une impertinence.

LISETTE.

J'allais vous le dire, madame ; vous avez eu bien tort d'accepter cette maudite gageure.

LUCILE.

Et non, je n'ai pas eu tort, puisque sans cela, il ne serait pas revenu ; et il est possible qu'il soit un fort honnête homme.

LISETTE.

Oh ! pour un honnête homme, j'en suis sûre.

LUCILE.

Vous en êtes sûre ? Fiez-vous donc aux hommes.

LISETTE.

Oh ! c'est bien vrai. Les hommes sont bien trompeurs ; il n'y en a pas un à qui l'on puisse se fier.

3o.

LUCILE.

Pas un! Laissez-moi. Vous prenez plaisir à me contredire, et si je vous écoutais, je ferais quelque sottise.

LISETTE, à part, en sortant.

Je crois que dans les vingt-quatre heures, il y en a vingt-trois de trop. *(Elle sort.)*

SCÈNE XIV.

LUCILE, seule.

Que l'on est à plaindre d'être obligé de se faire servir! Les domestiques sont un vrai fléau. Parce que je suis bonne, et que j'ai eu la faiblesse d'accorder à cette fille une certaine familiarité, elle se plaît à contrarier toutes mes opinions; elle va jusqu'à lire dans ma pensée. Mais Valcour reviendra-t-il? que dois-je penser de lui, que pense-t-il de moi?... Il m'a vue depuis long-temps..... Je le sais; je l'ai vu aussi.... Il dit qu'il va partir; je devrais le souhaiter, et je ne sais pourquoi je ne le souhaite pas. Parlera-t-il de la gageure? Il m'embarrasserait, car je ne veux pas la perdre, et je crois que je ne dois pas la gagner...

SCÈNE XV.

LUCILE, LISETTE.

LISETTE.

Deux lettres, madame.

LUCILE.

Deux?

LISETTE.

D'écriture différente.

LUCILE.

Ah ! voici celle de mon avocat.   (*Elle lit.*)

« Votre procès se juge en ce moment. Vous devez
» cette promptitude aux vives sollicitations de M. Val-
» cour qui depuis long-temps s'intéresse à l'affaire. »
Depuis long-temps ! Il m'a dit vrai. « Il n'a pas ajouté
» à la bonté de votre cause qui ne pouvait être meil-
» leure, mais il en a considérablement accéléré la dé-
» cision. Soyez sans inquiétude, dans deux heures,
» tout sera gagné.

    » J'ai l'honneur d'être, etc.

» A midi. »

Il est trois heures ; Lisette, mon sort est décidé ; et
je ne tarderai pas à en recevoir la nouvelle. Voyons
l'autre lettre : elle est de Valcour.   (*Elle lit.*)

« La seconde entrevue, madame, m'a prouvé que
» j'avais perdu la gageure. Vous trouverez ici en let-
» tres de change, la somme convenue entre nous. La
» troisième épreuve serait désormais inutile ; je ne
» paraîtrai donc chez vous que pour vous faire mes
» adieux. N'ayez, je vous prie, ni l'intention, ni
» l'espoir de me faire annuller la gageure ; si je l'avais
» gagnée, j'en aurais reçu le prix.

    » VALCOUR. »

Et moi, je vous dis, monsieur... non ; je le lui dirai
à lui-même.

LISETTE.

Eh ! madame, je devine le secret de tout ceci.
M. Valcour n'a imaginé cette gageure que pour vous
obliger malgré vous.

.LUCILE:

Eh! oui, Lisette; eh! oui, c'est cela; tu dis bien à
présent. En effet, je n'ai pas vu d'homme plus honnête et plus aimable, et cette gageure était trop ex-
travagante pour être faite de bonne foi.

LISETTE,

Est-ce que vous auriez la cruauté de la gagner?

LUCILE.

Cela serait affreux, Lisette. Te l'avouerai-je? et la
gageure et le gain de mon procès n'ont de charmes
pour moi, qu'en ce qu'ils me prouvent que je suis
aimée depuis long-temps, et que cet homme, si
léger en apparence, s'occupait de mon bonheur dans
le moment où je le jugeais si défavorablement.

LISETTE.

Je crois que madame ne s'ennuiera plus.

LUCILE..

Mais il va partir : on veut le marier.

LISETTE.

Le marier?

LUCILE.

Il part pour cela.

LISETTE.

Eh bien, madame, en vous épousant, il obéira
sans sortir d'ici.

LUCILE.

Vous allez bien loin, Lisette.

LISETTE.

Au contraire, madame.

SCENE XVI ET DERNIÈRE.

LUCILE, LISETTE, VALCOUR, *en habit de voyage.*

LUCILE.

Ah! monsieur, c'est donc à vous que je dois le zèle qu'on a mis à terminer ce malheureux procès?

VALCOUR.

Madame, c'est une chose si simple, qu'on aurait pu se dispenser de vous en instruire.

LUCILE.

J'apprendrai bientôt, sans doute, quel a été le succès de vos soins.

VALCOUR.

Cela est fini, madame. Votre procès est gagné complètement.

LUCILE.

Quoi! monsieur....

VALCOUR.

J'avais donné ordre qu'on vînt me l'apprendre sur-le-champ; et j'accours pour vous le confirmer.

LUCILE.

C'est à vous que je dois ce bonheur, et c'est par vous que j'en reçois la nouvelle. Je ne vous cache point que ce sont deux plaisirs à la fois. Mais... vous allez partir?

VALCOUR.

Ma voiture m'attend à votre porte.

LUCILE.

Mais, dites-moi; ce mariage, ce départ, sont-ils tellement indispensables.....

VALCOUR.

Le mariage, madame?

LUCILE.

Oui, monsieur, le mariage... Je suis très-curieuse, je l'avoue.

VALCOUR.

Il est très-vrai qu'on veut me marier... mais on me laisse le choix.

LUCILE.

Le choix?... et le départ?...

VALCOUR.

Le départ... était inutile si j'avais gagné la gageure; mais en la perdant, je n'ai plus rien à faire dans cette ville.

LUCILE.

En ce cas, vous partez décidément?

VALCOUR.

Forcément.

LUCILE.

Il est fâcheux pour moi, monsieur, d'être obligée de mêler un reproche à mes adieux.

VALCOUR.

Un reproche!

LUCILE.

Je dois trouver au moins très-étonnant que vous ayez traité sérieusement cette folle gageure, qui ne devait être qu'un jeu.

VALCOUR.

J'ai gagé très-sérieusement et perdu de même.

LUCILE.

Je connais le motif de la gageure, je vous en sais gré; mais votre lettre, et ce qu'elle contient, me feraient injure, si vous insistiez davantage. Reprenez, monsieur, ce que vous n'auriez pas dû m'envoyer.

VALCOUR.

Il est singulier que vous vous offensiez de ce que je m'acquitte d'un engagement pris sur votre parole et la mienne.

LUCILE.

Je vous le répète, monsieur; je ne veux, ne puis, ni ne dois l'accepter.

VALCOUR.

Mais, madame, il était possible que je gagnasse.

LUCILE.

Vous dites, monsieur?...

VALCOUR.

Je vous le demande, était-il possible que je gagnasse?

LUCILE.

Sans doute; à la rigueur, cela était possible.

VALCOUR.

Il doit donc être possible que je perde.

LUCILE.

Tout ce qu'il vous plaira, mais vous me faites injure.

VALCOUR.

Au moins, vous me direz pourquoi vous refusez.

LUCILE.

Parce que je ne dois pas accepter, je ne le dois pas en conscience, entendez-vous?

VALCOUR.

Mais pourquoi, madame! pourquoi?

LUCILE.

Pourquoi? vous me désespérez....

VALCOUR.

Oh! j'ai bien plus d'impatience que vous. Dites-moi donc.... pourquoi?

LUCILE.

Eh bien, parce que je ne dois pas accepter comme gagnée, une gageure....

VALCOUR.

Achevez, charmante Lucile, achevez.

LUCILE.

Une gageure que j'ai perdue.

VALCOUR.

Perdue! ô ciel!

LUCILE.

Oui, perdue, perdue! Je ne sais s'il y a de la fatalité; mais je ne puis m'en défendre; et je rougis quand je pense combien vous étiez sûr de votre empire.

VALCOUR.

Ne rougissez pas, chère Lucile, de faire le bonheur de l'amant le plus tendre. Je vous aime depuis long-temps, vous le savez, et vous couronnez un amour qui est né le premier jour où j'ai eu le plaisir de vous voir.

LUCILE.

Après l'aveu que j'ai fait, rien ne doit plus me coûter.

VALCOUR.

Ah! dites tout.

LUCILE.

Vous m'aimez depuis long-temps; eh bien! depuis long-temps je le sais. Mes yeux ont rencontré les vôtres, mes regards ont percé à travers cette jalousie dont vous vous faisiez un rempart; cette croisée me devint agréable; vous n'avez pas passé une fois que je ne m'en sois aperçue; et aujourd'hui, si ce livre est tombé de mes mains....

VALCOUR.

Achevez.

LUCILE.

C'est que je le tenais mal.

LISETTE.

Je l'avais deviné.

VALCOUR.

Charmante Lucile, ne songeons plus qu'à notre bonheur.

LUCILE.

Et le voyage?

VALCOUR.

J'en suis revenu.

LISETTE.

Et la gageure?

VALCOUR.

C'est toi qui l'a gagnée.

LISETTE.

Moi, j'accepte.

LUCILE.

Valcour, le roman n'a pas été long.

VALCOUR.

Le roman finit, mon bonheur va commencer.

FIN.

LISISTRATA,

OU

LES ATHÉNIENNES,

COMÉDIE EN UN ACTE ET EN PROSE,

MÊLÉE DE VAUDEVILLES,

IMITÉE D'ARISTOPHANE;

DONT LES REPRÉSENTATIONS ONT ÉTÉ SUSPENDUES
PAR ORDRE.....

PERSONNAGES.

MÉRION, général des Athéniens.

DARÈS, mari de Carite.

LISISTRATA, femme de Mérion.

CARITE, nièce de Lisistrata et femme de Darès.

THISBÉ,
CLÉONE,
NYSA,
CÉPHISE,
DAULIS,
EGINE,
MÉLITE,
CYANE, } Jeunes Athéniennes.

GLAUCA,
CYMODOCÉ,
CRISSA,
PANOPE,
SPIO,
ACTÉA,
PROTO,
ASTIOCHE, } Vieilles Athéniennes.

MACHAON, esclave scythe.

THAIS, femme de Machaon.

L'action se passe à Athènes, dans la maison de Lisistrata.

A MES LECTEURS,

Je vous dédie ce petit ouvrage, hommes honnêtes qui avez des mœurs, et qui ne croyez pas qu'une plaisanterie, même un peu libre, soit incompatible avec la vertu.

Je vous l'offre aussi, femmes fidèles qui aimez vos maris, et qui préférez *les libertés* de vos époux aux décens propos de mille amans.

Je vous l'offre encore, jeunes demoiselles, qui ne voyez point d'indécence dans l'amour des papas et des mamans, et qui voulez être mamans à votre tour, pour être bien aimées de vos maris et de vos enfans.

C'est à vous aussi que je l'offre, lecteurs aimables, qui ne jouez pas sur le mot, qui ne cherchez pas des équivoques, et qui ne tourmentez pas une expression pour y trouver ce que l'auteur a cru devoir cacher aux regards modestes.

Je vous l'offre enfin, littérateurs honnêtes et éclairés qui avez examiné ma pièce, qui m'avez donné des avis et non des ordres, qui m'avez su gré d'avoir gazé les tableaux *d'Aristophane,* et qui avez permis la représentation de *Lisistrata,* parce que je m'étais contenu dans des bornes que les plus grands maîtres m'avaient permis de passer.

Je ne vous l'offre pas à vous, femmes galantes ou filles suspectes; vous y trouveriez *trop,* en public, et *trop peu,* en particulier.

Je ne vous l'offre pas, censeurs sévères, moralistes chagrins, lecteurs scrupuleux, gens de goût que
Molière révolte, ni à vous enfin, esprits trop péné-
trans, qui ne voyez jamais dans un ouvrage ce que
l'auteur y présente, mais toujours ce que vous pensez.

PRÉFACE.

Ce petit ouvrage m'a valu presque autant d'injures que s'il était bon, et des reproches aussi graves que s'il était d'une grande importance. Quelques journalistes sévères, amis des mœurs, et scrupuleux jusqu'à la pruderie, l'ont présenté comme un modèle d'indécence et d'*immoralité*. Ce dernier mot est nouveau; c'est sans doute pour cette raison qu'il a fait une si grande fortune : on l'entend, on le lit partout, et l'on peut dire, à la manière de Figaro, qu'il fera bientôt le fonds de notre langue. N'importe! il est à la mode, et je m'en servirai sans tirer à conséquences.

Mais ceux qui l'emploient à tous propos devraient bien lui donner une acception fixe, et ne pas le faire constamment synonyme d'indécence, car alors le néologisme serait inutile : je vais tâcher d'en déterminer le sens.

Ce qui est indécent n'est pas toujours *immoral;* et ce qui est *immoral* n'est pas toujours indécent. Il y a plus, une chose peut être indécente et morale; une chose peut être *immorale* et décente. La scène de Tartuffe peut paraître indécente, mais sans doute elle est *morale*, puisque le vice y est démasqué, et dèslors puni. Dans d'autres ouvrages, des hommes aimables séduisent une femme ou une fille honnête, et n'emploient en la trompant que les expressions les plus chastes et les termes les plus délicats; ces hommes sont décens : je demande s'ils sont *moraux.*

Voyons maintenant lequel de ces deux reproches

a mérité ma Lisistrata. Des femmes s'ennuient d'une guerre qui les prive de leurs époux depuis plusieurs années. Il n'y a là rien d'*immoral*, et nous serions charmés que nos femmes n'eussent jamais d'autres inquiétudes.

Ces femmes emploient toutes les ressources de l'imagination pour faire finir cette guerre, et pour posséder leurs maris. Lisistrata leur propose un moyen : c'est de leur tenir rigueur, de se refuser à leurs caresses, d'être cruelles enfin jusqu'à ce qu'ils aient fait une paix solide et durable. Le projet sourit à ces dames, et elles s'engagent par serment à l'exécuter. Mérion, mari de Lisistrata, instruit de ce complot, le déjoue par un moyen comique; il affecte autant de froideur que sa femme a juré d'en avoir pour lui. Celle-ci se dépite de ne pouvoir signaler sa résistance; l'amour-propre offensé fait oublier le serment : elle devient aussi tendre qu'elle devait être cruelle, et elle finit par demander un seul baiser au mari qui la quitte et à qui elle devait le refuser. Je demande ce qu'il y a d'*immoral* dans cette fable?

Il faut que ces femmes aiment bien leurs maris, puisqu'elles emploient les moyens même les plus bizarres pour les retenir près d'elles. Il faut que ces femmes soient bien fidelles, car, si des amans les eussent consolées des ennuis de l'absence, elles seraient moins empressées à redemander leurs époux. O mes concitoyens! je vous souhaite à tous des femmes pareilles; et Dieu vous préserve de ces prudes qui crient sans cesse à l'indécence et au scandale! Les dragons de vertu ne sont pas toujours des modèles de *moralité*.

Le fonds n'étant point *immoral*, voyons si l'expression en est indécente.

Je porte le défi aux censeurs scrupuleux de trouver dans toute cette pièce une seule expression, un seul mot qui puisse offenser la pudeur. Il n'y est question littéralement que d'un embrassement, d'un baiser. Je sais qu'une imagination libertine va toujours au-delà de l'expression; je sais qu'on se plaît à soulever le voile de la décence : mais suis-je coupable de l'extension que vous donnez à ma pensée, et quel ouvrage de théâtre pourrait résister aux commentaires d'une réflexion maligne?

Si *Lisistrata* vous choque, que direz-vous du *Tartuffe*, de l'*École des Femmes*, de *Georges Dandin*, du *Médecin malgré lui*, des *Vacances des Procureurs*, de *la Femme juge et partie*, et de cent pièces du Théâtre français?

Que direz-vous d'*Amphitryon?* C'est là que le fonds doit vous paraître *immoral*; il ne s'agit pas seulement dans cette comédie d'un mari trompé, ce que Molière nomme en un seul mot, mais d'un mari qui l'est autant que faire se peut; images et expressions indécentes, tout s'y trouve.

Proscrirez-vous à l'Opéra-Comique ce que vous permettez au Théâtre-Français? Des femmes qui désirent leurs maris vous révoltent, et vous voulez bien voir des maris qui désirent les femmes des autres. Et si j'avais placé dans *Lisistrata* la scène de *Sosie* et de *Cléanthis*, auriez-vous sifflé au Théâtre Feydeau, ce que vous applaudissez au Théâtre de la République? Je vous demande maintenant s'il y a dans *Lisistrata* une seule expression, une seule image, semblables à celles des comédies que je viens de citer.

Mais ces pièces sont bonnes, direz-vous, et la mienne est mauvaise. Il serait plaisant de soutenir qu'un ouvrage faible et médiocre fût plus dangereux, plus séduisant, et fît plus d'impression qu'un chef-d'œuvre.

Excusez-vous les comédies immorales et indécentes, par cela seul qu'elles sont anciennes? Ce serait un raisonnement bien futile. L'effet que produit une pièce de théâtre, ne dépend-il pas de sa représentation? L'impression qu'elle fait ne se renouvelle-t-elle pas chaque fois qu'on la joue? Si elle est dangereuse, si elle est indécente, ira-t-on consulter sa date pour savoir si l'on doit en rougir? Si mon ouvrage se jouait à la Comédie française, il serait assez comique de voir des prudes s'y offenser des indécences qu'elles y devinent, et rire ensuite de bon cœur à une autre pièce où les indécences seraient à découvert.

Quelques ennemis du drame ne cessent de crier : faites-nous rire; et bientôt, moralistes hypocrites, ils crient à l'indécence et à l'immoralité, quand il n'y a rien d'indécent que dans leur imagination.

Je le répète, *Lisistrata* ne passe pas les limites que *Thalie* trace à la gaieté; elle se tient même loin des frontières qu'occupent tant d'autres auteurs comiques. La jeune fille qui ne sait rien, n'y apprendra rien; la jeune fille instruite qui a des mœurs, n'y verra que ce que j'y ai montré; la jeune fille sans mœurs n'y verra jamais tout ce qu'elle voudrait y voir.

Cette bagatelle ne méritait ni une discussion sérieuse, ni *un ordre de suspension*, ni le courroux de ceux qui ont lu Molière.

LISISTRATA,

OU

LES ATHÉNIENNES,

COMÉDIE.

SCÈNE PREMIÈRE.

LISISTRATA, CARITE.

LISISTRATA.

Console-toi, ma chère Carite; ton époux et le mien reviendront bientôt dans leurs foyers.

CARITE.

Ah! ma chère tante, il y a si long-temps que j'espère... je commence à désespérer.

LISISTRATA.

Eh bien! moi, femme d'un des premiers officiers de l'armée, je veux faire finir une guerre qui depuis si long-temps désole la plus belle partie de la Grèce. Je veux réconcilier avec les farouches Spartiates, ces braves et légers Athéniens, qui seraient les plus aimables des hommes, s'ils voulaient l'être un peu plus souvent avec leurs femmes.

CARITE.

Ah! ma tante, comment puis-je avoir confiance dans vos promesses? Athènes et Lacédémone ont juré la perte l'une de l'autre. Dix ans de succès balancés n'ont fait qu'accroître leur orgueil et aigrir leur haine, et vous voulez forcer ces deux peuples ennemis à faire la paix?

LISISTRATA.

AIR *des Trembleurs.*

Oui, quand dix ans de tapage,
De combats et de carnage,
De malheurs et de ravage
N'ont pu calmer leur courroux,
Quand la Grèce désespère
D'une paix si nécessaire,
Moi seule je veux la faire....

CARITE.

Ma tante, dépêchez-vous.

O ma chère Lisistrata, que je vous aurais d'obli=
gations! Mariée depuis deux ans, je n'ai vu mon mari
que le jour de mes nôces. Il a quitté le lit nuptial
pour aller se battre; depuis deux longues années il ne
fait que cela, et en vérité, il aurait ici des occupa-
tions plus agréables.

AIR : *L'intrigue gouverne le monde* (des Sabines).

Qu'elles sont longues les journées
Loin de l'objet de notre amour !
Mes regrets durent des années,
Mon bonheur n'a duré qu'un jour.   (*bis.*)
Transports que ce jour a fait naître,
Plaisirs d'amour, momens charmans,
Il fallait ne pas vous connaître,
Ou vous connaître plus long-temps.   (*bis.*)

LISISTRATA.

Vous vous plaignez, ma nièce, et que diriez-vous,
si, comme moi, vous étiez séparée de votre époux
depuis dix mortelles années.

CARITE.

Oh! vous l'avez vu de temps en temps.

LISISTRATA.

Oui, quand la lassitude forçait ces méchans à s'accorder quelques trèves. Mais ils ont toujours eu soin de faire la campagne bien longue, et la trève bien courte.

CARITE.

AIR: *Il faut quitter ce que j'adore.*

Quelle est donc la funeste gloire
Qu'ils vont chercher dans les combats?
Mieux vaut accorder la victoire
A des amans qu'à des soldats.
Toujours Mars désole la terre,
L'Amour la console souvent;
Si Pluton désire la guerre,
L'Amour veut un héros vivant.   (*bis.*)

LISISTRATA.

Tu as bien raison, Carite. L'espèce diminue sans se reproduire, c'est ce qui a fait dire à nos philosophes qu'en temps de guerre, la population se détruit positivement et négativement.

AIR : *Lorsque vous verrez un amant.*

De nos inflexibles maris
La fureur endurcit les âmes;
De Sparte ils égorgent les fils,
Et n'en donnent point à leurs femmes.
Minos saura les en punir,
Car il inscrit sur le grand livre,
Et les hommes qu'on fait mourir,
Et ceux qu'on empêche de vivre (1).   (*bis.*)

---

(1) Je pouvais dire plus clairement : en temps de guerre on tue des hommes, et l'on fait moins d'enfans. Cette vérité si évidente ne pouvait causer aucun scandale; et les scrupuleux ont crié à l'indécence, parce que je l'ai exprimée moins grossièrement.

Le public y a ri; et n'a point improuvé.

CARITE.

Et comment prétendez-vous faire cesser cette guerre cruelle?

LISISTRATA.

Tu le sauras quand toutes nos femmes seront rassemblées. J'ai convoqué, et j'attends ici les premières de notre ville. Leur intérêt me répond de leur assentiment. Ainsi quand des hommes qui devraient être amis, se battent et se détruisent, des femmes qui devraient être ennemies, vont s'unir et vivre en bonne intelligence. N'est-ce pas déjà, ma chère Carite, un assez grand prodige opéré par Lisistrata?

CARITE.

Ma tante, aurai-je l'honneur d'assister à votre auguste assemblée?

LISISTRATA, gravement.

Vous y serez, ma nièce.

SCÈNE II.

LES PRÉCÉDENS, MACHAON.

CARITE.

Voici votre esclave.

LISISTRATA.

Approche, Machaon, que me veux-tu?

MACHAON.

Grande dame, ce sont les élégantes Athéniennes qui viennent se rendre à la convocation.

LISISTRATA.

Toutes celles que j'ai appelées, y sont-elles?

MACHAON.

Non, je crois qu'il manque encore les plus jolies; celles-là ont coutume de se faire attendre.

LISISTRATA.

Les femmes de ton pays ressemblent-elles aux nôtres?

MACHAON.

Non, madame. Les femmes Scythes ne se font jamais attendre, mais en revanche elles n'attendent jamais.

CARITE.

Elles ne ressemblent pas aux Athéniennes.

LISISTRATA.

Fais entrer ces dames sous le portique.

MACHAON.

Elles y sont, madame; et il y a, sans doute, quelque chose qui les échauffe, car elles font un bruit qu'on n'entendrait pas Jupiter tonner.

CARITE.

Que tu plaisantes grossièrement!

MACHAON.

Je plaisante comme un Scythe.

LISISTRATA.

Et tu bois de même.

MACHAON.

C'est vrai.

LISISTRATA.

Ecoute, tu n'introduiras ces dames que quand le nombre sera complet. Alors elles entreront avec solennité, en chantant l'hymne au Silence.

MACHAON.

Ces dames chanteront, dites-vous....

LISISTRATA.

L'hymne au Silence.

MACHAON.

Le silence les entendra.

LISISTRATA.

C'est pour les avertir qu'il faudra garder le secret.

MACHAON.

Je vais faire des libations pour le succès de votre entreprise.

LISISTRATA.

Ecoute. A-t-on des nouvelles de l'armée?

MACHAON.

D'affreuses, madame.

CARITE.

Grands dieux! qu'est-il arrivé?

MACHAON.

On dit qu'ils ont détruit toutes les vignes.

LISISTRATA.

Imbécile!

MACHAON.

Madame, mille buveurs font moins de mal au monde qu'un conquérant.

CARITE.

Il n'a pas tort.

LISISTRATA.

Tu n'aimes pas la guerre.

MACHAON.

Non; je ne la fais pas en personne.

AIR : *Monsieur le Prévot des Marchands.*

Je sais que nos braves soldats
Vont à la mort comme au repas ;

Mais je n'ai garde de les suivre,
Car pour bien servir mon pays,
Les dieux m'ont ordonné de vivre :
Je suis pieux, et j'obéis.   (*Il sort.*)

SCÈNE III.

LISISTRATA, CARITE.

CARITE.

Dites-moi, ma tante, quelles sont les femmes que vous avez convoquées?

LISISTRATA.

Les notables de notre ville, huit jeunes et huit vieilles; en voici la liste : jeunes Athéniennes, Thisbé, Cléone, Nysa, Céphise, Daulis, Egine, Mélite et Cyane. Vieilles Athéniennes : Glauca, Cymodocé, Crissa, Panope, Spio, Actea, Proto et Astioche.

CARITE.

Pourquoi ce partage égal de jeunes et de vieilles?

LISISTRATA.

Pour éviter le reproche de partialité. Elles doivent toutes également désirer le retour de leurs maris; les femmes âgées, parce qu'elles n'ont plus de temps à perdre; et les jeunes, parce qu'elles ont du temps à gagner. Mais quel bruit entends-je?

CARITE.

C'est l'hymne au Silence.

LISISTRATA.

Voici l'aréopage féminin; recueillez-vous, ma nièce, les mystères vont commencer.

CARITE.

Le cœur me bat.

LISISTRATA.

Faites-le taire.

SCÈNE IV.

LES PRÉCÉDENS, LES FEMMES ATHÉNIENNES.

CHOEUR et MARCHE.

AIR : *Du carillon de Dunkerque.*

Silence, dieu discret
    Et muet ;
Descends du haut des cieux
    En ces lieux :
Fais qu'on n'y parle pas,
Ou du moins qu'on parle bas.

Pénètre dans mon âme,
Prends pitié d'une femme
Qui veut pour une fois
Se soumettre à tes lois ;
Empêche qu'on ne glose,
Et tiens ma bouche close...

Il s'agit d'un instant
    Important.
Descends, aimable dieu,
    Dans ce lieu,
Et fais qu'au moins en ce jour
On ne parle qu'à son tour.

LISISTRATA.

Mesdames et tendres amies, le sujet qui nous rassemble dans cette enceinte est bien important, bien grave, et bien intéressant pour le cœur d'une femme.

TOUTES.

Parlez, parlez.

LISISTRATA.

Je vous conjure de me prêter la plus scrupuleuse attention.

TOUTES.

Oui, oui.

LISISTRATA.

Sans m'interrompre....

ASTIOCHE.

Sans vous interrompre.

TOUTES.

C'est juste, c'est juste.

LISISTRATA.

Le silence que vous m'accordez est d'un augure favorable pour le succès de mon entreprise.

TOUTES.

Nous écoutons.

LISISTRATA.

Vous connaissez et vous sentez aussi vivement que moi....

TOUTES.

Nous sentons.

LISISTRATA.

Aussi vivement que moi....

ASTIOCHE.

C'est dit, c'est dit.

LISISTRATA.

Aussi vivement que moi, les maux occasionnés par la guerre du Péloponèse....

SPIO.

Nous savons, nous savons.

LISISTRATA.

Par la guerre du Péloponèse, qui dure depuis dix ans....

SPIO.

Quinze ans.

ASTIOCHE.

Vingt ans.

LISISTRATA.

Guerre qui nous prive de nos époux....

TOUTES.

Oh! oui.

LISISTRATA.

L'absence d'un époux quand on a des mœurs, et quand on est fidelle comme vous et moi, est une privation dont je sens toute l'amertume.

ASTIOCHE.

Et moi.

SPIO.

Et moi.

TOUTES.

Et nous.

LISISTRATA.

Voilà, mesdames et respectables amies....

ASTIOCHE.

Oh!

LISISTRATA.

Mesdames et tendres amies.

ASTIOCHE.

Ah!

LISISTRATA.

Voilà l'exposé succinct des malheurs qui pèsent sur cetté belle partie de la Grèce, et principalement sur le sexe qui ne devrait connaître que les plaisirs et le charme de la vie.

ASTIOCHE.

C'est bien vrai cela.

LISISTRATA.

Nos maris passent leur vie dans les camps, ils gravissent sur les rochers, ils se durcissent les mains, ils se hâlent au soleil brûlant de la canicule, ils s'habituent à marcher pesamment, leur regard devient plus fier que tendre, ils apprennent qu'ils peuvent vivre sans nous. Oh! combien la guerre est affreuse!

ASTIOCHE.

Je vous arrête, Lisistrata; votre réflexion est d'une justesse admirable, et mérite qu'on y fasse une attention particulière. On n'avait pas avant vous détaillé les véritables malheurs de la guerre; cette gloire vous était réservée.

SPIO.

J'approuve l'observation.

TOUTES.

Approuvé.

LISISTRATA.

Ajoutez à cela qu'ils se font tuer ou blesser, et tout cela ce n'est pas pour nous qu'ils le font; car dans ce cas, la guerre serait plus supportable.

ASTIOCHE.

C'est tout simple.

LISISTRATA.

Ceci étant convenu, il s'agit donc de remédier aux maux incalculables qui résulteraient d'une part, de cette guerre cruelle; et de l'autre part, de l'absence de nos époux; car alors il y aurait constamment destruction sans reproduction, et la nature......

TOUTES.

Fi!

LISISTRATA.

Écoutez; j'ai trouvé le remède.

SPIO.

Est-il possible?

TOUTES.

Dites, dites.

LISISTRATA.

Comme je suis sûre de votre discrétion, je vais vous développer les moyens que mon génie m'a suggérés pour ramener et fixer près de nous ces maris farouches qui sont plus amoureux de la gloire que de leurs femmes. Mais, écoutez, il faut d'abord que je sache si vous êtes décidées à faire tous les sacrifices pour parvenir à ce but désiré. Je vais d'abord consulter les plus jeunes.

ASTIOCHE.

Les plus jeunes! Il n'y a parmi nous ni jeunes ni vieilles. Nous sommes toutes mariées, nous attendons toutes; mêmes nœuds, même impatience. Ainsi je ne sais pourquoi dame Lisistrata veut faire de nous deux classes distinctes, quand nous nous ressemblons toutes si parfaitement.

LISISTRATA.

C'est que je me défie des plus jeunes, comme ayant plus de faiblesse et moins d'expérience. Voyons, belle Cléone, feriez-vous tout au monde pour obtenir le retour de votre époux?

CLÉONE.

Je frémis des dangers d'une longue absence. On est jeune, on a un cœur, mille écueils environnent la jeunesse; ah! mesdames....

AIR : *Des fraises.*

Je n'ose vous dire ici
Quelle crainte est la mienne ;
Contentez-vous de ceci :
Il est temps que mon mari
Revienne, revienne, revienne (1).

____

(1) Ce couplet et les suivans ont le même refrain : *Il faut que mon mari revienne.* Le public a ri et applaudi ; mais les scrupuleux n'ont

LISISTRATA.

Et vous, tendre Cyane?

CYANE.

Des songes affreux m'ont offert les images les plus sinistres. Je voyais mon époux exposé aux périls de la guerre, et à mes propres dangers, Morphée ne présentait à mon imagination que des monstres ennemis de l'hymen. A mes yeux, Jupiter enlevait Europe, Pan poursuivait Syrinx, Apollon saisissait Daphné et Actéon......

ASTIOCHE.

Ces signes sont parlans.

CYANE.

Tourmentée du présent, effrayée de l'avenir, je priai la grande déesse de m'initier aux saints mystères que l'Egypte a révélé à la Grèce, par la bouche du divin Orphée.

AIR : *L'avez-vous vu mon bien-aimé?*

Quand je vis que l'humanité
   N'est qu'un vase fragile,
Et qu'ici la fidélité
   N'est pas vertu facile,
Je sentis palpiter mon cœur;
Et ne songeant qu'à mon honneur
    Pour le sauver,
    Le préserver,
Je courus à l'oracle,
Voyant que pour le conserver,
  Il fallait un miracle.

pas voulu que les femmes désirassent le retour de leurs maris. On sait pourquoi elles le désirent, disaient-ils; je leur réponds : Pourquoi êtes-vous si savans? Toutes les jeunes filles savent que les papas et les mamans couchent ensemble; je ne l'ai cependant point dit : sachez-moi gré de ma retenue.

Une prêtresse d'Osiris,
Rendit le calme à mes esprits ;
　　Me pérora,
　　Me rassura,
　　Et me montra
　　Sans imposture...
Les saintes lois de la nature.

Quand'elle eut fini son discours,
　Qui m'avait tant émue,
J'arrivai par mille détours
　Au pied de la statue ;
Je parlai, le dieu m'entendit,
Et son oracle répondit :
　　Va, ne crains rien,
　　Je conçois bien
Quelle peine est la tienne ;
　　Mais dans l'instant,
　　Il est instant
Que ton mari revienne.

ASTIOCHE.

Les dieux d'Egypte ont de la prévoyance.

LISISTRATA.

Et vous, jeune Thisbé?

THISBÉ.

Moi, je vous l'avouerai, mesdames :

AIR : *On compterait les diamans.*

Pendant l'absence d'un époux,
L'Amour nous guette et nous assiége ;
Et pour mieux s'assurer de nous,
Sous des fleurs il cache le piége.
J'ai résisté jusqu'aujourd'hui,
Voyez quelle force est la mienne !
Mais je suis seule et sans appui :
Il faut qué mon époux revienne.

LISISTRATA.

Et vous, sage Mélite?

MELITE.

AIR : *Femmes, voulez-vous éprouver.*

Quand mon époux s'est arraché
Des lieux que charmait sa constance,
Mon faible cœur n'a point caché
Combien il redoutait l'absence.
Hélas! à ces tristes instans
J'ai pleuré, qu'il vous en souvienne....
Mais s'il tarde encor quelque temps....

LISISTRATA.

Eh bien?... Achevez donc... Ah! j'entends.

Vous aurez peur qu'il ne revienne.

Allons, ma chère Carite, achevez de fixer notre opinion.

CARITE.

Eh! ma tante, de quoi peut-on jurer en ce monde? Les dieux même conspirent contre nous. Quand l'Hymen prêche, l'Amour chante. Diane veut qu'on repousse les amans, Vénus veut qu'on les écoute. Les montagnes, les forêts, les jardins ont des dieux redoutables à l'innocence. Neptune sort des eaux, Pluton quitte le Tartare pour nous séduire..... Comment peut-on exiger tant de force d'une faible femme qui a contre elle le ciel, la terre, les mers et les enfers?

AIR : *Quand le bien-aimé reviendra.*

Quand mon cher époux reviendra,
Je jurerai d'être fidèle;
Nul amant ne m'approchera,
J'en fais le serment à Cybèle.

Mais je soupire,
Mais je désire;
Hélas! hélas!
Et le méchant ne revient pas.

Et vous, raisonnable Astioche?

ASTIOCHE.

AIR : *De la Marmote.*

Tout comme à vous, plus d'un amant
　　Me parle de tendresse,
Tout comme vous j'ai constamment
　　Ecouté la sagesse;
Mais quoique votre fermeté
　　N'égale pas la mienne,
Il faut, pour plus de sûreté,
　　Que mon époux revienne.

LISISTRATA.

Il paraît que les vœux sont unanimes. Je vais donc
vous exposer mes moyens d'exécution. Nos maris
viennent de s'accorder une trêve de quelques jours.
Nous reverrons aujourd'hui ces chers objets de nos
sollicitudes. Depuis long-temps éloignés des femmes,
ils aimeront même les leurs. Au retour d'un long
voyage, un mari est presque un amant. C'est ici que
notre art doit triompher; c'est ici qu'il faut du courage. Ecoutez-moi: si vous cédez à leurs transports,
vous êtes perdues. Bientôt ils vous traiteront en
épouses; ils s'arracheront de vos bras, et recom-
menceront cette guerre cruelle qui nous les enlèvera
pour des années, et peut-être pour toujours. Profitez
donc du désir qui les ramène; résistez-leur, mesdames, résistez; voyez sans pitié leurs larmes, écoutez
sans effroi leurs menaces; dites-leur qu'un serment

redoutable vous fait une loi de votre refus, et lorsqu'ils seront au désespoir, envoyez-les tous vers moi.

ASTIOCHE.

Comment?

LISISTRATA.

Je leur signifierai qu'ils ne retrouveront des épouses
tendres et obéissantes, que quand ils auront fait une
paix solide et durable.

SPIO.

C'est fort, mais c'est beau.

ASTIOCHE.

Doucement. Consultons nos forces, et ne promet-
tons que ce que nous sommes en état de tenir.

LISISTRATA.

Qu'osez-vous dire, Astioche? Seriez-vous assez
faible pour nous trahir?

ASTIOCHE.

Je suis tendre et fidelle.

LISISTRATA.

Eh bien! pourriez-vous préférer le bonheur d'un
moment, au bonheur de la vie?

ASTIOCHE.

Vous avez raison, je me résigne.

LISISTRATA.

Et vous, Carite?

CARITE.

J'y ferai mon possible.

LISISTRATA.

Votre possible?

CARITE.

Ma tante, écoutez-moi :

AIR : *Je croyais pouvoir en tous lieux* (des Sabines).

> J'ai pu, fidelle à mon devoir,
> Repousser l'amant le plus tendre ;
> Sans m'attendrir j'ai pu le voir,
> Sans l'écouter j'ai pu l'entendre :
> Mais c'est un époux qu'à mon cœur
> Va rendre enfin le ciel prospère....
> Faut-il refuser le bonheur
> Quand depuis deux ans je l'espère ? } *bis.*

LISISTRATA.

Jeune imprudente, si la guerre recommence, ton mari peut-être va périr....

CARITE.

Ma tante, n'achevez pas ; je me résigne.

LISISTRATA.

Et vous, mesdames ?

CARITE.

Eh ! qui de nous pourrait se refuser à une mesure aussi sage que nécessaire ! c'est perdre pour gagner, c'est attendre pour posséder, c'est refuser pour tout avoir.

SPIO.

Nous sommes persuadées.

CARITE.

Nous sommes convaincues.

ASTIOCHE.

Nous donnerons l'exemple.

CYANE.

Nous vous imiterons.

LISISTRATA.

Vous direz non, jusqu'à la paix ?

TOUTES.

Nous dirons, non.

CHOEUR.

AIR : *C'est bien fort pour nous.*

C'est bien fort pour nous !
Mais qu'il sera doux
De dire à nos époux :
Çà, plus de courroux !
Guerriers trop jaloux,
Suspendez vos coups ;
Quand vous aurez donné la paix à tous,
Nous serons à vous.

LISISTRATA.

Nous avons juré de garder le secret. Le serment que nous allons faire est bien d'une autre importance ; jurons sur cet autel, de résister aux menaces, aux caresses, aux larmes même de nos maris, jusqu'à ce qu'ils aient signé une paix solide et durable. C'est par Junon que nous allons jurer, par Junon protectrice du mariage, par la terrible Junon, qui perça les yeux du devin Tirésias qui l'avait offensée, et qui percera les vôtres, si vous êtes parjures.

CHOEUR.

AIR : *De l'hymne de la saint Jean.*

Non, sainte Junon,
Non.
Qui jure par ton
Nom
Ne trompe jamais ;
Mais,
Si pourtant mon serment
Ment,
Punis mon forfait,

Et
Pour percer mes deux
Yeux,
Tiens tous tes
Traits
Prêts.

SCÈNE V.

LES PRÉCÉDENS, MACHAON.

MACHAON.

Mesdames...

ASTIOCHE.

Quel est le profane qui trouble nos mystères?

MACHAON.

Pardon, vénérables dames, mais j'ai une grande nouvelle à vous apprendre!

LISISTRATA.

Parle.

MACHAON.

Sur les rives du Céphise, on voit une foule de soldats.

LISISTRATA.

Ce sont nos maris qui reviennent.

MACHAON.

C'est ce qu'on dit. On parle d'une trève de trois jours....

ASTIOCHE.

Comment! ils nous accordent tout cela!

MACHAON.

Il semble même qu'Eole et Neptune conspirent avec Mars pour nous rendre nos amis; on voit une flotte nombreuse qui s'approche du Pirée.

CARITE.

O dieux! quelle joie!

LISISTRATA.

Voici l'instant.

ASTIOCHE.

Voici la crise.

LISISTRATA.

Songez à vos sermens. Vous y serez fidelles?

LES JEUNES.

Hélas! oui.

LISISTRATA.

Oseriez-vous être parjures?

LES VIEILLES.

Hélas! non.

LISISTRATA.

Rentrez donc dans vos demeures, et attendez avec courage l'accueil de vos époux; soyez sûres qu'avant la fin du jour, Vénus leur aura inspiré des intentions pacifiques.

CHOEUR et *MARCHE*.

AIR : *Dieu d'amour....* (des Samnites.)

Dieu d'amour,
En ce jour,
Viens contre Mars nous défendre :
Un désir,
Un soupir,
Suffit pour nous trahir.
Notre cœur est si tendre !
Si puissans sont tes traits !
Force nos époux à nous rendre
Tes plaisirs et la douce paix.

(*Elles sortent.*)

SCÈNE VI.

MACHAON, seul.

Elles sont entrées en cérémonie, et sorties de
même; elles ont fait un sacrifice et un serment, le
cas était grave. Elles ont laissé du vin.... Voyons si le
vin sacré vaut mieux que le profane. (*Il boit dans
la coupe.*) C'est du vin des dieux, et Bacchus en vaut
bien un autre. Il faut avouer que la religion des Grecs
est bien aimable, on peut s'y griser par dévotion.
Aussi j'ai toujours passé pour le plus religieux des
hommes.

AIR : *De tous les Dieux que la fable.*

Quoique les Dieux dans l'Olympe
Soient tous plus ou moins fameux,
Ne croyez pas que j'y grimpe
Pour m'ennuyer avec eux.
Chacun peut dans la jeunesse
Occuper quelques instans;
De l'amour courte est l'ivresse,
Mais on peut boire en tout temps.

Thaïs, ma femme, viens ici.

SCÈNE VII.

MACHAON, THAÏS.

MACHAON.

Viens m'aider à enlever tout cela.

THAIS.

Elles sont parties?

MACHAON.

Je voudrais bien savoir ce qu'elles ont machiné ici.
Il faut qu'il soit question de l'honneur du corps, pour
avoir mis tant d'importance.

THAIS.

Ah! tu le sauras bientôt.

MACHAON.

Sans doute, elles ont juré de ne rien dire. Je crois qu'il s'agit d'une conspiration. Il serait plaisant que, dans l'absence de leurs maris, les femmes eussent voulu s'emparer du gouvernement.

THAIS.

Les choses n'en iraient pas plus mal. Mais il ne s'agit pas de cela.

MACHAON.

Le saurais-tu?

THAIS.

Je le sais.

MACHAON. -

Comment?

THAIS.

En écoutant.

MACHAON.

Tu as osé écouter?

THAIS.

Elles avaient juré de ne rien dire, mais j'avais juré de tout savoir; ainsi il fallait bien écouter.

MACHAON.

Ah! c'est juste. Eh bien!

THAIS.

Elles veulent forcer leurs maris à nous donner la paix.

MACHAON.

Les femmes veulent la paix? dis-moi donc cela, ma petite; cela est curieux.

THAIS.

Et pour y parvenir, elles ont juré d'être cruelles avec leurs maris.

MACHAON.

Elles ont juré d'être cruelles? (*Il prend la coupe.*) moi, cent fois, j'ai juré de ne plus boire. (*Il boit.*)

THAIS.

Avec les hommes d'à présent, ces sermens-là ne risquent rien. Les maris d'aujourd'hui nous laissent fort en repos.

MACHAON.

Les maris d'aujourd'hui! ceux d'autrefois valaient-ils mieux?

THAIS.

On le dit, du moins. Nous n'avons plus de Thésée, de Pirithoüs....

MACHAON.

Tu ne nommes pas le plus fameux. Et tu crois que les maris d'à présent sont moins.....

THAIS.

Je le sais bien , peut-être.

AIR NOUVEAU.

Un homme, lorsqu'il est amant,
Nous entretient à tout moment
Et de plaisirs et de tendresse ;
Est-il époux? quel changement!
Alors il prêche éloquemment
La modestie et la sagesse.

MACHAON.

Va, ma femme, il n'y a rien de nouveau sous le soleil. N'envions pas le temps passé, nous valons bien nos grands-pères. Écoute la chanson de Callimaque, elle te prouvera que ce qu'on perd d'un côté , on le gagne de l'autre:

THAIS.

Eh bien! qu'est-ce que dit ton Callimaque?

MACHAON.

AIR NOUVEAU.

Nos bons aïeux, dans leurs couplets,
Se plaignaient souvent des cruelles ;
Aujourd'hui nos vers indiscrets
N'accusent que des infidelles.
Amis, n'en soyons pas jaloux,
Notre sort, je crois, n'est pas pire ;
Car ce qu'ils faisaient mieux que nous,
Nous savons beaucoup mieux le dire.

THAIS.

Oh ! c'est bien dit cela.

MACHAON.

Laissons nos aïeux se vanter
De leur vigueur, de leur souplesse ;
Nous pouvons au moins nous flatter
De mieux connaître la sagesse :
Si nous avons plus faibles corps,
Notre âme est de meilleure étoffe ;
Depuis que les hommes sont morts,
Tout ce qui vit est philosophe.

THAIS.

Oh ! il a bien raison, depuis que les hommes sont
si savans, ils ne valent plus rien du tout.

MACHAON.

Mais en revanche nous avons des Pythagoriciens,
des Stoïciens, des Phyrhoniens, des Péripatéticiens.

THAIS.

Et des musiciens.

MACHAON.

Et chacun voudrait nous mener à sa manière,
lorsqu'ils ne savent pas seulement élever leurs enfans ; mais je ne cesserai de leur dire :

AIR *de Joconde.*

Tel qui pour nous donner des lois,
     Bâtit un beau système ,
Devrait d'abord savoir , je crois,
     Se gouverner lui-même ;
S'il a trouvé pour les états
     La règle la plus sage ,
Pourquoi ne l'observe-t-il pas
     Dans son petit ménage ?

(*On entend du bruit dans le fond.*)

Ah! voilà nos guerriers revenus.

(*Darès traverse le théâtre en poursuivant Carite.*)

Qui est-ce qui court là-bas? N'est-ce pas notre jeune maître?

THAIS.

Un mari qui court après sa femme..... Prodige !

MACHAON.

Cette femme a juré d'être cruelle.

THAIS.

Aussi, elle s'enfuit.

MACHAON.

Voilà un serment bien aventuré.

(*Ils emportent l'autel, et sortent.*)

SCÈNE VIII.

DARÈS, CARITE, *rentrent en courant.*

DARÈS.

Carite, vous me direz ce que cela signifie.

CARITE.

Non, je ne vous le dirai pas.

DARÈS.

Vous me fuyez?

CARITÉ.

Parce que je vous aime trop.

DARÈS.

Belle preuve! après deux ans d'absence....

CARITE.

Ah! je le sais bien.

DARÈS.

Ne suis-je pas votre époux?

CARITE.

C'est pour cela que je vous fuis.

DARÈS.

N'ai-je pas des droits sur vous?

CARITÉ.

AIR : *Mais ce n'est pas pour aujourd'hui.*

Oui, je le sens, je suis ta femme,
Et notre hymen fait mon bonheur;
Je connais tes droits sur mon cœur,
Sur ma personne, sur mon âme....
Mon cher époux, mon doux ami,
Plus de tristesse, plus d'ennui!

Tu auras mon amour, ma constance, mes caresses,
tout enfin....

Mais ce n'est pas pour aujourd'hui....

DARÈS.

Mais au moins, dites-moi....

CARITE.

Il m'est défendu de dire.

DARÈS.

Regarde-moi, cruelle.

CARITE.

Il m'est défendu de regarder.

DARÈS.

Tu te refuses à mes embrassemens?

CARITE.

Il m'est défendu d'embrasser.

DARÈS.

Et qui t'en empêche?

CARITE.

Les dieux.

DARÈS.

Qu'est-ce que les dieux ont à démêler ici?

CARITE.

Si je t'embrasse, Junon me percera les yeux, et je ne pourrai plus te voir.

DARÈS.

Junon! les dieux! As-tu perdu la raison?

CARITE.

Non, puisque je résiste.

DARÈS.

Tu me désespères.

CARITE.

Je me désespère aussi.

DARÈS.

Sais-tu ce qu'il m'en coûte pour me contenir?

CARITE.

Sais-tu ce qu'il m'en coûte pour résister?

DARÈS.

AIR : *N'en demande pas davantage.*

Si je ne puis tout obtenir,
Carite, hélas! sois moins sauvage,

Et que d'un heureux avenir
Un baiser du moins soit le gage.

CARITE.

Je le voudrais bien,
Mais tu n'auras rien....
N'en demande pas davantage.   (*bis.*)

DARÈS.

Quoi! tu me repousses, moi, ton époux?

CARITE.

J'ai juré de repousser.

DARÈS.

Mais qui t'a fait jurer?

CARITE.

Ma tante.

DARÈS.

Qui pourra m'expliquer.....

CARITE.

Ma tante, ma tante, ma tante.

DARÈS.

Maudite tante! C'en est donc fait, il faut que je
te quitte... Cruelle, cruelle!

CARITE.

Ah! c'est bien vrai, cruelle pour moi; mais, mon
ami....

AIR : *Si vous saviez comment mon père.*

Au lieu de vouloir me contraindre
A rompre un funeste serment,
Tu devrais bien plutôt me plaindre....

DARÈS.

Vous êtes à plaindre vraiment!

CARITE.

Ah ! je sais bien que je m'abuse ,
Temps passé n'est jamais rendu :
Et quand une femme refuse ,
C'est toujours autant de perdu. (1)   } *bis.*

DARÈS.

Pourquoi donc fais-tu la cruelle?

CARITE.

J'ai juré, te dis-je.

DARÈS.

Tu as fait une sottise.

CARITE.

Je le sais bien, mais je ne serai pas parjure.

DARÈS.

Et moi, que vais-je devenir ! dans l'excès de mon
amour, que vais-je faire?

CARITE.

Allez trouver ma tante.

DARÈS.

C'est très-agréable.

CARITE.

Tous les maris iront chez elle.

(1) Qu'est-ce que demande Darès? un baiser. Il l'a dit dans le couplet précédent. Qu'est-ce que Carite lui refuse? un baiser. De quoi
est-il réellement question? d'un embrassement, d'un baiser. Je n'ai
dit que cela, tant pis pour vous si votre imagination est plus indécente que ma plume. Un mari, de retour d'un long voyage, a-t-il le
droit d'embrasser sa femme, même sur le théâtre? J'ai donc pu le
dire : voyez-y ce que j'y mets, et non ce que vous voulez y voir.
   Le public a ri et applaudi ; il a fait répéter ce couplet, mais les
scrupuleux ont crié au scandale. En songeant au *baiser* ils faisaient un
verbe d'un substantif, faute que je n'ai faite nulle part.

DARÈS.

Et que fera-t-elle de tous ces gens-là ?

CARITE.

Elle leur dira le secret.

DARÈS.

Voilà une terrible tante.

CARITE, pleurant.

Tiens, cela me fait plus de peine qu'à toi.

DARÈS.

AIR : *Tout comme a fait ma mère.*

Eh! quoi donc, ma chère Carite,
Tu veux me traiter sans pitié?

CARITE.

Je le dois, et si je t'évite,
C'est te prouver mon amitié.

DARÈS.

Belle amitié!

Vois, vois, vois ton amant....

CARITE.

Mais, mais, mais mon serment....
Je ferai, quoiqu'il me tourmente,
Ce que fera.... ma tante.

DARÈS.

Chère Carite, donne au moins cette main en signe
d'amitié.

CARITE.

Prends-la donc, car je ne la donnerai pas.

DARÈS.

Et le bras, tu n'as pas juré de me le refuser...

CARITE.

Je ne m'en souviens pas.

33.

DARÈS.

Et ce cœur, as-tu fait serment de le reprendre ?

CARITE.

Non, car je n'ai pas juré de bon cœur.

DARÈS.

Et ces yeux, où l'amour brille malgré toi ?....

CARITE.

Ce n'est pas de ma faute, je fais ce que je peux pour les faire taire.

DARÈS.

Et cette bouche charmante !...

CARITE.

C'est elle qui a juré.

DARÈS.

Il faut l'en punir.   (*Il veut lui donner un baiser.*)

CARITE, en s'éloignant.

Ah ! je suis perdue !

DARÈS.

Tu me fuis encore !

CARITE.

Il était temps.

DARÈS.

Viens dans mes bras.

CARITE.

Allez trouver ma tante.

DARÈS.

Je meurs d'amour.

CARITE.

Allez trouver ma tante.

DARÈS.

Non, mais je vais trouver son mari. Le général saura mettre ta tante à la raison. Nous verrons si après avoir vaincu les Spartiates, il nous faut encore faire la guerre avec nos femmes.

CARITE.

Ne faites pas la guerre, faites la paix.

DARÈS.

Que veux-tu dire?

CARITE.

Ecoute, cher ami. On m'a défendu de te révéler le secret; mais..... faites la paix, tu m'entends, faites la paix, et tout s'arrangera.

DARÈS.

La paix!

CARITE.

Devine donc, car je ne dirai rien.

DARÈS.

Ah! je crois entendre. Complot de femmes!

CARITE.

Oui.

DARÈS.

Pour nous forcer à faire....

CARITE.

Oui.

DARÈS.

Et vous avez juré de ne pas.....

CARITE.

Oui.

DARÈS.

Et vous êtes fâchées d'avoir juré?

CARITE.

Oh! oui.

DARÈS.

Votre serment sera rompu, et nous.....

CARITE.

Oh! oui.

DARÈS.

Attends-moi, attends.

CARITÉ.

Ecoute encore.

AIR *de danse d'Armide.*

Oui, pars, mais reviens vîte;
Viens nous rendre la paix;
Viens consoler Carite
Des maux qu'elle t'à faits.
Tu sais combien je t'aime!
Et si j'ai résisté,
Ami, plus qu'à toi-même
Le refus m'a coûté.
Hélas! si j'ai pu feindre,
N'accuse pas mon cœur;
On est assez à plaindre
Quand on fuit le bonheur.

DARÈS.

Oui, ma chère, attends,
Dans peu d'instans,
Je reviendrai,
J'accourerai,
Te reverrai,
Te trouverai
Fidelle et tendre :
Bientôt vos époux
A vos genoux
De vos sermens
Trop imprudens
Vous puniront,
Vous forceront
A les entendre.
Le général m'écoutera,
Les rebelles il punira,
Aux faibles il pardonnera;
Votre serment se trahira,
Et le parjure vous plaira.
Mais ton époux t'excusera,

A tes genoux il tombera,
A ta voix il se calmera,
Tout ton chagrin s'apaisera :
Un baiser me consolera....

(*Reprise de l'air, en duo.*)

CARITE.

Oui, pars, mais reviens vîte,
Viens nous rendre la paix ;
Viens consoler Carite
Des maux qu'elle t'a faits.
Tu sais combien je t'aime,
Et si j'ai résisté,
Ami, plus qu'à toi-même
Le refus m'a coûté.
Hélas! si j'ai pu feindre,
N'accuse pas mon cœur:
On est assez à plaindre
Quand on fuit le bonheur.

DARÈS.

Je pars et reviens vîte,
Pour combler tes souhaits;
Pour consoler Carite
Et nous rendre la paix.
Je sais que ton cœur m'aime,
Et s'il m'a résisté,
Presqu'autant qu'à moi-même
Le refus t'a coûté.
Non, non, je n'ai pu craindre,
Je connais trop ton cœur:
Il fut assez à plaindre
En fuyant le bonheur.

SCÈNE IX.

CARITE, seule.

Que je suis heureuse de n'avoir rien dit! ce qu'il sait, il l'a deviné, car je n'ai pas ouvert la bouche. J'ai cependant cru qu'il me presserait davantage..... J'avais une peur..... on n'est guère fort quand on a peur. Oh! il a bien fait de s'en aller, car je n'avais plus de forces.... que tout juste.

AIR : *Ah! maman, que je l'échappe belle.*

Ah! Junon! (1)
Que je l'échappe belle!
Toujours dire non,
Femme le veut, et le peut-elle?

(1) Les scrupuleux ont blâmé cette apostrophe à Junon. Carite a juré de ne pas embrasser son mari, elle a failli violer son serment; elle peut donc dire : Que je l'échappe belle. Un capucin même n'en serait pas choqué.

Ah! Junon!

Que je l'échappe belle!

Un moment de plus

Et mes sermens étaient rompus,

Si long-temps

Ai-je pu me défendre,

Quand ses yeux charmans

Me regardaient d'un air si tendre?

Je le sens,

J'étais prête à me rendre;

Ah! je jure bien

De ne jamais jurer de rien.....

Ah! Junon! etc.

SCÈNE X.

CARITE, LISISTRATA.

LISISTRATA.

Ma chère Carite, quel beau jour pour moi! mon projet a réussi au-delà de mes espérances. Les pauvres maris, rebutés par leurs épouses, parcourent la ville comme des insensés, se demandant les uns aux autres quel crime attire sur eux la colère des dieux et des femmes. Je jouis de leur douleur, de leur désespoir, de leurs plaintes ridicules : oh! mon triomphe est à son comble.

CARITE.

Et votre époux!...

LISISTRATA.

Il n'est point encore de retour; il ignore tout, je l'attends; vous sentez bien, ma nièce, que moi qui ai inventé le projet, ourdi la trame, conduit la conspiration, je me signalerai de même par la noblesse de ma résistance et l'inflexibilité de mon caractère. Mais vous, Carite, avez-vous vu votre époux?

CARITE.

Oui, ma tante, et grâce au ciel il m'a quittée, car je commençais....

LISISTRATA.

Comment?...

CARITE.

Rassurez-vous, je n'ai rien dit, rien fait de contraire à mon serment, et le ciel, qui a bien voulu me protéger, m'a donné, je ne sais comment, une force qui m'étonne encore.

LISISTRATA.

A la bonne heure! Maintenant, je vous reconnais pour ma nièce.

SCÈNE XI.

LES PRÉCÉDENTES, ASTIOCHE.

ASTIOCHE.

AIR : *Ah! monseigneur! ah! monseigneur!*

Ah! je me meurs! ah! quel tourment!
Ah! maudit soit notre serment!
Jusqu'à présent j'ai résisté,
Jugez ce qu'il m'en a coûté :
Mon mari ne fait que pleurer,
Et dit qu'il faudra l'enterrer.
Le cher homme est si caressant,
Et son amour est si pressant!
Je le voyais à mes genoux,
Il me disait d'un ton si doux
Qu'il se donnerait le trépas
S'il ne possédait mes appas (1).

(1) Dans toutes les pièces de théâtre, il est question de posséder des appas, des charmes, etc. C'est la phrase banale des amans qui vont se marier. Astioche serait-elle plus dangereuse en appas que toutes les héroïnes de comédie? Je n'aurais jamais cru que les appas d'Astioche fissent plus d'impression sur les scrupuleux que ceux de la Vénus de Médicis.

LISISTRATA.

O ciel! qu'osez-vous dire? vous, Astioche? à votre
âge !

ASTIOCHE.

A mon âge ! et c'est justement à mon âge qu'on n'a
plus le temps de quereller un mari. Je suis tendre,
voyez-vous, et depuis le retour du cher homme, je
me sens vive comme une fille de quinze ans.

LISISTRATA.

Voyez cette jeune femme, elle a plus de courage
que vous.

ASTIOCHE.

Cela se peut bien, mais est-elle aussi tendrement
aimée!

LISISTRATA.

Patientez au moins jusqu'à la fin du jour.

SCÈNE XII.

LES PRÉCÉDENTES , MACHAON.

MACHAON.

Grande dame, voici le général.

LISISTRATA.

Laissez-moi, laissez-moi seule; je vais en un instant
vous rendre la paix, et terminer vos peines. J'ai commencé l'œuvre, je vais l'achever.

ASTIOCHE.

. Lisistrata, j'attendrai, j'attendrai... Je vous donne
une heure.

LISISTRATA.

C'est trop. Sortez, et fiez-vous à moi.

(*Carite, Astioche et Machaon sortent.*)

SCÈNE XIII.

LISISTRATA, seule.

Voici l'instant : il va venir, ivre d'amour, brûlant d'impatience, tendre comme un amant.... Oh! Lisistrata, quelle gloire ! Les femmes d'Athènes vont t'élever une statue.

SCÈNE XIV.

LISISTRATA, MÉRION et DARÈS.

(*Mérion fait signe à Darès qui sort. Il s'approche de Lisistrata, la salue avec respect, et va s'asseoir loin d'elle, en soupirant.*)

LISISTRATA, à part.

Quel accueil! il m'a vue, et n'a pas volé dans mes bras !...

MÉRION, soupirant.

Ah!

LISISTRATA.

Seigneur, c'est ainsi que vous revoyez votre épouse !

MÉRION.

Hélas! (1)

LISISTRATA.

Auriez-vous éprouvé quelque revers?

MÉRION.

Non.

LISISTRATA.

On dit que vous avez remporté la plus belle victoire.

(1) Les *hélas* de Mérion ont paru indécens. Ils peuvent être de mauvais goût, mais certainement ils n'ont rien d'indécent que dans l'imagination des scrupuleux. Ils sont expliqués par ce qui suit, et il ne faut pas condamner sans entendre. Je n'aurais jamais cru que ces *hélas* fussent du ressort de la police.

MÉRION.

Je suis vainqueur; hélas!

LISISTRATA.

Vous avez forcé les ennemis à demander une trève,

MÉRION.

Oui.

LISISTRATA.

Et quand cette trève vous permet de revoir une épouse fidèle, vous l'abordez avec froideur, et ne daignez pas seulement la regarder.

MÉRION.

O ma chère Lisistrata, ne m'interrogez point....... n'approchez pas de moi..... Oh! hélas! hélas!

LISISTRATA.

Vous me direz au moins ce que cela signifie.

MÉRION.

Je vous le dirai..... mais cachez-moi votre douleur, et vos charmes..... ils me rendraient parjure.....

LISISTRATA.

Parjure!

MÉRION.

Ecoutez et plaignez-moi. La calomnie, qui s'attache toujours à noircir les vertus, a présenté votre époux comme un traître, qui était d'intelligence avec les ennemis de l'Etat.....

LISISTRATA.

Est-il possible?

MÉRION.

On a répandu dans le camp que je m'étais laissé corrompre, et que je voulais forcer Athènes à faire une paix honteuse.

LISISTRATA.

Y a-t-il de la honte à faire la paix?

MÉRION.

Mais j'ai assemblé nos guerriers, et pour leur donner un gage d'honneur et de loyauté, j'ai juré que je ne me livrerais à aucun repos, que je ne goûterais aucun plaisir, et que je n'approcherais pas des objets qui me sont les plus chers, tant que Sparte ne serait pas détruite.

LISISTRATA.

Peut-on faire un serment pareil?

MÉRION.

Je n'en sais rien; mais quand on l'a fait, il faut le tenir.

LISISTRATA.

Vous avez juré...

MÉRION.

De ne point approcher de vous.

LISISTRATA.

Mais peut-on faire un serment pareil?

MÉRION.

Je ne suis entré chez moi que pour vous en instruire; adieu!

LISISTRATA.

Vous me quittez?

MÉRION.

Il le faut, ma chère; le soleil ne tardera pas à se cacher dans l'onde; et si je passais la nuit chez vous, on n'hésiterait pas à me croire parjure.

LISISTRATA.

Mais, encore une fois, peut-on faire un serment pareil?

MÉRION.

Il m'afflige autant que toi.

LISISTRATA.

Non, tu ne saurais croire combien il me tourmente.

MÉRION.

Il faut s'y soumettre.

LISISTRATA, à part.

Comme cela dérange mes projets!

AIR : *On doit soixante mille francs.*

Eh quoi! vous allez me laisser
Sans même vouloir m'embrasser!
  C'est ce qui me désole.

MÉRION, *s'approchant.*

Un baiser me plairait vraiment...

(*En s'écartant.*)

Mais non, je garde mon serment,
  C'est ce qui me console.   (*bis.*)

LISISTRATA.

Même air.

Mais, mon ami, qui le saura?
Personne ici ne nous verra:
  Qu'un baiser me console.   (*bis.*)

MÉRION, *tendrement.*

Je voudrais voler dans tes bras...

(*Fortement.*)

Mais un général ne doit pas
  Manquer à sa parole.   (*bis.*)

LISISTRATA.

Autrefois j'avais plus d'empire sur vous.

AIR : *Quand j'étais dans mon jeune âge.*

Quand j'étais dans mon jeune âge,
Aurais-tu fait ce serment?
Avant notre mariage
Tu m'aimais bien autrement!
Depuis, contre la tendresse,
Ton cœur s'est bien aguerri...
J'étais alors ta maîtresse :
Tu n'es plus que mon mari.

MÉRION.

Mais, ma chère, sois donc raisonnable; sais-tu où m'entraîne ta séduction?

LISISTRATA, vivement.

Oui.

MÉRION.

AIR *des Pendus.*

Hélas! qu'il est cruel, hélas!
De résister à tant d'appas!

LISISTRATA.

Va, le serment n'est qu'un parjure,
S'il est contraire à la nature ;
Ne crains pas le courroux des dieux...

MÉRION.

Eh bien! reçois donc... mes adieux.

LISISTRATA.

Vos adieux! non je ne les reçois point. Ingrat, tu me quittes... tu retournes au camp sans embrasser ton épouse. O ciel! quelle honte pour moi! Toutes les Athéniennes vont retrouver leurs maris, et moi j'ai un mari qui ne veut pas retrouver sa femme. As-tu juré de me faire mourir?

AIR : *Quel désespoir.*

Pour un baiser
Crains-tu de paraître coupable?

Un seul baiser
Peut-il jamais se refuser ?

MÉRION.

Hélas ! comment oser ?
J'ai fait un serment redoutable.

LISISTRATA.

Ami, tu peux oser,
L'amour fera tout excuser.

ENSEMBLE.

LISISTRATA.	MÉRION.
Pour un baiser	Pour t'apaiser
Crains-tu de paraître coupable ?	De tout mon cœur se sent capable.
Un seul baiser,	Mais un baiser,
Ingrat, peux-tu le refuser ?	Non, non, je crains d'en abuser.

LISISTRATA.

Mon ami, ne sois pas insensible, mon cœur est dé-
chiré, mon espoir déçu, mon orgueil humilié; vois
ton épouse à tes pieds, ne l'accable pas de ton indifférence.

MÉRION.

Tu le veux, j'y consens... Dieux et déesses, fermez
les yeux. (*Il l'embrasse.*)

SCÈNE XV.

LES PRÉCÉD., toutes les FEMMES, puis les GUERRIERS.

(*Les femmes voient Lisistrata embrasser Mérion.*)

CHŒUR.

AIR : *Fin du quatuor de Félix.*

TOUTES LES FEMMES.

O ciel! ô ciel! est-il possible ?
Lisistrata nous trompe et trahit ses sermens !

LISISTRATA.

Eh ! que m'importent vos sermens !
Ceux de l'amour sont plus puissans !

CHŒUR.

O ciel! est-il possible?
Vous fîtes ce complot horrible,
Et vous manquez à vos sermens!

ASTIOCHE.

Un tel attentat ne peut rester impuni. Quoi! quand nous avons eu toutes le courage de résister, celle qui nous a fait faire un serment indiscret et dangereux, est la première à le violer! Rappelez-vous ces terribles paroles :

Non, sainte Junon,
Non,
Qui jure par ton
Nom, etc.

TOUTES LES FEMMES.

Il faut nous venger.

CARITE.

Ah! ma tante, qu'avez-vous fait?

TOUTES LES FEMMES.

Il faut la punir.

MÉRION.

Doucement, mesdames, calmez votre fureur : personne ici n'est coupable.

LES FEMMES.

Et nos sermens?

MÉRION.

Vous en êtes dégagées.

ASTIOCHE.

O dieux! serait-il vrai?

MÉRION.

Vous avez juré d'être cruelles jusqu'à la paix, eh bien! apprenez que ce n'est point une trève que je viens vous annoncer, mais une paix, signée, conclue, parfaite et solide.

TOUTES LES FEMMES.

Dieux!

MÉRION.

Oui, la paix est faite, vous dis-je : je voulais différer de vous l'apprendre; mais je vois combien il est important pour vous de le savoir.

LISISTRATA.

O mon ami, comme cette paix vient à propos!

MÉRION.

Mesdames, remercions le ciel de ce qu'il ne vous a pas laissé le temps d'être parjures; mais ne jurez plus.

TOUTES LES FEMMES.

Oh! jamais! jamais!

(*Les femmes se mêlent aux guerriers et chantent.*)

CHŒUR GÉNÉRAL.

AIR : *Chantons l'hymen, chantons l'amour.*

Chantons la paix, chantons l'amour;
Que tout s'anime en ce beau jour!
Chantons la paix, chantons l'amour,
Tous les plaisirs sont de retour.

LISISTRATA.

Pardonnez à vos femmes.
Un serment indiscret...

MÉRION.

Nous savons que ces dames
N'ont juré qu'à regret.....

CHŒUR.

Chantons, etc.

ASTIOCHE.

Cette paix-là me rajeunira de dix ans!

MÉRION.

Allons tous au temple en rendre grâces aux dieux !
Pallas fit notre gloire, que Minerve fasse notre bonheur.

LISISTRATA.

AIR : *du Temps.*

D'un vainqueur l'on chante la gloire ;
Mais que l'on aime le guerrier
Qui, dans le champ de la victoire,
Fait croître et fleurir l'olivier !
Si son bras étonnait la terre,
Ses mains la couvrent de bienfaits...
Honneur à qui fait bien la guerre,
Amour à qui fait bien la paix !

CHŒUR.

Honneur, etc.

FIN.

TABLE DES MATIÈRES

CONTENUES DANS CE VOLUME.